LA OCTAVA HERMANA

LA OCTAVA HERMANA

TRADUCCIÓN DE
DAVID LEÓN

ROBERT
DUGONI

Los hechos y/o personajes de este libro son ficticios. Cualquier parecido con la realidad es mera coincidencia.

Título original: *The Eighth Sister*
Publicado originalmente por Thomas & Mercer, USA, 2019

Edición en español publicada por:
Amazon Crossing, Amazon Media EU Sàrl
38, avenue John F. Kennedy, L-1855 Luxembourg
Febrero, 2021

Impreso por: Ver última página

Primera edición digital 2021

ISBN Edición tapa blanda: 9782496705508

www.apub.com

SOBRE EL AUTOR

Robert Dugoni nació en Idaho y creció en el norte de California. Aunque estudió comunicación, periodismo y escritura creativa en la Universidad de Stanford dedicó su vida profesional a la abogacía hasta 1999, cuando se despertó un día decidido a dedicarse a escribir. Tras apartarse de la jurisprudencia, pudo completar tres primeras novelas con las que ganó el premio literario de la Pacific Northwest Writer's Conference. Desde entonces sus obras han encabezado las listas de éxitos editoriales de *The New York Times, The Wall Street Journal* y Amazon. Es autor de la serie de Tracy Crosswhite: *La tumba de Sarah, Su último suspiro, El claro más oscuro, La chica que atraparon* y *Uno de los nuestros*; así como de la saga de David Sloane, que ha gozado de una acogida excelente por parte de la crítica: *The Jury Master, Wrongful Death, Bodily Harm, Murder One* y *The Conviction.* Ha figurado en dos ocasiones entre los aspirantes al Premio Harper Lee de ficción jurídica, fue finalista de los International Thriller Writers Awards de 2015 y ganador, ese mismo año, del Premio Nancy Pearl de novela. Sus libros se venden en más de veinte países y se han traducido a una docena de idiomas, incluidos el francés, el alemán, el italiano y el español.

Para más información sobre Robert Dugoni y sus novelas, véase www.robertdugoni.com.

A mi hija Catherine, que siempre me ha hecho reír y sonreír.
La universidad no es más que tu siguiente aventura.
Ha llegado el momento de echarse a volar y a cacarear.

Y conoceréis la verdad, y la verdad os hará libres.
Juan 8:32

La verdad os hará libres, pero primero os joderá vivos.
Dicho de origen incierto

PRÓLOGO

Moscú (Rusia)

Zarina Kazakova se acercó a las puertas de cristal del Beli Dom, la Casa Blanca rusa, y miró a través de ellas el cielo plomizo que amenazaba con ahogar Moscú. La pregunta no era ya si desataría la primera nevisca, sino cuándo iba a hacerlo. Los meteorólogos habían pronosticado temperaturas bajo cero para aquella noche y entre quince y veinte centímetros de nieve. Zarina suspiró al pensar en otro invierno inclemente mientras embutía los dedos en el suave forro de pieles de sus manoplas. Bogdán, uno de los guardias, se encontraba de pie junto a un detector de metales con el cuerpo inclinado hacia delante para contemplar la capa nubosa que se oscurecía por minutos.

—*Pojozhe shto eto búdet dólgaia zimá, Zarina.*

—¿Has conocido algún invierno que no lo sea? —repuso ella, también en ruso. Pretendía ser una pregunta retórica y Bogdán, moscovita de pura cepa, no se molestó en responder.

Los dos sabían que «largo» no era un adjetivo muy acertado para describir aquellos inviernos: «opresivo» era el que acudía con más facilidad a la mente.

—¿Tienes planes para esta noche? —preguntó él. Llevaba puesto su sobrio uniforme militar de color verde grisáceo bajo un abrigo de lana no menos apagado y la gorra de plato bien calada.

—Yo siempre tengo planes —respondió Zarina con deliberada vaguedad y la esperanza de desalentar a Bogdán antes de que empezase.

A pesar de haber cumplido ya los sesenta, Zarina tenía la genética de su madre: apenas unas canas le salpicaban el pelo color caoba y su piel era tan suave como la de una mujer de treinta. Su madre había insistido siempre en la importancia que revestía el buen vivir para que una dama rusa mantuviera su presencia, lo único que de veras era suyo y debía, por tanto, conservar. Zarina vestía de manera impecable y nunca se había dado a dos de los pasatiempos nacionales de Rusia: fumar y beber en exceso, sobre todo vodka. Además, se había mantenido célibe desde su divorcio y daba la impresión de que no hubiese hombre en el Beli Dom que no lo supiera.

Bogdán sonrió.

—Pues te has vestido como para salir.

Era verdad. Su grueso abrigo de invierno y el cuello de piel de conejo conjuntaban con el pelo del forro de su *ushanka*, que se ajustó a la cabeza con las orejeras bajadas para protegerse del viento y el frío que esperaba encontrar fuera.

—¿Necesito una cita para vestirme así? —preguntó—. ¿Mmm? —Se cubrió la boca con la bufanda sin mostrar ningún interés por la respuesta de Bogdán y se fue hacia la puerta—. *Dobroi nochi.*

—*Spokoinoi nochi* —respondió Bogdán para desearle una velada agradable mientras le abría la puerta.

Zarina fue a encontrarse con el viento que se levantaba a rachas desde el río Moscova con la furia de un tren de mercancías resuelto a atropellarla. La tormenta de aquella noche amenazaba con ser brutal.

Salvó los escalones de cemento y cruzó el patio apretando el paso y con la cabeza gacha. Después de atravesar la puerta profusamente ornamentada que daba a la calle, salió a Krasnopresnénskaia Náberezhnaia y recorrió la orilla del río en dirección a la parada de su autobús, situada en la esquina de Gluboki Pereúlok. El rugido ensordecedor de los autobuses y el estruendo de las bocinas que plagaban el «Putinstán» del Moscú del siglo XXI se sobreponía al clamor del viento cuando todos aquellos que volvían de trabajar se apresuraban a llegar a sus casas antes de que cayese la primera nevada. En el meandro del Moscova, la mirada de Zarina se vio dominada por el hotel Ukraína, una construcción descomunal que hacía gala de un exceso propio de Stalin, quien había mandado erigir siete edificios similares tras la Segunda Guerra Mundial para mayor gloria del Estado soviético y estupefacción de Occidente, que en aquella época se afanaba en alzar rascacielos. Nadie había aplacado aún el rumor de que el dictador los había diseñado tan parecidos para confundir a los bombarderos estadounidenses que pudiesen lograr internarse en Moscú. Dada la propensión paranoica de los dirigentes de la nación, Zarina estaba convencida de que era cierto.

Rusos hasta el absurdo, aquellos edificios presentaban una superabundancia estructural que se manifestaba desde la solidez de su base hasta la aguja que lo remataba, coronada por una estrella rusa, y mezclaban influencias arquitectónicas griegas, francesas, chinas e italianas. Zarina no podía dejar de preguntarse cómo habría reaccionado Stalin de haber podido saber que su hotel Ukraína se había convertido en el Radisson Royal Hotel, todo un símbolo del capitalismo occidental.

El silbido de unos frenos neumáticos y el olor a gasolina la sacaron de sus divagaciones. Entre empujones, se abrió paso para cruzar las puertas plegables del autobús, pues en Rusia hacía tiempo que la caballerosidad había cedido el paso a la supervivencia. Con gran sorpresa de su parte, encontró un asiento libre al fondo del vehículo y se liberó de los guantes y el gorro para no tener calor. El aire, húmedo y rancio, se había condensado en las ventanillas y acusaba el acre olor corporal de los viajeros, pobremente enmascarado por intensos perfumes y colonias.

El autobús siguió su sinuosa trayectoria por la margen del río Moscova, que empezaba a llenarse de pedazos flotantes de hielo convertidos en heraldos del invierno inclemente que estaba por llegar, y se detuvo treinta minutos después en la parada de Zarina, frente al supermercado del bulevar Filiovski. Ella atravesó el inhóspito parque escuchando el entrechocar de las ramas de los árboles con cada ráfaga de viento. A su alrededor se repartían, apostados como centinelas, bloques de apartamentos de la era soviética, grotescas construcciones de cemento con ventanas diminutas y pintadas en las paredes. Zarina abrió la puerta de metal marrón que daba a un vestíbulo espartano. Hacía tiempo que habían robado las luces, junto con el suelo de mármol y la barandilla de latón de las escaleras. Los rusos habían dado por hecho que capitalismo significaba «Roba todo lo que puedas vender». Los empeños en reparar los edificios no habían logrado más que atraer a más ladrones.

Zarina subió en el ascensor al piso duodécimo, donde la aguardaba un pasillo tan anodino y desnudo como el vestíbulo. Descorrió los cuatro cerrojos del apartamento que en otro tiempo había pertenecido a sus padres, se limpió las suelas de las botas en la esterilla para no manchar el suelo de roble, taraceado con un intrincado diseño geométrico, y colgó el abrigo y el gorro en la percha antes de dirigirse a la sala de estar.

—Empezábamos a temer que no volviera a casa, señora Kazakova.

La voz del hombre la sobresaltó tanto que lanzó un chillido. El desconocido no reaccionó. Estaba sentado en el sofá de ella con las piernas cruzadas. Una evaluación somera de sus pantalones grises sin raya, su jersey negro de cuello vuelto y la chaqueta larga de cuero la llevó a concluir que debía de ser de la policía, posiblemente de la FSB, el servicio ruso de contraespionaje que había sucedido al KGB. A su espalda apareció un segundo desconocido que había estado escondido en la cocina y, aunque a Zarina no se le había pasado por la cabeza intentar escapar, se interpuso entre ella y la puerta. Por sus dimensiones y su complexión no habría sido difícil confundirlo con un frigorífico.

—Siéntese, por favor —dijo el hombre del sofá. Sobre la mesita, al lado de su *ushanka* y sus guantes de cuero forrados de pelo, descansaba una botella del mejor vodka de Zarina, el que guardaba para los invitados, y los dos vasos de cristal que había heredado de su madre—. Espero que no le importe —añadió al verla posar los ojos en la mesa—, pero el Stolíchnaia está fuera del alcance de los que dependemos de un sueldo del Gobierno. Me pregunto cómo es que puede permitirse un lujo semejante una secretaria del Ministerio de Defensa.

—Fue un regalo —repuso ella intentando no parecer nerviosa—. Lléveselo y salga de aquí. Yo no bebo.

—¿A qué viene tanta prisa? Venga, por favor. Siéntese. Permítame hacer las presentaciones.

Zarina permaneció de pie sin saber muy bien cómo actuar. Hacía mucho que sabía que podía llegar aquel día, aunque había abrigado la esperanza de que no fuese así.

—¿No? En fin, en ese caso, yo soy Fiódorov, Víktor Nikoláievich, y él —dijo señalando con un gesto al frigorífico— es Vólkov, Arkadi Chistóvich.

Aquella presentación formal no anunciaba nada bueno, como tampoco el hecho de que ni se molestara en enseñarle su identificación de la FSB. Sintió que le temblaban las piernas, pero consiguió mantener su conducta desafiante.

—Tengo muchos amigos en el Ministerio de Defensa. —Miró el reloj—. Uno de ellos, de hecho, llegará de aquí a unos minutos y es de la guardia.

—Tenía —repuso Fiódorov.

—¿Perdón?

—Ha dicho tengo, en presente, y el pasado es tenía. Y no va a venir nadie, señora Kazakova. Llevamos varias semanas observando su apartamento y todavía no ha aparecido una sola alma por aquí. Cosa extraña, desde luego, porque es usted soltera y muy guapa. —Tomó la botella y se sirvió un trago de vodka. Entonces alzó la vista para preguntar con una mirada severa y lúgubre—: ¿Puedo?

—¿Qué es lo que quieren? —preguntó ella.

Él se reclinó en su asiento con el vaso en la mano.

—Directa al grano. Perfecto. Me gusta. Nada de perder el tiempo. Está bien. —Alzó la bebida—. *Za tvoió zdarovie!* —Dio un trago antes de volver a dejar el vaso en la mesa—. Dígame, ¿qué sabe de las Siete Hermanas?

La pregunta la dejó perpleja.

—¿Está usted loco?

Fiódorov sonrió.

—Supongamos que no. ¿Qué sabe de ellas?

—Ni soy guía turística ni estoy aquí para entretenerlo. Cómprese un libro si busca información. Seguro que tiene que haber a patadas.

—Vaya —dijo él—, cree que me refiero a los siete edificios de Stalin. Un error muy razonable. No, no quiero saber nada de edificios. Quiero que me hable de las Siete Hermanas que llevan casi cuatro décadas espiando para los americanos.

Zarina sintió una gota de sudor bajándole por la espalda. La sala de estar se había vuelto, de pronto, tan bochornosa como el autobús. Solo había oído hablar de «las Siete Hermanas» para referirse a los edificios. ¿Qué quería decir? ¿Que había otras seis como ella?

—¿Hace calor aquí? —preguntó Fiódorov a Vólkov—. Yo tenía frío, pero reconozco que el vodka me ha sentado bien. —Volvió a mirarla a ella y, tras una larga pausa, dijo—: ¿Sabe, señora Kazakova?

Las otras dos también decían no conocer a las Siete Hermanas. ¿Quiere que le diga una cosa?

Guardó silencio, quizá esperando que Zarina le respondiera. De ella no salió una sola palabra. Otras seis como ella. Por Dios bendito.

—Que creo que dicen la verdad. —Fiódorov se acomodó en su asiento—. Arkadi puede ser muy persuasivo. A usted también me encantaría creerla. Me gustaría creer que no conoce la identidad de las otras, pero, por supuesto, no podrá salir de aquí sin darnos garantías similares. Todos tenemos jefes ante los que responder, ¿verdad?

—No sé de qué me está hablando —respondió ella—. Se están equivocando. Trabajo de secretaria en el Ministerio de Defensa y es lo único que he hecho desde hace casi cuarenta años. Me han comprobado y aprobado las credenciales cientos de veces. Lo puede confirmar si quiere.

—¿Me está negando la existencia de las Siete Hermanas? —preguntó él.

—Tal como las ha definido, sí, desde luego.

Fiódorov recogió los guantes y el gorro de la mesa y se puso en pie. Tenía el gesto grave.

—Yo lamento oír tal cosa, pero, para Arkadi, su negativa es pura música.

PRIMERA PARTE

CAPÍTULO 1

Isla de Caamaño (Washington)

Charles Jenkins hincó una rodilla en el suelo y recogió las hojas y las ramitas que habían caído sobre las dos tumbas. Siempre que salía a correr sus ocho kilómetros matutinos, visitaba a Lou y a Arnold, los dos perros crestados rodesianos que había enterrado junto al riachuelo. Hacía tiempo que el agua había arrastrado las cruces de madera. Cuando dio sepultura de forma tan apresurada a sus dos chiquitines, no había pensado que el río terminaría desbordándose.

Al verlo ponerse en pie, Max, su pitbull moteada, corrió hacia él desde unos matorrales.

—Todavía te tengo a ti, ¿verdad, nena? Eres el último mohicano.

Max también acusaba ya el paso de los años y tenía el pelaje más gris que pardo. Aunque ignoraba su edad exacta, porque la había rescatado de las manos de un maltratador, calculaba que debía de haber superado los once, lo que la haría dos años mayor que el hijo de Jenkins, C. J.

—Venga, nena. Vamos a casa, que C. J. tiene que estar ya listo para ir al cole.

Volvió a tomar el camino de grava y recobró el ritmo mientras Max se afanaba en no quedarse atrás. Quería adoptar otro perro, porque C. J. tenía ya edad de hacerse responsable de un animal;

pero Alex, embarazada de su segundo hijo, se negaba en redondo y Jenkins, que no era tonto, sabía que con una mujer encinta no se discute.

Salvó andando los diez últimos metros con las manos entrelazadas sobre la cabeza mientras aspiraba el aire fresco de noviembre. Le corría el sudor debajo del gorro de lana y de la gruesa sudadera azul. Salía a correr tres días a la semana, lo máximo que le permitían sus rodillas, y hacía pesas en el sótano de su casa. A sus sesenta y cuatro años, no podía pretender mantenerse en forma sin más que cuidar la dieta. Había necesitado sangre, sudor y, sí, también alguna que otra lágrima, pero aquel cuerpo suyo de un metro noventa y cinco de altura volvía a pesar al fin ciento seis kilos, solo cuatro y medio más que el máximo que había alcanzado cuando trabajaba de agente de operaciones en Ciudad de México, hacía ya casi cuarenta años.

El Range Rover aguardaba en el camino de entrada de gravilla de su vivienda de dos plantas, calentando motores mientras Alex completaba el simulacro de incendio con el que sacaba a diario a C. J. de la cama para que saliese de casa a tiempo para llegar al colegio. Era jueves, el día que, por la mañana, Alex daba clases de refuerzo a alumnos que necesitaban ayuda en matemáticas, lo que complicaba un tanto más la tensión cotidiana. Jenkins se encargaba de preparar a diario la merienda de C. J. y se aseguraba de que la mochila estuviese bien organizada y cerca de la puerta para poder salir a correr sin sentirse del todo culpable.

—¡Venga, C. J.! Vamos a llegar tarde. —Alex, de pie en el umbral, gritaba hacia el interior de la casa con voz ya un tanto exasperada.

Jenkins oyó al crío responder desde algún rincón de la vivienda:

—No encuentro mis botas de fútbol.

—Porque las dejaste en el coche —dijo Jenkins entre dientes.

—Están en el coche, donde las dejaste tú —gritó Alex.

—¿Tienes mi merienda? —dijo Jenkins en voz baja.

—No encuentro mi merienda —anunció C. J.–. ¿La tienes tú?

—Sí —repuso Alex asiendo con fuerza la bolsa de papel marrón.

—¿Dónde está tu chaqueta? —susurró Jenkins—. No me hace falta. Sí que te hace falta. Estamos a tres grados. Cógela de la percha.

—¿Dónde está tu chaqueta? —preguntó Alex al ver salir corriendo a C. J. vestido con pantalón corto y una camiseta.

—No me hace falta.

—¡Si hace un frío que pela! Coge el chaquetón de la percha.

C. J. volvió corriendo al interior de la casa y salió de nuevo con el chaquetón. El chaval era todo piernas y brazos. Era el más alto de su clase —lo que no resultaba extraño, teniendo en cuenta la altura de su padre y el metro ochenta de su madre— y en sus rasgos se mezclaban la herencia hispana de Alex y las raíces afroamericanas de Charlie, con quien compartía el verde de los ojos, debido posiblemente a un gen recesivo procedente de sus ancestros de Luisiana.

El pequeño lo rebasó corriendo.

—Hola, papá. Adiós, papá.

—Dale un beso a tu padre —dijo Jenkins.

C. J. se volvió y se dejó besar en la coronilla.

—Que te vaya bien en el cole.

El chiquillo se volvió hacia el coche y Jenkins lo siguió para preguntarle al verlo encaramarse en el asiento de atrás:

—¿Has vuelto a tener problemas con ese niño?

—No, qué va.

—Si tienes problemas, llama. ¿Te acuerdas del código?

—Sí —respondió C. J. con tono impaciente mientras se abrochaba el cinturón de seguridad.

—¿Cuál es? —La fuerza de la costumbre es poderosa. Jenkins tenía un código familiar, como había tenido uno estando en México por si se ponía la cosa fea y necesitaba la ayuda de un compañero.

—Papá…

—Estamos perdiendo el tiempo.

—¿Cómo está Lou? —dijo C. J. con un suspiro.

—Ahora mismo está durmiendo.

—¿Lo puedes llamar?

—Si es por algo urgente…

—Lo es.

Jenkins alborotó el pelo de su hijo.

—Buen chico —dijo antes de cerrar la puerta.

Alex puso los ojos en blanco.

—No se le olvidan los pies porque los tiene pegados a las piernas. Y el médico se extraña de que tenga la tensión por las nubes.

—¿Vas hoy a revisión?

—A las dos.

Alex estaba de veintitrés semanas y en la última visita al médico le habían detectado una notable hipertensión arterial, lo que, al parecer, explicaba los dolores de cabeza y del abdomen superior. El doctor le había diagnosticado preeclampsia y le había pedido que bajase el ritmo y se relajara. Aquello no tenía más cura que el parto y a Alex le quedaba mucho aún para salir de cuentas. Jenkins se había encargado de todas las labores de contabilidad y administración de C. J. Security que correspondían a su mujer y seguía haciendo el trabajo de campo. Le habían puesto al negocio familiar el nombre de su hijo.

La besó.

—Prométeme que no te vas a exceder, Alex.

—Que no. En la clase tienen un pupitre y una silla para la señorita embarazada. —Se colocó tras el volante y se abrochó el cinturón—. ¿Has hablado con Randy?

—Alex…

—Tendré menos estrés si me dices que sí.

—Voy a llamarlo.

—¿Cuánto nos deben?

—Déjamelo a mí. Verás como a finales de mes nos han pagado.

—Tendrías que decirles que vas a dejarlos sin nadie hasta que se pongan al día. Seguro que así te hacen caso.

—Seguro. No te agobies. El médico ha dicho que no es bueno que la señorita embarazada se nos estrese.

C. J. exclamó entonces desde el asiento de atrás:

—Mamá, que voy a llegar tarde.

Ella entornó los ojos.

—Ahora resulta que le importa. —Besó a Jenkins y cerró la puerta del conductor—. Llama a Randy —dijo bajando la ventanilla mientras se ponía en marcha—. Dale de plazo hasta finales de semana. Dile que está angustiando a una señorita embarazada y que si pierdo los papeles, él será el primero en sufrir las consecuencias.

Jenkins sonrió y gritó al coche que se alejaba:

—Se lo diré.

El Range Rover salpicó gravilla cuando Alex rodeó la colosal secuoya para acceder a la carretera de asfalto.

C. J. Security prestaba sus servicios a la LSR&C, sociedad de inversión de Seattle cuyo director financiero, Randy Traeger, era padre de un compañero del equipo de fútbol de su hijo y había acudido a él tras saber de su experiencia en el terreno de la seguridad privada y del trabajo que había llevado a cabo con el abogado David Sloane y sus clientes. Traeger le explicó que la LSR&C estaba experimentando una rápida expansión que la había llevado a abrir oficinas en San Francisco, Los Ángeles y Nueva York y a plantearse hacer otro tanto en el extranjero. Jenkins podía coordinar por teléfono buena parte de las labores de seguridad —consistentes en proteger a los empleados y a los clientes acaudalados que visitaban la oficina— y ahorrarse así el trayecto diario de hora y media sufriendo el tráfico cada vez peor de Seattle.

El Range Rover giró a la izquierda al llegar al final de la carretera y desapareció tras una hilera de árboles y arbustos. Jenkins miró a Max.

—Los contratistas de seguridad no esperarán a final de mes para cobrar —dijo.

La perra lo miró con gesto inquieto.

—Sí, yo estoy igual que tú.

Jenkins colgó tras dejar un mensaje más a Randy Traeger. Si no le respondía antes de que acabase la jornada, iría a Seattle para presentarse en las oficinas que tenía la LSR&C en el Columbia Center. Navegó por los documentos que tenía abiertos en su ordenador. Para crear C. J. Security habían hecho falta un cuantioso préstamo comercial y buena parte de los ahorros suyos y de Alex, pero al principio habían tenido trabajo de sobra. Sin embargo, con el cambio que había experimentado el mercado no hacía mucho, la LSR&C había ido demorando el pago de sus servicios y a esas alturas les debía ya más de cincuenta mil dólares. No podía volver a recurrir al préstamo para pagar a mediados de mes a sus contratistas y sus comerciales ni tenía dinero para mantener a flote C. J. Security. Intentaba mantener la calma delante de Alex, porque sabía que la tensión no haría otra cosa que empeorar su preeclampsia y pondría en peligro su vida y la del bebé. No dejaba de recordarse que no era la primera vez que la LSR&C se atrasaba en sus pagos y al final siempre había cumplido.

Se guardó el teléfono en el bolsillo, se sirvió café de la jarra que descansaba en la encimera de la cocina y salió a tomar el aire fresco. Max lo acompañó trotando. Bajó al huerto, que, como si lo hubiese alcanzado una bomba atómica, no era más que un montón de tallos marchitos, estacas de madera y hojas mustias. Desde que asumiera la gestión del negocio, no había tenido tiempo de prepararlo para el invierno.

Le pareció oír ruedas de coche que hacían crujir la gravilla del camino —cosa que confirmó Max con un ladrido— y miró hacia el sur. Vio, en efecto, un automóvil recorrer la pista de tierra y grava que cruzaba la propiedad contigua. En otra época, los vehículos habían accedido por ella a la suya en virtud de una servidumbre de paso, pero hacía ya muchos años que, al expirar esta, el vecino había colocado una verja y plantado zarzas para impedirlo, con lo que Charlie había tenido que construir un camino de entrada y asfaltar una carretera de acceso a la principal en la parte trasera de las cuatro hectáreas de su parcela.

El recién llegado se detuvo al llegar a los matorrales de zarzamora y a la verja con candado. Al final se apagó el motor y se oyó cerrarse la puerta del coche.

Jenkins se dirigió a la parte delantera de su casa y al llegar vio a un hombre que parecía estar admirando la propiedad.

—¿Puedo hacer algo por usted? —preguntó Jenkins.

El visitante que se dio la vuelta para mirarlo resultó ser un fantasma de su pasado. Seguía siendo alto y delgado y tenía la piel bronceada de quien suele estar bajo el sol, pero su pelo, aún abundante, se había teñido de blanco. Carl Emerson lo miró con aquellos penetrantes ojos azules que tan bien conocía.

—Cuánto tiempo —dijo.

CAPÍTULO 2

Jenkins entró en la sala de estar y sirvió a Emerson una taza de café.

—Conque aquí es donde pasas tus días, ¿no? —El recién llegado, de pie ante el ventanal, contemplaba lo que antes había sido un prado en el que pastaban los caballos de aquella antigua vaquería, puesto a esas alturas en barbecho.

—Eso es.

Emerson bebió café para salvar un silencio incómodo.

—¿Seguridad privada? —preguntó.

Había hecho los deberes… o había mandado a alguien que los hiciera por él; pero ¿por qué?

Jenkins asintió con la cabeza. Carl Emerson había sido su superior en la época en que había trabajado como agente de operaciones de la CIA, pero no había vuelto a saber de él, ni de nadie más de la agencia, desde hacía cuarenta años, cuando había dejado su puesto de la noche a la mañana.

—¿Y te gusta? —quiso saber el visitante.

—Normalmente sí. Tiene sus más y sus menos, pero soy mi propio jefe.

—No tienes que responder ante nadie. —Emerson dio otro sorbo a su café, sonrió y se apartó de la ventana para acercarse al hogar de piedra vista hecho de cantos rodados. Estudió los retratos familiares que había enmarcados en la repisa. En uno de ellos aparecía Alex el día de su boda—. Así que te casaste con otra agente de operaciones. Su padre nos asesoró en Ciudad de México, ¿no?

Jenkins hizo caso omiso de la pregunta.

—Y tú, ¿a qué te dedicas ahora?

—Me tienen calentando silla en un despacho de Langley —repuso Emerson—, aunque ya debería haberme jubilado.

—Y, sin embargo, has venido a verme —dijo Jenkins.

—Sí, he venido a verte. —La visita dejó la taza en la repisa de la chimenea—. El señor Putin ha vuelto a poner a Rusia en la mira del espionaje estadounidense y con eso ha convertido en productos de primera necesidad a los que, como tú y como yo, estábamos activos durante la Guerra Fría. *Vi yeshchió govórite po-russki?*

—Hace mucho que no lo practico.

Durante su adiestramiento en Langley, Jenkins pudo comprobar que tenía facilidad para los idiomas. Pasó un año aprendiendo ruso y español antes de que lo enviasen a Ciudad de México para hacer labores de contraespionaje en el nido de agentes del KGB en que se había convertido una de las mayores embajadas soviéticas del planeta.

—¿Qué te trae por aquí, Carl?

—Las Siete Hermanas.

Jenkins sacudió la cabeza, pues no había oído nunca la expresión.

—Siete ciudadanas rusas, elegidas entre las hijas de padres disidentes y adiestradas casi desde la cuna para infiltrarse en diversas instituciones de la antigua Unión Soviética para proporcionar información a los Estados Unidos. Fue una de las pocas veces en las que la CIA demostró paciencia —dijo Emerson.

Aquel era uno de los factores que habían distinguido a los servicios secretos de Rusia, al menos en los tiempos de la Unión Soviética: el KGB había actuado siempre de un modo muy deliberado y paciente y, en el ámbito del espionaje, se había dado siempre por sentado que los rusos tenían agentes infiltrados desde niños en suelo estadounidense.

—Las Siete Hermanas era un grupo totalmente clandestino —prosiguió Emerson—. De hecho, de los pocos miembros selectos de la agencia que estaban al tanto de la operación solo unos pocos saben el nombre de las hermanas. Yo, desde luego, no estoy entre ellos.

—Pero ¿todavía están operativas? —preguntó Jenkins.

—Algunas.

—¿No las desactivamos cuando Gorbachov instituyó la *glásnot* y la *perestroika* en los ochenta?

—No. Y ahora las cosas han cambiado tanto dentro de Rusia como en nuestra relación con ella. Putin no es Gorbachov.

Vladímir Putin había sido agente de contraespionaje extranjero del KGB, donde había alcanzado la categoría de teniente coronel y quienes trabajaban en los servicios secretos lo consideraban inmoral y poco de fiar.

Emerson se dirigió a uno de los dos sillones rojos de piel, se sentó y cruzó las piernas mientras seguía diciendo.

—Putin ha dicho que la disolución de la Unión Soviética fue «la mayor catástrofe geopolítica del siglo XX», un aserto muy revelador teniendo en cuenta que hablaba del mismo siglo en que se produjeron las dos guerras mundiales y el Holocausto.

Jenkins tomó asiento en el sofá de piel que había frente al sillón de Emerson dejando así la mesita de centro entre ellos.

—¿A qué has venido, Carl? —insistió.

—En los dos últimos años han matado a tres de las hermanas.

—¿Cómo que las han matado?

—Que han dejado de mandar información y han desaparecido.

—Quizá no quieran seguir trabajando de espías.

—Es improbable. Cuanto más regresa Rusia a sus costumbres dictatoriales, con una Constitución sin sustancia, más se acerca a todo aquello a lo que debían enfrentarse las siete hermanas por la formación que recibieron.

Jenkins se reclinó en el sofá.

—¿Y creéis que los servicios rusos han descubierto su identidad y las han ejecutado? Entonces ¿por qué no han ejecutado también a las otras cuatro? Después de haber encontrado a tres, no les habría costado nada dar con las demás. Las técnicas de interrogatorio de los rusos son despiadadas.

—Las hermanas no se conocen entre sí. No conocen el nombre de la operación y, de hecho, ni siquiera saben que forman parte de una operación. Todas ellas están convencidas de estar actuando de forma autónoma.

—Conque no pueden delatarse unas a otras.

—En efecto.

Jenkins meditó un momento antes de decir:

—En ese caso, vuelvo a preguntarte: ¿a qué has venido?

—Los *millennials* ya son mayores de edad, Charlie, y ocupan sus puestos en los servicios de inteligencia. Son buenísimos con la informática y el espionaje electrónico, pero el trabajo de calle, el humano, parece haberse olvidado. Tú hablas el idioma o podrías volver a hablarlo con fluidez en poco tiempo y tu oficio te otorga una tapadera legítima, porque la LSR&C tiene oficina en Moscú, ¿no? Podrías justificar sin problema tu presencia en el país y, por si fuera poco, no habría que adiestrarte.

—¿Queréis volver a activarme? —concluyó incrédulo Jenkins.

—Sí.

—¿Para qué?

—Suponemos que si han identificado y matado a tres de las hermanas, es solo cuestión de tiempo que eliminen a las demás.

Jenkins, en lugar de decir que no, preguntó:

—¿Qué sabemos?

—Apenas nada... Lo que sí nos consta es que Putin tuvo noticia por primera vez de la posible existencia de las siete hermanas cuando ejercía de agente del KGB y que en su momento intentó sin éxito verificar su existencia e identificarlas.

—¿Y nunca dejó de buscarlas?

—Sería mejor decir que nunca olvidó ese tema. La FSB no es el KGB. Es una versión más refinada, con más adelantos tecnológicos. Tenemos motivos para pensar que Putin verificó la operación y activó a una agente de contraespionaje a la que llama *la octava hermana*.

—Suena a novela de James Bond —comentó Jenkins.

—Putin nunca se ha caracterizado por la sutileza. ¿Has visto las fotos en que aparece descamisado? ¿Y las que se hizo montando a pelo a caballo?

—La virilidad rusa —señaló el anfitrión recordando que a los agentes rusos les gustaba tenerse por más fuertes que los de la CIA.

—Se trata de una referencia a un octavo edificio que Stalin encargó y que no llegó a ver construido. Necesitamos a alguien que identifique a esa persona antes de que mate a más hermanas.

Jenkins negó con la cabeza.

—Los servicios de inteligencia rusos me descubrirán en cuanto los agentes de aduanas escaneen mi pasaporte y seguro que tienen un grueso expediente mío de cuando trabajé en Ciudad de México.

—Ya cuento con eso —sonrió Emerson—. Un antiguo agente de la CIA descontento que trabaja ahora en Moscú. La FSB se mostrará recelosa, pero también se sentirá atraída hacia ti. Empezarías poco a poco, dándoles la información para mantener su interés, sin poner en peligro ninguna operación activa. Cuando te consideren digno de su confianza, les dejas caer que podrías revelarles los nombres de las cuatro hermanas restantes. Tenemos motivos para pensar que eso haría salir de su escondite a la octava.

—¿Y luego?

—Tu misión acabaría en cuanto la identificásemos.

—Así que queréis que haga de «agente calzador».

—Sí.

Jenkins meneó la cabeza.

—¿Y quien me sucediera se encargaría de matar a la octava hermana?

—Como has dicho, Charlie, las técnicas de interrogatorio rusas pueden ser brutales. Las cuatro hermanas restantes han puesto en riesgo su seguridad personal y la de sus familias para proporcionarnos información delicada y muy importante.

—En ese caso, dile al director que las saque de allí. Rusia ya no es el país cerrado que era en otros tiempos. Que las trasladen a algún otro país de Europa o a los Estados Unidos.

—Por desgracia, eso supondría revelar su identidad y lo ocurrido recientemente en el Reino Unido ha demostrado que sacarlas de Rusia no las protegería de la ira de Putin. Además, perderíamos una fuente vital de información en un momento en el que no podemos permitírnoslo. Putin no ha ocultado nunca su nostalgia por la Unión Soviética. Ha recuperado la letra que eligió Stalin para el himno nacional ruso, ha presidido desfiles militares al estilo soviético en Moscú y ha reanudado el programa nacional de mantenimiento físico que instauró el régimen estalinista en 1931.

—A lo mejor se cree Jack LaLanne y pretende tener en forma a toda la nación.

Emerson esbozó una sonrisa que, sin embargo, se esfumó enseguida.

—Con su intervención en Ucrania y su anexión de Crimea, por no hablar del papel de Rusia en Siria durante las elecciones de 2016 ni del ataque con gas nervioso en Reino Unido, se diría que volvemos a tener encima los días de la Unión Soviética.

El anfitrión se puso en pie y empezó a pasear de un lado a otro.

—Hace décadas que lo dejé y tuve mis motivos.

—Y eso es precisamente lo que te convierte ahora en alguien tan valioso. Lo que ocurrió en el pasado fue un error, Charlie.

Jenkins tenía aún muy viva en la memoria la imagen de aquella aldea mexicana, de los hombres y las mujeres que yacían sin vida en el suelo y del ataque que se había efectuado a partir de los datos proporcionados.

—¿Un error? ¡Qué manera tan interesante de describirlo!

—El ataque se decidió en parte por la información que tú facilitaste.

—Y desde entonces he tenido que vivir con eso —le espetó montando en cólera—. Ese ha sido mi castigo. —Se contuvo. Había enterrado el pasado, pero jamás había podido olvidarlo—. No tengo ningún deseo de volver a verme mezclado en cosas así. Tengo mujer y un hijo y otro que viene de camino. Buscaos a otro.

—No hay nadie más con unas características como las tuyas a quien podamos activar con rapidez y nos merezca confianza.

—Podría ir veinte veces a Rusia y volver con las manos vacías, Carl. ¿Qué te hace pensar que se me va a dar mejor que a cualquiera encontrar a esa octava hermana?

—En el momento en que sacaras el tema de las siete hermanas, no tendrías que buscar a la octava: te encontraría ella.

A Jenkins le había encantado la vida que había conocido en México. El trabajo le había otorgado la sensación de tener una meta, de formar parte de un equipo resuelto a hacer algo importante. Le habían encantado los juegos a los que había jugado con los agentes del KGB y lo cierto es que lo había hecho bien, mejor que bien. Su carrera había avanzado a pasos de gigante… hasta que la matanza de aquel pueblecito oaxaqueño había cambiado su punto de vista.

—Ya no soy el tipo que necesitáis, Carl.

Emerson se puso en pie, se colocó el abrigo y sacó una tarjeta de visita de tamaño modesto.

—Aquí tienes mi número por si cambias de opinión.

Jenkins ni siquiera hizo ademán de aceptarla.

—No cambiaré de opinión.

Emerson la puso en la repisa de la chimenea y salió.

Jenkins no lo siguió. Cuando lo vio desaparecer, se acercó al hogar, recogió la tarjeta y observó el número. Sin soltarla, se dirigió a la ventana y contempló los prados de aquella vaquería otrora productiva que, pese a su potencial, se encontraba sin explotar.

CAPÍTULO 3

Ya había pasado una semana desde que le diera el ultimátum a la LSR&C y, por más que Randy Traeger le hubiese asegurado que su empresa se pondría al día con la cuantiosa deuda contraída con C. J. Security, hasta entonces no había recibido más que diez mil dólares, cantidad insuficiente para cubrir las nóminas. Los contratistas de seguridad que trabajaban para Jenkins amenazaban con abandonar y los comerciantes y demás acreedores habían empezado a amenazarle con emprender acciones legales. Y, lo que era aún peor, dado que para obtener el préstamo comercial había tenido que firmar un aval, había puesto en peligro su propio patrimonio. Si el banco le exigía la devolución del crédito, podría perderlo todo, incluida la granja familiar.

Le había dicho a Alex que la LSR&C había satisfecho uno de los pagos y que había prometido hacer otro en breve, pero su mujer era muy consciente de la gravedad de la situación.

Jenkins no paraba de dar vueltas por el despacho que habían montado en casa. Llevaba dos días intentando hablar con Traeger y se estaba quedando sin opciones. Aunque denunciara a la empresa y ganase el juicio, podría tardar meses o aun años en cobrar, si es que quedaba dinero. A esas alturas ya lo habría perdido todo. Habría caído en bancarrota y se vería sin techo, con mujer y dos hijos. Por tercera vez en lo que llevaba de mañana, abrió el cajón de su escritorio y sacó la tarjeta que había dejado Carl Emerson en la repisa de la chimenea. Le dio la vuelta. No figuraban nombre ni título algunos, ni tampoco dirección: solo un número de diez dígitos.

A mediodía, Jenkins recorrió la calle empedrada del mercado de Pike Place oyendo pregonar sus productos a los pescaderos y graznar a las gaviotas. Muchos de los restaurantes y los comercios mostraban ya adornos navideños pese a que aún quedaban unos días para Acción de Gracias.

El Radiator Whiskey, restaurante que abría sus puertas en el edificio de dos plantas situado a la entrada del mercado, consistía en un gran salón sin separaciones. Entre las vigas de madera se veían los conductos, los extractores de aire y los cables de las lámparas que pendían sobre las mesas. Sobre la estruendosa cocina había suspendida toda clase de cazos y sartenes y la pared de detrás de la barra se veía tapizada de botellas de *whisky* y barriles de madera envejecidos. El espacio estaba bañado de luz natural que entraba a raudales por las ventanas de arco de medio punto divididas en cuarterones que daban al icónico letrero de neón rojo de la plaza de abastos y su no menos distintivo reloj.

Carl Emerson ocupaba una mesa situada junto a los ventanales. En la pared había una pizarra con el menú escrito a mano.

—¿Cómo has encontrado este sitio? —Jenkins se quitó el abrigo de cuero negro y lo colocó en el respaldo de una de las sillas.

—Me lo ha recomendado una amiga. Me comentó que la comida es buena y que tiene un toque retro bastante agradable. —Al ver que se acercaba una camarera, dijo al recién llegado—: ¿Me dejas que te invite a un trago?

Él tenía delante una copa de *whisky* escocés con hielo. Sus gustos en lo tocante a alcohol no habían cambiado.

—Agua solamente —dijo Jenkins.

Cuando se fue la camarera, Emerson le tendió la carta y anunció:

—Por lo visto, el codillo de cerdo está exquisito.

Jenkins la apartó sin prestarle atención.

—¿Cómo quieres que encuentre a esa octava hermana?

Emerson cogió su vaso y dio un sorbo al *whisky* antes de responder:

—Como te dije, estamos convencidos de que será ella quien te busque en cuanto dejes caer que tienes información de las cuatro que faltan. Los rusos son curiosos y paranoicos por naturaleza. Les viene de haberse pasado ochenta años de régimen comunista mirando hacia atrás por encima del hombro.

—¿Y qué debo hacer para que confíen en mí?

—Como decías, los rusos te van a investigar en cuanto te escaneen el pasaporte. Cuando se pongan en contacto contigo, deja claro que eres agente de operaciones de la CIA...

—Antiguo agente de operaciones.

—Los antiguos agentes de operaciones no tienen mucha información valiosa que ofrecer, a no ser que hayan trabajado en la Lockheed u otra empresa de la industria militar. No, se trata de hacerles creer que, aunque se hizo ver que habías dejado la agencia, sigues estando en activo y tienes información que podría interesarles. Dada la existencia de ermitaño que has llevado estas últimas décadas en tu granja, no tendrán modo alguno de verificar ni desmentir lo que les cuentes. Ya te he dicho que tienes la tapadera perfecta.

Jenkins había pasado años viviendo de una herencia que complementaba con la venta de miel, mermelada y caballos de raza árabe.

—Oculto a plena vista —concluyó.

—En efecto.

—¿Y la información que tengo es la identidad de las cuatro hermanas?

—Si dices eso, lo más seguro es que acabes en una celda rusa de la Lubianka. —Emerson se refería al edificio que había sido sede del KGB y albergaba en el presente a la FSB—. Al principio dirás que tienes información que te gustaría vender. Recuerda que su estilo consiste en hacerse los remolones. Te harán esperar para probar tu paciencia, fingirán que no están interesados y probablemente te pondrán a prueba para ver si pueden confiar en ti.

—¿Y qué es lo que me mueve a mí? Si sigo en activo, ¿qué hago traicionando a mi país?

—La mejor tapadera es…

—… la que más se acerca a la verdad —dijo Jenkins.

—Tienes un negocio que se está quedando sin capital operativo.

—¿Cómo lo sabes?

—Intuición de agente viejo. Si te fuera de perlas, no estarías aquí, ¿verdad?

—¿Qué hago para que confíen en mí?

—Voy a darte nombres de agentes rusos que trabajaban para la CIA y que hace tiempo que quedaron expuestos, aunque ni el Kremlin ni la Agencia los han reconocido nunca.

—Si no los han reconocido nunca, ¿cómo se explica que yo tenga acceso a esa información?

—Porque eran agentes del KGB a los que captamos en Ciudad de México. Si lo comprueban los de la FSB, y lo van a comprobar, llegarán a la conclusión de que les estás diciendo la verdad. Eso debería bastar para azuzar su paranoia y picarles la curiosidad. En cuanto confíen en ti, les dirás que puedes acceder a los nombres de las cuatro hermanas que faltan… si están dispuestos a pagarte un poco más. La cantidad es lo de menos, pero recuerda lo cicateros que son los rusos.

Emerson deslizó hacia él un sobre de tamaño folio sobre la superficie de la mesa. Jenkins abrió la solapa para echar un vistazo al interior y vio una ficha a la que habían adjuntado la fotografía de un hombre que debía de haber mediado la cuarentena tomada con Polaroid.

—Es el coronel Víktor Nikoláievich Fiódorov —anunció Emerson.

—¿La octava hermana trabaja para él?

—Lo dudo. Creemos que solo conocen su identidad en los puestos más altos de la FSB, pero sabemos que Fiódorov es un hombre ambicioso. En cuanto menciones a las siete hermanas, entenderá la importancia del asunto y transmitirá la información a sus superiores. Cuando se presente la octava, saldrás de allí prometiendo darle los nombres de las cuatro que faltan. Entonces me revelarás a mí la identidad de la octava y nosotros nos encargaremos del resto.

—¿Y si los rusos deciden no seguirnos el juego? ¿Y si prefieren que me quede de invitado en su país?

Emerson respondió sin pestañear:

—Si algo va mal, la agencia no dudará en abandonar la operación. En ningún momento mencionará ni reconocerá en público tu participación en la misión, porque eso pondría en gran peligro a las cuatro hermanas restantes.

—¿Y mi mujer y mi hijo?

—Tu mujer no tiene por qué saber nada.

—Lo entiendo, pero… ¿qué garantías tengo de que os ocuparéis de ellos en caso de que me ocurra algo?

—Ninguna.

Jenkins se reclinó en la silla.

—Por lo menos eres sincero.

—¿Me habrías creído si te hubiese dicho cualquier otra cosa?

—Quiero doscientos cincuenta mil dólares, cincuenta mil por adelantado y los otros doscientos cuando te dé el nombre de la octava hermana.

—Eso es mucho dinero —aseveró Emerson.

—Es que me juego mucho y tengo una deuda por amortizar. Piensa en los primeros cincuenta mil como un simple anticipo. A la FSB le pienso pedir una cantidad similar para revelar el primer nombre. Cuando reciba el dinero, te lo daré a ti.

Emerson sonrió.

—No has cambiado. Te sigue gustando meterle caña al KGB.

—He cambiado mucho —sentenció Jenkins.

—No puedo darte nada por adelantado. Cuando estemos seguros de que la FSB está interesada, autorizaré un pago de cincuenta mil dólares y, cuando tengamos el nombre de la octava hermana, buscaré otros cien mil.

Ciento cincuenta mil dólares bastarían para que C. J. Security pagara sus deudas y le brindarían una red de seguridad por si la LSR&C seguía retrasándose con los pagos.

En ese momento llegó la camarera con el plato de Emerson y preguntó a Jenkins si quería pedir algo, pero él declinó el ofrecimiento con un movimiento de la mano, pues estaba desganado. Emerson miró el codillo que tenía bajo las narices, con guarnición de pimientos rojos y una salsa verde de alioli.

—¿Trato hecho?

—Está bien —dijo Jenkins—. Trato hecho.

—Pues ve desempolvando tu ruso.

Jenkins miró por encima del libro esperando ver a C. J. dormido o a punto de dormirse, pero su hijo seguía con los ojos abiertos de par en par. Alex no había querido que el pequeño leyera las novelas de Harry Potter siendo más crío por considerar que contenían elementos para mayores que podían asustar a un chiquillo. Al cumplir los nueve, se lo volvió a pedir y Jenkins se puso de su lado. Craso error: Alex había cedido, pero solo a condición de que él le leyera las dos primeras entregas de la serie.

—La próxima vez, dime que cierre el pico y te haré caso —le había dicho él.

A él le encantaba pasar aquel rato con su hijo, pero esa noche tenía la cabeza en otra cosa. La LSR&C había ingresado otros diez mil dólares, cantidad que, sin embargo, no bastaba para compensar la deuda añadida. Jenkins estaba haciendo malabares mientras trataba de apaciguar a los contratistas, a los proveedores y al banco.

—Papá —dijo C. J.—, ¿estás bien?

Él cayó en la cuenta de que había dejado de leer.

—Sí, sí. Estoy bien. —Miró los dígitos luminosos de color rojo del reloj de la cómoda y vio que eran las nueve de la noche—. Mejor lo dejamos por hoy.

—Acaba el capítulo.

—He terminado una parte de un capítulo y la que viene es muy larga. —Jenkins cerró el libro y lo puso en la mesilla de noche de su hijo. Volvió a dejar la silla, al lado de las botas de tacos, las espinilleras y el uniforme de fútbol de C. J.—. ¿Cómo te ha ido el entrenamiento de esta tarde?

—Bien —dijo el pequeño mientras se metía bajo el edredón.

—¿Solo bien?

—El entrenador me quiere de defensa. De zaguero.

—¡Qué bien! Esa es una de las posiciones más importantes.

—Pero de defensa no marcas goles.

—Sí, pero tu equipo tiene más probabilidades de ganar si el rival no los marca. ¿No?

—Supongo.

—A veces, las posiciones que se llevan toda la atención no son las más importantes —dijo el padre—. Muchas veces, las más importantes son las menos llamativas.

Se inclinó para besarlo en la coronilla.

—Sabes que te quiero, ¿verdad?

—Sí —respondió C. J. antes de volverse hacia un lado.

En la planta de abajo, Alex había encendido la chimenea, se había sentado en uno de los sofás de piel de color vino tinto y se había cubierto las piernas con una manta para leer otro libro sobre el arte de criar a los hijos. Con treinta y nueve años, Alex era mucho más joven que Jenkins, pero muchísimo más madura que él. Su marido suponía que se debía al hecho de ser hija única de dos profesores universitarios muy cultivados. El padre de ella había trabajado de asesor de la CIA durante la estancia de Jenkins en Ciudad de México. Jenkins conoció a Alex treinta años después, cuando ella se presentó en su granja de Caamaño para llevarle un paquete de Joe Branick, un compañero de Jenkins en el centro de operaciones mexicano que le había dado instrucciones de hacérselo llegar en caso de que le ocurriera algo.

Al verlo, Alex levantó la mirada de su lectura.

—¿Se ha resistido mucho?

—No demasiado —respondió el marido.

—Estoy pensando en comprarle los audiolibros. El orientador dice que si escucha la narración a la vez que lee podría mejorar su vocabulario.

Jenkins disfrutaba de aquellos momentos de lectura con C. J.

—Tampoco hay que precipitarse —repuso.

—Has estado muy callado durante la cena, Charlie.

—Ah, ¿sí? Supongo que tengo muchas cosas en la cabeza.

—Ven, siéntate un ratito delante del fuego.

Jenkins rodeó el sofá y ella levantó la manta. Él se metió debajo y los dos contemplaron las llamas cabrillear con tonos diversos tras la puerta de cristal de la chimenea.

—¿Qué te ha dicho Randy?

—Que las inversiones les van bien, pero que, al haber abierto más filiales en el extranjero, han tenido más gastos de la cuenta y por eso están regular de liquidez. Dice que va a hacer todo lo posible para que nosotros y nuestros acreedores podamos ponernos al día.

Seguro que sale bien. —Se detuvo a contemplar las llamas antes de añadir—: La LSR&C me ha pedido que viaje a Londres para ayudarlos a abrir su oficina en Reino Unido y buscar posibles fallos de seguridad. Randy estará también allí y será una oportunidad inmejorable para hablar con él en persona y conseguir que nos pague.

—¿Cuándo te vas? —preguntó ella.

—Cuando esté todo listo. Poco después de Acción de Gracias, supongo.

—¿Y cuánto tiempo estarás fuera?

No podía saberlo con certeza. Como le dijo una vez cierto agente, el contraespionaje era como una relación amorosa: no convenía mostrarse disponible demasiado pronto. La primera cita era solo para suscitar interés.

—Puede que una semana.

—Prefiero tenerte en casa —dijo ella acurrucándose contra él.

—Tienes a Freddie en el armario. —Era el nombre que le habían puesto a la escopeta de cañón recortado que guardaba Jenkins en una caja fuerte para armas dentro del armario de su dormitorio. Antes de tener en casa a Alex y a C. J., había dormido con el arma junto a la cama.

Alex lo buscó con la mano por debajo de la manta.

—Ahora mismo no estaba pensando precisamente en Freddie.

—¿Qué ha dicho el médico de tener sexo?

Ella lo besó.

—Que no pasaba nada si no me esforzaba. Así que te va a tocar arriba.

CAPÍTULO 4

Una semana después de Acción de Gracias, a las diez y media de la noche, Jenkins estaba embarcando en el vuelo número 2579 de Aeroflot, que lo llevaría del aeropuerto de Heathrow al de Sheremétievo, sito a unos treinta kilómetros del centro de Moscú. Dos días antes había llamado a la oficina que tenía la LSR&C en la capital rusa para anunciar su intención de evaluar las medidas de seguridad.

De Londres a Moscú solo había unas cuatro horas de vuelo, pero el trayecto completo desde Seattle duraba más de diecisiete. Con la escala y los cambios horarios, llegaría a Moscú a las cinco de la mañana. A fin de mantener su tapadera, Jenkins usó la tarjeta de crédito de la empresa para pagar tanto el viaje como la reserva en el céntrico hotel Metropol. No le preocupaba que Alex pudiera saber de los cargos, pues desde que le habían diagnosticado la preeclampsia era raro que comprobase las cuentas de C. J. Security.

Incapaz de dormir en el avión, se puso los auriculares y practicó su ruso y el alfabeto cirílico. Aunque hacía décadas que lo había estudiado, se las compuso para sacar la información que tenía guardada en algún recoveco de su cerebro. Tanto que, cuando el tren de aterrizaje tocó el suelo, si bien distaba mucho de gozar de fluidez en el idioma, había recuperado los conocimientos suficientes como para entender y hacerse entender en alguna medida. Miró por la ventanilla la capa nubosa que se extendía en el horizonte y rezó por que fuese anuncio de nieve y no un augurio de lo que estaba por venir.

Ya en la terminal, el agente de inmigración estudió con detenimiento su pasaporte antes de volverse hacia su ordenador y ponerse a teclear. Unos instantes después agitó la cabeza y le devolvió el documento diciendo:

—*Niet.*

—*Chto sluchilos?* —preguntó él. «¿Qué ha pasado?».

El hombre se sorprendió al verlo hablar en ruso.

—*Niet* —repitió y le hizo un gesto para que saliera de la fila.

—*Ya prozhdal chas* —repuso Jenkins—. *I u menia yest delo, po kotoromu mne nuzhno popast v Moskvu.* —Con ello quería decir que llevaba una hora esperando y tenía negocios que atender en Moscú.

Al oír aquello, el funcionario salió de su puesto y llamó a alguien, pero Jenkins no consiguió oír lo que decía. Enseguida apareció otro hombre, ataviado con un traje de chaqueta anodino. Los dos mantuvieron una rápida conversación en voz baja, hasta que el del traje se hizo con el pasaporte de Jenkins y le dijo en inglés:

—Acompáñeme, por favor.

Dando por supuesto que discutir con él no iba a servir para agilizar el proceso y sabiendo que, en Rusia, las cosas pueden pasar de mal a peor en cuestión de segundos, siguió al hombre a través del aeropuerto hasta llegar a una sala de detención, convencido de que tenían la intención de ficharlo y montarlo en el primer vuelo que fuese de vuelta a los Estados Unidos. El hombre del traje de chaqueta lo dejó solo y Jenkins soltó la bolsa de mano y la maleta de ruedas. Tentó el pomo de la puerta. Estaba cerrada con llave.

—Estupendo —dijo—. Ni siquiera voy a conseguir entrar en el país.

Treinta minutos más tarde se cansó del juego y ya estaba a punto de ponerse a aporrear la puerta cuando oyó voces al otro lado. La hoja se abrió hacia dentro para dar paso a un hombre de hombros anchos y cabeza afeitada que se acercó a él como quien se reencuentra con un primo del que hace mucho que no tiene noticias. El del traje anodino entró a continuación con el semblante pálido y gesto preocupado.

—Señor Jenkins —dijo el primero con un inglés de marcado acento extranjero—, por favor, disculpe molestias. Estaba esperando su llegada en zona de equipajes. Soy Uri, su chófer y jefe de seguridad de la oficina de Moscú.

Jenkins no había pedido un chófer ni esperaba que le asignasen ninguno.

—¿De qué va todo esto, Uri? ¿Por qué me han detenido?

—Un malentendido —respondió el recién llegado antes de fulminar con la mirada al del traje. La diferencia de complexión que se daba entre ambos hacía que el segundo pareciese un escolar al que estuvieran regañando. Uri exclamó entonces en ruso—: Este caballero es un hombre de negocios importante. ¿Dónde está su pasaporte?

El agente corrió a entregar el documento que le exigían.

—¿Lo ve? Un malentendido —insistió Uri con una sonrisa antes de recoger las maletas de Jenkins—. ¿Tiene más equipaje?

—No —respondió él siguiéndolo afuera.

—Muy inteligente, viajar ligero —aseveró el otro por encima de su hombro—. Las maletas que van en avión pueden tardar otra hora. Parece que el cacharro se las coma. —Volvió a sonreír—. Venga.

—Uri —dijo Jenkins después de apretar el paso para ponerse a su altura mientras recorrían con rapidez un pasillo del aeropuerto—, yo no he pedido a la oficina que me mande un chófer.

Otra sonrisa.

—En Moscú, se sobreentiende que es necesario. Hay obras por todas partes. Derriban, construyen… Cada vez más gente y más tráfico. —Giró a la izquierda y avanzó por una terminal larga e insulsa—. Sin chófer, no irá muy lejos ni muy rápido.

Todo parecía muy verosímil y Uri resultaba muy convincente. Su presencia en el aeropuerto bien podía deberse a su voluntad de recoger a su jefe, pero Jenkins también sabía que su pasaporte había hecho saltar la alarma. Su detención había brindado al agente de inmigración la oportunidad de alertar a la FSB y a esta, el tiempo suficiente para enviar a una o más personas que siguieran todos sus movimientos durante su estancia en el país. Una de esas personas podía ser Uri perfectamente. A fin de cuentas, no era extraño que los rusos infiltraran agentes del KGB, o de la FSB, en las empresas estadounidenses.

Por muy hombre de negocios que fuera Jenkins, había pertenecido a la CIA y la memoria de los rusos, como sus inviernos, podía durar mucho.

Una vez en Moscú, Uri rodeó el Kremlin por Prospekt Marksa o avenida de Marx, con lo que ofreció a Jenkins la ocasión de contemplar las coloridas cúpulas bulbosas de la catedral de San Basilio. Había gente, no mucha, paseando por la calle, desafiando el frío con ropa de invierno.

Uri llevó el coche a la entrada principal del Metropol y Jenkins se apeó del asiento trasero para encontrarse con un aire gélido que le aguijoneaba las mejillas y las manos y hacía que le doliese respirar. Había metido un gorro de lana y unos guantes en el compartimento exterior de la maleta, pero, en lugar de sacarlos, se concedió unos instantes para representar el papel de turista. Miró al otro lado de la calzada, bien poblada de tráfico, como quien admira la torre del reloj del Kremlin y puso la vista en los dos hombres del Mercedes todoterreno negro que los había seguido durante el trayecto, como había podido comprobar en el retrovisor lateral de su vehículo.

—Estará en oficina a las dos hoy. Vendré por usted a una y media. ¿Sí? —dijo Uri dejando en el suelo el equipaje—. Duerma, pero no muy profundo.

Jenkins le dio las gracias, recogió la maleta y subió los escalones, donde el portero le dio paso a un vestíbulo de mármol. Del techo artesonado pendían arañas cuajadas de caireles sobre estatuas de oro y columnas marmóreas. En las vitrinas centelleaban costosos relojes de pulsera y había una arpista tañendo las cuerdas de su instrumento. El recepcionista hablaba un inglés perfecto y Jenkins apenas tardó unos minutos en encontrarse en su habitación, situada en la quinta planta. Tuvo que resistirse a la tentación de dejarse caer sobre la cama de matrimonio, porque sabía que, si se dormía, sería «demasiado profundo», tal como le había advertido Uri, y tenía trabajo.

Entró en el cuarto de baño, cerró la puerta y abrió el grifo de la ducha. Entonces, palpó la parte de abajo del lavabo y, al dar con la cinta adhesiva, sacó un sobre de papel grueso. Se sentó sobre la tapa del inodoro, abrió el sobre, sacó varias hojas y leyó el nombre de la operación inactiva y la identidad del agente doble ruso que usaría para llamar la atención de la FSB.

Ya tenía el anzuelo. Solo le faltaba lanzar el sedal y esperar que picasen.

Después de memorizar el material que le había proporcionado Carl Emerson, arrugó todas y cada una de las páginas como un acordeón, colocó la primera sobre el borde del lavabo y aplicó por encima la llama de un encendedor. Los pliegues hicieron que el papel ardiese sin humo ni olor y, por lo tanto, sin hacer saltar la alarma antiincendios. Cuando ardió por completo, lanzó las cenizas al interior y repitió la operación con el resto de las hojas, a excepción de un fragmento muy pequeño que arrancó para guardarlo.

Emerson le había dado el número de la sede de la FSB, situada en la plaza Lubianka. Jenkins abrió la maleta, sacó un teléfono desechable y lo marcó. Confiaba en su memoria, pero ya no era un chaval de veintitantos sin responsabilidades. Esperaba que fuesen los nervios, y no algo peor, lo que le estaba provocando el temblor que había empezado a acusar su mano derecha. Aunque leve, aquella era la primera vez que le ocurría.

Se metió el teléfono en un bolsillo del abrigo y sacó de la maleta el grueso gorro de lana y los guantes de piel forrados de pelo. Acto seguido, memorizó la posición de cada uno de los objetos de la habitación, convencido de que la registrarían de arriba abajo.

Se dirigió a la puerta y se arrodilló como si fuera a atarse el zapato para dejar en el suelo el trocito de papel que había arrancado y sujetarlo con la suela para impedir que se moviera con el aire al abrir la puerta. Poniéndose en pie, abrió y salió al pasillo antes de volver a cerrar con cuidado.

En el vestíbulo, el portero le preguntó si deseaba pedir un taxi. Él declinó la oferta.

—Pensaba dar un paseo —repuso practicando su ruso—. Dudo que llegue muy lejos con este frío.

Se abrochó el abrigo y se caló el gorro hasta cubrirse las orejas al salir. En ese instante le golpeó como un puño una ráfaga de invierno ruso. Se detuvo delante mismo de la puerta para ponerse los guantes, lo que le dio un instante para confirmar que el Mercedes negro seguía estacionado junto a la acera de enfrente del Teatralnii Prospekt.

Caminó hacia el norte, tiñendo de blanco el aire con cada exhalación a medida que se acercaba al edificio de color naranja tostado de la plaza Lubianka. Aquella construcción rectangular había sido en otros tiempos una de las más temidas del planeta, sede del KGB y de su infame prisión.

Emerson sostenía que el KGB había sido como *Superagente 86* en comparación con la FSB y que, cuando Putin se hizo con el poder, consideró prioritario fortalecer tanto su propia posición como la del Estado. Creó su propia oligarquía con los amigos y colegas que llevó a Moscú desde Leningrado y que integró en la FSB para que lo mantuviesen informado y parasen los pies sin compasión a quienes se atrevieran a desafiarlo.

Frente a la Lubianka, al otro lado de la plaza, se encontraba su destino: un edificio colosal de numerosas plantas que en otra época se había llamado Detski Mir («El Mundo de los Niños») y albergaba más de un centenar de tiendas infantiles. Jenkins caminó con cierto esfuerzo hasta la puerta de cristal de la entrada, decorada con tres grandes figuras de neón: una niña, un oso y un Pinocho. Se preguntó si tendrían alguna significación política: la nueva Rusia, la antigua Rusia y un personaje atrapado entre dos mundos. Lo que le importaba, además de la localización de aquel centro comercial, era que los establecimientos estarían llenos de chiquillos con sus madres y más faltando tan poco para Navidad. Para su primer encuentro, si es que se producía, quería contar con un lugar público.

Dentro del edificio se quitó los guantes y el gorro y los guardó en los bolsillos de su abrigo. Tenía la cara dormida, como si hubiese pasado la mañana en el dentista y empezara a mitigarse el efecto de la procaína. Encontró un Starbucks en la planta baja y pidió un capuchino grande para tomárselo en una mesa situada bajo la techumbre de cristal de un atrio colorido y adornado con profusión. El ronroneo grave de las voces de los comerciantes ahogaba casi la música navideña. Jenkins se entretuvo con el teléfono móvil a fin de dar tiempo a sus dos agentes rusos para que lo alcanzaran. La pareja entró, en efecto, en el centro comercial y se apostó junto una farola de intrincados adornos. Uno de ellos se ocultó tras un periódico doblado.

Jenkins respiró hondo y llamó. Sonaron varios tonos y, cuando pensaba que saltaría el contestador, oyó una voz masculina que decía:

—Fiódorov.

—*Dobri den.* —Jenkins lo saludó en ruso antes de seguir hablando en inglés—: Soy un ejecutivo americano de viaje de negocios en Moscú y tengo información que creo que podría interesarle al Gobierno ruso. Quisiera reunirme con alguien para proponerles algo que podría serles muy valioso.

Su interlocutor guardó silencio, sin duda mientras corría a grabar la conversación.

—*Kakaia informatsia?* —preguntó al fin en ruso, aunque era evidente que debía de hablar inglés. La lengua constituye un medio de dominar a un contacto y nadie quiere revelar nunca hasta dónde está entendiendo lo que se dice.

—De la clase de información que debe darse de manera confidencial —respondió Jenkins, de nuevo en su propio idioma.

Fiódorov hizo una pausa antes de aseverar en inglés:

—Nosotros no llevamos esas cosas. Si ha perdido su pasaporte o necesita que se le facilite alguna dirección, ¿por qué no prueba en la embajada estadounidense?

—Porque dudo mucho que a ellos les interese tanto la información como a la FSB. Eso sí, si no la quiere, siento mucho haberle hecho perder el tiempo.

—*Podozhdite* —se apresuró a decir Fiódorov.

—Sí, sigo aquí.

Otra pausa.

—¿Dónde ha aprendido a hablar ruso?

Jenkins sonrió. Las reglas del juego habían cambiado muy poco en aquellas décadas. No iba a dejar pasar la ocasión de impresionarlo.

—En Ciudad de México, en los setenta, pero me estoy dando cuenta de que es como montar en bici.

—¿Montar en bici?

—Eso decimos nosotros cuando aprendes algo que nunca se olvida.

—¿Quiere venir a la Lubianka?

—No, si están interesados en hablar conmigo, pueden llamarme a este número. No estoy muy lejos. Yo le diré dónde puede encontrarme. —No esperó antes de recitar de un tirón el número del teléfono desechable y pudo oír a Fiódorov afanarse en dar con papel y bolígrafo.

—No pienso estar aquí más de un cuarto de hora —aseveró Jenkins—. Me iré en cuanto acabe el café. Debería decirles a los dos agentes que me están siguiendo que las madres suelen inquietarse cuando ven en un centro comercial infantil a hombres hechos y derechos sin niños. *Proshchái.*

Dicho esto, colgó y se reclinó en su asiento sin dejar de observar de reojo a sus dos vigilantes. Un minuto después, el que estaba más cerca volvió la cabeza con mucho cuidado para intentar esconder el cable que le subía del cuello de la chaqueta al oído. Estaba recibiendo una llamada.

Pasaron quince minutos sin que nadie le devolviese la llamada. Como el KGB, la FSB sabía ser paciente y prefería hacer las cosas a su ritmo.

Apuró el café, tiró el vaso a una papelera y se dispuso a salir del edificio. Al pasar al lado de los dos desconocidos, no pudo sustraerse a la tentación de lanzarles una pulla al mismo tiempo que les dejaba clara su condición de agente de campo avezado.

—*Vi mozhete bit arestovani za besporiadok v detskom magazine*— les dijo. «Os podrían arrestar por andar merodeando por unos grandes almacenes para niños».

Jenkins pasó la tarde revisando con Uri las medidas de seguridad de las oficinas moscovitas de la LSR&C. Cuando acabaron la reunión, el equipo de inversión le propuso cenar en un restaurante chino. Él, que no había tomado nada desde el tentempié que le habían ofrecido en el avión, aceptó encantado. Durante la velada se mantuvo vigilante, pero no vio a nadie que pareciera estar siguiéndolo ni observándolo mientras cenaba.

Habían llegado ya a los postres cuando se excusó para ir a los aseos. Estando de pie ante un urinario, oyó que se abría la puerta para dar paso a alguien. Aunque había varios libres, el recién llegado fue a colocarse en el contiguo al que estaba usando Jenkins, quien se dio cuenta enseguida de su error: durante su instrucción había aprendido que jamás se debe usar un mingitorio, pues supone dar la espalda a la puerta teniendo las manos ocupadas.

—Señor Jenkins —dijo el hombre sin volver la cabeza ni despegar la vista del azulejo blanco que tenía frente a él—, soy Fiódorov, Víktor Nikoláievich. He hablado esta mañana con usted por teléfono. Estaríamos interesados en tener una conversación con usted. Venga al vestíbulo de la Lubianka mañana, a las diez de la mañana. ¿Lo conoce?

—Demasiado bien, conque me perdonará si declino su invitación. Los viejos prejuicios no se superan así como así. Preferiría un lugar más neutral.

Se trataba de mantener al pez pendiente del anzuelo, pero sin hacerlo demasiado fácil.

Jenkins oyó a Fiódorov tomar aire y soltarlo con fuerza.

—¿Conoce el parque de Zariadie?

—¿No es donde estaba antes el hotel Rossía? —preguntó él aprovechando así la ocasión de impresionar de nuevo a su interlocutor y presentarse ante él como agente del espionaje estadounidense, cosa que, de cualquier manera, debía de haber averiguado ya Fiódorov.

En el hotel Rossía, antaño el mayor del mundo, se habían alojado todos los extranjeros que visitaban la Unión Soviética. Tras la caída del comunismo, el nuevo propietario había querido reformarlo y se vio obligado a echarlo abajo cuando la constructora que había contratado descubrió que las paredes estaban plagadas de cámaras, aparatos de escucha y tuberías diseñadas para introducir gas en las habitaciones. Se decía que Putin lo había convencido para que renunciara al proyecto a fin de evitar un escándalo nacional. En su lugar, creó un parque y lo presentó como un regalo a los ciudadanos de Moscú.

—Eso es —repuso Fiódorov.

—Creo que erigieron el hotel sobre los cimientos de un rascacielos que no se llegó a construir nunca, el edificio administrativo de Zariadie. ¿No es verdad? —El otro no respondió—. Habría sido la octava de las que ahora se conocen como las Siete Hermanas de Moscú, ¿no?

Fiódorov volvió la cabeza. Jenkins había conseguido suscitar su interés y, de paso, tomar nota de su aspecto.

—Puede ir andando desde su hotel. A las once de la mañana hay una proyección en la mediateca, un documental sobre el incendio de Moscú de 1812. Siéntese en la penúltima fila.

CAPÍTULO 5

Al abrir la puerta de su habitación, Jenkins entró tratando de bloquear la corriente y miró hacia la moqueta. El trozo de papel se había movido. Apartó enseguida la vista, pues era consciente de que los adelantos tecnológicos permitían ya hacer cámaras del tamaño de la cabeza de un alfiler y de que lo estarían observando.

Dejó sobre la cama la ropa de abrigo y miró el reloj. Moscú llevaba once horas de adelanto con respecto a Seattle, de modo que Alex debía de estar llevando a C. J. al colegio y no tendría tiempo para hablar… ni para hacer preguntas.

Usando su teléfono la llamó al fijo de casa. Su mujer respondió al segundo tono.

—Hola —dijo con voz acelerada.

—Te llamo solo para decirte que he llegado bien y saber cómo estáis los dos.

—Estoy intentando hacer que C. J. salga por la puerta. ¡Venga, C. J.! —gritó—. Como llegues tarde otra vez, tendrás que ser tú quien dé explicaciones. —A continuación añadió—: Perdona. ¿Qué tal tú?

—Muy bien. Acuérdate de tu tensión: gritar no ayuda. Si llega tarde, que apechugue con las consecuencias. Si no, no aprenderá nunca.

—Gritar me relaja.

—Bueno, pues, de todos modos, intenta no fatigarte demasiado.

—Llevo tu merienda y tu chaquetón —la oyó decir a C. J.—. Voy arrancando el coche.

—Pero ¡si no te quedan manos! Dale a C. J. un beso de mi parte.

—Por supuesto.

—Te quiero, Alex. —No solía decírselo cada vez que hablaban por teléfono. No lo había mamado de pequeño y no le salía de forma natural.

Ella guardó silencio un instante.

—Yo también te quiero —repuso al fin—. No sabes las ganas que tengo de que vuelvas.

—Nos vemos pronto.

Jenkins colgó y, de pronto, sintió ganas de vomitar. Corrió al cuarto de baño, cerró la puerta y abrió el grifo de la ducha antes de arrojar en el lavabo. Unos minutos más tarde, volvió a enderezarse. Se vio pálido en el espejo y se sintió mareado y empapado en sudor frío. Se aferró a la encimera para recobrar el equilibrio y respiró hondo varias veces, conteniendo el aire antes de expulsarlo. Cuando se recompuso, se desvistió con rapidez y entró en la ducha para dejar que le acribillasen la piel las agujas de agua caliente.

Había conseguido lo que pretendía. Había lanzado el anzuelo y todo hacía pensar que Fiódorov había picado, aunque sabía bien que el ruso sería paciente, actuaría con cautela y trataría de manipular cada situación para conservar siempre una posición dominante. Fiódorov podía hacerlo. Jenkins estaba en su territorio y los dos sabían que el de la FSB tenía el poder de hacerlo desaparecer con solo chasquear los dedos.

Cuarenta años antes, en Ciudad de México, Jenkins se había burlado de los agentes del KGB. Se había preciado de ser para ellos un verdadero dolor de cabeza y había disfrutado de lo lindo con ello, pero en aquella época todo había sido distinto: por aquel entonces, no tenía nada que perder. La sensación no era muy distinta de la que había tenido en Vietnam, donde había conocido a soldados jóvenes a los que había dejado de importar si vivirían o no después de convencerse de que sería inevitable morir en aquellas selvas. Jenkins se había jurado no volverse como ellos. Se había jurado que saldría con vida de aquel infierno, que no olvidaría todos los motivos que tenía para seguir vivo.

Y al final lo había hecho.

También él había acabado por aceptar lo inevitable de la muerte. También a él le había dejado de importar.

Aquella fue la actitud que había llevado consigo a Ciudad de México y que le había permitido acometer sin miedo cualquier misión que se le había encomendado.

Pero ni vivía ya en aquella época ni era la misma persona de entonces.

Levantó la mano derecha. El temblor hacía patente cuánto le importaba, cuánto tenía que perder: una mujer a la que amaba y que lo amaba, un hijo al que adoraba y otro que estaba de camino. No, no estaba esquivando balas en la selva, pero sabía que el juego en el que se había metido podía ser igual de mortífero.

CAPÍTULO 6

Jenkins se levantó a la mañana siguiente tras una noche agitada, se abrigó y salió a encontrarse con el frío de Moscú. Quería poner en orden sus ideas antes de reunirse con Fiódorov... si es que aparecía el ruso. Entre los agentes del KGB había sido frecuente la costumbre de acordar encuentros y comunicaciones sin intención alguna de acudir a la cita con el fin de ejercer su poder sobre el individuo y hacerse con los mandos de la situación. Tenía motivos para pensar que la FSB actuaría de un modo similar.

Salió del hotel y se dirigió a la Lubianka. Esta vez, sin embargo, giró a la derecha al llegar a un cartel que anunciaba en inglés rebajas del cincuenta por ciento y siguió caminando por una calle peatonal empedrada cubierta ligeramente de nieve y flanqueada por lujosos restaurantes y comercios como Giorgio Armani, Yves Saint-Laurent y Bottega Veneta, todos ellos con decoración navideña.

Cómo habían cambiado los tiempos en Moscú.

Se detuvo y, haciendo que miraba los escaparates, estudió el reflejo de los transeúntes en busca de los hombres que lo habían seguido la víspera. Al no verlos, siguió andando hacia la plaza Roja. Dejó a su derecha la catedral de Kazán y, a su izquierda, el centro comercial GUM, cuajado de luces de Navidad centelleantes. Al llegar a la plaza vio una cola de turistas que pese al frío aguardaban para entrar en el mausoleo de Lenin. Prosiguió hasta rebasar la catedral de San Basilio y dejó la plaza frente al parque de Zariadie, una combinación de arboledas recién plantadas y extensiones de césped con relucientes edificios de cristal a orillas del Moscova. Jenkins cruzó una concurrida intersección que daba a un edificio de cristal abovedado, pagó la entrada y recibió con ella un folleto en inglés que explicaba que Zariadie era el primer parque público construido en Moscú desde 1958 y elogiaba a Putin por semejante regalo a la ciudadanía moscovita. Por supuesto, evitaba cualquier mención a la bochornosa historia del adyacente hotel Zariadie, para cuya erección había sido necesario derribar un valioso edificio modernista propiedad del multimillonario Dmitri Shumkov. Shumkov se opuso a la demolición y apareció poco después ahorcado en su apartamento de Moscú. Los investigadores describieron su muerte como suicidio «legítimo».

Siguiendo el plano del folleto, atravesó el paso elevado y recorrió una serie de estructuras curvas que parecían excavadas en las extensiones de hierba en pendiente hasta llegar a la mediateca. Pagó la entrada y buscó la sala en la que se proyectaba la película sobre el incendio de 1812.

Sospechaba que Fiódorov no la había elegido al azar. Como parte de su adiestramiento, Jenkins había estudiado la historia de Rusia y sabía que habían sido las fuerzas de la nación las que habían prendido fuego a la ciudad deliberadamente para dejar a la hueste invasora francesa sin alimento, cobijo ni pueblo alguno sobre el que gobernar. Napoleón había entrado victorioso en Moscú, pero se había visto sin más opción que abandonarla o morir de hambre y de frío.

Rusia no se dejaba dominar.

Como le había indicado Fiódorov, tomó asiento en la penúltima fila de una sala a medio llenar.

Al ver que daban las once y cuarto sin rastro de su presencia, dio por hecho que la FSB había vuelto a ponerlo a prueba. Recogió su abrigo y el resto de sus pertenencias y ya estaba a punto de irse cuando entraron dos hombres en la sala en penumbra y se dirigieron hacia él. El primero era Fiódorov. El agente se sentó a su lado, en tanto que el segundo, un verdadero bloque de hormigón hecho persona, ocupó el asiento que tenía justo detrás, lo que llevó a Jenkins a pensar en el Peter Clemenza de *El padrino* y, en particular, en la escena en la que se sienta en la parte trasera del coche para poder estrangular al marido de Talia Shire, que ocupa el asiento del copiloto.

—¿Quiere hablar? —preguntó Fiódorov en inglés.

Jenkins asintió.

—Sí.

—Perfecto, pero, si quiere que cooperemos, tendrá que venir a la Lubianka —advirtió el ruso tratando de hacerse el desinteresado—. Es usted el que quiere hacer la oferta. Estamos dispuestos a escucharla, pero, si quiere hablar con nosotros, será usted quien venga a vernos.

—*Ya dumaiu, chto ya dostatochno blizko. Krome togo, korótkaia progulka po russkomu jolodu jorosha dlia zdorovia, niet?* —Jenkins cambió deliberadamente de idioma. En situaciones normales no habría revelado nunca hasta dónde hablaba o entendía el ruso, pero pretendía dar a Fiódorov la impresión de que tenía la sartén por el mango en aquella reunión. «Creo que ya me he acercado bastante. Además, pasear un poco con el fresco de Rusia es bueno para la salud, ¿no?».

Fiódorov clavó en él la mirada y Jenkins se la sostuvo. Guardar las apariencias —transmitir poderío— lo era todo para los varones de Rusia. Por eso fue Jenkins quien apartó la vista primero.

—Por otra parte —añadió en inglés—, el ruido que hay aquí hace casi imposible que puedan oírnos o grabar lo que decimos y creo que eso es muy beneficioso para lo que queremos hacer. Supongo que usted piensa lo mismo y por eso estamos aquí.

El ruso miró a la pantalla.

—Deberíamos empezar sabiendo qué quiere hacer usted —dijo.

—Me parece justo. Como le dije por teléfono, soy un hombre de negocios con cierta información que creo que agradecería el Gobierno ruso.

—¿Y a qué negocios se dedica?

—A cosas de seguridad.

A los labios de Fiódorov asomó una leve sonrisa.

—Yo diría que en Rusia ya tenemos de eso. Hasta puede que nos sobre.

—Y en los Estados Unidos habrá quien le diga que nunca tenemos bastante para cuidarnos de los que quieren hacernos daño. —Soltó un suspiro—. En realidad, mi trabajo me ha permitido justificar mi presencia en su país.

—¿Y por qué no me dice a qué ha venido?

—¿Ha estado alguna vez en México? —preguntó Jenkins.

Fiódorov frunció el ceño ligeramente.

—No, nunca.

—Era usted muy joven. —Jenkins calculó que Fiódorov debía de rondar los cuarenta y cinco—. En mis tiempos, en México era imposible lanzar una piedra sin que le diera a un agente del KGB.

—¿Y a qué se dedicaba usted en México?

Jenkins sonrió.

—A lanzar piedras a los agentes del KGB.

Fiódorov lo miró un momento antes de echarse a reír.

—*Estaba en México haciendo turismo* —dijo Jenkins en español.

—Ya veo. Dígame, ¿cuál es la naturaleza de su información?

—Los nombres de los agentes del KGB a los que alcancé con esas piedras.

—No le entiendo.

—Me refiero a las piedras que dieron en el blanco.

—¿De los agentes rusos del KGB que desertaron?

—No, de los que se quedaron.

—Ya. —Fiódorov estaba intrigadísimo, pero no pensaba revelarlo. Se encogió de hombros—. Eso fue hace mucho. La Unión Soviética ya no existe. ¿Qué le hace pensar que todavía nos interesa?

—Es verdad. He leído mucho de la *glásnost* y la *perestroika*, conque a lo mejor me equivoco al pensar que alguien como yo pueda tener nada de valor que ofrecer a esta nueva Rusia.

—Puede ser —dijo Fiódorov, para añadir, sin embargo, a continuación—: Pero por intentarlo…

Jenkins asintió. Había llegado el momento de tirar del sedal.

—Alekséi Sukurov. Creo que era coronel de su KGB. El caso es que estuvo cuarenta años suministrando a los Estados Unidos información valiosa sobre la tecnología armamentística de la Unión Soviética. La operación tenía el nombre en clave de Graystone.

—Nunca he oído hablar de él.

El americano sonrió.

—Porque sería una vergüenza para su país. Búsquelo, señor Fiódorov, y, si le interesa, dígamelo.

—¿Cuánto tiempo estará en Moscú, señor Jenkins?

—Nunca se sabe. —No pasó por alto que Fiódorov no le había preguntado dónde se alojaba.

—Y si este hombre resulta ser de nuestro interés, ¿qué quiere a cambio?

—Lo que quiere cualquier americano. Lo mismo que cualquier ruso, por lo que he podido comprobar durante mi breve paseo de esta mañana. Ahora somos todos capitalistas, ¿no?

CAPÍTULO 7

La llamada al teléfono desechable de Jenkins se produjo al día siguiente, por la tarde, cuando él subía con paso rápido las escaleras alfombradas del hotel Metropol para entrar en el vestíbulo de mármol después de otra ronda de reuniones en gran medida innecesarias con la oficina moscovita de la LSR&C. Las había convocado con el simple objetivo de dar tiempo a Fiódorov para informarse apropiadamente sobre Alekséi Sukurov. Por lo que le había dicho Emerson, Sukurov, situado en un puesto prominente de la jerarquía del KGB, había estado durante años proporcionando a los Estados Unidos información detallada sobre tecnología soviética antes de su muerte. Su nombre era, por tanto, de escaso interés en sí mismo, pero cabía esperar que llevase a Fiódorov a preguntarse si no tendría acceso a información igual de confidencial, aunque más relevante.

El agente de la FSB volvió a pedirle que acudiese a la Lubianka y Jenkins volvió a decirle que no. Propuso verse con él en un restaurante y, a fin de contentar su ego, le sugirió que podía recogerlo en su hotel y llevarlo adonde quisiera hasta asegurarse de que no lo seguía ningún agente de la CIA, procedimiento que, en los tiempos de Jenkins, habían conocido como «lavado en seco».

Una hora después, el estadounidense bajó los escalones de la entrada trasera del hotel. Mientras esperaba empezaron a caer gruesos copos de nieve llevados por una brisa suave que se fueron posando en el patio como hojas secas, amortiguando los sonidos de la ciudad y envolviendo a Moscú en una sensación de serenidad.

Entonces llegó un Mercedes negro y se detuvo al pie de las escaleras. Fiódorov, en el asiento del copiloto, lo miraba a través del parabrisas. Jenkins oyó el sonido de los seguros de las puertas antes de que el aparcacoches abriese la de atrás. Jenkins tomó asiento detrás de Fiódorov. Conducía el bloque de hormigón. No se intercambiaron saludo alguno.

El vehículo se internó por calles estrechas y Jenkins tomó nota de que sus dos anfitriones estaban comprobando los retrovisores por si los seguían. Entonces, el chófer giró bruscamente a la derecha y obligó al estadounidense a agarrarse al asidero del techo y luchar contra la fuerza centrífuga que amenazó con tumbarlo. Los bajos del coche rozaron el pavimento y las ruedas dieron un bote. Cuando se detuvieron, los faros iluminaron un callejón estrecho de ladrillos en el que apenas cabía el automóvil. El conductor apagó el motor y las luces. Fiódorov y él se apearon con rapidez y el primero abrió la puerta de atrás.

—Salga, por favor.

Jenkins obedeció con la esperanza de que aquella no fuese su última parada. El callejón hedía al tufo agrio de la basura.

El chófer lo cacheó de arriba abajo y, cuando acabó, hizo un gesto de asentimiento a Fiódorov, que hizo una señal con la mano hacia el otro extremo del callejón. Este se iluminó entonces con los faros de un segundo vehículo estacionado en un túnel abovedado, que salió de su escondite lentamente. De lo que resultó ser un Audi rojo salieron tres hombres, uno de ellos tan alto como Jenkins, y caminaron a paso rápido y en silencio hacia el Mercedes negro. El más alto se sentó atrás y quien tomó el volante condujo callejón arriba y dobló a la derecha al llegar al siguiente cruce.

Jenkins siguió a Fiódorov y a su chófer hasta el Audi y se metió en la parte de atrás. Salieron del callejón por donde habían entrado.

El bloque de hormigón se puso de nuevo a hacer giros inesperados y a reducir la marcha y a acelerar a fin de sincronizarse con los semáforos. Cuando se convenció de que no los seguía nadie, se detuvo en el bulevar Tverskói, delante de un edificio barroco con una placa dorada en la que se leía: Kafé Pushkin.

El americano siguió a sus anfitriones al interior del restaurante, donde rebasaron la modesta muchedumbre que ocupaba la barra, subieron la angosta escalera que llevaba a la segunda planta, donde aguardaba el *maître* como si esperase su llegada. Los llevó por lo que parecía ser una biblioteca particular muy refinada, con mesas ocultas entre estanterías de madera tallada que ofrecían los lomos dorados de volúmenes antiguos y sostenían lamparitas dotadas de pantalla. La caoba oscura, las ventanas en arco y los manteles de color verde oscuro conferían al salón el aspecto y el ambiente propios de las novelas de Harry Potter que leía por la noche a C. J.

Como era entre semana y estaba nevando, no había demasiada gente, pero se oían voces suaves hablando en ruso y el tintineo de cubiertos y copas. Los olores procedentes de la cocina lo hicieron salivar y caer en la cuenta de que no había comido nada desde el desayuno. El *maître* rodeó una estantería y les ofreció con un gesto la mesa situada en el rincón, sobre la que habían puesto dos bebidas que daban la impresión de ser vodka. Un camarero con camisa blanca, chaleco rojo y un delantal que le llegaba más allá de las rodillas les tendió las cartas, pero Fiódorov declinó el ofrecimiento y pidió directamente. Aunque a Jenkins no le resultó fácil comprender lo que decía, consiguió entender agua con gas, champán, caviar y chuletas de ternera con cebolla frita.

O al Kremlin le había gustado de veras la información de Jenkins o Fiódorov, como muchos empleados del Gobierno estadounidense, había visto la ocasión de hacer que el Estado le pagase una cena y estaba dispuesto a aprovecharla bien.

—Su agencia debe de pagarle bien, mucho mejor que en los Estados Unidos —aseveró Jenkins recorriendo el salón con la mirada después de que se retirara el camarero.

—Siento todo el teatro de antes, señor Jenkins, pero no es fácil estar seguro en el primer contacto.

—¿Tengo que entender que ha verificado la información que le di sobre Alekséi Sukurov?

—El señor Sukurov falleció —dijo Fiódorov.

—¿Por causas naturales?

El ruso tomó su copa. La segunda seguía sobre la mesa, delante de Jenkins, quien señaló con el pulgar al bloque de hormigón.

—¿Él no bebe?

—¿Arkadi Vólkov? No, no. Él no bebe. Tiene que conducir. Sería una irresponsabilidad. —Alzó la bebida y brindó «¡Por nuestro encuentro!»—. *Za vstrechu!*

Jenkins repitió el brindis y se llevó el vodka a los labios, pero no llegó a beber.

Fiódorov soltó su copa y, sin alzar la voz, señaló:

—En Ciudad de México trabajó usted con un hombre llamado Joe Branick en 1978. Él murió. Se suicidó, por lo que tengo entendido. Interesante explicación. —Al ver que su interlocutor no respondía, prosiguió—: Dejó Ciudad de México y volvió a los Estados Unidos. Y ahí acaba su historia al parecer, señor Jenkins.

Y, de alguna manera, era verdad. Desengañado y atormentado por la culpa, dejó la CIA y buscó la vida retirada que le ofrecía su granja de Caamaño, donde estuvo solo hasta la mañana en que lo cambió todo la llegada de Alex.

Jenkins desplegó la servilleta para ponérsela en el regazo.

—No estaba muy contento con la empresa para la que trabajaba.

—Sí. Por lo visto, lo mandaron a los montes de Oaxaca para que informase sobre la amenaza comunista de un mítico cabecilla mexicano llamado *el Profeta*. Poco después aniquilaron a los habitantes de la aldea a la que lo enviaron. Se dijo que la matanza había sido obra de una milicia mexicana de extrema derecha. Otra explicación interesante, ¿no? ¿Me he informado bien hasta aquí?

Jenkins asintió con la cabeza, aunque la oportuna llegada del camarero le impidió decir nada. El hombre dispuso una bandeja de entrantes sobre la mesa y anunció mientras iba señalando:

—Tostadas de pan de centeno con crema de berenjenas, champiñones marinados y verduras encurtidas. *Naslazhdatsia.*

Fiódorov cogió una tostada y untó la crema con un cuchillo.

—Por favor —dijo invitando a Jenkins con un gesto—. Le gustará.

Jenkins decidió comer de todo cuanto iba comiendo Fiódorov mientras el chófer seguía sentado con gesto resuelto.

—¿Tampoco come? —preguntó el americano—. ¿Cuándo le cambia el aceite y la batería?

El bloque giró lentamente la cabeza, lo miró de hito en hito y, tras unos instantes, le ofreció un atisbo sutilísimo de sonrisa. El fulano aquel habría sido la leche en un bar de monologuistas.

—A decir verdad, señor Jenkins —dijo Fiódorov mientras se echaba un champiñón a la boca—, no nos interesan los nombres de antiguos agentes del KGB ya fallecidos.

—Y, aun así, me ha traído aquí.

—Sí. Imagino que lo que pretendía al contarme lo de Alekséi Sukurov era hacer que comprobase que, en otros tiempos, tenía usted acceso a información secreta. ¿Sí?

—En efecto.

—¿Y dice que tiene cosas que podrían interesarme más?

—Tengo acceso a información que creo que podría interesarle mucho.

—¿Y cómo es que un antiguo agente de operaciones descontento con la Agencia Central de Información tiene acceso a cosas así después de tantos años, señor Jenkins?

—No es eso.

Fiódorov se detuvo, solo un instante, y, a continuación se puso a decidir qué entrante tomaba y cómo había que entender la respuesta del otro comensal.

—En ese caso, ¿por qué me hace perder el tiempo?

Jenkins dejó en el plato lo que le quedaba de tostada y se limpió la comisura de los labios con la servilleta.

—El 16 de noviembre de este año, a las cinco de la tarde, salió de la Casa Blanca rusa, o Beli Dom, como la conocen ustedes, una secretaria del Ministerio de Defensa llamada Zarina Kazakova para volver al apartamento que tenía en el distrito de Filiovski Park. —No estaba haciendo sino repetir la información que le había dado Carl Emerson—. La señora Kazakova llevaba casi cuarenta años trabajando en el Ministerio de Defensa, tenía excelentes referencias de sus superiores y había destacado como miembro del Partido antes de la *glásnost*. Después, supo mantener su prestigio y, sin embargo, al día siguiente no fue a trabajar, ni tampoco al otro. Se desconocen su paradero y las circunstancias de su desaparición. —Se detuvo para dar un bocado a la tostada—. Un caso interesante, ¿no le parece?

La nuez de Fiódorov empezó a moverse arriba y abajo. Intentó disimularlo con un trago de vodka, pero, bien por la noticia, bien por el alcohol, sufrió un acceso de tos seca muy poco oportuno que lo llevó a cubrirse parte de la cara con la servilleta verde. El chófer dio un respingo imperceptible por toda respuesta. Desde luego, si su superior se hubiera estado ahogando, habría muerto allí mismo. La tos se fue calmando hasta que, al fin, cesó por completo.

—Perdone —dijo Fiódorov con voz ronca antes de beber agua—. Creo que ustedes dirían que se me ha ido por la tubería equivocada.

—Algo así.

El ruso apoyó los codos en la mesa y entrecruzó los dedos de las manos.

—Esa información sí es interesante —aseguró—, pero, naturalmente, tendré que verificarla.

—Por supuesto —repuso Jenkins, aunque el ataque de tos le había dejado claro que no era necesaria verificación alguna.

—En los últimos dieciocho meses han desaparecido otras dos mujeres de edades similares a la de la señora Kazakova: Irena Lavrova y Olga Artamónova. Ellas también trabajaban para el Gobierno ruso y, un buen día, acabaron la jornada y no volvieron más. ¿Quiere que le hable de ellas?

Fiódorov asintió. Esta vez echó mano del vaso de agua y no del de vodka. Le interesaba. Le interesaba mucho.

Jenkins pasó los diez minutos siguientes hablándole de aquellas dos de las siete hermanas y de las circunstancias de sus respectivas desapariciones. Le hizo saber que, en todos los casos, la policía de Moscú dijo no tener pistas ni esperanzas de encontrar a aquellas mujeres pese a los ruegos de sus familiares y amigos.

—¿Lo ve, Víktor? —dijo Jenkins cuando hubo acabado de transmitirle aquella información—. A veces, el mejor disfraz consiste en no disfrazarse. Uno puede desaparecer sin más y dejar a todo el mundo preguntándose por qué lo ha hecho, hasta que llega un momento en que el público pierde todo interés en él. Entonces es cuando esa persona se vuelve más valiosa… y más peligrosa. ¿No cree?

—¿Y qué puede llevar a actuar a una persona así?

—Mis motivos no son complicados. No son altruistas ni patrióticos, sino estrictamente económicos. Mi empresa se va a pique y mi economía está en las últimas. No tengo para pagar a la gente que tengo contratada y estoy a punto de perder lo que tanto me ha costado. Y como avalé con mis bienes personales un crédito comercial, peligran mi casa y todo lo que es mío.

—¿Tiene usted familia?

—Eso no es relevante —dijo Jenkins antes de reclinarse en su silla—. Además, usted ya ha consultado con sus superiores y ha comprobado mi identidad. Confórmese con eso y pregunte a sus superiores por las tres mujeres que le he dicho, a las que, según tengo entendido, se refiere su organismo como «las siete hermanas».

Fiódorov se tomó un momento para preguntar:

—¿Y podría darme el nombre de las cuatro restantes?

Esa era la parte más peliaguda. Si decía que sí, poco podría hacer por evitar que el ruso se lo llevara de inmediato para sacarle la información, quizá en una de las celdas reformadas de la Lubianka.

—No, de momento no.

—Pero tiene acceso a esa información.

Jenkins se encogió de hombros. Quería que fuese evidente que la respuesta era afirmativa.

—¿Y qué es lo que propone, señor Jenkins?

—Quiero cincuenta mil dólares como muestra de buena fe.

Fiódorov sonrió.

—¿Por una información que ya tenemos? Lo dudo.

—Considérelo un anticipo. Cualquier información adicional les costará otros cincuenta mil. Además, antes de que les revele el séptimo nombre, el último, tendrán que pagarme un plus de doscientos cincuenta mil.

—Quinientos mil dólares —dijo el ruso haciendo cuentas.

—Ese es el trato que propongo. —Jenkins tomó una hoja de papel con un número de cuenta bancaria y se lo tendió al coronel. El número también se lo había dado Carl Emerson—. Ingrese el anticipo en esta cuenta antes de que deje el hotel mañana por la mañana para tomar el vuelo de vuelta. Si no, daré por hecho que sus superiores no están interesados. En caso afirmativo, bastará con que llame al número en el que me ha localizado antes y diga: «Se ha realizado la transferencia».

El camarero se presentó con las bandejas de comida y las dispuso sobre la mesa. Cuando acabó, Fiódorov le indicó que se retirara.

—Creo que mis superiores le pagarán los gastos iniciales, señor Jenkins, pero no sé por qué iban a…

—Mis condiciones no son negociables. —Jenkins tomó un champiñón mientras lanzaba a Fiódorov su primer desafío.

—En ese caso, tendré que transmitirles sus condiciones —dijo su interlocutor sin dar su brazo a torcer. Tomó una porción de ternera y la enterró bajo cebolla. Mientras cortaba la carne añadió—: Yo también quiero compartir información con usted.

Jenkins no había esperado aquella respuesta, pero asintió.

—Chekovski, Nikolái Mijaíl —dijo Fiódorov.

—¿Quién es Nikolái Chekovski? —preguntó el estadounidense, convencido de que lo estaban poniendo a prueba, aunque sin saber con qué intención.

—Es solo para que recuerde el nombre. Pero no lo revele… a nadie. —Fiódorov sonrió sin apartar la vista del plato mientras cortaba la ternera—. Está pidiendo mucho dinero, señor Jenkins. Mis superiores querrán estar seguros de que no está… cómo decirlo… jugando con nosotros. —Después de otro bocado, soltó los cubiertos y levantó su copa—. *Za tvoió zdarovie!* —dijo: «¡A nuestra salud!».

Jenkins hizo otro tanto con la mano izquierda mientras sentía temblar la derecha bajo la mesa.

CAPÍTULO 8

La mañana de Navidad, cuando aún no hacía un mes de su viaje a Rusia, Jenkins se encontraba sentado en su sillón de piel, bebiendo café y estudiando el despliegue de cajas vacías y papel de regalo que tenía ante sí, desperdigado por la sala de estar. C. J. estaba sentado en el suelo, montando un robot, una pelota negra que podía manejar desde una aplicación y se asemejaba a un trasto sacado de *La guerra de las galaxias*. Tras el cristal de la chimenea ardían ramas de pino y de arce que despedían llamas de un vivo rojo anaranjado mientras la turbina repartía el aire caliente por la estancia. De la cocina llegaba el olor de los bollitos de canela que estaba horneando Alex mientras Max roía ruidosamente debajo de la mesa del comedor el hueso gigantesco que recibía cada año por aquellas fechas.

Jenkins se había despertado poco después de las cuatro y media de la madrugada, cosa que se había vuelto habitual desde su regreso. Al principio había achacado al desfase horario sus dificultades para dormir, pero el insomnio no había cesado. Se desvelaba dándole vueltas en la cabeza a pequeñeces relativas a la empresa de seguridad y a la operación rusa.

Cuando era más joven le resultaba mucho más fácil compartimentar sus actividades y separar su trabajo de su vida personal. Por más que estuviese en su hogar, en Caamaño, Rusia y el extenso catálogo de todo cuanto podía salir mal seguían ocupando sus pensamientos. Usó la mano izquierda para hacer que dejase de temblar la taza y dio un sorbo al café. Su inquietud no haría más que aumentar hasta que se levantara para irse a correr o hiciese el número suficiente de flexiones, dominadas y abdominales para que le dolieran los músculos y le faltase el aire. Al terminar, agotado y por fin con la mente despejada, tomaba un libro y una manta y se tumbaba en el salón. Aun así, pese a estar cada vez más cansado, la mayoría de las noches era incapaz de conciliar el sueño.

Eso no podía ocultárselo a Alex. Cuando le preguntaba, decía que estaba preocupado por el negocio y se levantaba porque no quería despertarla. Le aseguraba que lo superaría, pero ella no se lo tragaba. Una psiquiatra le diagnosticó ataques de pánico y ansiedad generalizada, que achacó a lo que le había contado Jenkins: las dificultades que estaba atravesando su negocio y la incertidumbre que le provocaba la idea de volver a ser padre a los sesenta y cuatro. Según la colegiada, iría mejorando a medida que resolviera ambas dificultades. Mientras tanto, le prescribió mirtazapina. Él la tomaba por la noche para dormir y por la mañana combatía los ataques con propanolol.

—¡Pareja, a desayunar! —Alex entró con una bandeja de bollitos cubiertos de glaseado y la puso en la mesa del comedor.

C. J. dejó caer el robot y casi llegó antes que ella.

—Cuidado, que están calientes. No vayas a quemarte la lengua. —Puso uno de los dulces en un plato y se lo dio junto con una servilleta.

El pequeño se puso a desenrollar el bollo, que empezó a liberar volutas de vapor. Alex sirvió otro a Charlie, que prefirió dejarlo a un lado. Entonces, se sentó en el sillón contiguo al de su marido y miró a Max.

—Le encanta el hueso, ¿no?

Jenkins señaló con la cabeza a C. J.

—Casi tanto como a él tus bollitos de canela. El año que viene no sería mala idea olvidarnos de sus regalos y hacerle bollos para una semana.

—¿Crees que nos hemos pasado?

Charlie no tenía la menor idea de por cuánto había salido todo.

—Puede ser, pero esta es su última Navidad de hijo único. ¿Estás bien? Tienes cara de cansada.

—Es que lo estoy. —Llevaba quejándose de sentirse fatigada desde que él había regresado de su viaje. Estaba ya de veintiocho semanas y el médico tenía intención de dejar que el embarazo avanzara cuanto fuese posible antes de programar la cesárea—. ¡Qué bien nos ha venido el regalo de Navidad de Randy! Nos sacará del apuro, ¿no?

—Desde luego, a los contratistas y los proveedores les hemos dado una alegría —respondió Jenkins. Le había dicho a Alex que los cincuenta mil dólares eran de la LSR&C, cuando en realidad procedían de Carl Emerson. Con ello había pagado a los trabajadores independientes y buena parte de las facturas de los proveedores de la empresa. No podía decir que C. J. Security se hubiera puesto al día, pero sí que estaba más cerca de lograrlo—. Randy dice que hará lo posible por saldar la deuda antes de que acabe el año. A mí, personalmente, me preocupa que la LSR&C esté creciendo con demasiada rapidez. Le dije a Randy que no le veía mucho sentido a abrir una oficina en Moscú, ni en Dubái, ya puestos. Él no lo reconoce, pero creo que está de acuerdo conmigo. Dice que todo eso ha sido idea de Mitch, que quiere aprovechar la pujanza de esos mercados. —Se refería a Mitchell Goldstone, director ejecutivo de la LSR&C—. ¿A qué hora tenemos que estar en casa de David?

Como ninguno de los dos tenían familiares cercanos, solían pasar las vacaciones con David Sloane, cuya mujer, Tina, había muerto asesinada.

—Nos ha dicho que cuando queramos. Tengo ganas de volver a ver a Jake. Me alegro mucho de que haya vuelto. Nadie debería despertarse solo el día de Navidad.

Jake, el hijo de Tina, había estado viviendo con su padre biológico en California hasta que se había mudado a Seattle para estudiar Derecho y se había alojado de nuevo con Sloane en Three Tree Point, en la costa del estrecho de Puget.

Jenkins se puso en pie.

—Voy a recoger el periódico y a ponerme otro café. ¿Quieres algo?

—No, gracias.

Se rellenó la taza en la cocina antes de dirigirse a la puerta trasera. Hacía frío como para que nevase si llovía, aunque el hombre del tiempo había dicho que era poco probable. Recogió el diario y lo sacó de la funda de plástico. En primera plana habían publicado una fotografía de un refugio de indigentes bajo el titular de «Felices fiestas». Entre los artículos de la parte inferior se incluían uno sobre la cena de Nochebuena celebrada en la Casa Blanca y otro sobre la incesante batalla destinada a aumentar el precio de las entradas a los parques nacionales.

Jenkins llevó el periódico a la cocina y, apoyado en la encimera, fue pasando las páginas ojeando su contenido. En una de ellas le llamó la atención el título de un artículo no muy vistoso de la sección de noticias internacionales:

Hallan muerto a un pionero de la ingeniería láser

Bajo él se recogía el retrato de un hombre de cabello negro con gafas. Nikolái Chekovski.

Jenkins sintió que lo invadía la ansiedad a medida que leía el artículo. Habían encontrado al científico ahorcado en su apartamento de Moscú y su mujer estaba presionando a la policía para que investigase su muerte, convencida de que se trataba de un asesinato.

Chekovski, considerado uno de los investigadores más prominentes del ámbito de la tecnología láser en todo el mundo, no había dudado nunca en criticar su uso militar y esa postura lo había llevado a enfrentarse con miembros del Kremlin.

Jenkins sintió calor en las extremidades y el dolor articular que conocía tan bien. La mano derecha le temblaba tanto que el periódico empezó a agitarse. Lo soltó y apretó el paso en dirección a la habitación donde se refugiaba, buscó el frasco de propanolol en el último cajón de su escritorio y se tragó sin agua uno de los comprimidos verdes.

CAPÍTULO 9

Caía la tarde del 26 de diciembre cuando Jenkins acudió al Waterfront Park, en el centro de Seattle. Continuaba haciendo muchísimo frío y las previsiones advertían de la presencia de vientos huracanados a quienes volvían a casa de las vacaciones. Emerson lo esperaba en la barandilla del final del embarcadero, mirando hacia el oeste a través de las aguas oscuras de la bahía de Elliott. Llevaba un abrigo largo de lana escocesa y guantes negros. A excepción del cabello, que le ondeaba al viento, parecía insensible a la brisa recia que levantaba cabrillas en toda la bahía. A la izquierda de Jenkins, muy por encima de su superficie, giraba la Gran Noria de Seattle, alegremente iluminada con el azul y el verde de los Seahawks. Más al sur relumbraba el techo morado del estadio de fútbol americano. Las ráfagas de viento arrastraban notas débiles y dispersas de música navideña y el olor salobre del estrecho de Puget.

Jenkins se subió el cuello del abrigo negro de cuero para hacer frente al frío y metió bien hondo las manos en los bolsillos al acercarse a Emerson. El gorro de lana negro no le impedía sentir el frío en el lóbulo de las orejas.

—¿Quién era Nikolái Chekovski? —le dijo.

El otro desoyó la pregunta, aunque bien podría ser, sin más, que no la hubiese oído. Tenía la mirada clavada en un trasbordador decorado que batía las aguas en dirección al muelle.

—¿Era de los nuestros? —insistió Jenkins por encima del aullido del viento.

—Veo que has leído el periódico. —Emerson hablaba tan bajo que casi no lo oyó—. Era un científico y disidente ruso que se pronunció contra el régimen de Putin. Eso en Rusia puede bastar para que lo maten a uno.

—Pero ¿era de los nuestros? —volvió a decir Jenkins, esta vez en tono más perentorio.

Emerson clavó en él la mirada y, a continuación, como si se hubiera pensado mejor lo que fuese a decirle, la apartó y volvió a centrar la atención en el trasbordador.

—Que fuera o no de los nuestros es irrelevante.

Jenkins observó el perfil de su interlocutor.

—Para ti puede que lo sea, pero para mí no. Quiero saberlo. Tengo derecho a saberlo.

—No. —Emerson se volvió y lo miró de hito en hito con gesto desafiante—. No tienes derecho a saberlo.

—Si tengo que volver a…

El otro alzó la voz y el tono.

—La FSB funciona así. Ya lo sabes, porque es como funcionaba el KGB. Si te interrogan, acabarán por saber todo lo que sepas tú. Por eso te repito que no tienes derecho.

—Se acabó. No contéis conmigo para nada más. —Se volvió para alejarse.

—Esta vez no puedes dejarlo, Charlie.

—¡Y una mierda!

—Si lo dejas y falla la misión, morirán cuatro mujeres que han estado casi cuarenta años sirviendo a este país y eso no te lo vas a perdonar nunca.

Aquellas palabras lo hicieron frenar en seco. Cerró los ojos para combatir el dolor que le atenazaba los músculos y el ardor que le había estallado en la boca del estómago. Sabía que la culpa era una razón pésima para actuar, pero también que era un motivo muy poderoso. Se volvió.

—Podíais haberlo sacado. Os di su nombre. Podíais haber buscado una excusa, un pretexto cualquiera para que dejase el país.

—Sabes muy bien por qué te lo dieron a ti. Así era como operaba en Ciudad de México el KGB. Te dieron el nombre de Chekovski porque ya habían decidido matarlo y lo usaron, sin más, para ver si tú nos lo dabas. No hace falta que te diga que, si hubiese movido los hilos para sacarlo de allí, da igual con qué motivo, habrían sabido enseguida que no eras de fiar, que habías hecho llegar a la CIA el nombre y la información. ¿Qué habría pasado entonces con tu misión?

—No se trata de…

—La próxima vez que hubieses intentado entrar en el país te habrían detenido y te habrían mandado a casa o, lo que es peor, te habrían dejado entrar para hacerte desaparecer para siempre de un modo u otro. O podrían haber optado por presentarte como un traidor a tu nación que se había suicidado al verse descubierto, con lo que habrían arruinado tu reputación personal y también la de toda tu familia. Ya te he dicho, Charlie, que la FSB es una versión refinada del KGB.

Haciendo frente al viento, una gaviota extendió las alas para posarse en uno de los embarcaderos, una maniobra bastante sencilla en condiciones normales que, sin embargo, el ave dio por imposible al verse empujada hacia atrás por la corriente.

Emerson cambió de tono.

—No tienes ningún motivo para sentirte culpable. Te dieron un nombre y me lo transmitiste. Fui yo quien decidió no hacer nada con esa información. Si hay alguien responsable de la muerte de Chekovski soy yo, no tú.

Jenkins no había pensado en el impacto que podía haber tenido aquella noticia en Emerson. Se había centrado demasiado en su propia ira y en compadecerse de sí mismo. Su contacto tenía razón: él había hecho cuanto estaba en sus manos al revelar su nombre; no había sido él quien había tomado la decisión de abandonar a Chekovski, sino otros que estaban muy por encima de él en la cadena de mando. Con todo, aquello no mitigaba la rabia que sentía desde que se había enterado de la muerte del científico.

—Fiódorov te llamará —dijo Emerson—. Se sentirá envalentonado por lo ocurrido e intentará avivar en ti la culpa por no haber comunicado el nombre de Chekovski.

Esa también había sido una táctica habitual del KGB para obtener cierta ventaja sobre sus informantes. Usaban la información para chantajearlos y conseguir que no se echaran atrás.

—En lo que respecta a Fiódorov —siguió diciendo—, te verás en un callejón sin salida que te dejará a su merced la próxima vez que os veáis.

—¿Y qué le tengo que dar cuando nos veamos?

Emerson se abrió el abrigo, metió la mano y sacó un sobre. Jenkins corrió a hacerse con él antes de que se lo arrancara el viento y acabara en el agua.

—La cuarta hermana —anunció el otro.

Jenkins entornó los ojos.

—¿Cómo has conseguido el nombre?

—No me ha hecho falta.

—No te entiendo.

—Uliana Artémieva murió de cáncer hace dos años a los sesenta y tres. Trabajaba como analista de más alto nivel en la industria nuclear rusa y pasó toda una década proporcionando a la CIA información reservada que puso al descubierto las actividades de diversos funcionarios del sector energético ruso implicados en casos de soborno y blanqueo destinados a hacer crecer en todo el planeta el negocio de la energía atómica de Vladímir Putin. La FSB, por supuesto, no sabe nada de esta traición concreta. —Señaló el sobre con la barbilla—. Ahí tienes suficientes pruebas para que vean que estás en posición de darles información a la que muy pocos tienen acceso.

—Fiódorov me dijo que sus superiores no están interesados en saber nada de dobles agentes rusos ya fallecidos.

—Pero también dejó claro que querían identificar al resto de las hermanas, ¿no?

—¿Artémieva era una de ellas?

—Lo dudo mucho, porque no empezó a colaborar con la agencia hasta hace diez años, pero ellos ignoran ese dato. Además, es de la misma edad que las otras tres hermanas que ya se han identificado y la información que nos daba es de naturaleza similar a la que recibíamos de las otras tres.

—Darán por hecho que es una de las siete —concluyó Jenkins.

—Puede que duden de ti, pero no tienen modo alguno de demostrar ni desmentir lo que les digas. Esta información te acercará un poco más a tu objetivo de encontrarte con la octava hermana e identificarla.

—¿Tenéis intenciones de sacar de Rusia a las otras cuatro?

—Esa decisión la tendrán que tomar mis superiores. En todo caso, recuerda que las demás no saben que están en peligro porque ignoran que las tres a las que han matado formaban parte de un grupo de siete.

Jenkins meneó la cabeza.

—¿Te preocupa algo más? —preguntó Emerson.

En realidad, no acababa de identificar el motivo concreto de su desazón.

—¿Cómo consiguió identificar la octava hermana a las otras tres?

—Sospecho que no tardarás en averiguarlo. Con tanta información, Fiódorov no tendrá más remedio que hacerte caso. Se pondrá en contacto contigo y, cuando lo haga, le dirás que vuelves a Rusia.

—¿Ha pagado por lo menos los cincuenta mil que le pedí?

Emerson sonrió.

—Claro que no. Es ruso y, después de ochenta años de régimen comunista, los rusos no pagan nunca por algo que pueden robar o conseguir mediante soborno; pero pagará cuando le des esa información. —Señaló el sobre con un movimiento de cabeza—. No puede permitirse hacer otra cosa.

CAPÍTULO 10

La llamada telefónica de Fiódorov llegó poco después del comienzo del año nuevo. La conversación fue breve. Invitó a Jenkins a volver a Rusia y él quiso saber si sus superiores habían dado el visto bueno a sus demandas económicas… sobre todo por provocarlo.

—Se está gestionando todo lo acordado.

Hasta que fuese cierto, Emerson se estaba encargando de cubrir sus gastos.

La segunda semana de enero, Jenkins cambió la lluvia de la isla de Caamaño por la nieve y el frío gélido de Rusia. Le dijo a Alex que tenía que volver a Londres para supervisar los avances del equipo de seguridad de la nueva oficina de la LSR&C, que se preparaba para recibir la visita de dos multimillonarios ingleses, cosa que era cierta, y que después tendría que viajar a París para buscar posibles emplazamientos para la sucursal que quería abrir allí la sociedad de inversión. Esto último no era verdad.

Aunque no le gustaba mentirle, lo hizo con un objetivo doble. En primer lugar, cuanto menos supiese el cónyuge del trabajo de un agente de operaciones, menos podría revelar durante un interrogatorio… ante cualquiera de las dos partes. Y, además, en un sentido más práctico, no quería preocuparla, porque sabía que eso no les haría ningún bien a ella ni al bebé.

En esta ocasión, cuando tomó tierra el vuelo que lo había llevado de Heathrow a Sheremétievo no tuvo problema alguno con los funcionarios de aduanas. Uri lo estaba esperando en la sala de recogida de equipajes. Había llamado a la oficina para pedir que fueran a buscarlo, pues no hacerlo habría resultado sospechoso, y el jefe de seguridad se había mostrado encantado de complacerlo. Llevaba un jersey negro de cuello vuelto y una chaqueta de cuero del mismo color, lo que le hacía parecer de la mafia rusa. Por lo que sabía Jenkins, bien podía serlo.

—Me alegro de tenerlo aquí otra vez, jefe. —Recogió el equipaje de Jenkins y se abrió camino por entre los demás viajeros que se afanaban en buscar los suyos.

Cuando llegaron al Metropol, Jenkins se presentó en recepción y el sonriente empleado del hotel lo saludó por su apellido. Dudaba mucho que tuviese tan buena memoria, por poco frecuentes que pudieran ser en Moscú los varones negros de metro noventa y cinco. El recepcionista le dio también la tarjeta digital de su habitación sin pedirle la de crédito. Aquello quería decir que tenía la estancia pagada, pero también que, en esa ocasión, no habría constancia alguna de que se hubiera alojado allí. Todo apuntaba a que Fiódorov había llamado al hotel y lo cierto es que no sabía bien cómo tomárselo.

Se dirigió a la habitación 613, lanzó su bolsa a la cama y reparó en la botella de champán caro que aguardaba envuelta en una servilleta y metida en una cubitera. A su lado había un sobre de siete por doce centímetros y, en su interior, una tarjeta con un mensaje que le daba de nuevo la bienvenida al Metropol y confirmaba que el vehículo que esperaba lo recogería en el patio trasero a las ocho y cuarto de la noche.

Aquello le daba doce horas para recuperar el sueño, aunque no dormiría allí. Descolgó el teléfono y llamo a recepción.

—¿Sí, señor Jenkins?

—*Mne ne nravitsisa moia kómnata. Ya bi predpochel druguiu.* —«No me gusta mi habitación. Preferiría otra».

—¿Ha recibido la botella de champán? —preguntó aturdido el empleado.

—Sí, y se lo agradezco mucho, pero ese detalle no mejora en absoluto la habitación.

—¿Le disgusta por algún motivo concreto, señor Jenkins?

—Preferiría alojarme en el lado opuesto del hotel —respondió. Quería tener vistas a la entrada principal y no a la pared del edificio contiguo.

—Me refería a que si hay algo concreto que le moleste de su habitación.

—No, sería perfecta si pudiesen llevarla al lado opuesto del hotel.

—Lo siento —dijo el recepcionista—. Me temo que todas esas habitaciones están reservadas para esta noche. El hotel está completo.

—Quizá en una planta superior…

—Lo siento —repitió el empleado tras pulsar una serie de teclas—, no tenemos ninguna disponible.

—En ese caso, me veo obligado a cambiar de hotel. Muchas gracias por su hospitalidad.

—Espere.

Jenkins no respondió.

—Hemos tenido una cancelación, señor Jenkins. De aquí a una hora le enviaremos un botones a su habitación.

—De aquí a una hora me gustaría estar durmiendo —repuso él, sabedor de que tal retraso estaba calculado para poner micros en la segunda habitación. Estaba claro que el recepcionista había estado en contacto con Fiódorov—. Envíeme al botones ahora mismo.

Colgó antes de que pudiese contestar su interlocutor y, tras hacerse con la botella y la nota, recogió la bolsa. Minutos después llamó a su puerta el botones para acompañarlo a una habitación situada en el lado opuesto del hotel, dos plantas más arriba.

—*Spásibo.* —Jenkins le tendió la botella de champán y un billete de veinte dólares antes de añadir—: Me vendría bien saber si llega alguien preguntando por mí a recepción.

El joven asintió diciendo:

—Sin problema.

Aquella noche, antes de salir, volvió a dejar el trocito de papel en la moqueta, cerca de la puerta. También abrió varios centímetros la puerta del armario, destapó un portaminas que llevaba consigo, sacó una de las barritas de grafito y la colocó apoyada sobre una de las bisagras. Si alguien registraba la habitación, por poco cauto que fuese, pondría cuidado en volver a dejar la hoja entreabierta, pero, en el caso improbable de que llegase a verla, no tendría modo alguno de unir de nuevo la mina una vez que se partiera al abrirla.

Jenkins salió por la puerta trasera del hotel a las ocho y cuarto. Fiódorov no se dio ninguna prisa. Sospechaba que el agente de la FSB y su compañero, Arkadi Vólkov, debían de estar sentados en un coche estacionado con la calefacción a tope mientras disfrutaban de lo lindo sabiendo que él estaba a la intemperie y como un carámbano.

La temperatura de Moscú había caído a plomo con la anochecida. Los meteorólogos hablaban de una ola de frío que recorría el país y que haría descender los termómetros hasta los treinta grados bajo cero. Jenkins estaba detrás de una farola de decoración cuya luz parecía más una vela en una habitación privada de oxígeno. El frío no tardó en calarle hasta los huesos pese al grueso chaquetón y al gorro con orejeras que había comprado en Seattle. Agitó los brazos y las piernas a fin de no helarse y, pasados quince minutos, decidió que había esperado suficiente y volvió al cálido interior del hotel.

Estaba cruzando el vestíbulo de mármol cuando apareció con un sobre el botones al que había dado tan espléndida propina.

—Perdone, señor Jenkins. Ha llegado un mensaje para usted. —Se detuvo y miró a su alrededor—. Hay un taxi esperando en la entrada principal.

—*Spásibo* —dijo él.

Tras comprobar que no había nadie en el vestíbulo que pareciese demasiado interesado en él, abrió el sobre. «Cambio de planes —decía la nota—. Tome un taxi en la puerta».

Soltó un reniego, se metió el sobre en un bolsillo y se puso los guantes mientras atravesaba la entrada principal y bajaba los escalones para salir por la puerta. Delante de esta lo aguardaba un hombre, de pie ante un taxi y con los hombros encogidos por el frío. Por los orificios nasales le salía el humo de un cigarrillo. Cuando lo vio, tiró la colilla a la nieve y corrió a situarse al volante del vehículo.

Jenkins se subió al asiento de atrás y el taxista no preguntó adónde quería ir ni puso en marcha el taxímetro. Daba la impresión de estar conduciendo sin destino, aunque a todas luces con el objetivo claro de determinar si estaban siguiendo a su pasajero. Jenkins usó como punto de referencia el Kremlin, que destacaba por su iluminación en la oscuridad de aquella noche brumosa, para confirmar que estaban avanzando en círculos. Transcurridos quince minutos, el conductor recibió una llamada y respondió, escuchó y, tras soltar el teléfono, hizo un giro de ciento ochenta grados en medio de la calle. Cruzaron el Moscova y Jenkins no dejó de tomar nota de los carteles indicadores. El taxi giró de nuevo a la derecha, esta vez al llegar a Krimski Val, y, unos minutos después, se pegó al bordillo y frenó.

El conductor señaló un sendero de lo que parecía un parque e indicó:

—*Karusel.*

Jenkins bajó del vehículo y volvió a verse envuelto por el frío. Se levantó el cuello del chaquetón y se ajustó bien las orejeras del gorro mientras recorría el caminito iluminado por farolas anticuadas que emitían a duras penas una mortecina luz amarilla. Aquel caminito desembocaba en un parque infantil con varios carruseles coloridos, pero sin rastro de Fiódorov ni del Mercedes negro. A esperar un rato más. Muy ruso todo.

Aún habrían de pasar varios minutos más antes de que viera acercarse lentamente el todoterreno negro, que avanzaba hacia él por aquel sendero peatonal.

Levantó la mano para protegerse del destello de los faros del vehículo y vio a Fiódorov, que se apeó y se acercó a él fumando un cigarrillo. La farola proyectaba su luz templada a través del parabrisas e iluminaba la presencia, en el asiento del conductor, de Vólkov y del resplandor rojo de su cigarrillo.

—Esto es un sendero peatonal —dijo Jenkins—. Le podrían poner una buena multa si pasa por aquí un policía.

—Me arriesgaré —repuso Fiódorov. Pese al frío no llevaba más que un abrigo largo de cuero, sin guantes ni gorro, sin duda con la intención de ofrecer una muestra más de la virilidad física y mental de los rusos.

A Jenkins, en realidad, le daba igual. No pretendía impresionar a Fiódorov con ninguna exhibición de fuerza física ni mental. Metió las manos, enguantadas, en los bolsillos de su chaquetón, resuelto a no sufrir una hipotermia.

—¿Dónde estamos? —preguntó mirando a su alrededor.

El ruso se hizo el sorprendido.

—¿No lee usted, señor Jenkins? Lo tenía por un hombre ilustrado.

Al americano se le reveló en ese instante el rincón en el que había almacenado la información del pasado, incluido el nombre de aquel lugar.

—El parque Gorki.

Fiódorov asintió sonriente.

—Muy bien. Como la novela de Martin Cruz Smith, ¿no?

—O sea, que la ha leído.

—Leo todo lo que tiene que ver con Rusia.

—Pues nunca habría dicho que fuera usted un gran lector.

—Me ha juzgado usted erróneamente, aunque prefiero a los autores rusos, sobre todo a Dostoievski y Tolstói.

—¿*Crimen y castigo*?

—¡Qué obra de arte! —Fiódorov sacó un paquete de cigarrillos arrugado de uno de los bolsillos de su abrigo, golpeó un par de veces la base contra la palma de la mano y, después de tomar uno entre los labios, tendió el resto a Jenkins, que declinó la oferta—. ¡Cómo son los americanos! —comentó meneando la cabeza—. No fuman, no beben, hacen ejercicio a diario… Ya que tienen que morir de algo, ¿por qué no eligen algo agradable? —Encendió el mechero y acercó la llama azul a la punta del cigarrillo, que enrojeció cuando Fiódorov aspiró con gesto de disfrutar del sabor. Al exhalar, la voluta de humo permaneció flotando frente a él, como atrapada por la opresiva densidad del aire—. Quería que estuviese cómodo durante nuestro encuentro y pensé en un lugar de Moscú que quizá le sonase.

—Hace mucho que leí la novela. —Jenkins sintió que el frío se le calaba por cada costura de su ropa. «Y una mierda, cómodo», pensó—. Ya ni me acuerdo de los detalles.

—¿Ah, no? El primer caso del inspector Arkady Renko. —Fiódorov señaló la explanada que caía a su derecha—. Tres cadáveres abatidos, mutilados y enterrados en la nieve. Una… ¿Cómo dicen ustedes? ¿Novela policiaca? ¿No? No encontraron los cuerpos hasta abril, cuando llegó el deshielo.

—Horripilante —repuso el estadounidense, que se preguntaba si Fiódorov no pretendía intimidarlo—. ¿Sabe que estuvo a punto de no publicarse?

—¿*Parque Gorki*? ¿En serio?

—En la editorial dudaban que fuera a venderse un libro relacionado con un detective ruso. Temían que a los americanos no les interesase.

—Mire a su alrededor. Rusia es un país muy interesante. De todos modos, creo recordar que el asesino era americano, ¿no?

—No me lo destripe.

—*Izvinite?*

—Que no me cuente el final.

—¡Qué raros son los americanos! —Fiódorov dio otra calada antes de proseguir mientras se escapaba el humo por su nariz y su boca—. ¿Decía que tenía más información?

—Y también que tenía ciertas exigencias económicas.

—A mis superiores no les ha impresionado la información que me ha dado hasta ahora. Quizá la siguiente les resulte más interesante.

—No tengo claro que lo vayamos a averiguar.

—¿No?

—No.

—¿Leyó lo de Nikolái Chekovski? —Fiódorov eligió el momento más adecuado para hacer la pregunta.

—Sí.

—Es una lástima que tenga que morir gente tan dotada.

—Como acaba de decirme, de algo hay que morir.

—Sí, de algo. —El ruso tiró la colilla y la pisó con la punta del zapato—. Podría usted haberlo salvado.

—Lo dudo.

—¿De verdad?

—Supongo que debían de tenerlo vigilado desde mucho antes de revelarme su nombre, de modo que, aunque me hubiese dado por avisar a la agencia, no habrían podido hacer gran cosa.

—¿No acuden los americanos al rescate como en sus novelas?

Jenkins sonrío ligeramente.

—No creo.

—El caso es que usted sabía su nombre y, sin embargo, no hizo nada por advertir a sus superiores. ¿Cómo cree que responderán si lo llegan a saber?

—¿Y quién se lo va a contar?

Fiódorov sonrió.

—Quiero mis cincuenta mil dólares en la cuenta antes de que acabe la semana. Si no me los ingresan, me subiré a un avión y no me volverán a ver el pelo.

El ruso movió la cabeza de un lado a otro con gesto grave.

—Eso es mucho dinero, señor Jenkins. ¿No lee usted las noticias? El precio del petróleo no deja de bajar a diario. La economía de Rusia ha entrado en recesión.

—Seguro que sus jefes se las arreglan para reunir dicha cantidad. Quizá entre los oligarcas rusos haya algún patriota… —añadió con otra sonrisa—. Ese era el trato.

—Sí. Es verdad que fue lo que acordamos en un primer momento, pero mis superiores estarían más dispuestos a pagar si consiguen primero esa información adicional.

Jenkins se detuvo, aunque solo para causar efecto: quería que su interlocutor pensara que lo había puesto en un aprieto y que él era muy consciente de ello.

—Están buscando a cuatro de las siete hermanas.

—De eso ya hemos hablado.

—La número cuatro —dijo el americano.

—Conoce usted su identidad…

—Uliana Artémieva. —Jenkins no pasó por alto que Fiódorov miraba a Vólkov mientras le refería los detalles de la traición de Artémieva y del uso que había hecho la CIA de dicha información para minar la industria nuclear de Putin. Lo estaban grabando, posiblemente en vídeo.

Metió la mano en el bolsillo interior del chaquetón para sacar el sobre que le había dado Carl Emerson y tendérselo a Fiódorov antes de añadir:

—Cincuenta mil en la cuenta que le di. Si no, por placenteras que me estén resultando, puede dar por concluidas estas conversaciones. —Y con esto, se dio la vuelta y emprendió su camino de regreso por el sendero.

—Se va a congelar si piensa ir andando —advirtió Fiódorov.

Jenkins se volvió y sonrió al responder:

—De algo hay que morir.

CAPÍTULO 11

La vuelta al hotel Metropol bien pudo suponer la muerte de Jenkins. Por paradójico que resulte, lo salvó una ambulancia que se detuvo al verlo al otro lado del puente de Crimea. De entrada pensó que sus ocupantes pretendían hacer una buena obra o lo habían considerado una solución práctica al suponer que, si no lo ayudaban, más tarde tendrían que volver para recoger su cadáver; pero el conductor despejó todas sus dudas cuando, al abrir la puerta, le pidió «cuarenta dólares americanos». Jenkins había leído que todos los vehículos moscovitas, incluidos los coches fúnebres y los camiones de basura, recogían a los peatones a cambio de dinero. En una ciudad en la que eran tantos quienes luchaban por llegar a fin de mes, nadie dejaba pasar la ocasión de hacerse con un rublo.

Pagó gustoso a aquel samaritano interesado.

Cuando llegó a su habitación, el trozo de papel seguía en el suelo, donde lo había puesto, y la mina, en equilibrio sobre la bisagra de la puerta del armario. Cerró a cal y canto antes de desplomarse sobre la cama.

Se despertó cuando empezó a sonar su móvil. Por la identificación de llamada supo que era Alex. Miró la hora y vio que eran las once de la mañana. Había estado casi doce horas durmiendo, el doble de lo que conseguía conciliar el sueño las noches más afortunadas. Recorrió la estancia con la mirada mientras pensaba en la posibilidad de que lo hubiesen drogado. Si había sido así, desde luego, no sentía ningún efecto secundario. Además, todo parecía estar en su sitio.

—Te he despertado, ¿verdad? —dijo Alex.

—Es que anoche me acosté un poco tarde —repuso—. A los ingleses les encantan sus *pubs*. Espero estar en casa pasado mañana o al otro. ¿Cómo estás tú?

—Cansada. C. J. ha conseguido, tras una ardua negociación, que le lea un capítulo extra de Harry Potter esta noche. Este niño va para abogado.

Parecía decaída.

—¿Seguro que estás bien? —preguntó él.

—No quiero alarmarte.

Jenkins se incorporó.

—¿Qué pasa?

—He sangrado un poco. El médico me ha dicho que puede que no sea nada, pero, de todos modos, me ha mandado poner los pies en alto un par de días.

—Ahora mismo busco un vuelo de vuelta. —Nunca se perdonaría si les ocurriera algo a Alex o al bebé.

—Ni se te ocurra. He hablado con Claire Russo y no le importa recoger a C. J. por la mañana y llevarlo al cole y a los entrenamientos de fútbol. Lo único que tengo que hacer yo es conseguir que se levante y esté listo a tiempo.

—Lo llamaré hoy para decirle que necesitamos que nos eche una mano.

—No, ya he hablado yo con él y está colaborando. Anoche se encargó él de la cena.

—Algo especial, seguro.

—Sándwiches de pavo. Le salieron buenísimos. Me voy a acostar, que estoy hecha polvo. Solo quería oír tu voz. Te quiero.

—Yo a ti más —dijo Jenkins.

Colgó y miró el teléfono. ¿Qué coño estaba haciendo? ¿Que coño iba a hacer si Alex perdiese al hijo de ambos por haberse ido él a Rusia, a trabajar otra vez para la CIA? Aquello no era lo suyo. Estaba demasiado viejo ya para salir a las tantas de la noche con aquel frío asesino para hablar de material reservado con agentes de la FSB. Debería estar en casa, llevando a C. J. al colegio y cuidando a su mujer. Pensó de nuevo en las razones que lo habían movido a fundar C. J. Security. ¿Qué había pretendido? ¿Brindar una seguridad económica a su familia o alimentar su ego, su búsqueda incesante y nunca satisfecha de algo nuevo, algo diferente que le supusiera un desafío? Aquello podía estar muy bien cuando era más joven y podía permitirse cometer errores, pero había cumplido ya los sesenta y cuatro y tenía un hijo de nueve y una mujer embarazada. Si moría, no podría serles de mucha ayuda y había que ser muy ingenuo para no considerar que no fuera a correr semejante riesgo. A los rusos no les hacía ninguna gracia que jugasen con ellos. Si tenía éxito y lograba determinar la identidad de aquella octava hermana, quizá tuviera que pasarse el resto de su vida guardándose las espaldas. No podía esperar que la CIA los protegiese a él ni a su familia. Emerson le había dejado meridianamente claro que, en caso de que se torcieran las cosas, negarían tener nada que ver con la misión con la misma prontitud con la que se desentiende de una bolsita de hierba un adolescente bajo arresto. Tenía que actuar, encontrar a la octava hermana y salir de Rusia echando leches.

Volvió al hotel Metropol cuando acababan de dar las seis de la tarde después de asistir a una reunión más en la oficina moscovita de la LSR&C. El recepcionista lo saludó con un movimiento de la mano y le entregó un sobre.

Jenkins le dio las gracias y, al entrar en su habitación, vio que el recorte de papel seguía en la moqueta, donde lo había dejado. Se quitó el chaquetón, el gorro y los guantes para dejarlos en la cama antes de abrir el sobre. Dentro encontró una hoja doblada y, al desplegarla, cayó al suelo un papelito. Se agachó para recogerla y vio que se trataba de una entrada para la función de *El baile de máscaras* que ofrecía el teatro Vajtángov a las siete y media de esa misma noche.

Fiódorov quería reunirse con él y, al parecer, convencerlo de que no era ningún bruto, sino un hombre refinado.

A Jenkins no se la colaría.

Salió del taxi y recorrió el Arbat, calle de adoquines cargada de historia que daba la impresión de haberse aburguesado, cosa que no resultaba sorprendente dada su proximidad con el centro de Moscú.

Aquella noche, el frío inclemente había logrado que no fueran muchos los peatones. Delante del Vajtángov sí se había congregado un grupo nutrido de personas que daban caladas de última hora a sus cigarrillos y expulsaban volutas de humo semejantes a las de una locomotora de vapor.

En una de las puertas, una mujer le escaneó la entrada y él accedió arrastrando los pies. Se quitó enseguida el chaquetón, el gorro y los guantes, pero decidió no dejarlos en el guardarropa por lo que pudiera ocurrir. Enseñó la entrada a una acomodadora que, en lugar de llevarlo por el pasillo, lo condujo hasta una escalera y le dijo que subiera hasta el tercer piso.

Jenkins obedeció y dio con un palco reservado con seis asientos de terciopelo rojo. Como cabía esperar, Fiódorov y Vólkov no estaban allí. Eligió el que estaba más cerca de la barandilla. El telón seguía echado y del patio de butacas subía toda una disonancia de voces que tapaba casi los sonidos de afinación de instrumentos procedentes del foso de la orquesta y que iba acompañada del fuerte olor a perfume y colonia del público.

Jenkins volvió a esperar sentado. Al menos, en esa ocasión no estaba helándose a la intemperie.

Estaban ya ocupados casi todos los asientos del teatro cuando se atenuaron las luces de la sala. Como si hubiesen tomado tal hecho como pie de una representación ensayada, en ese momento entró Fiódorov en el palco. Llevaba puesto un traje oscuro con corbata a rayas. Lo seguía Vólkov, vestido con vaqueros, un polo y un abrigo de invierno. También llevaba consigo un maletín, un objeto que en aquel contexto resultaba extraño.

Fiódorov miró a Jenkins y dijo:

—¿Le importa cambiarme el asiento?

Él se puso en pie, preguntándose con qué intención podía pedirle tal cosa, y a continuación eligió el exterior de la primera fila. Vólkov se sentó detrás de él, lo que volvió a recordarle a *El padrino* y a Peter Clemenza.

—¿Conoce esta obra, señor Jenkins? —preguntó Fiódorov sin alzar la voz.

—Creo que no. Gracias por la entrada.

La orquesta acabó de afinar y guardó silencio. Jenkins alcanzaba a ver al director con los brazos en alto, preparado para empezar.

—Yo esperaría antes de agradecerlo. —Fiódorov le tendió un programa—. La escribió Mijaíl Lérmontov en 1835. Por lo visto la comparan con el *Otelo* de Shakespeare. —La orquesta atacó la partitura siguiendo el frenético movimiento de las manos del director y Fiódorov se inclinó hacia Jenkins para que lo oyera bien—. El héroe, Arbenin, es un hombre adinerado de mediana edad y espíritu rebelde que ha nacido en la alta sociedad y acaba por matar a su mujer.

—Otra edificante comedia rusa —comentó Jenkins.

—La vida no siempre es edificante ni cómica. —Fiódorov parecía resignado. Le olía el aliento a ajo y cerveza.

—Ni tampoco deprimente y sin gracia.

—Debería conocer un invierno entero en Rusia antes de decidir. Quizá cambie de opinión.

—No me cabe duda. —Jenkins dejó pasar un segundo antes de decir—: No lo tenía por un hombre ilustrado.

Su interlocutor soltó una risita.

—¿Tiene usted hijos, señor Jenkins?

Él no respondió y quiso dejar así claro que no pensaba contestar ninguna pregunta sobre su familia.

—Yo tengo dos hijas —dijo el ruso quitándose una pelusa de los pantalones—. La mayor, Renata, actúa esta noche. En un papel intrascendente, de criada.

Jenkins volvió la cabeza por ver si le hablaba en serio y su interlocutor se encogió de hombros.

—Mi exmujer la ha visto ya tres veces. Yo soy el malo, el padre que siempre tiene que trabajar hasta tarde y no puede estar con ella. He prometido ya tres veces a mi hija que iría a verla y las tres he tenido que defraudarla. Créame si le digo que no hay nada peor que una hija defraudada y una exmujer que siente que uno le ha dado la razón.

El estadounidense sonrió. Aquel era el primer atisbo de humor que dejaba escapar Fiódorov. Quizá la información que le había dado la víspera lo estaba llevando a mirarlo con buenos ojos.

—Por eso quería el asiento más cercano a la barandilla.

—Por eso. La capacidad para meterse en el personaje no es el fuerte de Renata y sé que se va a pasar toda la representación mirando hacia aquí para ver si he venido.

—Y aquí estamos —concluyó Jenkins.

—Aquí estamos. —Fiódorov señaló a los actores, que empezaban a salir a escena—. Ahí. ¿Ve a la mujer del pelo oscuro y el vestido blanco? Pues esa es mi hija.

—Qué guapa. Debe de estar orgulloso de ella.

El de la FSB se encogió de hombros.

—La belleza y el teatro le vienen de mi familia. Mi madre cantaba en la ópera rusa.

—Llevan el teatro en la sangre.

—Con el dinero que me he gastado en la formación de Renata, podría ser ya cirujana, pero, por lo que me cuentan, a la gente joven no le preocupa ya cosas como el dinero o la posibilidad de vivir decentemente. Lo único que quieren es ser felices. Todo el mundo quiere ser feliz. Y yo tengo que aceptarlo. Por supuesto, sin dejar de pagar las facturas.

—Por descontado. Y ahí la tiene: participando en una importante producción en Moscú. No se podrá quejar.

—Es malísima, señor Jenkins. Eso le viene de la familia de mi exmujer. Cuando estábamos casados y cantaba en casa, los vecinos creían que había aspirado al gato sin querer mientras limpiaba. Y mi hija no canta mucho mejor.

Jenkins sonrió.

—Entonces, ¿cómo ha conseguido el papel?

Fiódorov volvió hacia él la cabeza y levantó las cejas.

—Tiene la suerte de tener un padre que conoce a gente que, a su vez, conoce a otra gente, aunque eso no lo saben ni ella ni su madre.

El americano dejó escapar una risita.

—Por un instante, ha empezado usted a sonar casi humano, Fiódorov.

—No somos tan diferentes, señor Jenkins. Los dos queremos ver felices a nuestras mujeres y nuestros hijos, ¿verdad? Yo fracasé en mi matrimonio y estoy intentando no fracasar también con mis hijas. —Unos momentos después, cuando Renata hizo mutis, el agente de la FSB se puso en pie y dijo—: Venga.

—¿Nos vamos?

—No vuelve a salir hasta el tercer acto. Ni se enterará de que nos hemos ido. Tómeselo como un alivio temporal.

Jenkins se detuvo, sin saber aún bien si debía tomarlo en serio.

—La obra es típica del teatro ruso —añadió Fiódorov—. Demasiado larga y deprimente. Se la destripo: la esposa muere. Vamos.

El estadounidense salió con él del palco y Vólkov los siguió con su maletín. Jenkins se preguntó si llevaría dinero. En lugar de girar a la derecha para encaminarse al vestíbulo del teatro, dobló a la izquierda. Recorrieron el pasillo en dirección a una escalera posterior que, presumiblemente, los llevaría al exterior. Jenkins bajó tras él una más angosta que llevaba a la planta baja, pero el agente ruso pasó de largo una puerta que tenía encima un cartel verde de salida.

—¿Adónde vamos? —preguntó.

—A un lugar en el que podamos hablar en privado.

A sus espaldas, Jenkins oyó a la orquesta y a los cantantes emprender un débil *crescendo*. Fiódorov se detuvo y abrió una puerta y él dio un paso al frente antes de advertir que se había metido en una sala oscura como boca de lobo. La puerta se cerró de golpe tras él. Oyó a Fiódorov, o quizá a Vólkov, pulsar un interruptor. De una bombilla desnuda pendiente de un cable salía una luz brillante que reveló que se encontraban en un cuadrado de hormigón sin ventanas. En el centro, debajo justo de la luz, habían colocado una solitaria silla de metal.

De joven, cuando aún no estaba oxidado, Jenkins lo habría evaluado todo en un instante y, con la misma celeridad, los habría neutralizado a los dos; pero sus reacciones no eran ya lo que habían sido, de manera que, cuando se hizo cargo de la situación, era ya demasiado tarde.

Sintió un golpe seco en la nuca.

CAPÍTULO 12

Un fuerte olor a amoniaco hizo que se incorporase. Ante él danzaron titilantes imágenes borrosas y, cuando se le aclaró la visión, vio a Fiódorov sentado al lado de Vólkov, los dos en sillas plegables y con sendos cigarrillos en la boca. La bruma que formaba el humo sobre sus cabezas y la colección de colillas aplastadas que alfombraba el suelo hicieron saber a Jenkins que llevaba un buen rato inconsciente. Sentía punzadas de dolor en la nuca, justo donde había recibido el golpe.

—Le dije a Arkadi que no le diera con demasiada fuerza —anunció Fiódorov con voz calmada—, pero parece que no entiende la palabra *suave*.

Vólkov se puso en pie y caminó hacia una mesa plegable situada en la zona que seguía en penumbra, sobre la que había puesto la maleta. Quitó el cierre.

Jenkins sintió las abrazaderas de plástico que le ligaban las muñecas al respaldo de la silla. Tenía los tobillos sujetos de manera similar a las patas. Lo habían despojado de las prendas superiores antes de colocarlas en una percha que pendía de un clavo amartillado a la pared del que partía una telaraña de grietas.

—Le he quitado la chaqueta y la camisa para no estropearlas innecesariamente —aseveró Fiódorov siguiendo su mirada.

—¿A qué coño viene esto, Fiódorov? —preguntó Jenkins haciendo lo posible por parecer más cansado que aterrado. Aquello era algo que no esperaba ni se parecía a nada de lo que hubiese conocido en Ciudad de México. Tenía que ganar tiempo para determinar qué pretendían. ¿Querrían asustarlo e intimidarlo o acaso había cabreado a alguien de la Lubianka?

Vólkov abrió por completo la maleta sobre la mesa. Dentro, Jenkins vio cinta adhesiva, tenazas, cuchillos y un soplete.

—Tengo un horario que cumplir —anunció Fiódorov mirando el reloj—. Si no vuelvo al palco antes de que empiece el tercer acto, mi hija sabrá que me he escapado y, entonces... —Se encogió de hombros—. Como ve, lo mejor, para usted y para mí, es que acabemos cuanto antes.

—Así que es verdad que su hija actúa en la obra —preguntó Jenkins con la intención de hacer tiempo.

—Claro que sí. Y no me gustaría volver a defraudarla. Creo que me acaba de preguntar a qué viene esto, ¿no?

—Sí. ¿A qué coño viene esto?

Fiódorov dio una última calada a su cigarrillo, tiró la colilla al suelo, se puso en pie y aplastó los rescoldos con la suela del zapato. Por la boca y los orificios nasales escapó el humo mientras hablaba.

—Esta sala está varios pisos por debajo del escenario. Su historia es algo incierta y, en mi opinión, la han embellecido. Es difícil saber la verdad. Hay quien dice que en tiempos del comunismo venían aquí los católicos para asistir a misa fingiendo que iban al teatro. Otros dicen que eso es una leyenda y que siempre se ha usado de almacén. Y también hay quien sostiene que era otra más de los cientos de salas que usaba Stalin para interrogar a los disidentes. Dicen que las paredes están manchadas con la sangre de los torturados y que, por más capas de pintura que les den, siempre salen. ¿No ve el tono rojizo? Con esta luz no es fácil.

—Suena a argumento de otra obra de teatro rusa —dijo el americano.

—Desconocemos la verdad, señor Jenkins, y, curiosamente, ese es también el motivo por el que está usted aquí.

El americano hizo lo posible por mantener la calma. Al menos, la mano derecha, atada a la silla, había dejado de temblarle. Con voz uniforme y —esperaba— despreocupada, aseveró:

—Todo esto es muy dramático, Fiódorov. ¿Le importaría volver a intentarlo, pero esta vez sin histrionismos?

Fiódorov se puso a caminar de un lado a otro.

—Está usted aquí, señor Jenkins, porque ya le he dicho antes que mis superiores no tienen ningún interés en pagar por los nombres de mujeres muertas. Porque eso es lo que me ha dado.

—¿Qué quiere decir?

El ruso se plantó delante de él.

—Pues que Uliana Artémieva murió hace varios años por causas naturales.

—¿Y qué pasa?

—Pues que puede imaginarse usted el problema que tengo.

—No, la verdad. ¿Por qué va a quitarle eso valor a la información?

—Porque no hay manera de confirmar que la señora Artémieva fuese o no una de las siete hermanas.

—¿No le he dicho yo que sí?

—Sí, pero alguien que está dispuesto a traicionar a su país por dinero no es exactamente un bastión de integridad y honradez. ¿O sí?

En la mesa, Vólkov giró la boquilla del soplete, abrió la válvula y encendió una cerilla rascándola sobre la mesa. El quemador emitió una llama azul y amarilla y Vólkov ajustó la boquilla hasta que la llama se convirtió en un triángulo azul bien definido.

—¿Y para qué iba a querer yo darle una información que no es exacta?

Fiódorov, que había centrado su atención en la llama al oír que se encendía, volvió a mirar a Jenkins.

—¿Por cuál de los cincuenta mil motivos posibles quiere que empiece?

—Por uno de los cincuenta mil que todavía no me han pagado, por ejemplo. Les he dado esa información de buena fe, Fiódorov, con el convencimiento de que me la compensarían. Haga el favor de no tratarme como si fuera un aficionado. Me estoy empezando a cansar. Usted quiere información y yo se la he dado. No puede hacerme responsable de que una de las siete hermanas haya muerto ya por causas naturales.

—Sin embargo, a usted le ha venido muy bien.

—¿De verdad le parece que esta situación me está viniendo bien?

Vólkov sacó un cuchillo de su funda y cortó con él una cinta de papel que cayó al suelo aleteando.

Jenkins volvió a mirar a su interlocutor. Tenía que ser más astuto que él.

—Dígame, Fiódorov: ¿cómo confirmó que las otras eran tres de las siete hermanas? ¿Se lo confesaron cuando las torturó o le dijeron que no sabían de qué les estaba hablando y que ni siquiera sabían de la existencia de las siete hermanas?

—Tuvieron que adiestrarlas para resistirse, señor Jenkins.

Él se echó a reír, aunque por dentro no dejaba de sentir el estómago revuelto.

—Si eso es así, han perdido ustedes mucho desde que yo me las tenía que ver con el KGB. Tenía entendido que la FSB era una versión más refinada, pero supongo que me informaron mal si ni siquiera fueron capaces de hacer cantar a tres sexagenarias.

—Pronto comprobaremos si es verdad que hemos perdido mucho —sentenció Fiódorov antes de mirar el reloj—. Voy a volver al palco —anunció en ruso a Vólkov—. Me va a tener que perdonar, señor Jenkins. Nuestros superiores nos han dado órdenes, pero este es un asunto muy desagradable en el que no quiero participar.

—No está pensando con claridad, Fiódorov.

—¿Desea usted ilustrarme? —El de la FSB volvió a sentarse en la silla que tenía delante Jenkins. Cruzó las piernas—. Ilústreme, por favor. Pero le ruego que tenga en cuenta el tiempo. El segundo acto es largo, pero no tanto.

—¿Por qué iba a querer yo darle información sobre una agente doble rusa si su gente iba a poder verificar sin problema alguno que no era cierta? Lo que les he confiado bastaría para ponerme de por vida entre rejas si llegase a oídos de la CIA. ¿Por qué me iba a arriesgar a ofrecerles información falsa? ¿Qué sentido podría tener eso?

Fiódorov se inclinó hacia delante hasta quedar a unos centímetros del rostro de Jenkins.

—Estoy empezando a pensar que lo único que quiere es convertirme en el hazmerreír de mis superiores, señor Jenkins. Y no pienso permitírselo.

—Lo que yo quiero es el dinero que acordamos. Me importa una mierda la imagen que pueda tener usted ante sus superiores y, por lo que me está contando, tampoco tengo muy claro que ellos merezcan mi respeto. Por lo menos, dígame que han hecho bien su trabajo y han determinado que la información es verdadera. —Aguardó a que le respondiese y, al ver que no lo hacía de inmediato, dejó escapar una risita—. ¿En serio? ¿Y de qué otro modo podían saber el FBI y la CIA que los funcionarios de la industria nuclear rusa estaban metidos en una conspiración de soborno y extorsión si no estaban recibiendo datos confidenciales de alguien que estuviese en posición de estar informado?

—Artémieva está muerta, lo que significa…

—Lo que significa que no pueden verificar la información torturándola, que tienen que ser un poco más creativos, analizar documentos y buscar confidentes. ¿Cómo pudieron el FBI y la CIA impedir que tantas empresas hiciesen negocios con las compañías energéticas rusas si no tenían noticia de los sobornos, cosa que les permitió amenazar con publicar la información? La CIA conocía esas actividades ilegales gracias a un «testigo confidencial» bien informado de lo que se cocía en la comisión rusa de energía atómica y dicho testigo no era otro que Uliana Artémieva.

Vólkov, que no se había separado de la mesa, tomó un instrumento cortante de gran tamaño y sostuvo las hojas ante la llama hasta que se pusieron al rojo vivo.

—Puede que fuese ella ese testigo confidencial y puede que no —repuso Fiódorov retirando de nuevo una pelusa imaginaria de la pernera de su pantalón.

Aquel era el gesto que lo delataba. Casi todo el mundo tenía un gesto revelador, algunos de los mejores agentes a los que había tenido que enfrentarse tenían alguno, y el de quitarse del pantalón una mota de polvo inexistente era el de Fiódorov. No estaba tan convencido de sus propios actos como quería hacer ver. Su hija no era el único actor pésimo de la familia.

—Eso no quiere decir que ella fuese una de las siete hermanas restantes —concluyó el de la FSB.

—¿Ah, no? —replicó Jenkins ganando en confianza—. Tenía sesenta y tres años cuando murió. ¿Qué edad tenían Zarina Kazakova, Irena Lavrova y Olga Artamónova?

—Una razón perfecta para que nos haya revelado su nombre y no otro.

—¿Y no el nombre de cualquier otra mujer que trabaje en la industria atómica rusa, resulte tener la misma edad que las otras tres y haya proporcionado a los Estados Unidos información confidencial que, además, pueden comprobar investigando un poco? Me decepciona, Fiódorov. Ha sido una estupidez tratar con usted. Tenía que haberme puesto en contacto con alguien que estuviera por encima... jerárquica o intelectualmente. —Sonrió con aire de superioridad—. Vamos, no dude en mandar a la mierda a la única posible fuente de información capaz de darle los nombres de las otras hermanas por sospechar que podría ser un agente doble con la misión de contarle un puñado de mentiras.

Fiódorov permaneció en silencio, pero su lenguaje corporal estaba hablando por él. Jenkins había conseguido ponerlo en evidencia y pinchar su ego delante de Vólkov, que había soltado sus juguetitos y parecía inseguro y, quizá, hasta preocupado.

—Me temo que nos encontramos en una encrucijada —dijo Jenkins— semejante a las que tiene usted que afrontar con su hija.

Fiódorov alzó la mirada.

—¿Por qué?

—Porque ha tenido que elegir entre tragarse su amor propio y aceptar la vocación de Renata para tener una buena relación con ella, y seguir los dictados de su orgullo y perder toda esperanza de recuperarla. —Dejó pasar un segundo antes de decir—: ¿Qué va a hacer entonces en nuestro caso, Fiódorov? ¿Vamos a tener una buena relación o prefiere dejarse llevar por su orgullo y perder la mejor oportunidad que va a tener en toda su carrera de hacerse con una reputación?

CAPÍTULO 13

El recepcionista del hotel Metropol lo miró con el gesto perplejo de quien está viendo un fantasma. Salió de detrás del mostrador.

—¿Se encuentra bien, señor Jenkins? —preguntó por encima del sonido de las cuerdas del arpa que sonaba en el vestíbulo.

A decir verdad, ni estaba bien ni debía de tener buen aspecto. A golpe de labia había conseguido evitar que Vólkov usara su cuerpo de cenicero o le cortase un par de dedos, pero no se sentía más listo que nadie ni tenía la impresión de haberse salido con la suya, como le había ocurrido en Ciudad de México cuando había superado en astucia a cierto agente del KGB.

—Creo que me he pasado con la cena —respondió.

—¿Puedo ofrecerle algo? ¿Una aspirina, quizá?

—No, gracias. Subiré a mi habitación a acostarme directamente.

Entró en el ascensor. Se sentía agotado. Las puertas estaban a punto de cerrarse cuando se coló entre ellas una mano que hizo que se abrieran de nuevo y que Jenkins diera un salto hacia atrás y levantara las suyas por instinto. Se trataba del botones, el mismo al que había dado el champán y la propina de veinte dólares. El recién llegado lo saludó con una inclinación de cabeza y pulsó varias veces el botón de cierre. Entonces, cuando se cerraron las puertas, se volvió hacia Jenkins para anunciar:

—Ha llegado a recepción una mujer preguntando por usted. Dice que era amiga suya. El recepcionista no ha querido darle su número de habitación, pero esto es Rusia, señor Jenkins, y aquí todo tiene un precio.

—¿Cómo era?

—Yo diría que tendría unos cuarenta y cinco o más, aunque no estoy muy seguro, porque llevaba gafas de sol grandes y tenía mucho pelo.

—¿De qué color tenía el pelo?

—Oscuro. Casi negro. Las gafas eran ovaladas y muy grandes.

—¿Y la ropa? ¿Recuerdas algo?

—Un abrigo largo de invierno con cuello de pieles y bufanda.

El abrigo, la bufanda y las gafas eran objetos de los que podía desprenderse con facilidad en cuestión de segundos para tener un aspecto totalmente distinto en caso de necesidad. Más desconcertante resultaba que hubiese ido a preguntar al recepcionista. Este, sin duda, debía de haber informado a Fiódorov del cambio de habitación de Jenkins y Fiódorov debía de habérselo hecho saber a la mujer, si es que se trataba de la octava hermana. ¿Y quién podía ser si no? Si no la había enviado Fiódorov, cabía esperar que el recepcionista lo hubiese avisado de la llegada de alguien que preguntaba por Jenkins, pero el agente ruso había vuelto al palco para ver a su hija durante el tercer acto y quizá no hubiera recibido dicho mensaje.

—¿Y ha dicho algo más?

—No. Cuando el recepcionista le dijo que no podía confirmarle la presencia de ningún cliente en el hotel ni darle el número de habitación, se fue; pero, como le digo, señor Jenkins, aquí, en Rusia, todo tiene un precio.

—*Spásibo*. —Jenkins hizo el gesto de ir buscar dinero en el bolsillo.

—No. —El joven levantó una mano—. Ahora estamos… en paz. ¿No? —Pulsó el botón de la siguiente planta y, cuando se detuvo el ascensor, salió al pasillo—. Buena suerte, señor Jenkins… con lo que sea que esté haciendo.

El americano subió a la octava planta. Sobre la moqueta había bandejas con platos y vasos vacíos, servilletas usadas y cubiertos. Mientras avanzaba hacia su habitación, fue mirando entre todo aquel caos por si encontraba algo que pudiera usar a modo de arma si, como había dado a entender el botones, la mujer había conseguido sobornar a alguien y hacerse con la llave. Vio un cuchillo de carne y lo recogió junto con una servilleta. Limpió la hoja y se lo metió por el puño en la manga de la camisa.

Al llegar a la puerta quitó el cartel de «No molestar» que había colgado en el pomo y pasó la tarjeta para entrar. Oyó abrirse el mecanismo de la cerradura e hincó una rodilla en tierra, porque no quería recibir una bala en la frente en caso de que lo esperase dentro la mujer. Giró el pomo y abrió con cuidado la puerta ocho o diez centímetros. El trozo de papel seguía en el suelo, donde lo había puesto.

Dejó escapar un suspiro, se incorporó y entró en la habitación. Dentro, se quitó el abrigo y lo lanzó a la cama con el gorro y el cuchillo de carne. Lo ocurrido aquella noche le había afectado mucho. Sintió un ataque de pánico que iba cobrando impulso. En el cuarto de baño, sacó del frasco una pastilla verde y se la tragó con agua antes de respirar hondo y despacio para calmarse. En el espejo vio que tenía el rostro tan gris como la noche invernal de Moscú. Abrió el agua fría, agachó la cabeza y se mojó la cara. Le ardían las muñecas, donde las abrazaderas de plástico le habían dejado marcas rojas en la piel.

Minutos después respiraba con más tranquilidad y se había mitigado un tanto su ansiedad. Fuera cual fuese el objetivo de la prueba a la que lo había sometido Fiódorov aquella noche, podía dar por hecho que la había superado… aunque con el KGB y, suponía, con la FSB, nunca cabía estar seguro. Ojalá lo que le había contado el botones acerca de la mujer que buscaba su habitación fuese una prueba más de la conclusión a la que había llegado.

Más tranquilo, sintió que el hambre le punzaba el estómago y miró la hora. Lo mejor sería llamar al servicio de habitaciones. Se secó las manos, salió del cuarto de baño y se dirigió al anticuado escritorio con que contaba su habitación. Por la ventana vio la fuente de la plaza Teatrálnaia y, al otro lado, la entrada porticada del Bolshói y el frontón coronado por la estatua de Apolo. A su derecha se veía el edificio achaparrado de la Lubianka, cuya profusa iluminación recordaba sutilmente que la FSB no dormía nunca.

Cogió de la mesa el directorio y buscó el número del servicio de habitaciones para marcar los tres dígitos correspondientes en el teléfono que descansaba a su lado. Dejó vagar la mirada hacia su izquierda y la posó en la abertura de la puerta del armario, que seguía como la había dejado. Entonces la fijó en la bisagra dorada.

Al otro lado respondió una voz de hombre:

—¿Sí, señor Jenkins? ¿En qué puedo ayudarlo?

La mina no estaba sobre la bisagra.

—¿Sí? ¿Señor Jenkins?

Bajó la vista a la moqueta, donde había caído la mina partida por la mitad.

CAPÍTULO 14

Jenkins se puso de espaldas al armario y simuló estar admirando las vistas que ofrecía la ventana sin apartar un instante la mirada del espejo que había en la pared contigua suponiendo que podía haber alguien —la mujer quizá— dentro del armario.

—Quisiera pedir algo de cenar —dijo.

—Con mucho gusto, señor Jenkins. ¿Qué desea?

Él pasó las páginas del directorio sin perder de vista el espejo.

—Una hamburguesa con queso y patatas fritas. Y una cerveza, la que usted me recomiende.

—¿Quiere muy hecha la hamburguesa?

—Al punto —respondió.

—Muy bien, señor Jenkins. De aquí a veinte minutos la tendrá lista. ¿Le parece bien?

—Perfecto.

Jenkins siguió hablando después de que colgase el recepcionista.

—Mañana tengo el día libre. ¿Me recomienda algún lugar en particular que pueda ir a visitar en Moscú? Algo que esté cerca, porque con esta ola de frío… —Tomó la base del teléfono y asió con fuerza el cable que serpenteaba tras la mesa antes de volver la espalda por completo al armario y arrancar el cable de la pared.

Entonces, se puso a andar por la habitación.

—Sí, parece interesante. Creo que me gustará.

Siguió hablando y dando pasos de un lado a otro sin dejar de observar el espejo. Notó un ligero cambio de iluminación en el interior del armario, como si se hubiera movido alguien.

Caminó en el sentido opuesto con el teléfono en la mano derecha.

—¿Y obras de teatro? ¿Me podría recomendar alguna?

Fingiendo estar atento a la respuesta, esperó a que se presentara una oportunidad. Por la abertura de la puerta del armario asomó un tubo cilíndrico. No podía aguardar más.

Arrojó el teléfono y no se detuvo siquiera a comprobar si había hecho puntería. El aparato se estrelló con gran estruendo y él siguió su trayectoria, lanzando sus ciento seis kilos contra la puerta y la persona que se escondía en el armario. La oyó golpear la pared del fondo. Encontró la mano que sostenía el arma y empujó el cañón de forma que apuntase al techo un momento antes de oír un disparo. Notó una rodilla levantarse con fuerza hacia él e hizo una finta rápida. En lugar de alcanzarle la entrepierna, el golpe fue a darle en el muslo derecho. Dobló la muñeca de la mano que empuñaba la pistola y oyó que se descargaba por segunda vez antes de caer al suelo enmoquetado. Una mano le arañó la cara con fuerza. Aquello colmó su paciencia. Asestó a su atacante un golpe rápido y potente y sintió que se desplomaba.

Sacó a rastras el cuerpo del armario. Era una mujer. La dejó en el suelo de la habitación y le quitó la pistola, que guardó en la cinturilla trasera de su pantalón. Dio la vuelta a la desconocida. No llevaba gafas y tenía el pelo cubierto por una peluca que había quedado de medio lado. Todas sus prendas —los vaqueros, el jersey de cuello vuelto y las botas— eran negras. Le quitó la peluca y dejó al descubierto su cabello de color castaño oscuro recogido en un moño. Tenía rasgos angulosos, muy eslavos. Tiró corriendo del cable del teléfono y le ató con él las manos a la espalda. Dedicó los minutos siguientes a registrar los bolsillos de su ropa buscando, sin éxito, cualquier cosa que pudiera identificarla.

Alguien llamó entonces a la puerta de la habitación. Jenkins volvió al armario y recogió el abrigo para registrarlo. En uno de los bolsillos dio con la bufanda que había descrito el botones.

Volvieron a llamar con tres golpes rápidos.

—Voy enseguida —contestó. Amordazó a la mujer metiéndole la bufanda entre los maxilares y atándosela tras la nuca antes de volver a arrastrarla hacia el armario y cerrarlo. Entonces se dirigió a la puerta de la habitación y, de camino, se miró en el espejo. Tenía desgarrada la camisa, el pecho cruzado de arañazos y sangre en la mejilla derecha. No podía abrir en ese estado.

Llamaron de nuevo.

Al llegar a la puerta, se mantuvo a un lado del marco y se inclinó hacia el centro para observar por la mirilla. En el pasillo había un hombre con una chaqueta blanca junto a un carrito sobre el que descansaba una bandeja de plata.

Jenkins se apartó de la puerta por si también él tuviese un arma.

—Estoy saliendo de la ducha —dijo—. ¿Puede dejar el carrito en la puerta, por favor?

—Con mucho gusto —respondió el hombre—. ¿Quiere que le deje también la cuenta?

El empleado temía perder la propina.

—Sí, por favor. Ya me encargo yo.

Esperó un par de segundos y volvió a asomarse a la mirilla. El joven se había marchado. Jenkins abrió la puerta y metió el carrito en la habitación antes de regresar corriendo al armario. La mujer había abierto los ojos. Estaba aturdida, pero había recobrado la conciencia. La levantó y la sentó en la silla del escritorio antes de tomarse un momento para examinar la pistola: una Ruger 22 con silenciador. Un arma eficaz, muy propia de un asesino. La bala habría bastado para matarlo, pero sin dejar toda la habitación salpicada de sesos y de sangre.

Aquello suscitaba más preguntas. Si aquella mujer era la octava hermana, ¿por qué había querido matarlo? ¿Por qué no había querido informarse de lo que sabía él de las cuatro restantes? ¿Por qué había tenido que preguntar al recepcionista el número de la habitación?

La desconocida lo miraba de hito en hito.

—Si te quito la mordaza, ¿vas a estar calladita? —preguntó en ruso.

Ella asintió.

—Si gritas, si haces un solo ruido, te mataré y meteré tu cadáver debajo del mantel de ese carrito para dejarte en la escalera. ¿Me has entendido?

La mujer volvió a asentir.

Jenkins dio la vuelta a la silla y le desató la bufanda. Entonces dio un paso atrás y se apartó por si se le ocurría arrojarse contra él o lanzarle otra patada a la entrepierna. Ella entornó los ojos varias veces y abrió y cerró la boca. No le había roto la mandíbula ni la nariz. Aunque la oscuridad le había impedido apuntar con precisión, en cuestión de horas se le pondría morado el ojo izquierdo.

—¿Qué tal si empezamos con tu nombre? ¿Quién eres? —preguntó Jenkins, esta vez en inglés.

La mujer lo miró con gesto inexpresivo por toda respuesta.

—¿No quieres hablar? Está bien. ¿Por qué querías matarme?

Ella volvió a guardar silencio.

—*Kto ty?* —insistió él. «¿Quién eres?»

—Sé hablar inglés, señor Jenkins —dijo ella al fin con un acento muy marcado.

—Puedo llamar a la policía y decirle que has intentado matarme.

Esta vez, los labios de ella dibujaron una sonrisa taimada.

—Entonces yo les diría que usted ha intentado violarme y me he defendido con uñas y dientes. Diría que la pistola es suya. ¿De verdad quiere que la policía de Moscú investigue qué está haciendo aquí?

¿Y qué sabía ella de lo que hacía él en Rusia? Lo que tenía que averiguar era si trabajaba para la FSB y empezaba a pensar que no.

—También puedo llamar a la FSB —dijo él—. Seguro que a ellos sí les dice lo que quieren saber.

Al ver que tampoco respondía, fue a su abrigo, que seguía sobre la cama, y sacó el teléfono desechable.

—¿Nada? —Se encogió de hombros—. Está bien. —Empezó a marcar un número.

—Espere —pidió ella.

Muy interesante.

—¿Hay algo que quieras decirme? ¿Eres de la FSB?

—Si fuese de la FSB, ¿por qué iba a querer matar a un hombre que está dispuesto a traicionar a su país y vender la vida de siete mujeres que puede que hayan hecho más daño a Rusia que nadie más en toda su historia?

En lugar de aclarar nada, aquella respuesta complicaba aún más su situación. Si no era agente de la FSB, si no era la octava hermana, ¿cómo sabía lo de las otras siete? Se dirigió a la ventana y observó la entrada principal del hotel, pero no vio ningún Mercedes.

—No lo sé. ¿Por qué?

—Ni se me ocurriría —repuso la desconocida.

—Si no eres de la FSB, ¿quién eres?

—Antes, dígame usted, señor Jenkins, por qué está traicionando a esas mujeres. ¿Por qué está traicionando a su país?

—Necesito dinero —dijo el americano, fiel a su tapadera—. Tengo un negocio y está en la ruina.

—¿Y con esa facilidad cambiaría sus vidas por dinero?

Él se encogió de hombros.

—La verdad es que no tengo la sangre roja, blanca y azul.

—Pero, pese a haber tenido la ocasión, tampoco me ha matado. Todavía puede hacerlo. Yo diría que tiene todas las de ganar. Entonces, ¿por qué no me mata, señor Jenkins? ¿Por qué no llama a la FSB y les dice que vengan a deshacerse de mi cadáver? —Antes de darle tiempo a responder, añadió—: No. No lo ha hecho porque está empezando a tener dudas. Me ha preguntado cómo me llamo. ¿De qué le iba a servir saber mi nombre si lo que quiere es dinero para salvar su negocio?

—Siento curiosidad.

La mujer clavó en él su mirada.

—Me temo que lo he juzgado mal, señor Jenkins. Creo que si desea saber mi nombre es porque no ha venido a Rusia a dar a Víktor Fiódorov y Arkadi Vólkov el nombre de las cuatro hermanas restantes. Eso explica que les diese el de una muerta. No, usted no ha venido a eso.

Intrigado por el derrotero que estaba tomando la conversación y por el motivo de que así fuera, pero consciente a la vez de que estaba corriendo el tiempo, Jenkins preguntó:

—¿Y por qué no me cuentas entonces a qué he venido?

—A encontrar a la octava hermana.

—¿Eres tú? —Lo cierto es que empezaba a dudarlo.

—¿Me equivoco, señor Jenkins? Dígamelo, ¿qué tiene que perder? Estoy atada y usted tiene mi pistola. Puede matarme cuando le plazca. Hacerlo no cambiaría su situación.

—¿Y por qué quieres saberlo?

—Porque sospecho que aquí hay gato encerrado, señor Jenkins, y temo que nos ha arañado a los dos.

—¿Y de qué gato estamos hablando?

—El que le ha enviado a Moscú para averiguar mi nombre. El gato que le ha dicho que trabajo para la FSB y estoy matando a las siete hermanas. El mismo gato que está revelando a Fiódorov el nombre de las siete hermanas a cambio de mucho dinero.

—Eres tú quien le está dando los nombres a Fiódorov.

Ella soltó una carcajada.

—Entonces, ¿por qué iba a querer matar al hombre que dice que puede revelar la identidad de las cuatro que quedan? Si trabajase para Fiódorov, ¿por qué no iban a querer darme el número de su habitación en recepción?

Aquellas eran las dos preguntas que seguían inquietándolo. Todo lo que decía ella tenía mucha lógica y Jenkins estaba empezando a pensar también que había gato encerrado. Volvió a acercarse a la ventana para mirar hacia la entrada.

—¿Para quién trabajas?

—Sospecho que para la misma agencia que usted.

Jenkins se volvió de la ventana para estudiar a la mujer, que se encogió de hombros.

—¿Y por qué debería creerte?

—Por sentido común.

Él se apartó de la ventana y se apoyó en la mesa.

—Pues explícamelo de manera que tenga sentido.

—Antes, veamos lo que le han dicho. Le han dicho que soy la octava hermana y que tengo la intención de averiguar los nombres de las hermanas que quedan. ¿Me equivoco?

—Sigue.

—Sin embargo, las circunstancias de nuestro encuentro no encajan con lo que le han dicho.

—Supongamos que estoy empezando a cuestionar lo que me han dicho.

—Mi objetivo no es averiguar los nombres de las que quedan para la FSB, sino descubrir quién se los está dando. ¿Es usted, señor Jenkins? No. —Apoyó esto último con un lento movimiento de cabeza—. No creo que sea usted el gato. Lo que creo, señor Jenkins, es que el gato es quien lo ha mandado aquí para que usted me encuentre y él pueda matarme antes de que dé yo con él.

Jenkins volvió a mirar a la calle. Delante del edificio se había apostado un Mercedes negro. Los empleados de recepción habían llamado a Fiódorov. El agente se apeó por la puerta del copiloto y Vólkov salió por la del conductor y rodeó el vehículo por el maletero.

—Han llegado, ¿verdad, señor Jenkins? —preguntó la mujer—. Vienen a, ¿cómo dicen ustedes?, matar dos pájaros de un tiro.

El estadounidense no tenía nada clara la situación, pero tampoco podía negar que las cosas no eran como se las había presentado Carl Emerson. ¿Podía ser él el gato? No lo sabía. Lo que sí tenía claro es que no pensaba quedarse allí a averiguarlo. Tenía que salir del hotel. Tenía que ganar tiempo para poder buscar respuestas. Y, por el momento, lo mejor que podía hacer era mantener con vida a aquella mujer y averiguar qué más sabía. Dio por hecho que los dos compartían el mismo objetivo, lo que convertía la suya en lo que los agentes de operaciones llamaban una alianza incierta, pero necesaria.

Cogió el cuchillo para carne, se colocó detrás de la desconocida, cortó el cable con el que le había atado las manos y desechó el cubierto.

—Nos vamos.

—Sí —dijo ella—. Nos vamos.

Se hizo con la mochila, en la que llevaba el pasaporte y el dinero en efectivo, y entró en el cuarto de baño para meter sus cosas de afeitado y sus medicamentos. Recogió el abrigo, el gorro y los guantes y se dirigió a la puerta.

—¿Conoces bien Moscú?

—Nací aquí. Es mi ciudad.

—Entonces, sugiero que nos saques de aquí si no quieres que nos maten a los dos.

—Mi peluca. —Corrió al armario y se colocó la cabellera postiza de pelo moreno. Se la ajustó en el espejo mientras lo seguía hacia la puerta. Se puso las gafas, grandes y redondas, recogió el abrigo y la bufanda y, tras reconsiderarlo, volvió a dejarlos en el suelo.

—Mejor que piensen que hemos dejado el hotel.

—Es que lo vamos a dejar.

—Sí, pero tenemos que hacerles creer que han llegado tarde, que hemos salido a la carrera. No hay otro modo.

A regañadientes, Jenkins arrojó de nuevo su abrigo, su gorro y sus guantes sobre la cama.

Ella abrió la puerta de la habitación y miró a uno y otro lado antes de salir al pasillo. Jenkins se dirigió hacia el letrero de salida que había sobre una escalera.

—Tendrán vigiladas las escaleras y el ascensor —dijo ella. A continuación, recorrió el pasillo, se detuvo a recoger una copa de vino de una de las bandejas de la cena y llamó a la puerta que tenía delante. Indicó a Jenkins que se apartara del campo de visión de la mirilla.

Él se volvió y miró al ascensor. La mujer llamó de nuevo.

—*Vpustí meniá*—dijo con voz ebria: «Déjame entrar». Empezó a bambolearse. Llamó tres veces más—. *Vpustí meniá.*

Jenkins miró al ascensor. Del otro lado de la puerta se oyó a un hombre decir:

—*U vas neprávilnaia kómnata.* —«Se ha confundido de habitación».

—*Otkrói dver. Ya zabil svoi kliuch* —repuso ella arrastrando las consonantes. «Abre la puerta. Me he dejado la llave».

Un timbre anunció la llegada del ascensor. En ese mismo instante abrió la puerta el hombre.

—*U vas neprávilnaia…* —empezó a decir cuando la desconocida lo empujó hacia dentro.

Jenkins la siguió y cerró la puerta tras ellos.

El hombre quiso protestar, pero se tragó sus palabras cuando Jenkins levantó la pistola para apuntarle a la frente a la vez que con la otra le tapaba la boca. El desdichado abrió los ojos de par en par con gesto aterrado. No tenía más ropa que unos calzoncillos blancos de algodón sobre cuya cinturilla sobresalía una panza velluda.

—Escúcheme —dijo la mujer susurrando en ruso—. Si grita o hace cualquier ruido, lo matará. Si se está calladito, nos iremos en breve. Siéntese en la cama.

El hombre vaciló con los ojos clavados en el arma.

—He dicho —insistió ella— que se siente en la cama.

El ocupante de la habitación retrocedió dos pasos hasta dar con las pantorrillas en el colchón y se desplomó temblando sobre él.

Jenkins se dirigió a la puerta y se asomó a la mirilla para ver a Fiódorov, Vólkov y otros dos salir del ascensor y apretar el paso por el pasillo. Sintió vibrar el suelo cuando se acercaron a la habitación y la rebasaron. Si la mujer era de la FSB, no podía elegir mejor momento para gritar. Con todo, se mantuvo en silencio.

Fiódorov, que sostenía una tarjeta para entrar, mandó a los otros con un gesto que se apostaran a uno y otro lado de la puerta de la habitación de Jenkins. Todos llevaban pistola con el cañón apuntando al suelo. El jefe pasó la tarjeta y giró el pomo de la puerta. Los cuatro se abalanzaron al interior.

—Esa gente ha venido a matarnos. No son policías, sino gente mala.

—*Mafia?* —preguntó él.

—*Da, mafia.* Si nos encuentran aquí, nos matarán y después lo matarán a usted. No van a dejar testigos. ¿Lo entiende?

El hombre asintió sin palabras. Jenkins los vio salir de su habitación. Fiódorov les hizo una señal para que se dirigieran a las puertas que había a cada extremo del pasillo. Lo hicieron, pero no para hacer guardia, sino para tomar las escaleras. Vólkov salió sosteniendo el abrigo largo y la bufanda de la mujer y la ropa de invierno de Jenkins. El plan había funcionado: habían dado por hecho que se había largado. Oyó hablar a Fiódorov y Vólkov, pero la conversación le llegaba apagada y no entendió lo que decían. El jefe, que parecía disgustado, apretó el paso en dirección al ascensor y Vólkov lo siguió trotando.

—Ya casi estamos —susurró al hombre la desconocida—. Enseguida nos vamos, pero le advierto que, si le dice a alguien que hemos estado aquí, esos hombres lo encontrarán y lo matarán. ¿Lo entiende?

—*Da* —repuso el otro en voz baja.

—Estaba dormido. Había bebido mucho y no vio ni oyó nada.

—*Da* —repitió.

—Vuelva a la cama —dijo ella— y hágase a la idea de que ha tenido una pesadilla.

CAPÍTULO 15

Jenkins observó por la mirilla antes de abrir la puerta. No había nadie. Salió al pasillo y deseó no haber dejado atrás la ropa de invierno para no morir de frío.

—¿Cómo has llegado aquí? —preguntó a la mujer.

—En coche. Está detrás del edificio. —Avanzó hacia la puerta que había bajo el cartel rojo de salida al final del pasillo, la abrió y miró arriba y abajo de las escaleras.

Él aguzó el oído por si percibía pasos y no oyó nada. Ella le indicó que la siguiese. Bajaron la escalera, deteniéndose de cuando en cuando para escuchar. Al no distinguir nada, siguieron bajando hasta la planta baja. La mujer volvió a asomarse al resquicio de la puerta antes de salir al pasillo y girar a la derecha para avanzar zigzagueando entre corredores abandonados. Jenkins la seguía a un metro de distancia.

Salieron a un comedor en penumbra y lo atravesaron con rapidez para llegar a otro pasillo y lo siguieron hasta oír voces y música.

—El bar —anunció ella atrayendo a Jenkins hacia sí al tiempo que se apoyaba en una de las columnas de mármol de tal modo que pareciesen un par de amantes que quizá trataban de decidir en qué habitación remataban la velada. Colocó los brazos sobre los hombros de él y susurró—: La puerta trasera del hotel está bajando los escalones de mármol. Yo iré primero. Espere cinco minutos antes de salir usted.

—Ni pensarlo —repuso él en igual tono de voz—. Ni que tuviésemos ya tanta confianza.

—Pues píntela si hace falta. Ahora mismo no sabe nadie cómo soy. Solo conocen mi disfraz. Si salgo por esa puerta, seré simplemente una mujer que viene de tomar unas copas en el bar; pero si sale usted conmigo y están vigilando, hará que me descubran.

Jenkins sabía que el anonimato de la mujer le permitiría dejar sin más el hotel. Sabía que cabía la posibilidad de que se metiera en su vehículo y lo abandonase a su suerte sin mirar atrás. Y sabía también que no tenía muchas más opciones.

—Dos minutos —dijo.

—Cinco minutos —insistió ella con más firmeza.

—¿Por qué cinco?

—Porque es lo que van a tardar en salir del Bolshói. De aquí a cinco minutos, salga por la puerta trasera y cruce hasta la fuente. Si lo siguen, piérdase entre el público.

—¿Y luego? ¿Adónde quiere que vaya?

—Al *ballet*. Seguirá saliendo gente. Usted, entre.

—¿Cómo…?

—Escúcheme —dijo ella interrumpiéndolo—: no hay tiempo para preguntas. Si alguien lo para, dígale que se ha dejado la chaqueta y los guantes en el guardarropa. Dentro habrá más gente. Siga los letreros del guardarropa. Páselo y encontrará una puerta. Métase. El pasillo lleva a los camerinos en los que se cambian los bailarines. Hay una puerta trasera que usan para salir sin que los moleste el público.

—¿Cómo lo sabes?

—Escúcheme bien —dijo ella con más urgencia—. Salga por esa puerta. Se encontrará en un callejón. Cruce hasta el edificio que hay detrás del Bolshói. En la primera planta hay un restaurante al que suelen ir muchos de los artistas al terminar la función, de modo que la puerta que da al callejón estará abierta. Tome las escaleras y suba a la primera planta. Llegará al restaurante por la puerta trasera, pero no tiene que entrar. A su derecha verá una escalera tras una reja de metal. La reja está rota. Ábrala y baje. Tendrá que cruzar una sala a oscuras y encontrará una puerta que da a otro callejón. Le haré una señal con una sola ráfaga de los faros. ¿Se acordará de todo?

—Sí.

—Deme la pistola.

—Ni soñarlo.

—Si me abordan y hay que matar a alguien, tendré que hacerlo con rapidez y en silencio.

—Igual que yo.

—Sí, pero, sin coche, ninguno de los dos podrá llegar muy lejos… ni con vida.

Una vez más, se vio sin argumentos con que rebatir sus palabras. Tenían lógica, aunque la lógica y la confianza no eran lo mismo y… renunciar a su única arma para dársela a alguien de quien todavía no se fiaba precisamente… Con todo, tal como había dejado claro ella, ¿qué otra cosa podía hacer? No podían salir juntos del hotel ni él iba a llegar muy lejos sin un coche.

—¿Qué hago mientras espero?

—Métase en los servicios. —Miró a su izquierda.

Jenkins vio la puerta del baño de caballeros justo detrás de la columna. A regañadientes, se levantó la camisa y ella se hizo con la Ruger, que se ajustó en la cinturilla de sus vaqueros antes de taparla con el jersey.

—*Pozhelaite mne udachi* —dijo: «Deséeme suerte».

Pavlina Ponomaiova ladeó la cabeza y dejó que los mechones de la peluca morena le cubriesen el lado izquierdo de la cara con la esperanza de que, junto con las gafas, taparan buena parte del ojo que empezaba a cerrársele por la hinchazón. Pasó al lado de un guardia de seguridad apostado frente a la primera puerta de cristal.

—*Mogú li ya pomoch?* —preguntó él: «¿Puedo ayudarla en algo?».

Ella no alzó siguiera la vista.

—*Niet, spásibo.*

La segunda puerta se abrió con su sonido característico y el frío de Moscú le atravesó el jersey y fue a morderle la cara y las manos. Rebasó con decisión los sedanes Mercedes y BMW que había estacionados bajo techo detrás de una sucesión de postes en los que se veían las banderas de numerosos países. El aparcacoches estaba sentado dentro de una garita verde de madera. La salida del estacionamiento estaba franqueada por una barrera de madera blanca y negra y el empleado tenía cerrada la puerta de su casilla para defenderse del frío. Al acercarse ella, abrió un poco la puerta. Ponomaiova sintió una ráfaga de aire caliente procedente de la estufa eléctrica que había tras el asiento del hombre.

Sacó la mano por la rendija y ella le dio la ficha del aparcamiento. Él fue a coger la llave correspondiente de entre las que tenía colgadas en los ganchos de la pared del fondo.

—Será solo un minuto —anunció levantándose del asiento.

—*Niet* —dijo ella sacando cinco rublos—. No tiene sentido que pasemos frío los dos.

Él sonrió y aceptó el dinero.

—*Spásibo.* Hacía años que no pasábamos un mes de enero tan malo. —Salió de su puesto y señaló a la parte trasera del estacionamiento—. Allí está. ¿Lo ve?

—*Da.*

—¿Se encuentra bien? —preguntó al verle la cara.

—*Da.* Solo ha sido un accidente.

Ponomaiova se dirigió a su coche, un discreto Hyundai Solaris gris. Al otro lado de la calle, los muros del Kremlin, generosamente iluminados, daban luz a la bruma invernal que seguía asfixiando a la ciudad. Mientras presionaba el mando a distancia para abrir la puerta, oyó a un hombre que le hablaba en tono apresurado.

—Perdone. Perdone.

Aquello la dejó de piedra.

—*Da* —dijo sin darse la vuelta.

—Estamos buscando a alguien —dijo el desconocido—. ¿Podría mirar esta foto?

Entonces giró sobre sí misma, pero sin dejar de inclinar la cabeza hacia la izquierda para que el pelo le tapase aquel lado de la cara. El hombre, al que no reconoció, tenía el brazo extendido para mostrarle una instantánea. Charles Jenkins.

—*Niet* —respondió ella—. No lo he visto.

—¿Me puede decir qué estaba haciendo en el hotel?

Ella sonrió.

—¿Me puede decir a usted qué le importa?

—¿Y qué le ha pasado en el ojo?

—Váyase a hacer puñetas.

Él le mostró una identificación. De la FSB.

—Dígamelo.

—Me he dado con una puerta. Demasiado vodka.

El hombre guardó la identificación.

—Su documentación, por favor.

Pavlina recordó la época en la que a ningún ruso se le habría ocurrido negarse a cumplir semejante orden, pero, por suerte, Rusia había cambiado.

—No la llevo nunca encima cuando salgo de copas, por si la pierdo.

—Su documentación. —El hombre insistió con aire enérgico.

—Vale, vale. Lo que quería decir es que la tengo en el coche. Deme un segundo.

Ponomaiova asió la manecilla de la puerta con la izquierda y la culata de la pistola con la derecha. Con un solo movimiento rápido, giró sobre sus pies, alzó el cañón y disparó. El arma emitió un *pffft* que quedó medio ahogado por el tráfico de Moscú. El hombre se desplomó como un saco entre los dos vehículos aparcados. Ponomaiova abrió la puerta del coche y se sentó al volante. Giró la llave. El motor gruñó, pero no arrancó.

—Mierda. —Volvió a probar. El motor hizo un esfuerzo y al final cobró vida.

Dio marcha atrás para salir despacio de la plaza de aparcamiento, porque no quería llamar la atención sobre sí misma ni sobre el cadáver que había dejado tirado en el suelo. Recorrió el lugar hasta llegar a la garita del aparcacoches y levantó la mano como para saludarlo, aunque lo que pretendía en realidad era impedir que le viese la cara. Cuando se levantó la barrera de madera, salió dejando escapar un hondo suspiro de alivio.

Charles Jenkins miró el reloj en el momento de entrar al servicio de caballeros. De los altavoces del techo salía música propia de ascensor, una versión rusa de cierta canción americana. Tenía la intención de entrar en uno de los retretes, pero cambió de idea al instante al ver a un hombre con un abrigo negro de cuero delante de uno de los urinarios de la pared. Era Arkadi Vólkov.

El frigorífico se dio la vuelta con la portañuela a medio subir antes de que Jenkins pudiera retirarse y quedó petrificado. La fracción de segundo que tardó en hacerse cargo de la situación fue cuanto necesitó Jenkins. Vólkov abrió los ojos de par en par y se cruzó la mano por delante del cuerpo, pero el estadounidense, que iba desarmado, ya se había abalanzado hacia él. Los dos fueron a estrellarse contra la puerta de uno de los retretes, que se abrió del golpe, tropezaron con el inodoro y fueron a dar contra el alicatado de la pared. Jenkins tenía una mano en la cara de Vólkov y le metía los dedos en los ojos mientras con la otra se aferraba a la mano con la que su oponente se afanaba en desenfundar el arma. El ruso tenía la otra bajo la barbilla de Jenkins y lo obligaba a doblar el cuello hacia atrás en un ángulo muy forzado. Los dos se retorcían entre tumbos dentro del retrete a fin de ganar alguna ventaja. Vólkov poseía la fuerza que cabía imaginar por su aspecto. Sus brazos, cortos, eran tan potentes como émbolos y, pese a todos sus empeños, Jenkins notaba que estaba consiguiendo sacar la pistola de su funda y sabía que no iba a ganar aquel pulso. Tenía que lograr que la fuerza del ruso se volviese contra él mismo.

Relajó la mano derecha e hizo con ello que la cabeza de Vólkov cayera hacia delante. Entonces le asestó un golpe breve y agudo con la palma de la mano que hizo que el colodrillo de su adversario golpeara los azulejos de la pared, con tanta fuerza que los partió. Volvió a estampar la cabeza de Vólkov dos veces más, pero la mano del arma no dejaba de avanzar. El cañón giraba de manera inexorable y se encontraba a pocos centímetros del estómago de Jenkins.

Este agarró al ruso por el cuello del abrigo y giró para arrojarlo fuera del retrete. Los dos chocaron juntos contra la pared del otro lado. Jenkins hizo una pirueta y utilizó la fuerza centrífuga para voltear de nuevo a Vólkov, quien esta vez fue a golpearse con fuerza la espalda contra uno de los urinarios. La porcelana crujió y parte del mingitorio fue a estrellarse contra el suelo. La tubería se partió y empezó a expulsar agua. Vólkov gruñó de dolor y Jenkins lo hizo girar una vez más, primero hacia el otro lado, donde fue a dar con la espalda en la encimera del lavabo, y de nuevo en dirección a los urinarios con la esperanza de desorientarlo. Los pies del ruso resbalaron sobre el suelo mojado y los dos cayeron al suelo. A Jenkins se le escapó la mano con que sostenía el arma Vólkov, quien, a su vez, soltó la pistola.

El americano rodó por el suelo y levantó el trozo de urinario. Una bala rebotó en la porcelana en el momento exacto en que fue a estrellarlo contra el brazo que Vólkov había levantado para protegerse la cara. Jenkins oyó un crujido nauseabundo que esta vez no era de loza partida y las extremidades del ruso se sacudieron antes de dejar de moverse.

Con la respiración agitada, Jenkins se hizo con el arma y como pudo se puso de pie para dirigirse hacia la puerta. Entonces vislumbró su imagen en el espejo. Tenía la camisa rasgada y empapada y la cara llena de arañazos. Se volvió hacia Vólkov y retiró aprisa el urinario. Le arrancó el abrigo de cuero al ruso y se lo puso. Le estaba un tanto estrecho por la espalda y las mangas le quedaban cortas, pero tendría que apañarse con eso. Se metió la pistola de Vólkov en la cinturilla del pantalón y la tapó con el abrigo antes de respirar hondo y abrir la puerta. Fuera estuvo a punto de chocar con un hombre que, trastabillando por el alcohol, pretendía entrar.

—*Ya bi vospólzovalsia vannoi na vtorom etazhe* —le aconsejó—. *Kto-to ostavil ogromnuiu kuchu dermá na polu.* —«Yo usaría los servicios del otro lado del pasillo, porque en estos han dejado un montón de mierda en el suelo».

Víktor Fiódorov se encontraba en el vestíbulo del hotel, pendiente de la descripción de la mujer que le daba el recepcionista. Le bastó con chasquear los dedos para que otro agente de la FSB le entregase el abrigo y la bufanda.

—¿Son estos?

—Sí, sin duda.

Fiódorov volvió a lanzárselos a su subordinado.

—Dice que llevaba gafas. Descríbalas.

—Grandes, redondas, con la montura clara.

—¿De qué color tenía los ojos?

—Claros. Azules, creo. Puede que castaños o verdes.

Fiódorov se volvió para comentar al que sostenía el abrigo y la bufanda:

—Con el pelo tan negro, no es muy probable. Puede que llevase lentillas o una peluca, o las dos cosas.

—¿Quiere que pidamos un retrato robot?

—No servirá de nada. Es raro que la mujer que buscamos se parezca mucho a la que está describiendo este hombre. Buscad en la basura la peluca y las gafas.

El otro se fue y Fiódorov volvió a centrar la atención en el recepcionista.

—Repítame todo lo que le dijo esa mujer al llegar. Con exactitud, por favor.

—Me dijo que tenía una cita con el señor Jenkins y me pidió su número de habitación.

—¿Algo más?

El empleado del hotel se masajeó las sienes.

—No.

—Piense. ¿Está seguro de que no dijo nada más?

—No, solo que quería saber el número de su habitación.

—Y se lo dio.

—Al principio no, porque había gente delante. La seguí afuera y se lo dije.

Fiódorov asintió.

—¿Cuánto le pagó?

En la frente y sobre el labio superior del hombre comenzaron a formarse gotas de sudor.

—No me…

—¿Cuánto?

—Diez mil rublos.

El de la FSB tendió una mano.

—Debo confiscar la cantidad del soborno. Desde este momento es una prueba.

El recepcionista sacó los billetes del bolsillo y se los dio a Fiódorov, que se los metió en un bolsillo de los pantalones. Miró el reloj. Hacía veinte minutos que había enviado a Vólkov al bar del hotel para preguntar a los presentes si habían visto a la desconocida o a Jenkins.

—Quédese por aquí. Puede que tenga más preguntas. —Con esto, cruzó la sala y ordenó al segundo agente—: Vigila al recepcionista, que no se vaya.

Sus zapatos resonaron sobre el suelo de mármol cuando rebasó los ascensores y bajó el tramo de escaleras que conducía al bar. Este seguía estando muy animado, con las mesas y la barra llenos de gente. Buscó sin éxito a Vólkov. Lo llamó por teléfono, pero no contestó, cosa muy poco propia de él. Entonces entró en el bar y llamó al camarero.

—Estoy buscando a un hombre que ha estado aquí haciendo preguntas sobre los clientes del hotel. Un hombre bajo, pero fornido.

—Sí, ha estado aquí hace un momento.

—¿Y sabe adónde ha ido?

—Lo he visto bajar la escalera de los aseos.

Fiódorov sacó la fotografía de Jenkins.

—Y a este, ¿lo ha visto?

El camarero negó con la cabeza.

—*Niet.*

El de la FSB bajó los escalones, abrió la puerta de los aseos y entró. Sintió el chapoteo bajo sus zapatos. Vólkov estaba tendido en el suelo en un rincón, sin chaqueta y con un urinario roto tirado a su lado.

Corrió hacia él. Le tomó la muñeca. Tenía el pulso débil, pero seguía con vida. Buscó su pistola y no la vio. Por cómo habían quedado los servicios, la pelea tenía que haber sido de padre y muy señor mío. La única conclusión lógica era que Vólkov hubiese topado con Jenkins y a esas alturas Jenkins ya estuviera armado. Se puso en pie, salió de los aseos y sacó del bolsillo la foto del americano mientras se acercaba al guarda del hotel, apostado ante las puertas correderas de cristal.

Levantó la instantánea y su identificación de la FSB.

—¿Ha visto a este hombre salir del hotel?

—Sí, hace unos minutos.

—¿Se acuerda de él?

—Claro. Llevaba un abrigo de cuero negro, pero iba sin gorro ni guantes. Decía que se los había dejado en el coche e iba a recogerlos. Parecía que viniese de una pelea.

—¿Iba con una mujer?

—No, iba solo.

Fiódorov sacó el móvil del bolsillo, marcó un número y se puso a hablar mientras salía con paso acelerado por otra puerta de cristal que daba al estacionamiento del hotel. Volvió la cabeza a izquierda y derecha en busca de posibles salidas y del agente al que había encargado la vigilancia de la entrada de atrás y el aparcamiento.

—Necesito que limpiéis los aseos que hay al bajar las escaleras del bar —ordenó por teléfono—. Llamad a una ambulancia, pero sed discretos. No quiero que intervenga ningún otro cuerpo de seguridad. Luego, cerrad el bar y lo despejáis.

Colgó. Al no ver al agente, corrió hacia el aparcacoches que había sentado en una garita de madera. Delante de ella aguardaba una pareja que pretendía recoger su vehículo. Fiódorov se puso delante y llamó con fuerza a la puerta. El joven la abrió a toda prisa y el agente le enseñó el retrato de Jenkins y su documentación de la FSB.

—¿Ha visto salir a este hombre?

—Creo que no.

—Pues piénselo bien. ¿Lo ha visto?

—No, pero el público del Bolshói acaba de salir, así que llevo un rato corriendo de un lado a otro para traer coches.

—¿Y a una mujer?

El aparcacoches frunció el ceño.

—He visto a muchas. ¿Cómo era?

Fiódorov volvió al oír un chillido y corrió al lugar en que vio a la mujer que lo había dado, de pie al lado de un hombre. Los dos estaban envueltos en prendas de invierno y tenían la vista clavada en un cadáver que yacía en el suelo.

—Por poco lo piso al salir del coche —dijo el hombre al de la FSB—. Pensaba que sería un mendigo que había muerto de frío.

El agente lo apartó y bajó la mirada hacia su subordinado, que presentaba un tiro en la frente. Un disparo certero y mortal que había dejado un agujero de dos centímetros de diámetro sin apenas sangre por el frío de esa noche.

—Vayan a recepción —ordenó a la pareja—. Díganle al hombre del traje oscuro que tenemos un muerto en el aparcamiento. ¡Vamos!

Los dos apretaron el paso en dirección a la entrada trasera del hotel. Fiódorov corrió a la acera y miró a un lado y a otro de la calle y, a continuación, a la plaza que se abría delante y a la fuente. Tras ella seguía saliendo público del Bolshói. Jenkins no podía haber ido muy lejos y, sin duda, buscaría una aglomeración en la que perderse. Volvió a mirar al público que salía del teatro.

Charles Jenkins cruzó la calle al trote en dirección a la fuente. La pelea con Vólkov lo había retrasado unos minutos y no sabía si la mujer iba a estar dispuesta a esperarlo… si es que había tenido esa intención en algún momento.

Al lado de la fuente había parejas con ropa de invierno que se hacían fotos y que se apartaron de inmediato al ver que se acercaba, sin duda tras deducir por su aspecto andrajoso y ensangrentado y por la escasez de sus prendas de abrigo, que debía de estar loco. A la mierda, el plan de mezclarse con la multitud. No iba a ser fácil pasar inadvertido, ni tampoco entrar en el Bolshói.

Apretó el paso hacia la entrada principal, manteniendo cerrado el abrigo para ocultar la camisa desgarrada. La mayoría de los hombres que salían del teatro llevaba abrigos largos de lana sobre esmóquines o trajes caros y él parecía un menesteroso. Fue abriéndose paso por entre el gentío hacia una de las puertas. Dentro había un hombre de edad mediana con chaleco negro y pajarita a juego que daba las gracias y las buenas noches a los asistentes.

—*Izvinite* —dijo Jenkins—, *ya ostavil svoi veshchi s proverkoi palto.* —«Perdón, me he dejado las cosas en el guardarropa».

El hombre lo miró de arriba abajo y no se lo pensó dos veces antes de responder:

—*Niet.*

—Me he dejado en el guardarropa el gorro y los guantes —insistió Jenkins en ruso— y necesito recogerlos.

El hombre puso gesto de repugnancia.

—¿Y dónde tiene el resguardo?

—Lo he perdido.

—Entonces, enséñeme la entrada de la función de esta noche.

—Por favor, solo será un momento.

El hombre negó con la cabeza.

—Buen intento, pero no.

—Si le describo mis pertenencias, ¿podría usted ir a recogerlas por mí? —Necesitaba apartarlo de la puerta como fuera.

—No soy su criado. Váyase o llamo a la policía.

Jenkins dio un paso atrás con la esperanza de dar con una puerta que estuviese desierta o tuviera un empleado menos diligente. Si era necesario, rodearía el edificio para ver si encontraba el callejón. Miró a la multitud que llenaba la plaza mientras todo el mundo se alejaba de la fachada principal del edificio. Todo el mundo menos un hombre, que avanzaba hacia ella con paso firme: Fiódorov.

El agente miró por encima de las cabezas del gentío. El metro noventa y cinco de Charles Jenkins lo hacía casi veinte centímetros más alto que la media de los rusos varones. Mientras inspeccionaba la muchedumbre, oyó gritos y se volvió hacia ellos. En una de las puertas del edificio parecía haberse producido un alboroto. Corrió hacia allí y vio a varias personas tiradas por el suelo. Se abrió camino a empujones y pisando a los yacentes, con lo que suscitó no pocas protestas y cierta resistencia.

—¡Paso a la autoridad! —exclamó con su identificación en alto a fin de hacer retroceder a los circunstantes—. ¡Paso a la autoridad!

Ayudó a levantarse a un hombre vestido con chaleco negro y pajarita, que parecía aturdido, pero ileso.

—Ha entrado corriendo —anunció—. Decía que se había dejado el gorro y los guantes. Un vagabundo.

—¿Cómo era? —Fiódorov se afanó en sacar la fotografía del bolsillo.

—Negro —respondió el otro—. Negro y muy grande.

El agente no se molestó en seguir buscando el retrato.

—¿Y adónde ha ido?

—Por ahí —señaló el portero—. Decía que iba al guardarropa.

Fiódorov entró en el edificio y cruzó corriendo el vestíbulo, esquivando a quien pudo y apartando de un empellón a quien no. Unos metros más adelante vio a más gente a la que obligaban a echarse a un lado de un modo similar, como bolos en la pista de una bolera. Entonces distinguió una cabeza por encima de las demás. Charles Jenkins se volvió, miró por encima de su hombro y, cuando sus ojos se encontraron con los de Fiódorov, aceleró el paso.

El de la FSB fue pisando o rodeando a los espectadores a los que Jenkins había ido tirando al suelo a medida que avanzaba hacia el guardarropa siguiendo las indicaciones que había recibido. Frente al mostrador se había congregado una multitud y los empleados recogían los resguardos e iban a buscar sus abrigos, sus gorros de pieles y sus guantes. Fiódorov daba botes de un lado a otro como montado en un palo saltarín tratando de ver por encima de las cabezas. Más adelante, a la izquierda, vio abrirse y cerrarse una puerta.

—Perdonen —iba diciendo—. Dejen paso a la autoridad. Paso a la autoridad. Apártense.

No sin dificultad, llegó a la puerta y se detuvo antes de empujarla, pues ignoraba si Jenkins lo esperaba al otro lado para tenderle una emboscada o dispararle con la pistola de Vólkov. Tomó la manivela y la abrió lentamente. No sonó ningún disparo. En lugar de eso, oyó el estridente chillido de una alarma y vio cerrarse la puerta del fondo. Corrió hacia ella, asió la barra de metal y empujó con fuerza, pero no se abrió.

Dio un paso atrás y arremetió contra la puerta con el hombro. Consiguió que cediera, aunque solo unos centímetros. Volvió a retroceder, levantó un zapato y asestó una patada a la barra, cerca de la cerradura. La puerta tembló, pero no se abrió. Jenkins la había bloqueado de algún modo por el otro lado.

El personal de seguridad del Bolshói corrió hacia él dando voces.

—¡Ayudadme! —Fiódorov les mostró su identificación—. Ayudadme a abrir la puerta.

Los tres aplicaron el hombro y empujaron entre gruñidos. La puerta se abrió unos centímetros más. Dieron un paso atrás, contaron hasta tres y se abalanzaron contra ella, con lo que consiguieron dejar un hueco de algo más de un palmo. Fiódorov miró por la abertura. En uno de los lados habían colocado un contenedor de basura azul de grandes dimensiones.

—Otra vez —ordenó.

Volvieron a empujar. La puerta se abrió lo suficiente como para que cupiera Fiódorov, que consiguió así acceder al callejón. Miró a la izquierda y, al ver que por allí no tenía salida, corrió hacia la derecha para mirar a uno y otro lado al llegar a la bocacalle. Quienes salían del Bolshói apretaban el paso para huir del frío. No vio a Jenkins. Sacó el teléfono mientras volvía trotando al callejón y se puso a dar instrucciones. Mientras hablaba, oyó voces procedentes de arriba y alzó la vista a la hilera de luces que decoraba un restaurante. Probó a abrir una puerta y lo consiguió. Subió de dos en dos los escalones y llegó a un rellano situado a la espalda del local. Dentro vio a gente del teatro bien vestida que comía hojaldres y bebía café. Nada indicaba que hubiese habido ningún altercado. Saltaba a la vista que Jenkins no había entrado por allí.

Se volvió para subir las escaleras que llevaban al siguiente rellano cuando vio que había una verja bloqueando las de bajada. La empujó y comprobó que también se abría. No tenía sentido que Jenkins hubiese ido hacia arriba, porque aquello le habría supuesto quedar atrapado.

Desenfundó la pistola y bajó los escalones con la espalda pegada a la pared. Al llegar al descansillo, dobló la esquina y apuntó. No había nadie. Entonces recorrió el tramo final hasta la planta baja, cruzó una sala en penumbra, empujó otra puerta y salió a un segundo callejón. Oyó un motor que aceleraba y se dio la vuelta sin ver luz alguna. Entonces salió de la oscuridad un coche que, a pesar de lo rápido que saltó Fiódorov hacia la derecha, le golpeó la pierna y lo hizo girar con violencia. Cayó al suelo, rodó e, incorporándose, descargó varios disparos mientras el vehículo llegaba al final del callejón y doblaba a la izquierda. Se puso en pie y se acercó dando tumbos a la bocacalle con el arma levantada, pero el coche ya había desaparecido al girar la siguiente esquina.

CAPÍTULO 16

Mientras salían de Moscú, Charles Jenkins volvió a preguntar a la mujer cómo se llamaba y ella volvió a negarse a contestar, aunque no por lo que pensaba él.

—No sería bueno para ninguno de los dos —aseveró—. De hecho, le propongo que cierre los ojos y no preste atención a ninguno de los detalles del camino que tomamos.

Parecía decir la verdad, pero Jenkins seguía sin convencerse, en absoluto, de que pudiera confiar en ella. Aun así, lo cierto es que había cumplido con su palabra. Podía haber salido del hotel sin mirar atrás y haber dejado que él se las compusiera solo, pero no lo había hecho. Pudiese o no fiarse de aquella mujer, en ese instante tenía dos objetivos: seguir avanzando y determinar cuánto sabía su rescatadora.

Ella arrojó las gafas por la ventanilla. Diez minutos después, detuvo el vehículo y se deshizo también de la peluca lanzándola a la cuneta. Sin el disfraz, Jenkins habría dicho que debía de tener más de cuarenta y cinco años, aunque podría ser que el tabaco la hiciese parecer mayor de lo que era. Tenía arrugas en torno a los ojos y los labios y había encendido un cigarrillo en el instante en que habían dejado atrás los confines de la ciudad. El interior del coche olía a cenicero. Jenkins abrió la ventana para poder respirar aire fresco.

—Es un vicio muy malo —reconoció ella— y más en situaciones de estrés.

Después de media hora de conducción y tres cigarrillos, salió de la carretera y callejeó por la periferia hasta parar el vehículo ante uno de varios bloques de apartamentos iguales.

—Hay que entrar sin hacer ruido —advirtió—. Los ancianos siguen teniendo grabada en la cabeza la doctrina comunista y no hace tanto tiempo que la gente de aquí espiaba a sus vecinos para ganarse el favor del Estado. Aquí nadie va a lo suyo.

Salieron del coche para encontrarse con el frío. La luna se asomaba tras la niebla y pintaba de carboncillo la escena. Los árboles, desnudos de hojas, guardaban silencio apostados en sus alcorques. Al acercarse al bloque de la mujer oyó ladrar a un perro a lo lejos con un gemido lastimero. Entraron en el vestíbulo sin que los vieran y se dirigieron al ascensor, que llegó vacío. Subieron a la cuarta planta. Ella salió primero y Jenkins la siguió. Abrió con llave las distintas cerraduras de la puerta y corrió a entrar seguida de su acompañante, quien dejó la mochila en el suelo mientras ella cerraba de nuevo a cal y canto y echaba la cadena de seguridad. Solo entonces se permitió Jenkins soltar un suspiro de alivio y tener un instante de distensión.

—¿Vodka? —preguntó la mujer.

—Sí.

El apartamento ilustraba a la perfección lo que había leído Jenkins de las viviendas de la época soviética, en las que se consideraba antirrevolucionario contar con un espacio personal. Consistía en una entrada pequeña con una percha y un angosto armario empotrado. A la izquierda estaba la cocina y a la derecha, la sala de estar, que también hacía las veces de dormitorio gracias a un biombo de cuatro bastidores. En la cocina apenas cabía una persona de pie entre una estufa de dos fogones, a un lado, y un fregadero embutido entre dos armaritos, al otro. Como el coche, el apartamento olía a humo de tabaco pese al viento frío que entraba por la ventana de la cocina, abierta unos milímetros.

La mujer encendió un aparato de radio y bajó el volumen. Abrió el congelador y sacó una bolsa de verduras para ponérsela en el ojo antes de sacar una botella de Stolíchnaia.

—Lo siento —dijo Jenkins sin levantar la voz.

—Yo habría hecho lo mismo. —Sacó dos vasos del armario y sirvió dos tragos.

Alzó el suyo y él la imitó.

—Por que tengamos suerte —dijo ella.

El vodka le quemó la garganta, pero tenía un sabor exquisito.

—¿Quiere té?

—Sí, por favor.

—Tengo pastas. —Abrió el frigorífico—. Tienen ya unos días, pero…

—No, gracias —dijo él sin dejar de evaluarla.

Aunque la luz de la cocina seguía apagada, la de la luna se filtraba por el delgado tejido de las cortinas que cubrían las ventanas y pintaba de blanco y negro la cocina. Ella tomó el hervidor de agua con la mano que tenía libre y lo dejó sobre la encimera. La tapa hizo un ruido metálico cuando la retiró para llenar el utensilio bajo el grifo. Jenkins apartó las cortinas y miró al patio interior que tenían debajo, atravesado por tendederos con algunas prendas dispersas.

Sacó el arma que le había quitado a Vólkov y la colocó sobre la mesa semicircular que había al pie de la ventana. La mujer se volvió al oír el sonido del metal sobre la madera.

—¿De dónde ha sacado eso? —preguntó mientras colocaba el hervidor de agua sobre el primer quemador.

—Al entrar en los servicios del hotel me encontré con un agente de la FSB que me conocía.

—¿Lo has matado?

—No lo sé, pero es posible.

Ella prendió una cerilla y giró la rueda de uno de los quemadores, que emitió un leve olor a gas antes de empezar a emitir una profusión de lenguas azules de fuego. Ajustó la rueda y tiró al fregadero la cerilla gastada. Sin quitarse de la cara la bolsa de verdura congelada, se dirigió a la mesa.

—Es un PSS —anunció.

—¿Un qué?

—Un *Pistolet Spetsialni Samozariadni*, una semiautomática muy precisa incluso desde veinticinco metros. Al disparar, el pistón sella el cuello del cartucho y anula el fogonazo, el humo y buena parte del ruido.

—¿No necesita silenciador?

—No. Eso hace que sea muy fácil de esconder, por lo que a las fuerzas especiales de la FSB les encanta. —Sacó la silla situada delante del americano haciendo chirriar las patas sobre el linóleo y se sentó.

Parecía tan agotada física y mentalmente como él. Jenkins llevaba un buen rato moviéndose a fuerza de adrenalina.

—Tenemos que ser conscientes de que Fiódorov tiene a su disposición todos los recursos que necesita para dar con usted —dijo ella.

—¿Te puede rastrear de algún modo? ¿Por tu coche, quizá?

Ella se detuvo a considerarlo.

—Es poco probable, por el disfraz. Además, la matrícula es de otro vehículo que lleva tiempo en el desguace. De todos modos, no deberíamos quedarnos mucho aquí. Dígame a qué ha venido a Rusia.

De perdidos, al río. Podía ser que hablar fuese el único modo de conseguir averiguar qué pintaba esa mujer en todo aquello.

—En mi primera visita, debía ofrecer cierta información poco comprometedora de un agente doble ruso, información que era de suponer que tenía ya la FSB, pero que haría que me considerasen capaz de obtener datos ultrasecretos. En la segunda, tenía que hablar a Fiódorov de una mujer que trabajaba en el ámbito de la energía nuclear de Rusia.

—Uliana Artémieva.

—¿La conoces?

—Sé que sospechaban que estaba filtrando datos, aunque nunca llegó a confirmarse nada. A Rusia no le gusta que se sepa que se la han dado con queso.

—¿Cómo murió?

Ella se encogió de hombros.

—Por causas naturales, que es como mueren aquí muchos sospechosos de traición. Cuando no se suicidan.

Cuando el hervidor empezó a silbar, dejó sobre la mesa la bolsa de verduras congeladas y fue a retirarlo del fuego.

—Les dijo a sus contactos de la FSB que Uliana Artémieva era una de las siete hermanas, ¿verdad? —Sacó dos tazas y dos platillos de un armarito muy poco equipado y una caja de té de un cajón situado bajo él. Dejó la caja sobre la mesa y llenó las tazas de agua hirviendo.

—Como estaba muerta —repuso Jenkins—, era imposible confirmar ni negar la información.

—De manera que la intención era impresionar a su contacto. —Dejó la taza de Jenkins sobre la mesa—. ¿Leche, azúcar…?

—No. En cuanto a tu pregunta, sí: querían que diera la impresión de que podía conseguir información secreta. —Sacó una bolsita de té de la caja, retiró el envoltorio y la metió en su taza.

—¿Quién lo envió aquí?

—Eso no puedo revelarlo.

—¿Y qué le dijo?

El americano dio un sorbo al té y sintió que el agua le quemaba el labio superior. Sopló y dejó la taza.

—Que Vladímir Putin supo de la existencia de las siete hermanas cuando trabajaba en el KGB.

—Eso es cierto.

—Que encargó a una octava hermana la misión de cazar a las otras siete y que ya había identificado y asesinado a tres de ellas.

—Eso ya no lo sé, aunque dudo que sea del todo cierto.

—Yo tenía que averiguar el nombre de la octava hermana.

—¿Y luego?

—Ahí ya habría acabado mi trabajo.

—Zarina Kazakova e Irena Lavrova —dijo la mujer—. ¿Quién es la tercera?

—Olga Artamónova.

Su anfitriona se reclinó en su asiento con gesto reflexivo.

—¿Para quién trabajas tú en la CIA? —preguntó Jenkins.

—Si es usted agente de operaciones, sabrá que no puedo decírselo. Si no, señor Jenkins, lo mejor para todos es que no le cuente nada de mí misma ni de mi contacto. Lo que sí puedo preguntarle es si conoce bien al suyo.

Jenkins sopló la superficie de su té antes de volver a dar un sorbo.

—Trabajé a sus órdenes hace mucho, siendo novato, pero llevo años sin ejercer.

Ella, tras meditar la respuesta, añadió:

—Entonces, ¿por qué lo eligió a usted?

Él pensó unos instantes.

—Porque hablo ruso y tengo una tapadera que justificaría mi viaje a Rusia. Mi empresa ofrece servicios de seguridad a una sociedad de inversión con sucursal en Moscú. Además, tengo experiencia con el KGB y adiestramiento táctico, de modo que podía empezar enseguida.

—Si lleva años sin ejercer de agente de operaciones, ¿por qué se avino a hacer esto?

De la radio de la encimera llegó música ligera de cuerdas de violín. Jenkins pensó en Alex, en C. J. y en el bebé que venía en camino y expuso su situación.

—Normalmente no me mueve el dinero. Nunca he sido así. Pero la situación ha cambiado.

—Tenía una necesidad imperiosa.

—Sí. La tengo, de hecho.

Ella miró al reloj de la pared.

—Si vamos a hacer algo, tenemos que empezar a movernos. Sospecho que mañana, a estas horas, no habrá periódico ni cadena de televisión en Moscú que no haya revelado su foto y su nombre y la verdad es que no es usted exactamente de los que puedan pasar inadvertidos por aquí.

Jenkins negó con la cabeza.

—Dudo mucho que Fiódorov quiera darle publicidad a este asunto y pasar la vergüenza de reconocer que me he escapado. Le preocupaba mucho que pudiese hacerle parecer imbécil ante sus superiores. Imagino que la FSB querrá mantener todo esto en secreto e intentará encontrarme de cualquier otro modo.

—Aun así, son los encargados de garantizar la seguridad de las fronteras, de manera que podemos tener por seguro que mañana por la mañana no habrá funcionario de aduanas que no tenga su foto. No va a ser fácil sacarlo de Rusia.

En ese momento quedó petrificado por otra idea. Si le habían tendido una trampa, cosa que a esas alturas parecía muy probable, el responsable sabría que se había dado a la fuga e iría probablemente a por quienes más quería Jenkins.

—Mi mujer y mi hijo —dijo poniéndose en pie.

Ella dejó también su asiento.

—Sean quienes sean, más les vale echar a correr.

CAPÍTULO 17

Víktor Fiódorov no estaba de humor para respuestas incompletas ni ambigüedades. Se había destrozado los pantalones de su mejor traje a la altura de las rodillas y los tenía manchados por la nieve y el agua sucia del callejón. También se le había hinchado la rodilla y le dolía al tocar la zona que le había golpeado el coche. A eso había que sumar otros dolores y magulladuras, aunque ningunos tan graves como los que había sufrido su ego. Charles Jenkins había huido, probablemente con la ayuda de la mujer que había ido a su habitación de hotel. Lo primero que debía averiguar era la identidad de aquella desconocida. Su contacto en los Estados Unidos le había dicho que a Jenkins no lo habían enviado a Rusia para delatar a nadie, sino para descubrir el nombre de la mujer que estaba dando caza a quien estaba revelando a la FSB quiénes eran las siete hermanas. ¿Podía ser la que había ido a la habitación de Jenkins? Pero, en tal caso, ¿por qué lo había ayudado a escapar? ¿Cómo es que no lo había tomado por el delator? ¿No era de esperar que lo hubiese matado?

Algo no estaba yendo conforme al guion y el contacto de Fiódorov en la CIA estaba furioso por ello. Le habían dejado muy claro que ni Jenkins ni la mujer podían salir de Rusia si no quería que su contacto «desapareciera» sin darle el nombre de las cuatro hermanas que faltaban y pusiera a Fiódorov en el aprieto de tener que explicar a sus superiores cómo podía haber ocurrido aquello. La reputación que lo había encumbrado en solo dos años se despeñaría a una velocidad mucho mayor.

Volvió cojeando al estacionamiento del hotel. Dos de sus colegas mantenían una conversación con el aparcacoches rodeados del vaho que engendraban las bajas temperaturas. El más joven, Simon Alekséiov, se apartó de la conversación al ver que se acercaba su superior.

—Coronel, ¿se encuentra bien?

Fiódorov restó importancia a su estado.

—No es nada. ¿Qué habéis averiguado?

—Tenemos al equipo de seguridad del hotel revisando los vídeos de las dos últimas horas.

—¿Habéis encontrado las gafas y la peluca de la mujer en el hotel?

—No, todavía no.

—Pues, si no las encontráis, las imágenes no nos van a servir para identificarla mucho más que lo que nos ha dicho el recepcionista. Lo único que sabemos es que iba disfrazada.

—Coronel —dijo uniéndose a ellos el segundo agente—, creo que debería escuchar lo que tiene que decir el recepcionista.

—Ya he hablado con él.

—Es que se ha acordado de algo que podría ser importante.

Su superior le pidió con un gesto que lo llevase ante el empleado, quien seguía delante de su garita de madera, fumando un cigarrillo con aire aterido y nervioso.

—Así que se ha acordado de algo —preguntó Fiódorov obviando toda formalidad.

—Sí.

—¿Y bien? ¿O quiere tenernos aquí, a la intemperie, preguntándonos qué será?

—Es sobre la mujer. Acabo de caer en que tenía el pelo moreno y gafas redondas.

—Eso ya lo sabemos. —Fiódorov se volvió al segundo agente sin hacer nada por ocultar su desagrado—. Eso ya lo sabemos. ¿Por qué me haces perder el tiempo?

—Tenía un ojo morado —añadió el aparcacoches.

El coronel volvió a prestarle atención.

—¿Cómo dice?

—Que tenía un ojo morado o, por lo menos, se le estaba poniendo morado. Se había puesto el flequillo en la cara para que no lo viera, pero estaba claro que tenía ya la zona de alrededor del ojo inflamada y muy roja. Le pregunté si estaba bien.

—¿Y qué le dijo?

—Que había sido un accidente. Que había bebido demasiado. Pero no parecía un accidente. Más bien daba la impresión de que le hubieran dado un puñetazo o un bofetón.

—¿Dijo algo más?

El aparcacoches dio una calada al cigarrillo hasta dejarlo en la colilla y lanzó los restos al suelo con un capirotazo. Negó con la cabeza y dejó escapar volutas de humo blancas mientras respondía:

—No. Cuando fui a buscar su coche, me dijo que no tenía sentido que pasásemos frío los dos.

—¿Qué ojo era?

El joven se metió las manos en los bolsillos de su abrigo gris y pensó unos instantes. Entonces dijo:

—El izquierdo. Era el izquierdo.

Lo más seguro era que la hubiesen golpeado con la mano derecha: al parecer, Jenkins y aquella mujer no habían empezado con buen pie.

—¿Dónde estaba aparcado su coche? —preguntó Fiódorov.

—Allí. —Señaló el lugar en que yacía el agente muerto.

El autor del disparo había atinado en el centro mismo de la frente de su víctima. Mortal de necesidad. El tirador era rápido y certero y probablemente había recibido adiestramiento táctico. Fiódorov había supuesto que había sido Jenkins, pero acababa de cambiar de opinión.

—¿Oyó el tiro?

—No, pero estaba dentro, con el ruido de la estufa eléctrica.

El coronel se volvió hacia Alekséiov.

—Averigua si alguien ha oído el disparo. Pregúntale al de la puerta.

Si nadie lo había oído, era probable que la mujer hubiera usado silenciador, lo que no haría sino confirmar que había recibido formación táctica.

—¿Qué coche llevaba? —quiso saber Fiódorov.

—Un Hyundai Solaris gris.

—¿De qué año?

—No lo sé.

—¿Nuevo o viejo?

—Nuevo. Yo diría que de estos últimos años.

—¿Lo aparcó usted?

—Sí.

—¿Y notó algo más del vehículo o de la mujer que no nos haya contado?

El aparcacoches miró a Alekséiov.

—Ya le he dicho a él que fumaba Karelia Slims. Tenía un paquete en el asiento del copiloto.

Fiódorov levantó la mano.

—Ahora le pediré que me redacte un informe. Si se acuerda de algo más, no dude en decírselo a él o en llamarme. —Le tendió una tarjeta—. Lo que sea. —Con esto, entró cojeando al hotel mientras indicaba a Alekséiov—: Quiero que remitas un aviso a todas las entidades del Gobierno. Buscamos a una mujer con el ojo izquierdo morado. Que te den el nombre de todas las que falten mañana al trabajo por el motivo que sea. —Entonces se detuvo al reparar en algo.

—Coronel, eso supondría…

El superior volvió a alzar la mano para acallarlo y empezó a caminar describiendo un círculo no muy amplio en el vestíbulo.

—Empieza con la FSB —ordenó.

—¿Coronel?

—Quiero el nombre de todas las mujeres de la FSB que no vayan a trabajar mañana, sea cual sea su puesto. Luego, mire si alguna tiene registrado un Hyundai Solaris a su nombre. Y asegúrese de que el hotel pone a nuestra disposición todas las cintas que pueda tener del aparcamiento. Vamos.

CAPÍTULO 18

Jenkins no quería usar el teléfono desechable que había utilizado con Fiódorov ni el suyo personal, que posiblemente estuvieran controlando. Tenía que suponer que ocurriría lo mismo con el fijo de su casa y con el móvil de Alex. Si usaba el de la mujer, asumía otro tipo de riesgo, pues, en caso de que triangulasen la llamada como hacían en los Estados Unidos, podría ofrecer a sus perseguidores otra pista de su identidad y la pondría en un peligro mayor aún.

Tenía pocas opciones sensatas y apenas disponía de tiempo, así que decidió que lo mejor sería servirse de su propio teléfono y no extenderse en la llamada. La mujer se disculpó y se retiró a la otra pieza para otorgarle cierta intimidad.

Jenkins marcó el número de Alex y, recorriendo de un lado a otro aquella cocina diminuta, rezó por que contestase. Mientras esperaba, se dijo que se había avenido a que lo reactivaran para ayudar a su familia y, sin embargo, en ese momento estaba llamando a su mujer precisamente para avisarla de que los había puesto en peligro a C. J. y a ella.

—Hola. Justo ahora estaba tumbada pensando en ti.

Él sintió un alivio abrumador al oírla.

—Yo también estaba pensando en ti. ¿Estás en la cama?

—Como me ordenó el médico. ¿Y tú? ¿Qué estás haciendo? ¿Cuándo vuelves a casa?

—Se me ha complicado la cosa y puede que tarde un poco más.

—¿Qué ha pasado?

—¿Cómo está Lou?

Alex se detuvo, solo un segundo.

—Ahora mismo está durmiendo.

—Cuando se despierte, dile a C. J. que lo saque a pasear, ¿vale? Sabes que le encanta salir de casa.

—Es verdad —respondió ella—. Ahora se lo digo.

—Muy bien. Y llevaos también a Freddie.

—Perfecto. Escucha, C. J. acaba de llegar. Luego te llamo.

—Te quiero, Alex.

Ella no lo oyó, porque ya había colgado.

CAPÍTULO 19

Jenkins condujo el coche de la mujer en dirección sur por la M-4, por entre tierras de labor cubiertas de nieve, mientras ella seguía con la bolsa de verduras congeladas en el ojo. Se había levantado un viento recio que escupía nieve a ráfagas sobre la calzada y sacudía con fuerza el vehículo. El americano se afanaba en ver y en evitar salirse de la carretera. Si no amainaba, no tardaría en quedar impracticable.

—¿Está preocupado… por su mujer y su hijo?

Jenkins asintió.

—Y por este tiempo.

—Qué suerte, tener a alguien que lo quiere tanto.

No se había parado a considerarlo así. Se aferró al volante para no perder la dirección cuando el coche tembló ante el enésimo golpe de viento.

—Ojalá afloje —dijo—. Si no, no tengo claro que podamos seguir adelante mucho más.

—No tenemos otra opción. Si paramos, moriremos congelados. Yo no he llegado hasta aquí para helarme en mi coche e imagino que usted tampoco.

—¿Adónde vamos? ¿Queda mucho?

Ella lo miró desde el asiento del copiloto y se encogió de hombros.

—¿También es mejor que no lo sepa? ¿En serio? Si nos capturan ahora, caeremos los dos a la vez.

—Al mar Negro. —Bajó el parasol y comprobó el estado de su ojo en el espejo iluminado. La piel de alrededor había empezado a perder color y a teñirse de amarillo y púrpura, aunque el frío de la bolsa había conseguido mantener a raya la hinchazón—. A un pueblo en el que unos amigos tienen un refugio para tiempos difíciles. —Subió el parasol.

—¿Amigos de los americanos?

—Amigos de cualquiera que se oponga a este régimen. Desde allí podré hacer que lo devuelvan a su país.

—¿A mí? ¿Tú no vienes?

—Mi hogar es Rusia, señor Jenkins. Llevo aquí toda mi vida y no tengo intención de irme ahora.

—Pero si descubren quién eres, te torturarán para sacarte información sobre las siete hermanas y sobre mí.

—Ahora mismo usted no sabe más que ellos de las siete hermanas y yo tampoco.

—Y torturarán y matarán a tus seres queridos.

—La gente a la que quiero es muy poca, señor Jenkins. Mis padres están muertos, el único hermano que tenía está muerto y mi matrimonio acabó hace muchos años.

—¿Tienes hijos?

—No.

Jenkins no había visto fotografías en su apartamento.

—¿Por qué haces esto? ¿Qué te ha llevado a trabajar para la CIA?

—Es una historia muy larga, señor Jenkins.

—Y tenemos un viaje muy largo por delante.

—Mi hermano —repuso ella tras un silencio— es el motivo.

—¿Lo mataron?

—Lo mató el Estado. Acabaron con lo que él amaba, con aquello para lo que vivía, y se quitó la vida.

—Lo siento.

—Fue hace muchos años.

Jenkins dejó pasar otro momento antes de preguntar:

—¿Y qué era lo que amaba?

—El *ballet* —respondió ella en tono suave—. El Bolshói.

—Por eso conocías tan bien el edificio. Bailaba en la compañía del Bolshói.

—No, nunca llegó a bailar allí. Ese era su sueño. Eso era lo que amaba. Después del divorcio de mis padres, mi madre nos llevaba a mi hermano y a mí al Bolshói las noches en que tenía actuación. No era primera bailarina, siempre trabajó en el cuerpo de baile. El dinero que ganaba no llegaba para contratar a alguien que cuidase de nosotros. A mí me gustaba explorar entre bambalinas, imaginar que vivía en otros lugares, en otros países. Tenía que usar la imaginación, porque Iván solo tenía ojos para lo que ocurría en el escenario. A mí me sacaba de quicio. Le decía: «Iván, pero si la función de hoy es idéntica a la de anoche y la de anteanoche. Venga, vamos a jugar». Pero a él el Bolshói le atraía más que cualquier otra cosa del mundo y lo único que quería era actuar algún día como mi madre. Trabajó muy duro para lograr su oportunidad. Cuando superó lo que podía enseñarle ella, mi madre ahorró cada rublo que pudo y rogó y suplicó cuanto fue necesario para conseguir que ingresara en la prestigiosa Academia de Ballet del Bolshói. Esta institución es casi tan antigua como su país, señor Jenkins, y de ella han salido algunos de los mejores bailarines que ha conocido el mundo.

Se detuvo. Jenkins oyó el viento ululando fuera del vehículo. Entonces, con un susurro, siguió diciendo ella:

—Mi hermano habría sido uno de ellos. Tenía el impulso, la ambición y el talento.

—¿Y qué le pasó?

—Se enamoró. Se enamoró perdidamente de uno de sus profesores, casado y mucho mayor que él, que, además, le hizo creer que también lo quería. Le dijo que podía contribuir de manera decisiva a lanzar su carrera y conseguirle papeles de protagonista en algunos de los espectáculos más prestigiosos de toda Rusia.

Jenkins imaginó lo que vendría a continuación.

—Pero, en realidad, lo estaba utilizando —prosiguió ella—, a él y a otros alumnos. Cuando se hartó de Iván, lo desechó como quien tira la basura. Él, airado, cometió el error de amenazar con divulgar la condición de homosexual de aquel hombre. Ya sabrá, señor Jenkins, que Rusia no es tan tolerante como su país, ni siquiera ahora. Entonces era peor. Aquel hombre habló con el resto de profesores y les dijo que Iván no tenía lo necesario para bailar con el Bolshói y que, cuando se lo había hecho saber, él había amenazado con calumniarlo. Así que expulsaron a Iván de la Academia.

—¿Y los demás alumnos? ¿Qué pasó con el resto de los muchachos de los que se aprovechaba ese hombre?

Ella sonrió con gesto triste.

—Vieron cortar las barbas del vecino, como dicen ustedes, y no quisieron tener que poner las suyas a remojar. No pensaban cometer el mismo error que Iván, así que mi hermano se quedó solo con sus alegaciones. Tuvo que enfrentarse en solitario a su fracaso y a la convicción de que nunca bailaría en el Bolshói ni en ninguna otra compañía. Devastado, se subió al tejado del teatro y se tiró desde allí.

Calló y Jenkins no pasó por alto que era la emoción la que le impedía hablar. Tras un minuto consiguió recobrar la voz.

—Yo lo había llevado allí muchas veces. Era el sitio adonde íbamos para mirar las luces de Moscú y soñar con lo que nos depararía la vida a uno y a otro.

—Lo siento.

—Sí, yo también dediqué muchos años a compadecerme —dijo ella con aire más firme, más resuelto—. Lamentaba que mi hermano no hubiera podido superar su pena, que mi madre y yo tuviésemos que vivir con la decisión que él había tomado... Hasta que me di cuenta de que lo que le había ocurrido no había sido culpa suya, ni siquiera de ese hombre que se había aprovechado de él. Lo que le había ocurrido a mi hermano había sido culpa de las instituciones que, en primer lugar, habían llevado a aquel hombre a ocultar su condición y castigaban a mi hermano por el simple hecho de haberse enamorado de alguien de su mismo sexo. Juré que me vengaría y que no pararía hasta que Rusia fuese una democracia real y todo el mundo tuviese opciones y oportunidades de verdad. Pensé que había llegado ese día cuando se hizo Gorbachov con el poder, pero aquello fue una esperanza fugaz y engañosa. Rusia se aleja más cada año de una democracia real. —Clavó en él la mirada—. Como entenderá, señor Jenkins, no pienso parar ahora, aunque muera por ello.

Si se trataba de un cuento inventado, había que reconocer que era muy bueno y que había sabido fingir muy bien la emoción y la sinceridad.

—¿Cómo te reclutaron?

—Se me dan bien los ordenadores y las matemáticas. Estudié en la Universidad de Moscú. Un buen día llamé a la embajada estadounidense y, a la semana siguiente, estando yo en casa, llamaron a la puerta. El cortejo duró varias semanas. Me pidieron que hiciese un montón de encargos triviales.

Jenkins sabía por experiencia que un agente que operase por motivos económicos no era de fiar. Por eso la CIA reclutaba o respondía a aquellos que tenían razones ideológicas o de índole más personal para traicionar a su país.

—Te estaban poniendo a prueba.

—Sí, querían saber si podían confiar en mí. —Se encogió de hombros.

Guardaron silencio durante varios kilómetros, hasta que Jenkins dijo:

—¿Con qué soñabas en el tejado del Bolshói?

—Eso ya da igual.

—Pero has dicho que tenías sueños. ¿Qué soñabas?

La mujer sonrió.

—Quería convertirme en la Bill Gates de Rusia, montar mi propio negocio y desarrollar programas propios que algún día se usarían en todos los ordenadores del planeta.

—Dices que soñabas con otros países. Ahora tienes la ocasión de ir a América. Todavía puedes hacer realidad tus sueños.

Ella señaló más allá del parabrisas.

—Un puesto de peaje.

Jenkins redujo la velocidad al acercarse a las luces intermitentes que se reflejaban en la nieve cegadora. El lugar parecía una gasolinera, con numerosos carriles bajo un techado azul. Todo estaba automatizado y eso lo hizo dudar.

—¿Tienen cámaras? —preguntó.

—Supongo, aunque Fiódorov no tiene motivos para sospechar de mí y, como le he dicho, llevamos la matrícula de otro coche.

Jenkins no tenía claro que la mujer no estuviese subestimando al coronel. Había demasiadas formas posibles de identificarlos, a ella y al vehículo.

—Puede que no, pero preferiría que nos deshiciéramos del coche y buscásemos otro.

—¿Qué quiere decir?

—Que lo escondamos y tomemos otro.

—Mire a su alrededor. Aquí no hay nadie. Si robamos un coche, lo buscarán.

No le faltaba razón. Redujo la marcha y bajó la ventanilla. No le resultó fácil meter un billete en aquella máquina y, cuando lo logró, se elevó la barrera blanca y roja que impedía el paso. Abandonó el peaje y volvió a internarse en las inclemencias de aquella carretera nevada.

—¿Cuántas horas nos quedan?

—Muchas. Manténgase en la M-4. Creo que voy a dormir un rato. Intente no estrellarnos.

—Escucha, si vamos a estar tanto tiempo metidos en el mismo coche y si no quieres decirme cómo te llamas, dime por lo menos cómo puedo llamarte.

—Llámeme Anna. Desde la primera vez que leí *Anna Karénina,* siempre me ha gustado ese nombre.

—Bien, pues Anna. ¿Me enteraré alguna vez de tu nombre real?

—Puede —repuso ella mientras reclinaba el asiento y volvía la cabeza hacia la ventana—. Quizá cuando sepa que va a volver a ser libre. Entonces se lo diré.

CAPÍTULO 20

Víktor Fiódorov estaba en su despacho, observando la pantalla de su ordenador mientras bebía una taza más de café solo pese a las protestas de su estómago. No había cenado ni desayunado nada y con cada trago sentía que ese líquido ardiente le estaba haciendo un agujero en el estómago. Llevaba el mismo traje de la víspera, con los pantalones rasgados por las rodillas y arrugados por donde se habían mojado. Ni se había molestado en volver a casa para cambiarse. Tenía mucho que hacer y muy poco tiempo para lograrlo. Jenkins y la mujer, fuera quien fuese, estarían haciendo lo posible por salir cuanto antes del país y las extensas fronteras de Rusia y su guardia fronteriza, no siempre diligente, hacían que el reto de los dos fugitivos distara mucho de ser inalcanzable. Había dado órdenes de hacer llegar la fotografía de Jenkins a las autoridades encargadas de vigilar todas y cada una de las salidas del país y poner su pasaporte en la lista de personas buscadas, pero dichas medidas solo funcionarían si el americano usaba el pasaporte y el personal de aduanas prestaba atención al aviso. Nada de eso estaba, ni mucho menos, garantizado.

Dejó la taza de café sobre la mesa y pulsó una tecla para pasar a mayor velocidad otro vídeo de seguridad del hotel. Había empezado con las cintas del aparcamiento. Habían dado con el Hyundai Solaris, pero la calidad de la cámara dejaba mucho que desear y, por tanto, también la de la imagen. La habían mejorado lo suficiente para que fuera posible leer la matrícula, que, no obstante, había resultado ser de un Lada Granta. Este, por lo que habían averiguado, había sido declarado siniestro total en un accidente, de modo que la pista no les serviría para identificar al propietario, sino solo el automóvil. A continuación pasó a los vídeos del mostrador de recepción y vio acercarse a la mujer de la peluca morena y las gafas. El abrigo era tan largo que casi rozaba el suelo. La bufanda y las gafas grandes le cubrían casi todo el rostro y negaban cualquier posibilidad de conseguir un fotograma con el que identificarla. Las instituciones gubernamentales tenían las huellas dactilares y la fotografía de todos sus empleados, de modo que con un programa de reconocimiento facial no habría sido difícil determinar quién era. Pero todo apuntaba a que la mujer lo sabía, lo que quizá no era sino un indicio más de que trabajaba en la FSB. Un topo. Además de llevar la bufanda, trataba de girar siempre el cuerpo a la izquierda, como si conociese la ubicación de las cámaras instaladas en el techo del hotel.

Fiódorov pasó a la grabación procedente de la planta octava. La vio salir del ascensor y caminar por el pasillo en dirección a la habitación de Jenkins. Llevaba la cabeza gacha, una vez más para impedir que las cámaras captasen imágenes reveladoras de su rostro. Usó una tarjeta —que habría adquirido a golpe de rublo— para abrir la puerta y se metió.

Un tiempo después salió Jenkins del ascensor. Antes de llegar a su habitación, se detuvo a recoger algo de una bandeja de comida. Fiódorov rebobinó la película y volvió a observar la secuencia a cámara lenta ampliando la imagen para ver mejor la bandeja. Un cuchillo. Jenkins había recogido un cuchillo y lo había ocultado en la manga de su abrigo.

—Qué interesante…

Al llegar a la puerta, en lugar de entrar de inmediato, se arrodilló como si temiera recibir un disparo y, tras volver a incorporarse, la abrió. Solo entonces cruzó el umbral y dejó que se cerrase la puerta tras él.

—Sospechaba que lo estaba esperando dentro —concluyó Fiódorov—. Pero ¿cómo? —Se propuso hablar de nuevo con el recepcionista. Alguien tenía que haber alertado a Jenkins de la presencia de la mujer en el hotel.

La única deducción razonable que cabía hacer de la forma de actuar del americano era que también sabía, o sospechaba con gran certeza, que la mujer estaría en la habitación. Además, del hecho de que se hubiera armado con un cuchillo cabía inferir que no la tenía por amiga, al menos al principio, aunque tuvo que ocurrir algo que lo hizo cambiar de opinión.

Unos quince minutos después de que el informante que tenía en el Metropol avisara a Fiódorov de que se había presentado en recepción una mujer preguntando por Charles Jenkins —después del tercer acto de la obra de su hija, pero antes de la fiesta organizada para los actores, a la que había tenido que faltar pese a haber prometido que asistiría—, había llegado con Vólkov al hotel. Observó la cinta de la octava planta para averiguar cómo se les habían escapado Jenkins y la mujer. Se inclinó hacia delante al ver salir al americano de su habitación. Llevaba al hombro una mochila negra y lo seguía la desconocida. Se dirigió hacia la escalera que había al fondo del pasillo, pero se detuvo y dio media vuelta después de que la mujer le dijese algo, posiblemente que en la escalera debía de haber agentes. Y tenía razón.

Fuera lo que fuese lo que había ocurrido en la habitación, Jenkins y la mujer habían pasado a actuar como un equipo.

Sin el abrigo largo ni la bufanda, que Vólkov había encontrado abandonados en la habitación de Jenkins —una treta para hacerlos creer que habían huido a la carrera—, Fiódorov pudo ver mejor a la mujer. Comparándola con Charles Jenkins, calculó que debía de medir un metro setenta. También parecía estar en buena forma.

La desconocida cruzó el pasillo y se detuvo para recoger una copa de champán de una de las bandejas del servicio de habitaciones. Llamó a la puerta que tenía delante. Fiódorov sintió una punzada en el estómago que nada tenía que ver con el café. No le cabía duda alguna de lo que había ocurrido a continuación y la cinta no hizo sino confirmarlo.

Tomó nota de la habitación en la que se habían ocultado los fugitivos. Mandaría a alguien a hablar con el cliente que la ocupaba y a averiguar si alguno de los dos le había dicho algo.

Simon Alekséiov llamó a la puerta y entró sin más en el despacho de Fiódorov.

—He conseguido la lista de las empleadas que no se han presentado en su puesto de trabajo esta mañana. Son seis.

—¿Has buscado qué vehículo tiene a su nombre cada una?

—Dos de ellas tienen un Hyundai. Uno es azul y el otro es gris.

Fiódorov le pidió con un gesto las hojas en las que llevaba la información. Miró una fotografía de Pavlina Ponomaiova. Cuarenta y ocho años, atractiva y con cabello castaño oscuro, ojos castaños y maxilar marcado. Medía un metro setenta y dos y pesaba cincuenta y nueve kilos, lo que no desentonaba con lo que acababa de ver en la grabación.

—¿Qué sabemos de ella?

Alekséiov respondió mientras leía otra de las hojas:

—La contrató la FSB recién salida de la Universidad de Moscú, donde se graduó en informática, en ingeniería en computadores, y en matemáticas. En la FSB tiene un historial intachable. Siempre la han ido ascendiendo a puestos de más responsabilidad que requieren una autorización de seguridad más estricta.

Teniendo en cuenta la edad de las tres hermanas que ya habían puesto al descubierto, Ponomaiova no era una de las siete. Ojeó su información personal y pudo ver que no había en ella gran cosa reseñable. Se había casado poco después de cumplir los veinte, pero se había divorciado. No tenía hijos. Sus padres habían muerto y su único hermano, Iván, también.

—No tiene muchos motivos por los que vivir —señaló Fiódorov.

—Trabaja de analista de sistemas en la Dirección de Registros y Archivos —añadió Alekséiov.

Tal cosa quería decir que Ponomaiova tenía acceso a todos los informes redactados por cualquier integrante de la RSB, incluidos los de los agentes y objetivos de Rusia y, por tanto, los que había escrito Fiódorov sobre Charles Jenkins.

—¿Tienes su dirección? —preguntó el coronel, que había empezado ya a sortear su mesa para dirigirse a la percha.

—Sí.

Fiódorov recogió su grueso abrigo y su gorro y fue a salir de su despacho cuando se detuvo.

—¿Sabes cómo se encuentra Vólkov?

—Sigue ingresado, pero está consciente.

En cuanto pudiera, se acercaría a verlo. Por el momento, tenía un fugitivo al que dar caza.

—Vamos. Tú conduces. Quiero repasar su expediente.

Fiódorov dejó el apartamento de Pavlina Ponomaiova y salió al anodino rellano. Aunque los técnicos de la FSB seguían registrándolo y analizándolo, todo apuntaba a que lo habían dejado limpio. Ni en los estantes ni en las paredes había fotos enmarcadas de amigos ni familiares. Tampoco habían encontrado álbumes de fotografías ni correo personal, ni siquiera publicitario, en los cajones. Ni un ordenador. La cocina estaba impecable y olía a amoniaco perfumado con limón, aunque habían dado con una cerilla gastada en el fregadero. El resto de mobiliario no era menos espartano. Hasta habían sacado la bolsa de basura de su cubo. Fiódorov había enviado a un agente a registrar los contenedores del aparcamiento, aunque sabía que era muy poco probable que Ponomaiova se hubiese deshecho de nada comprometedor en un lugar tan accesible.

Tan limpio estaba todo que en un primer momento no pudo evitar preguntarse si no sería una dirección falsa, proporcionada por Ponomaiova para los archivos de la FSB mientras ella residía en otro lugar. No obstante, los vecinos habían confirmado que vivía en el apartamento y la cerilla hacía pensar que había estado en él recientemente. Los del bloque la describían como una mujer discreta que no se relacionaba con el resto ni revelaba gran cosa de su persona. Ninguno recordaba haber visto nunca a nadie más en su piso ni la habían oído llegar a casa aquella noche.

Fiódorov volvió a revisar el expediente que tenía de ella la FSB y que había leído de cabo a rabo mientras llegaban al apartamento. Lo que había escrito en él venía a confirmar lo que le había revelado el vecindario: todo apuntaba a alguien que quería mantener su anonimato a toda costa... y que lo había logrado en gran medida. Por bien que hicieran su trabajo los técnicos especialistas en huellas dactilares, el olor a amoniaco y limón hacía muy poco probable que encontrasen pruebas de la presencia de Jenkins.

Estaba buscando en la documentación que tenía delante algo que hubiese podido pasar por alto cuando llegó corriendo Alekséiov por el pasillo, sonriendo como un chiquillo la mañana de Navidad.

—Tenemos el coche —anunció.

Fiódorov sintió que lo inundaba la adrenalina.

—¿Dónde?

—Una cámara de la M-4 ha captado la matrícula en un peaje. Las cámaras de los peajes siguientes confirman que han estado toda la noche viajando hacia el sur.

—Van hacia el mar Negro —resolvió su superior antes de mirar su reloj—. Tienen que estar a punto de llegar.

CAPÍTULO 21

Después de haber hablado con Charlie, Alex agarró a Freddie de su caja fuerte y la bolsa que tenía preparada con una muda para ella y para C. J., artículos básicos de aseo personal, medicamentos y cinco mil dólares en billetes pequeños. Su marido y ella no habían perdido nunca las viejas costumbres.

Se montó en el coche y fue a sacar a C. J. de la escuela antes de dirigirse al bufete de David Sloane, situado en el distrito SoDo de Seattle. Había comprado un almacén y lo había convertido en un lugar muy prometedor situado al sur del centro de la ciudad. Charlie sabía que podría dar con ella si llamaba a Sloane. Era el plan que habían trazado por si la situación lo exigía en algún momento, aunque ella nunca había creído que pudiera llegar a ser necesario.

Estacionó en el momento en que pasaba un tren por el cruce que había tras el edificio entre sonidos de campana y pitidos. Max se incorporó en la parte trasera del Range Rover y se puso a ladrar.

—Calla, Max —dijo C. J. gimoteando. No le había hecho ninguna gracia perderse el entrenamiento de fútbol.

Había hablado con el entrenador siguiendo el consejo de su padre y él le había prometido que jugaría de delantero en el partido siguiente. Alex no había tenido el valor de decirle que no iba a poder ser, al menos hasta que averiguase qué estaba ocurriendo.

«¿En qué te has metido, Charlie?».

Alex, C. J. y Max subieron en ascensor a la tercera planta de aquel antiguo almacén en el que se permitía la entrada a animales de compañía.

Minutos después de anunciar su llegada en recepción apareció en el vestíbulo la secretaria de Sloane, Carolyn, una mujer de casi un metro ochenta de estatura que salvaguardaba como un halcón la agenda del abogado.

—Alex —dijo—. ¡Vaya, y C. J.! —Miró a Tara, la recepcionista—. No me habías dicho que eran de la familia. —Se inclinó para acariciar a Max—. ¿Qué os trae por aquí a los tres?

—Tengo que hablar con David —dijo ella.

—Está ocupado con una declaración, pero no tardará. ¿Por qué no lo esperáis en su despacho? Le diré que estáis aquí. —Miró el vientre de Alex—. ¡Pareces a punto de estallar!

—Espero que no, todavía. Me quedan aún unas semanas para salir de cuentas.

—Tara, ¿puedes llamar a Jake y decirle que han venido Alex y C. J.?

—Yo sé dónde está su despacho —dijo el pequeño antes de echar a correr por uno de los pasillos seguido de Max, que iba anunciando su presencia con ladridos.

Carolyn llevó a Alex al despacho de Sloane, situado en el ángulo delantero del edificio, le dijo que se pusiera cómoda y se marchó. El lugar era amplio y tenía un escritorio en un rincón, un sofá en el otro y una mesa redonda con dos sillas. Alex ocupó una de ellas y sacó el portátil que usaban para los asuntos de C. J. Security. En su mente se agolpaban las posibilidades. Nunca habían recurrido al protocolo y no tenía la menor idea de por qué había elegido Charlie aquel momento para hacerlo ni de qué peligro podía estar acechándolos a C. J. y a ella. Su llegada al despacho de Sloane la había tranquilizado y le había otorgado la serenidad necesaria para pararse a pensar qué había podido ocurrir.

Accedió a Internet y estudió el historial de búsqueda de Charlie para averiguar lo que había estado haciendo y buscar el itinerario de sus vuelos. Encontró el más reciente y vio que había ido a Heathrow, pero lo que leyó a continuación hizo que le corriera un escalofrío por la espalda. Después de una escala de dos horas, había tomado un avión al aeropuerto ruso de Sheremétievo.

Sintió que la empapaba un sudor frío. Siguió indagando y encontró un segundo vuelo que también incluía una escala en Londres y tenía Sheremétievo como destino final.

Abrió una segunda pestaña y accedió enseguida a las cuentas de C. J. Security para consultar los cargos a la tarjeta de crédito de la empresa. Encontró varios relativos a una estancia de diversas noches en el hotel Metropol del centro de Moscú. Las fechas coincidían con las del primer vuelo de Charlie al aeropuerto de Sheremétievo. En cambio, no encontró ninguno que encajara con el segundo, ni de aquel ni de otro hotel de Rusia.

Encontró la página web del Metropol y marcó el número. El teléfono sonó varias veces antes de que respondiese en inglés un hombre de acento marcado, alertado quizá al ver un número extranjero.

—Quisiera hablar con Charles Jenkins, que se aloja en su hotel.

—Un momento, por favor.

El recepcionista la dejó en espera y tuvo que sufrir unos minutos de hilo musical. Nerviosa, se puso en pie y miró por la ventana las caravanas y los remolques destartalados que había aparcados en la otra acera.

—Lo siento —dijo entonces el recepcionista—, pero no tenemos registrado a ningún cliente con ese nombre en el hotel.

—¿Se ha marchado ya?

—Me temo que no me ha entendido. No tenemos constancia de que se haya alojado en el hotel nadie con ese nombre.

Alex le proporcionó las fechas del viaje de diciembre con el número de confirmación de la reserva.

—Sí, en esas fechas sí tuvimos aquí alojado a un señor Jenkins.

—¿Solo en esas fechas?

—Me temo que no hay nada más. —El recepcionista empezó a impacientarse—. ¿Puedo ayudarla en algo más?

—No, gracias. —Alex colgó en el momento mismo en que entraba Sloane en el despacho.

—¿Qué tal? —dijo el abogado antes de dejar sobre la mesa redonda una libreta y un rimero de documentos para recibirla con un abrazo—. ¿Va todo bien?

Ella encogió el gesto al sentir un calambre.

—¿Estás bien?

—Es solo un segundo. —Cuando cesó el dolor, respondió—: Estoy preocupada por Charlie. Le ha pasado algo y no sé qué es.

—¿Y cómo sabes que le ha pasado algo?

—Me ha llamado y, en resumidas cuentas, me ha pedido que salga de casa, recoja a C. J. de la escuela y venga a verte. Además, me ha dicho que vaya armada. Es el protocolo que tenemos por si en algún momento se tuercen las cosas.

—¿Y no te ha dicho por qué?

—No, lo que quiere decir que teme que nos hayan pinchado las llamadas. Además, no está en Londres, como me dijo.

—¿Y dónde está?

—En Moscú.

—¿En Rusia? —Sloane parecía sorprendido—. ¿Y qué hace allí?

—No lo sé, pero tiene reservas de avión y de hotel, cargos a la tarjeta del mes de diciembre procedentes de Moscú y la reserva de un segundo vuelo a Rusia hace un par de días. He llamado al hotel y dicen que tienen constancia de que se alojó allí en diciembre, pero no de ninguna estancia más reciente.

—¿Puede que esté en otro hotel?

—Puede, pero no he visto más cargos que coincidan con el segundo viaje.

—¿Estás segura de que llegó a tomar ese segundo vuelo?

—No estoy segura de nada, pero tenemos un código por si alguno de nosotros se mete en un lío y te digo que me ha pedido que salga de la casa. Además, Charlie es animal de costumbres y lo normal habría sido que se hubiese alojado en el mismo hotel.

—Pero en el hotel no tienen constancia de su presencia.

—Eso me han dicho. También sé que sin registro es más fácil negar que una persona haya estado en un lugar. —Hizo otra mueca al sentir de nuevo un dolor.

—Tranquilízate, Alex. Verás como lo resolvemos. ¿No tienes ni idea de dónde está ahora?

Ella negó con la cabeza.

—En este momento no, y tampoco puedo llamarlo al móvil hasta que no averigüe qué está pasando. No estoy segura, pero esto huele demasiado a operación de la CIA.

Sloane se puso pálido.

—Charlie no haría nunca algo así. Lo dejó hace muchos años.

—Ya lo sé y también sé que no lo haría por él, pero ¿y si lo ha hecho por C. J. y por mí?

—¿A qué te refieres?

Alex le expuso los apuros que estaba atravesando C. J. Security y concluyó:

—Estoy muy preocupada, David. Si ha vuelto a verse metido en una operación y está en peligro…

—Eso no lo sabemos.

Era cierto, pero Alex también sabía que, en la época en que había trabajado en la CIA, Charlie había participado en operaciones emprendidas en Ciudad de México contra el KGB y que los rusos tenían muy buena memoria y eran muy pacientes cuando se trataba de conseguir lo que se proponían.

CAPÍTULO 22

Después de casi veinte horas de carretera, Jenkins condujo el Hyundai por la ciudad de Vishniovka, en el litoral del mar Negro. Se habían detenido solo para pagar los distintos peajes, cambiar de conductor, repostar gasolina y usar el lavabo. A media mañana, la nieve y el viento habían dado paso a la lluvia y la niebla, ya no tenían que vérselas con las sacudidas del vehículo ni conducir a ciegas. La mejora de las condiciones atmosféricas les había permitido ganar tiempo. Anna le dijo que solo pararían para comprar comida, agua y otras provisiones.

Vishniovka se encontraba en una pendiente a orillas del mar Negro y, a simple vista, parecía un municipio costero desierto en gran medida durante el invierno. Anna le hizo saber que la población de aquellas localidades de playa se triplicaba durante los meses de verano.

Aquello suponía un problema, porque Jenkins seguía teniendo la intención de cambiar de coche, pero, con menos gente, cabía esperar que hubiese menos vehículos disponibles y que el robo de uno llamaría la atención de inmediato. Miró el indicador del combustible, que marcaba menos de un cuarto de depósito, y dijo:

—Deberíamos repostar aquí por si las moscas. ¿Nos queda mucho?

—No, ya estamos cerca.

—Cuando lleguemos, habría que buscar un sitio donde esconder el coche.

Se detuvo en una estación de servicio Lukoil y salieron los dos; Jenkins, a echar carburante, y Anna, para cruzar la calle en dirección a un supermercado en el que adquirir comida y demás provisiones.

Después de ajustar la boca de la manguera en la del depósito, Jenkins se dirigió a la tienda contigua, pidió un café solo y preguntó al empleado si podía usar el aseo situado en la parte trasera.

Tras aliviarse, se lavó las manos y contempló la imagen que le ofrecía un espejo deslustrado. Llevaba treinta y seis horas, quizá más, sin dormir. Tenía los ojos hinchados e inyectados en sangre y bajo ellos se habían formado bolsas oscuras. Por más que corriera tres veces por semana y cuidase su dieta, no podía dar marcha atrás al envejecimiento y en días así notaba el peso de los años. Ojalá pudiera planchar la oreja aunque fuesen unas horas cuando llegasen a su destino, fuera cual fuese.

Salió de los aseos y buscó en los estantes de la tienda algo decente que llevarse a la boca, pero no encontró más que comida basura: patatas fritas, dónuts, caramelos y productos que era incapaz de identificar o pronunciar siquiera. En las vitrinas refrigeradas no vio más que refrescos y alcohol. Con un poco de suerte, Anna habría tenido mejor suerte en el establecimiento del otro lado de la calle. Miró por la cristalera y vio llegar a la gasolinera un vehículo compacto baqueteado con una franja azul en el costado y la barra de luces estroboscópicas. La policía. El coche rebasó los surtidores y aparcó. De él salió un agente joven que, sin embargo, no se dirigió a la tienda, sino que rodeó el Hyundai hasta situarse detrás de él y, sacando una hoja de papel del bolsillo de la pechera, se puso a comparar la matrícula con lo que llevaba escrito.

Habían dado con ellos.

El policía se asomó a la ventanilla del lado del conductor y probó a abrir la puerta, que Jenkins había cerrado con llave. Entonces miró en dirección a la tienda y echó a andar hacia la entrada principal. Jenkins volvió a meterse en los aseos, pero dejó la puerta entreabierta para poder oír la conversación.

—*Dóbroie utro* —dijo el recién llegado al dependiente—. *Vi znaiete, chia mashina najoditsia snaruzhi?* —«¿Sabe de quién es el coche que hay fuera?».

El del mostrador señaló con la cabeza el escusado.

—*Chelovek prosto voshel. On v vannoi.* —«Acaba de entrar. Está en los servicios».

El agente se volvió e indicó la puerta.

—¿Está ahí ahora mismo? —preguntó.

—*Da.*

El policía se dirigió a los aseos. Jenkins dejó que la puerta se cerrara y se metió en el retrete. Cerró también esa puerta, pero sin echar el pestillo, y, tras sentarse en la taza, aferró la hoja con una mano. Oyó abrirse y cerrarse la puerta de los servicios y vio dos zapatos negros detenerse tras la del retrete. El agente llamó con los nudillos. Jenkins oyó un sonido metálico, de una llave quizá, y lo vio dar un paso atrás.

—*On ispólzuetsia* —dijo el americano. «Está ocupado».

—*U vas yest avtomobil snaruzhi, Hyundai?* —«¿Es suyo el vehículo de ahí fuera, el Hyundai?

—*Da. Chto iz étogo?* —«Sí. ¿Le pasa algo?».

—Necesito que salga ahora mismo —ordenó el agente sin dejar de hablar en ruso.

—¿Y quién leche es usted? —preguntó Jenkins en el mismo idioma.

—*Politsia.*

—¿Es ilegal plantar un pino?

—Salga.

—Pues va a tener que esperarse a que acabe.

—Salga ahora mismo —insistió el policía en tono más firme.

—Está bien, está bien —respondió Jenkins antes de que recelara más aún y pidiese refuerzos, si es que no lo había hecho ya—. ¿De verdad no puede uno cagar tranquilo?

De nuevo se oyeron golpes de nudillos en la puerta.

—Ya. Salga de una vez. Y con las manos donde pueda verlas.

—¿Puedo por lo menos subirme los calzones?

—Súbaselos y salga.

—¿De qué va todo esto? —preguntó el americano con la esperanza de hacer que se acercara más a la puerta.

—Salga.

Jenkins se puso en pie, pero aguardó un instante, como si estuviera subiéndose los pantalones y abrochándose el cinturón. Entonces, cuando el agente dio un paso hacia la puerta, levantó una pierna y la extendió para asestar un taconazo a la hoja, que se abrió con fuerza. El agente, sorprendido, no pudo esquivar el golpe. Perdió el equilibrio y cayó hacia atrás. Jenkins avanzó con rapidez y lo dejó inconsciente de un par de puñetazos en la cara.

Dobló los dedos de la mano y sintió un dolor agudo.

—Tendría que dejar de pelearme en los cuartos de baño —dijo.

No disponía de mucho tiempo. Si el agente había pedido refuerzos, tenían un problema muy serio. Le quedaba la esperanza de que, al ser una ciudad pequeña y no estar en su mejor temporada, tardase en llegar la ayuda solicitada. Lo levantó del suelo y lo arrastró hasta el retrete para dejarlo apoyado en el lavabo, donde le quitó las esposas para sujetarle las muñecas por encima de la cabeza a una tubería que descendía por la pared. Lanzó las llaves al exterior del retrete, lo descalzó y le quitó los calcetines. Acto seguido, le metió uno en la boca y le pasó el segundo entre los maxilares para atarle los extremos en la nuca. Era lo mejor que podía hacer. Cerró la puerta del retrete y echó los zapatos y las llaves a la papelera antes de volver a la tienda.

El dependiente estaba sentado tras el mostrador. Jenkins contó una serie de rublos y pagó el café y el combustible.

—*Spásibo* —respondió el hombre en ruso—. ¿Qué ha pasado con el agente de policía?

El americano miró hacia la puerta que había al fondo del establecimiento.

—No sé. Supongo que tenía que hacer sus cosas.

—Me ha preguntado de quién era el Hyundai —dijo el empleado señalando el surtidor.

—*Da*. Su mujer quiere comprarse uno, pero a él no le hace mucha gracia. Quería saber si yo estoy contento con el mío.

El dependiente hizo un gesto comprensivo.

—¿Y está contento?

Jenkins frunció el ceño.

—Preferiría un Mercedes, pero se me va del presupuesto. —Sonrió con aire chistoso—. Al Hyundai no le sobra potencia precisamente, pero consume poco y eso es importante hoy en día.

—*Da* —dijo su interlocutor haciendo otra mueca—. Dicen que van a subir otra vez el precio entre un ocho y un diez por ciento por las sanciones de los americanos.

—Mejor para usted y no tanto para mí. —Jenkins señaló con el pulgar por encima de su hombro—. Lástima que no sea posible meter en bidones el gas natural que está echando ese, porque daría para iluminar una ciudad.

El empleado soltó una carcajada.

—Yo dejaría que se ventilara antes de entrar, no vaya a morir asfixiado —dijo Jenkins dirigiéndose hacia la puerta.

—*Da*. Gracias por avisarme.

Salió de la tienda y caminó hacia el coche como si nada, resistiéndose a la tentación de volver la vista para saber si el dependiente iba camino de los aseos. Tanto le dolía la mano derecha de haber golpeado al agente que empezó a preguntarse si no se habría roto algún hueso. Retiró la manguera del depósito y la colocó de nuevo en el surtidor, ocasión que aprovechó para mirar hacia el interior de la tienda. El hombre seguía en su asiento y pendiente del televisor que tenía montado en la pared, por encima del mostrador. Jenkins se sentó al volante y llevó el coche a la otra acera. Llegó al supermercado de la cubierta de tejas rojas en el preciso instante en que salía Anna, con bolsas de plástico en ambas manos.

—Corre —le dijo él abriendo la puerta del vehículo—. Tenemos un problema.

CAPÍTULO 23

Alex estaba sentada en la mesa redonda del despacho de Sloane revisando el portátil de Charlie. Tenía a Jake sentado a su lado, navegando por la Red en su propio ordenador. Sloane iba y venía de su escritorio mientras estudiaba los documentos que iba imprimiendo Alex. Habían dejado a C. J. y a Max en la sala de descanso. Con la *pizza* que habían pedido para cenar, un refresco y televisión por cable, el chiquillo estaba en el paraíso.

Al otro lado de las ventanas del despacho había caído la tarde. Las farolas iluminaban la lluvia que repiqueteaba sobre el tejado del almacén. Un estridente silbido anunció la llegada de otro tren. Alex leía con atención los movimientos de la tarjeta de crédito de C. J. Security y de la familiar, así como los correos electrónicos y los mensajes de texto de Charlie. Había hecho una lista de los cargos que había hecho su marido estando en Rusia y los lugares en los que había comido para marcar todos esos puntos en un mapa de Moscú que había imprimido. Los gastos confirmaban un segundo viaje, pero no una segunda estancia en el Metropol.

Había llamado a la oficina moscovita de la LSR&C y Uri, el jefe de seguridad de la filial, había confirmado que Charlie había ido dos veces en el último mes y que en las dos se había quedado en dicho hotel o que, al menos, era allí donde lo había dejado y lo había recogido.

Alguien tenía que estar mintiendo.

—¿A cuánto ascendían los pagos atrasados de la LSR&C? —preguntó Sloane mientras dejaba sobre su escritorio un documento más.

—En noviembre se acercaban a cincuenta mil dólares.

—¿Y por qué no me lo dijo Charlie? Yo podría haberle escrito una carta a la empresa.

—El director financiero no dejaba de asegurarle que se pondrían al día y al final nos hizo dos pagos de diez mil dólares, pero nosotros seguíamos endeudándonos con nuestros trabajadores y colaboradores. —Alex se puso en pie y caminó hasta donde estaba sentado Sloane para enseñarle el esquema cronológico que había elaborado—. Mira esto. Poco antes de Navidad, después de que hiciera Charlie el primer viaje a Rusia, recibimos un cheque de cincuenta mil dólares, lo que nos dio para pagar a los contratistas de seguridad y ponernos al día con nuestros proveedores. Me está costando encontrar ese pago, aunque en la cuenta de C. J. Security aparece el ingreso.

Sloane estudió unos segundos el esquema antes de preguntar:

—¿Y no se te ocurre ningún motivo por el que pudiera estar en Rusia por negocios?

—Aquella sucursal lleva un tiempo abierta. No necesitaba ir a ponerla en marcha. Uri dice que fue a hablar de medidas de seguridad, pero yo creo que fue solo un pretexto.

—¿Un pretexto para qué?

—Si la CIA había vuelto a activarlo, necesitaba una tapadera para entrar en el país, una razón legítima para presentarse en Rusia.

—Ajá, pero supongo que, con tapadera o sin ella, los rusos tendrán medios para detectar la entrada en su país de un antiguo agente de la CIA.

—Claro. La empresa le ofrecía una razón para estar allí y él consiguió entrar, pero eso no significa que los rusos confiaran en él ni juzgasen legítima su presencia.

Jake alzó la cabeza de su portátil.

—Locke, Spellman, Rosellini y Cooper —dijo—. ¿Eso significa LSR&C?

Alex asintió sin palabras y Jake volvió a agachar la cabeza para seguir tecleando mientras estudiaba la pantalla.

—Si Charlie está en peligro… ¿No tienes otro modo de ponerte en contacto con él? —preguntó Sloane.

—No, ni tampoco se me ocurriría intentarlo. Según el plan que tenemos acordado, es él quien tiene que llamarte a ti. Me he deshecho de mi teléfono, porque es lo primero que querrán rastrear… si intentan encontrarme.

—¡Ya me había parecido a mí! —anunció Jake, que se reclinó en su asiento antes de girar hacia ellos la pantalla de su ordenador—. Locke, Spellman y Rosellini son apellidos de antiguos gobernadores del estado de Washington.

—¿Seguro? —Sloane se acercó a la pantalla. Ni él ni Alex se habían criado en Seattle ni sabían gran cosa de la historia de la ciudad. Jake sí había crecido allí, al menos hasta el instituto.

—Gary Locke ejerció de 1997 a 2005.

—De eso sí me acordaba —aseveró el abogado.

—John Spellman, de 1981 a 1985. Murió en enero de 2018. Y Albert Rosellini ocupó el cargo de 1957 a 1965 y murió en 2011.

—Conque es poco probable que fuesen inversores ni directivos de la empresa —dijo Sloane leyendo la información que ofrecía el portátil de Jake antes de volverse hacia Alex—. ¿Puede que sean parientes suyos?

—No lo sé —repuso Alex—. Yo solo he llegado a conocer personalmente a Randy Traeger, el director financiero.

—Un apellido es posible —señaló Jake— y dos, una coincidencia poco probable, pero tres tiene que ser deliberado. ¿No?

—Si es una sociedad de inversión y gestión de patrimonio, semejantes apellidos le otorgarían un gran prestigio —dijo Sloane—. Si lo que quieren es atraer a inversores, un recurso así puede hacer mucho para convencerlos.

Jake giró de nuevo su portátil y puso sus dedos a bailar sobre el teclado. Tras unos instantes anunció:

—La sociedad se registró en Delaware, en 2015.

—¿En Delaware? —repitió Alex—. Si la sede está en Seattle.

—Eso lo hacen muchas —aseveró Sloane—. La legislación comercial de Delaware es más flexible y no hay obligación de pagar el impuesto de sociedades si la empresa no opera dentro del estado. —Se volvió hacia Jake—. ¿Dónde tiene sucursales la LSR&C?

El joven tecleó mientras Alex respondía:

—En Seattle y en Nueva York, Los Ángeles, Londres y Moscú.

—Y Nueva Delhi, Taiwán y París —añadió Jake—. Por lo menos, según la página de la empresa.

—No había oído nunca hablar de ningún despacho de Nueva Delhi ni de Taiwán y, por lo que tengo entendido, lo de abrir uno en París es solo un proyecto que se está estudiando.

Sloane descolgó el teléfono de su escritorio.

—¿Tienes el número de Randy Traeger?

—El móvil estaba grabado en el que he tirado.

—Aquí está el número de su despacho. —Jake dictó los dígitos a Sloane, que fue marcándolos antes de pulsar el botón de manos libres. Saltó el contestador automático que anunciaba que llamaban fuera de horario de oficina.

Sloane miró el reloj, colgó y dijo a Jake:

—Quiero que investigues un poco. Averigua quién dirige la empresa en realidad y encuentra todo lo que puedas sobre el negocio. Aquí hay algo que huele mal.

CAPÍTULO 24

Mientras se alejaban a toda prisa de la estación de servicio y la tienda, Jenkins puso a Anna al corriente de su encuentro con el agente de policía.

—Si han encontrado el coche —concluyó—, tenemos que suponer que te han identificado. Vamos a contrarreloj. Hay que esconder el coche y hacer ya lo que sea que fuésemos a hacer.

Anna lo llevó por una carretera sin asfaltar y llena de baches que hacían rebotar el vehículo. El camino seguía el recorrido de la costa, aunque los arbustos que tenían a la derecha ocultaban el mar Negro en gran parte del trayecto. Jenkins rebasó montones de tablones y bloques de hormigón para la construcción de viviendas nuevas en los solares vacíos. Miró al cielo encapotado que se extendía al otro lado del parabrisas.

—Si Fiódorov sabe que estamos aquí —añadió—, habrá mandado registrar esta zona con las cámaras de los satélites en busca del coche. La bruma del mar le impedirá ver gran cosa mientras dure, pero no podemos arriesgarnos a que se despeje. Tenemos que deshacernos de él, esconderlo en algún lado para que crea que hemos cambiado de ruta.

A su derecha vio una llama amarillenta que ardía en lo más alto de una torre de metal oxidado: la chimenea de una refinería de gas natural que tenía fondeados en el mar varios buques cisterna de color rojo. La carretera giraba hacia la izquierda y se alejaba de la costa. Avanzaron tierra adentro, donde ya no había tantas casas y abundaban las parcelas vacías.

—Aquí. —Anna señaló una casa de dos plantas de bloques de hormigón situada detrás de una valla que parecía hecha de metal de desecho. Al otro lado de la calle, justo a la derecha de donde estaban ellos, había terrenos baldíos con árboles raquíticos y malas hierbas crecidas.

Jenkins se detuvo ante la verja de hierro forjado. Anna salió del vehículo y quitó el candado de la cadena que la mantenía cerrada, que tintineó al pasar por entre los barrotes de metal. La verja emitió un gemido de protesta cuando la empujó para abrirla. El americano adelantó el coche y ella lo rodeó para llegar a la puerta del conductor en el momento en que él se apeaba.

—Lleve los víveres a la parte de atrás de la casa y espéreme allí —le dijo.

—¿Adónde vas?

—A esconder el coche —anunció con su acento marcado—. En una de las casas de esta misma calle hay un cobertizo. Puede ser que los propietarios tarden meses en visitarla. Si consigo meterlo, lo dejaré allí y, si no, me las apañaré para ocultarlo. Cierre la verja cuando me vaya y vuelva a echar el candado. Yo volveré por el camino de servidumbre que hay a la espalda de las casas.

Anna echó marcha atrás y Jenkins volvió a cerrar la puerta con otro chillido metálico antes de colocar la cadena y el candado. Llevó las bolsas a la parte trasera de la casa de bloques de hormigón de dos alturas. Las capas de pintura blanca que se habían desprendido de la fachada revelaban el color rosa chillón que había lucido en otra época. Atrás encontró un patio descuidado, delineado con piedras apiladas y fragmentos de cemento invadidos por vides y matorrales. Del suelo salían dos postes oxidados con un cable tendido de uno a otro y tras el muro desmoronado se extendían más campos. No iban a tener que preocuparse por la intromisión de ningún vecino.

Del agua llegaba una fuerte brisa que les llevaba un frío punzante y olor salobre. Jenkins dejó las bolsas sobre un escalón y metió las manos en los bolsillos del abrigo de Vólkov mientras doblaba la esquina a fin de parapetarse del viento tras la casa mientras aguardaba.

Diez minutos después de partir Anna, la vio volver por el camino que discurría tras las casas y acercarse al lugar en que la esperaba tras saltar la valla.

—¿Algún problema? —preguntó el americano.

—No. Ha entrado demasiado justo, pero servirá.

—La pregunta es por cuánto tiempo. Fiódorov irá casa por casa si sospecha que estamos aquí y no dudará en registrar cada escondite en busca de tu coche. Por lo que veo, tampoco es que haya muchos.

—En ese caso, no estaremos mucho tiempo aquí.

Pasó por delante de él para levantar una piedra situada entre malas hierbas y sacar una llave de debajo. Entonces, tras subir tres escalones de madera, abrió la puerta de atrás. El cristal tintineó al empujarla.

Entraron en un vestíbulo que daba a la cocina, dotada de encimeras de color verde lima y armarios marrón oscuro. La casa olía a humedad y a cerrado.

—No encienda las luces —dijo Anna— ni abra cortinas ni persianas. Abriré una ventana trasera para que entre aire fresco.

Jenkins puso las bolsas en la encimera y abrió el frigorífico. La luz no funcionaba. Oyó a Anna subir las escaleras y recorrer la planta alta. Cerró la puerta y encendió un instante el interruptor de la pared para ver si tenían electricidad.

—No hay corriente —anunció al ver volver a Anna.

—Mejor —dijo ella sacando dos botellas de agua.

Le lanzó una a Jenkins y lo llevó a una sala de estar con un sofá y dos sillones reclinables. El que eligió Jenkins dejó escapar una nubecilla de polvo al sentarse en él. Anna se dejó caer en el sofá.

—¿Desde cuándo no viene nadie aquí? —preguntó él.

—Ni idea.

—Si no hay luz, doy por hecho que tampoco habrá calefacción.

—Supongo que lo dejan todo cortado para el invierno, incluida el agua.

A Jenkins le preocupaban las conexiones que podrían llevar a Fiódorov a aquella casa.

—¿De quién es esto? ¿Tiene alguna relación contigo? Cualquier cosa que…

—No. Nada.

—Si no encontramos uno, de aquí no podremos salir en coche.

—Además, hay que dar por hecho que Fiódorov tendrá embarcaciones a sus órdenes, porque el mar Negro está patrullado por la guardia costera de Rusia. Eso nos lo va a poner muy difícil.

—¿Tu contacto vendrá por mar?

—Sí. La ventana de la planta de arriba da al mar. He puesto una tarjeta roja. Por la noche, emitiremos un destello de luz y esperaremos a que nos respondan. Si lo repiten una vez, nos vamos y, si nos contestan con dos destellos, esperamos al día siguiente.

—¿Y cómo nos recogen?

—No nos van a recoger. Llegar a la costa es demasiado peligroso y más si están patrullando el litoral. Tenemos que ir nosotros a su encuentro.

—¿Tenemos una barca?

Anna dejó el sofá.

—Venga.

Jenkins la siguió a una sala situada detrás de la cocina y vio dos cajas grandes de embalaje. Anna se inclinó hacia una de ellas y sacó un equipo de buceo.

CAPÍTULO 25

El helicóptero aterrizó en un círculo rojo situado en el centro del campo de fútbol de un instituto. Fiódorov y Simon Alekséiov se agacharon al salir del aparato. Al cruzar la extensión de césped artificial para dirigirse al agente de policía que lo esperaba, el abrigo y la chaqueta del coronel se agitaron con el viento provocado por la hélice. Los alumnos, de pie en el exterior del edificio, observaban aquella escena inusual con las manos levantadas para protegerse del viento.

—¿Coronel Fiódorov? —gritó el policía para hacerse oír sobre el ruido de las aspas con la mano libre extendida mientras con la otra impedía que se le volara la gorra del uniforme.

El recién llegado se la estrechó con indiferencia. Al recibir el aviso de que habían visto en una gasolinera el coche de Pavlina Ponomaiova, había pedido a Alekséiov que organizara cuanto antes su traslado al municipio.

—Soy el jefe de policía Timur Matvéiev. Síganme, por favor —dijo, aún a gritos, mientras señalaba el coche de policía que los aguardaba.

Cuando llegaron, se quitó la gorra y la colocó sobre el salpicadero al tiempo que se ponía al volante. Fiódorov ocupó el asiento del copiloto y Alekséiov se sentó en el de atrás.

—Tengo entendido que han localizado el coche —dijo el coronel en cuanto cerró la puerta y mitigó con ello el ruido de la hélice.

—Sí, eso creemos.

—¿Dónde está?

—Ese es el problema —respondió Matvéiev antes de referir lo ocurrido a su joven agente.

—Mis instrucciones eran sencillas y muy claras —le espetó furioso el de la FSB—. Dije que identificaran el vehículo, pero sin acercarse a él.

—El agente es joven y carece de experiencia. Ha cometido un error.

—Más que un error. Puede que haya puesto en peligro la seguridad nacional. ¿Tienen el vehículo?

—No, pero no puede estar muy lejos.

—¿No conocen su paradero actual?

—Por el momento, no —contestó Matvéiev antes de añadir ruborizándose—: aunque sabemos que estuvo aquí, en la gasolinera, hace muy poco.

Fiódorov reprimió su rabia sabiendo que desatarla no serviría de nada. Se metió la mano en el bolsillo y desplegó el mapa que llevaba consigo. La M-27 recorría la costa desde Novorossisk a la frontera con Abjasia, la región que había tomado Rusia a Georgia. La carretera estaba atravesada por unas cuantas vías secundarias que llevaban al interior de la nación y que Fiódorov descartó con el convencimiento de que Jenkins y la mujer debían de pretender huir de suelo ruso hacia el sureste (por Georgia), hacia el noroeste (por Ucrania) o por el mar Negro. Calculó mentalmente la distancia aproximada a cada una de las fronteras y la velocidad que cabía esperar del automóvil que conducían antes de decir en voz alta:

—Si estaban en Vishniovka a las ocho y media de esta mañana, más o menos, llevan poco más de una hora avanzando hacia el norte o hacia el sur. Con las condiciones del terreno, lo sinuoso de la carretera y esta niebla, tienen que haber recorrido entre cuarenta y cincuenta kilómetros en un sentido u otro —dijo a Alekséiov, que se había inclinado hacia delante entre los dos asientos—. Avisa a las comisarías de todas las localidades por las que pasa la M-27. Quiero saber si han visto el coche. Diles que revisen las grabaciones de tráfico de la última hora. Y pon a los guardias fronterizos sobre aviso de que Jenkins podría intentar salir del país. —Entonces se volvió a Matvéiev—. ¿Tienen cámaras de tráfico?

—Unas cuantas, pero dentro del municipio.

—Llévenos a su comisaría.

La comisaría de Matvéiev era un módulo prefabricado colocado en un solar vacío en la periferia de la ciudad. El jefe de policía había conseguido por orden de Fiódorov la cinta de vídeo de la tienda de la gasolinera y los tres estaban sentados alrededor de un viejo escritorio estudiando el contenido en la pantalla del ordenador.

La calidad de la imagen era pésima, en blanco y negro y llena de ruido.

—Páselo rápido hacia delante —ordenó Fiódorov a Matvéiev—. Pare.

Vieron a Jenkins salir del establecimiento y volver al Hyundai antes de alejarse del surtidor, dar media vuelta y pasar al otro lado para detenerse de nuevo ante el supermercado de enfrente y recoger a la mujer que salía de él con bolsas de plástico. Fiódorov dio por sentado que se trataba de Ponomaiova, aunque la distancia le impedía ver los detalles.

—Quiero las cintas de todas las cámaras que pueda tener ese establecimiento y la lista de lo que compró en él.

Matvéiev llamó a gritos al joven que había sufrido la humillación de verse esposado al lavabo de la gasolinera. Tenía el labio partido y un ojo morado y parecía muy dolorido.

—¡Vamos! —le dijo su superior—. Ve a buscarlo.

—Siga —ordenó Fiódorov a Matvéiev, que volvió a poner en marcha la cinta.

En cuanto Ponomaiova subió al coche, Jenkins volvió a dar media vuelta, pero no se dirigió hacia la M-27. En lugar de eso, emprendió camino al este, hacia el mar. Fiódorov miró su mapa.

—¿Esto que sigue la costa es una carretera? —preguntó.

—No —dijo Matvéiev, volviendo la vista y recorriendo el mapa con el dedo—. Eso son las vías del tren, que avanzan paralelas al litoral hasta la refinería de gas, y esto de aquí es un sendero por el que se accede a pie a la playa.

—¿Y cómo llega a estas casas la gente que vive aquí?

—Hay una carretera. —Matvéiev dio la vuelta al mapa y lo estudió—. Aquí no aparece, pero es una que sigue la playa hasta este punto antes de girar a la izquierda y permitir el acceso a estas casas y, al final, incorporarse a la M-27 aquí. ¿Lo ve?

Fiódorov se reclinó en su asiento para pensar. Jenkins no conocía la zona y, por tanto, debía de haber seguido las indicaciones que probablemente le había dado Ponomaiova. Si pretendían llegar a la M-27 y retirarse a la carrera, Jenkins podría haber seguido hacia el norte después de parar en el supermercado; en cambio, había hecho un esfuerzo deliberado por evitar tomar tal dirección al dar media vuelta y conducir hacia la playa. Se puso en su lugar. Era evidente que había deducido que el agente había identificado el coche. También tenía que saber, por tanto, que sería peligroso seguir con él. Eso quería decir que debían de haberlo escondido para buscar otro o que no tenían intención de dejar Vishniovka, al menos de manera inmediata, y estaban escondidos en las inmediaciones, tal vez esperando a que los trasladasen. Jenkins, como agente adiestrado por la CIA, también debía de saber que Fiódorov tenía acceso a satélites capaces de observar la zona e identificar el vehículo, aunque no con aquellas condiciones atmosféricas. Aun así, no iba a correr el riesgo de que volvieran a ver el coche. Con niebla o sin ella, tenía que haberlo ocultado.

—Averigüe si han denunciado el robo de algún vehículo en las últimas horas —pidió a Matvéiev—. Quiero que me informen de inmediato.

El jefe de policía se dirigió a otro escritorio cercano y Fiódorov accedió a la Red y abrió el Google Earth. Le bastó pulsar unas teclas para encontrarse mirando una fotografía de la costa rusa del mar Negro. Ubicó Vishniovka y amplió la imagen para ver mejor la carretera de acceso a la que se refería Matvéiev y que su mapa no recogía. Vio que giraba a la izquierda, alejándose del agua, y que no había más de una veintena de edificaciones hasta el punto en que se unía a la M-27.

—Estas casas —dijo girando la cabeza por encima del hombro— se ocuparán solo en los meses de verano, ¿no es cierto?

—Así es —repuso Matvéiev—, aunque no todas.

—Necesito que me deje su coche.

CAPÍTULO 26

Jenkins miró el equipo de submarinismo y acusó de inmediato un amago de ataque de ansiedad. Se alejó unos metros, sintiendo de pronto que le faltaba el aire. Ante el temor de un acceso de pánico en toda regla, corrió al salón, buscó las pastillas que llevaba en la mochila y se tragó sin agua un comprimido de propanolol.

—¿Está usted bien? —preguntó Anna al entrar en la sala de estar.

Él cerró los ojos. Aunque hacía frío en la casa, había empezado a sudar.

—¿Señor Jenkins?

—Es solo un minuto.

Ella se acercó.

—No está usted bien.

—Sí, sí. Es solo un ataque de pánico. Ansiedad.

—¿Por la inmersión?

El americano asintió.

—Además, tengo un poco de claustrofobia. ¿No hay otra manera de llegar a esa embarcación?

Ella negó con la cabeza.

—Al navegar por aguas de Rusia está violando ya los tratados internacionales. No puede acercarse a la costa ni tenemos barca con la que ir hasta él. No hay otro modo. Tampoco hay tiempo que perder, porque, como bien ha dicho, la FSB no tardará en encontrarnos.

—¿Qué excusa tiene tu contacto para estar en el mar? ¿Qué va a explicarles a los guardacostas si lo encuentran?

—Se dedica a la pesca comercial en Turquía. Si lo detienen, les dirá que debe de haber perdido el rumbo, que se ha quedado sin GPS. Que no le funciona.

—¿Cuánto hay que nadar para alcanzarlo?

—Tengo que comprobar las coordenadas, pero por lo menos trescientos metros.

—¿Y lo has hecho otras veces?

—No —respondió con un movimiento lento de cabeza—. Hasta ahora no había tenido necesidad.

—Por favor, dime por lo menos que no es la primera vez que buceas.

—Sí, eso sí. He recibido la instrucción necesaria. Aunque tengo que decirle que las botellas tienen la capacidad suficiente para salvar unos trescientos metros.

—Te equivocas: no tenías por qué decírmelo. —Jenkins se sentó. La ansiedad había empezado a atenuarse, pero seguía muy preocupado. Intentó pensar con claridad—. ¿Cómo vamos a dar con la embarcación si estamos sumergidos?

—Tendré sus coordenadas y llevaremos una brújula.

—¿Una brújula? Pero ¿y las corrientes? ¿Y si perdemos el rumbo o lo pierde la embarcación?

—El patrón tiene mucha experiencia y no perderá el rumbo. Nosotros seguiremos la brújula y, en cuanto estemos en el punto acordado, inflaré una boya con baliza para avisar de nuestra posición.

—¿Y si nos alejamos demasiado? ¿Y si hacemos trescientos metros y resulta que salimos en un punto totalmente distinto?

—Eso no va a pasar.

—Pero ¿y si pasa?

—En ese caso, nos veremos con la mierda hasta el cuello. Creo que es eso lo que dicen ustedes.

—¡Estupendo! —Jenkins soltó un suspiro largo—. ¿Cuánto dura el aire de las botellas?

—Depende de cómo respiremos. Usted es un hombre corpulento y su ansiedad no nos va a ser de gran ayuda, pero, si mantiene la calma y me sigue, puede ser que dure entre treinta y cuarenta y cinco minutos, quizá más, si no nos sumergimos mucho. Por eso intentaremos no bajar más de tres metros. Estese tranquilo y verá que no pasa nada.

—¿Y los tiburones?

—En estas aguas solo hay de esos que aparecían en aquella película vuestra de los setenta. Nada de lo que preocuparse. —Anna calló unos segundos antes de revelar una sonrisa—. Es broma. No hay tiburones. —Miró el reloj—. A las cuatro y veinte será de noche. Si nos responde con un solo destello, saldremos treinta minutos después de la puesta de sol, lo que nos da varias horas para comprobar el equipo y conseguir que se encuentre usted más cómodo con la situación.

—Si quieres que me encuentre más cómodo, lo único que tienes que hacer es buscar un modo de incluir un crucero de combate en ese equipo.

CAPÍTULO 27

Fiódorov recorrió la carretera de grava con el vehículo particular de Matvéiev, rebotando en cada uno de los baches que la sembraban. A su derecha, entre arbustos y en paralelo a la playa, vio las vías y los postes que llevaban a la refinería. Subió con cuidado una pendiente en un punto en que el ancho del camino apenas bastaba para dar cabida al coche del jefe de policía. La maleza de uno y otro lado amenazaba con devorar la carretera. Buscó matorrales aplastados o apartados y cualquier lugar que permitiese ocultar un automóvil.

Al llegar a lo alto de la cuesta encontró una sucesión de viviendas caras construidas de forma reciente. Redujo la marcha y miró por entre las vallas sin ver coche alguno ni sitios en los que esconderlo.

A medida que el camino discurría tierra adentro, disminuía de forma significativa la calidad de las casas. En los solares se amontonaban tuberías oxidadas, bloques de hormigón y otros materiales de construcción casi hasta invadir la carretera, donde había varios hombres cargándolos en la plataforma de un camión de color verde lima. Fiódorov se detuvo y salió del vehículo para enseñarles una fotografía del Hyundai y otra de Charles Jenkins, que se agitaban con la brisa marina.

—*Izvinite za bespokoistvo. Ya ishchu etu mashinu. Vi videli eto?* —«Perdonen las molestias. Estoy buscando este coche. ¿Lo han visto?».

El primero de ellos estudió la imagen antes de negar con la cabeza. Los otros dos caminaron hacia Fiódorov y tuvieron la misma reacción.

—*Niet* —dijeron.

—¿Y a este hombre? ¿Lo han visto?

La respuesta fue también negativa. El de la FSB tuvo la sensación de que decían la verdad, aunque los rusos habían vuelto a desconfiar de su Gobierno y de quienes trabajaban para él.

—¿Llevan mucho aquí?

—Un par de horas —repuso uno de ellos—. Ya estamos acabando.

—*Spásibo.* —Volvió al vehículo y emprendió de nuevo el camino, mirando a izquierda y derecha mientras se preguntaba: «¿Qué es lo que más pueden desear ahora Jenkins y Ponomaiova?»—. Intimidad —resolvió en voz alta.

Se detuvo delante de una casa que tenía un solar vacío a la izquierda y otro frente a ella. Estaba protegida por una verja de hierro forjado de un metro con ochenta centímetros y una cerca de planchas de aluminio. Aparcó el coche y se apeó para mirar por encima de la valla, pero no vio el Hyundai ni ningún lugar en que esconderlo. Se dirigió a la verja y tiró de la cadena hasta tener delante un candado tan invadido por el óxido que no parecía fácil de abrir ni con llave. Volvió a mirar hacia la vivienda, pero no vio luces ni humo saliendo de la chimenea.

Regresó al vehículo y siguió adelante sin perder de vista las casas de la calle, de calidad muy diversa y en distintos estados de construcción. Buscó automóviles en los caminos de entrada y, cada vez que encontraba un muro que le impedía la visión, se bajaba del coche para asomarse. Al llegar a una bifurcación reparó en una casa de una planta con tejado rojo inclinado que tenía a su derecha un cobertizo hecho de planchas de metal corrugado. Aparcó en la grava, salió y caminó hasta allí. Las puertas no tenían tiradores, aunque sí bisagras. De hecho, lo único que las mantenía cerradas era una piedra colocada en el suelo. Oyó el viento silbar entre las grietas que presentaban las planchas de metal. Retiró la piedra y tiró de la parte de abajo de la hoja, que se resistió y rascó el suelo al abrirse. Aunque pensó en desistir al ver que la tierra no presentaba marca alguna, insistió hasta lograr una rendija por la que introducir la mano y asir con firmeza el canto de la puerta. Así pudo subir la hoja a la vez que tiraba y crear el espacio suficiente para entrar. Entonces sostuvo en alto el teléfono y encendió la luz, que iluminó un Hyundai Solaris gris.

El corazón se le iba a salir del pecho.

El cobertizo era demasiado angosto para permitirle caminar hasta la parte trasera del vehículo, pero él no dudó en subirse al capó y, de ahí, al techo. Usó el móvil para iluminar la matrícula, cuyo número coincidía con el que había memorizado.

Lo habían aparcado marcha atrás para poder acceder con facilidad a la M-27 en caso de que surgiera la necesidad de salir a la carrera… si es que Jenkins y Ponomaiova se encontraban aún en las inmediaciones. Cabía la posibilidad de que hubiesen cambiado de vehículo, quizá aprovechando cualquiera que pudiesen haber encontrado allí mismo.

Salió del cobertizo y buscó en la casa cualquier vestigio de presencia humana. Al no ver nada, volvió sobre sus pasos, cerró las hojas de la puerta y volvió a poner la piedra donde estaba antes de hacer lo posible por eliminar las marcas del suelo y sus propias pisadas.

Acto seguido regresó al coche de Matvéiev, condujo hasta la bifurcación y aparcó tras unos matorrales. Llamó por teléfono a Alekséiov, que le comunicó que no habían visto rastro alguno del Hyundai en la M-27 ni en ninguna de las ciudades por las que pasaba.

—Hemos alertado a los guardias fronterizos y a la guardia costera.

Fiódorov le dijo que quería que Matvéiev pusiese a todos los agentes de los que dispusiera a vigilar los dos extremos de la carretera, desde el mar hasta la incorporación a la M-27.

—Diles que no dejen salir ni entrar a nadie sin registrar de arriba abajo su vehículo. ¿Entendido?

—*Da.*

A continuación le dio el número de la casa en la que se encontraba el cobertizo.

—Averiguad quién es el propietario, enviad a un par de agentes a su paradero actual y que os diga cuándo estuvo allí por última vez y si tenía algún coche allí guardado.

—¿Dónde está usted?

—He encontrado el Hyundai en un cobertizo situado al final de la carretera y voy a entrar en la casa para ver si está dentro Jenkins.

—¿Le envío refuerzos?

Fiódorov no tenía intención de dejar que nadie pudiese delatar su posición. Jenkins era un oponente formidable y muy listo. Por lo que había podido averiguar de él, había combatido en Vietnam y, por tanto, podía tener experiencia en el arte de tender cables y otras trampas destinadas a alertarlo de la presencia de extraños. Y, a juzgar por el disparo que había encajado al agente de la FSB en el aparcamiento del hotel, Ponomaiova también parecía dotada de una gran destreza. Además, suponía que los dos iban armados. De todos modos, tampoco quería tener que dar explicaciones a nadie, ni en ese momento ni más tarde.

—*Niet.* Coloque a los hombres a ambos extremos de la carretera. Si el señor Jenkins está aquí, los tengo atrapados. Y esta vez no podrá escapar.

CAPÍTULO 28

Jenkins oyó a Anna entrar en la casa por la puerta trasera tras otro de los viajes que había emprendido para hacerse un mapa mental del camino que debían seguir de allí a la playa. La embarcación se había puesto en contacto con ellos. Un destello: podían ponerse en marcha. Poco antes había informado al americano de que el viento había amainado y la mar estaba en calma, cosa que les era muy favorable. En cambio, en esta última ocasión regresó con gesto grave.

—Hay gente ahí delante.

Lo dijo sin emoción, como quien anuncia: «Hay piedras en la playa»; pero Jenkins sabía muy bien qué significaba aquello, cuáles eran las repercusiones. Llegar al agua podía resultar más difícil que bucear hasta el barco.

—Ya no podemos quedarnos de brazos cruzados —repuso él—. Vamos.

Extendieron el equipo de submarinismo sobre la alfombra marrón afelpada. Aunque decir que Jenkins no cabía en su traje era quedarse muy corto, se las compuso para enfundárselo. Al cabo, no le quedaba otra opción.

—¿No podemos rodearlos? —preguntó mientras se preparaban.

Ella meneó la cabeza.

—No. Hay dos hombres sentados en un coche al final de la carretera, donde sale el camino que va a la playa.

—¿Y no hay otro camino?

—No. Los demás accesos son demasiado empinados y, si ya sería difícil bajarlos sin equipo, es impensable que vayamos a salvarlos cargados con las botellas. Además, en el otro extremo de la carretera, cerca de donde hemos dejado el coche, hay apostados más hombres.

—La gasolinera debía de tener cámaras y el supermercado, quizá también. Fiódorov ha tenido que ver que nos dimos la vuelta para ir en dirección al mar y habrá dado por hecho que nos hemos quedado por aquí.

—Es lo más lógico —convino ella.

—Si han encontrado el coche, se pondrán a registrar las casas. Habrá que buscar un camino distinto para llegar al agua… o una forma de alejar a esos dos.

—No hay otro camino y los hombres de ahí fuera no se alejarán de aquí a no ser que piensen que nos están siguiendo. Va a tener usted que ir solo.

Jenkins no estaba muy seguro de qué había querido decir Anna, aunque supuso que se estaba ofreciendo para distraer a la pareja para hacer que se apartara del camino.

—No, no me pienso ir sin ti. Encontraremos otra solución.

—No hay otra solución —repuso ella en voz baja, resignada.

—Siempre hay otra solución. No te rindas, Anna.

Ella sonrió con el aire triste de una mujer que está a punto de ser ajusticiada por el Estado.

—No voy a rendirme, señor Jenkins, sino a hacer mi trabajo.

—¡Por el amor de Dios! ¿Quieres dejar de tratarme de usted? ¡No soy el señor Jenkins: llámame Charlie!

Otra sonrisa.

—No voy a rendirme, Charlie. Tienes que entender que, si sales de esta con vida, si regresas, habré cumplido mi misión. Tienes que volver y detener a quienquiera que sea el que está filtrando información sobre las siete hermanas antes de que sigan matándolas.

—Te van a matar, Anna.

—Pavlina, me llamo Pavlina Ponomaiova.

—No, no me digas ahora tu dichoso nombre. Esto no se ha acabado.

—Van a ir puerta por puerta, Charlie. Nos va a encontrar a los dos. Tú mismo lo has dicho.

—En ese caso, lucharemos.

—Si nos quedamos, los dos perderemos la única oportunidad que tenemos. La embarcación no va a esperarnos ni regresará. ¿Cuánto tiempo podemos resistir? ¿A cuántos hombres podemos enfrentarnos?

Jenkins recorrió la sala de un lado a otro.

—Por favor —dijo ella—. Deja que lo haga por mi hermano.

—Por tu hermano…

—Lo que he estado haciendo todos estos años ha sido por vengar su muerte. Me he pasado la vida entera viviendo en la sombra, Charlie. Nunca he amado a nadie después de mi divorcio, no podía soportar el dolor de perder a nadie más. Tú estás casado. Quieres a tu mujer. Tienes un hijo y pronto tendrás otro. Tienes amor en tu vida, Charlie. Yo no he tenido esa suerte. Ahora se me presenta la ocasión de salir de las sombras, de mirar a la cara a quienes mataron a Iván. Quiero decirles que todo lo que he hecho ha sido por amor a mi hermano.

Jenkins se sentó en el sofá que tenía ella delante.

—No será tan fácil, Pavlina. Van a torturarte para sacarte lo que sabes de mí y de mi paradero.

Ella volvió a sonreír.

—No pienso darles ese gusto, Charlie.

Él supo que se refería a que estaba resuelta a quitarse la vida cuando llegase el momento.

—Quiero que sepan que mi hermano les hizo durante años más daño que el que puedan haber soñado con hacerle ellos a él… o a mí. Tendrán que vivir con la conciencia de que la venganza ha vuelto a serles esquiva.

El americano suspiró mientras trataba de contener sus emociones.

—No sientas pena por mí, Charlie. Hace tiempo que había previsto este día. Llevo mucho preparándome. Estoy en paz con mi Dios y ansío ver a mi hermano bailando en el escenario de danza más grande de toda la eternidad. Hazme ese regalo. Dame la oportunidad de saber que les he hecho daño una última vez.

—¿Y qué piensas hacer?

—Llegar al coche y llevármelos de aquí. Cuando lo consiga, tienes que actuar con mucha rapidez. Hay un hueco en la valla de atrás, que da a un solar vacío con árboles y arbustos entre los que ocultarte. Avanza hasta la entrada, que te llevará al borde mismo del agua. Tenlo todo preparado para poder sumergirte en cuanto llegues al mar.

—La brújula. No sé usarla.

Anna se quitó el instrumento de la muñeca para colocárselo a él.

—Tienes que mantener recto este brazo y doblar el de la brújula en un ángulo de noventa grados mientras te sujetas la otra muñeca. Así. Tienes que seguir un rumbo de doscientos diez grados.

—¿Y cómo…?

—Giramos la esfera de la brújula hasta alinear la aguja con el norte. Así. —La movió en el sentido contrario al de las agujas del reloj—. Esta línea roja es la de referencia. La ajustamos a doscientos diez grados. Cuando estés en el agua, podrás pulsar este botón para iluminar el reloj, aunque la brújula brillará continuamente para que puedas ver la dirección que llevas. Mantén el brazo y la brújula nivelados, como te he explicado, y la línea de fe en los doscientos diez grados mientras avanzas con las piernas.

—¿Y las corrientes?

—Las del mar Negro apenas se aprecian. Limítate a seguir la línea de fe y a mantener una patada enérgica. No es poca distancia y te costará mantener el rumbo, pero puedes hacerlo. ¿Eres bueno nadando?

—Hace tiempo que no practico.

—Pero estás en buena forma. Tienes fuerza en las piernas, ¿verdad?

—Sí.

—No deberías llegar al agua más tarde de las seis menos cuarto. En treinta minutos debería darte tiempo de nadar trescientos metros. No te sumerjas más de tres metros para no malgastar oxígeno. La embarcación estará en el lugar acordado entre las seis y cuarto y las siete en punto. Ni aparecerá antes ni se irá un minuto más tarde.

—¿Cómo la veré?

—Nuestro contacto lanzará una baliza al agua. Busca la luz y, cuando la veas, suelta la tuya, manteniéndola siempre atada a la muñeca. Él tendrá las coordenadas y será él quien se acerque. No salgas a la superficie hasta que lo veas llegar.

—¿Y si me quedo sin oxígeno antes de que llegue?

—Lo mejor es que te relajes. Respira con calma. Puedes hacerlo, Charlie. Hazlo por mí y por Iván. Hazlo por tu mujer y por tu hijo, y por el que viene de camino. —Se detuvo y lo miró como si quisiera decirle algo más.

—¿Qué?

—Tu mujer va a tener una hija —dijo en voz baja.

Jenkins calló un instante mientras la estudiaba. Parecía convencidísima.

—¿Cómo estás tan segura? Si yo todavía no lo sé…

Pavlina se encogió de hombros.

—No lo sé, pero lo siento con fuerza.

Él asintió.

—Si tenemos una hija, la llamaremos Paulina y, cuando tenga edad de comprenderlo, le hablaré del sacrificio que has hecho.

Ponomaiova contuvo sus emociones. Se puso en pie y miró el reloj.

—Tenemos que irnos ya. —Fue adonde había dejado el abrigo negro y el gorro de lana del mismo color.

—Pavlina…

Ella se volvió y sonrió, aunque no dijo nada. Tampoco Jenkins articuló palabra alguna. La vio dirigirse a la parte trasera de la casa y, un segundo después, oyó abrirse y cerrarse con cuidado esa puerta.

CAPÍTULO 29

Alekséiov llamó a Fiódorov para informarlo de las novedades relativas a la casa del cobertizo. Los agentes de la FSB habían encontrado al propietario en su apartamento del distrito Yásenevo, situado al noreste del centro de Moscú. Al parecer, su esposa y él habían heredado la propiedad de los padres de ella y la ocupaban durante los meses de verano. Usaba el cobertizo para guardar sus herramientas y su coche, pero no tenía otro vehículo, de modo que debería haber estado vacío.

Como la casa.

—Aquí no están —aseveró el coronel a Alekséiov después de registrarla habitación por habitación—. Ordena a los hombres ir puerta por puerta empezando por la primera casa del final de la manzana. Quiero que comprueben todas las habitaciones de cada vivienda. Si no están habitadas, que echen la puerta abajo.

Colgó y volvió a guardar el arma en la pistolera que llevaba al hombro. Entonces se dirigió a la parte de atrás de la casa y entró en el patio, furioso aún por la estupidez que había cometido el policía al abordar al americano en la gasolinera y avisarlo así de que había encontrado el coche. Si se hubiese estado quieto, Fiódorov habría acabado ya con todo aquello y tendría al señor Jenkins… vivo o muerto.

«Ya queda poco —pensó—. Muy poco».

CAPÍTULO 30

Pavlina salió al patio por la puerta trasera. Las cuerdas del tendedero se mecían al viento y los postes crujían como molestos. Se coló por una abertura del muro de piedra y recorrió el camino de servidumbre hacia la casa del cobertizo en el que había escondido el coche. La bruma marina atemperaba los sonidos y la calma le recordó a aquellos días últimos en Moscú, en los que había caído sobre la capital un manto espeso de nieve. No volvería a ver jamás la ciudad, ni tampoco el Bolshói, por cuyos pasillos y salas secretas había vagado en otra época con Iván, o el tejado al que habían subido los dos a contemplar su ciudad. Aquellos eran los mejores recuerdos que tenía con su hermano. Aquellos y los de las veces que lo había visto bailar, como un ángel que estuviese probando su primer par de alas.

Sabía que no debía dejarse llevar por aquellos recuerdos, pero decidió que era un buen momento para aferrarse a ellos.

Recorrió el camino empuñando la pistola y con los ojos y los oídos bien aguzados ante cualquier movimiento o sonido. Llegó a ella el ladrido de un perro, solo como un eco distante. Era el lamento de un animal que implora para que lo dejen entrar en casa más que la protesta del que se ve molestado. Siguió adelante.

Al llegar a la cerca de piedra de detrás de la casa más cercana a la M-27, se detuvo para estudiarla. Tenía el mismo aspecto deteriorado y desértico de antes. Sin embargo, cuando se disponía a saltar notó que algo se movía. Retrocedió y se ocultó tras el muro. De la parte de atrás de la vivienda salió un hombre vestido con un abrigo largo.

Lo vio sacar un paquete de cigarrillos del bolsillo interior y prender la llama azul de su encendedor, que iluminó fugazmente un rostro de rasgos curtidos que reconoció de inmediato. Fiódorov. El rojo del cigarrillo se hizo más intenso cuando el coronel dio una calada, antes de lanzar el humo al aire de la noche.

Solo se le ocurría un motivo que hubiese podido llevarlo a entrar a aquella casa: había descubierto el Hyundai aparcado en el cobertizo y sospechaba que Jenkins y ella estaban en la casa. Acababa de comprobar que no era así, de modo que la FSB y la policía del lugar empezarían a ir puerta por puerta como había dicho Jenkins. No tenía mucho tiempo.

Apoyó la empuñadura de la pistola sobre la piedra última del muro. No se encontraba a más de seis o siete metros. No fallaría. Más importante aún: el disparo atraería al resto y permitiría actuar a Charlie. Podía ser que hasta tuviese tiempo de llegar al Hyundai y salir de allí, si es que no lo habían inutilizado. Con suerte, podría arrancarlo y alejarse lo suficiente. Apuntó en el instante en que Fiódorov lanzaba la colilla al suelo y caminaba hacia la esquina de la casa en dirección al patio delantero.

Había llegado el momento de ponerse en marcha.

Se encaramó a la cerca y se dejó caer al interior de la propiedad. Cruzó hasta el cobertizo sin dejar de estar atenta a todo. En la parte de atrás del cobertizo volvió a detenerse para asomarse al otro lado de la construcción. Vio otro cigarro encendido. Alguien vigilaba el lugar en el que estaba el coche. Un contratiempo.

Se echó hacia atrás, se tomó un instante para recobrar el aliento y se dirigió al lado opuesto del cobertizo hasta situarse en la esquina. Avanzó con cuidado para no tropezar con una plancha de aluminio olvidada o con una lata. Se asomó a la parte delantera de la construcción. El que estaba de guardia paseaba de un lado a otro mientras daba caladas al cigarrillo. Calculó que no estaría a más de tres metros. Era un blanco fácil. Miró hacia la carretera, hacia el punto en el que debían de haber instalado alguna clase de control para evitar que Jenkins y ella escapasen por la M-27.

Tendría que hacer frente a aquello también en caso de que consiguiera sacar el coche del cobertizo. Se le había acabado el tiempo. Igual que al señor Charles Jenkins.

Quitó el silenciador, que ya no iba a necesitar. Levantó el cañón y dobló la esquina. Cuando el hombre se volvió hacia ella, apuntó.

—Por ti, Iván —susurró.

Jenkins se puso a dar saltos mientras tiraba del terco traje de buceo, que, al final, logró subirse hasta los hombros. Cuando consiguió enfundárselo, buscó la larga tira de tejido sujeta al cursor de la cremallera. Metió tripa —se alegró de haber perdido peso— y levantó un brazo sin dejar de tirar hacia arriba. La cremallera ascendió por su espalda y fue cerrando el traje. Una vez que pasó por entre las escápulas, no le costó llegar a la altura del cuello.

Demasiado ajustado, pero no tenía más remedio que conformarse.

Se sentó para ponerse los escarpines y los guantes. Recogió la bolsa de plástico hermética en la que había metido los medicamentos, el pasaporte, los rublos y los dólares y la metió en un bolsillo del chaleco BC, como había llamado Pavlina al salvavidas hinchable del equipo. También cogió la pistola que le había quitado a Arkadi Vólkov. Si llegaba a la playa, se desharía de ella en el agua. Una vez sumergido no le serviría de nada un arma de fuego.

Se puso en cuclillas y se colocó el chaleco antes de incorporarse y tomar la botella de la mesa de la cocina sopesándola. Se abrochó y ajustó las correas de tal modo que el chaleco le descansara sobre las caderas y así se sintiera cómodo, como le había enseñado Pavlina.

Moverse con la botella a la espalda sería más fácil que intentar acarrearla con las aletas y la máscara y, además, le dejaría una mano libre por si necesitaba usar el arma. Tampoco olvidaba la última indicación de Pavlina: cuando llegase al agua, tenía que estar listo para sumergirse.

Cogió las aletas y la máscara por las gomas, se dirigió a la parte de delante de la casa y bajó una de las láminas de la persiana, que se arrugó con un sonido metálico. Mirando por la abertura que había dejado, vio el coche aparcado aún en la calle y abrigó la esperanza de que lo que tuviera pensado hacer Pavlina bastara para alejar a los dos hombres… lo antes posible.

Estaba a punto de soltar la lámina cuando notó movimiento dentro del vehículo. Los dos ocupantes salieron a la vez. Había pasado algo.

El conductor estaba hablando por teléfono y miraba a un lado y a otro de la calle. Entonces bajó el aparato, se lo guardó en un bolsillo del abrigo y dijo algo a su compañero, que había rodeado el coche para situarse a su lado. Juntos se dirigieron a la casa. Probablemente habían recibido órdenes de registrar puerta por puerta la manzana.

—Mierda —dijo Jenkins.

Los vio dar tirones a la verja, que se agitó con un ruido metálico. El primero, que no estaba dispuesto a rendirse tan fácilmente, se dirigió hacia la valla de planchas de aluminio, se aferró a uno de los postes, se encaramó a lo alto y saltó al otro lado. El segundo siguió su ejemplo. Una vez en el patio, los dos echaron a andar hacia la puerta de la casa.

Jenkins se dirigió, pistola en mano, a la de atrás. Llamaron a la de delante. Tras una pausa, volvieron a llamar con más fuerza e insistencia a la vez que preguntaban a gritos si había alguien en casa. El americano estaba a punto de abrir la puerta trasera y dirigirse al camino de servidumbre cuando vio una sombra tras las persianas venecianas de una de las ventanas del lateral de la casa. El segundo estaba rodeándola. ¿No sería el primero un señuelo destinado a distraer su atención?

Se apartó de la puerta para fundirse con las sombras de la sala. Con dificultad por el peso de la botella que llevaba a la espalda, hincó una rodilla en el suelo y se apoyó en la pared. La mano con que sostenía la pistola empezó a temblarle. Si no se calmaba, le sería imposible tomar puntería. Respiró hondo para afinarla.

Oyó pies fuera y siguió el sonido hasta la puerta trasera. El hombre subió los escalones. Su sombra se hizo visible en el delgado visillo que cubría la ventana. El pomo empezó a girar, pero estaba cerrado con llave. Se oyó un ruido agudo y cayó al interior un trozo grande de cristal que fue a hacerse añicos contra el suelo. El agente metió la mano por el hueco, abrió la cerradura y fue a asir el pomo.

Jenkins levantó el arma y se sujetó con la mano izquierda la muñeca de la derecha para mantenerla firme. No podía esperar a que Pavlina llevase a cabo su plan, fuera el que fuese.

Tenía que disparar y hacer frente a lo que viniera.

Pavlina apretó el gatillo. El agente echó hacia atrás el hombro como si alguien hubiese tirado de una cuerda que tuviera atada a la espalda. Los pies le salieron despedidos hacia delante y cayó al suelo con fuerza. El restallido del disparo resonó en la paz de la noche. Muchos habrían podido confundirlo con el petardeo de un coche, pero no era el caso de quienes, como Fiódorov, estaban acostumbrados a las armas.

Se dirigió con rapidez y decisión al yacente, le quitó el arma de la pistolera y la lanzó a los arbustos.

—*Vi budete zhit* —le dijo. «Saldrá de esta».

Corrió hacia la puerta del cobertizo, retiró la piedra que mantenía cerrada la puerta, la lanzó al patio y tiró de las dos hojas para abrirlas. Pasó apretujándose entre el vehículo y la pared y se las compuso para abrir un tanto la puerta del conductor y acceder al interior a duras penas.

Metió la llave en el contacto, rezó mentalmente y la giró. El motor cobró vida.

—A correr se ha dicho, Iván.

Metió primera, vio los faros que llegaban del cruce del final de la carretera y pisó a fondo el acelerador para evitar que la atrapasen dentro del cobertizo. El Hyundai salió disparado hacia delante. Las ruedas traseras derraparon sobre la grava antes de agarrarse y enderezar el vehículo. Se lanzó directa hacia el coche que fue a su encuentro.

Vislumbró a dos hombres en los asientos delanteros antes de que el conductor diese un volantazo y, tras barrer la maleza, estrellara el automóvil contra el tronco de un árbol con un estruendo sordo seguido del pitido persistente del claxon.

Charles Jenkins podía contar con su movimiento de distracción. Ojalá surtiese efecto.

Pavlina aceleró en dirección al cruce. Con los faros apagados, no veía más que las sombras grises de dos coches que bloqueaban la carretera. Se lanzó hacia el hueco que quedaba entre los dos parachoques delanteros, bajó la ventanilla del lado del conductor y disparó a los agentes de policía que salieron de sus vehículos. Estos corrieron a agacharse y ponerse a cubierto. Justo antes del golpe, metió el brazo, dejó caer la pistola en su regazo, agarró el volante con las dos manos y se preparó para recibir el impacto.

El Hyundai fue a estrellarse entre ambos coches y trató de pasar a la fuerza por aquel estrecho hueco. Pavlina sintió la violenta sacudida hacia delante y la presión del cinturón en el hombro y a través del pecho antes de verse lanzada de nuevo con violencia hacia el respaldo del asiento. Pisó el freno, giró el volante a la derecha para corregir el derrape y volvió a acelerar. El coche subió con gran estruendo la pendiente de la M-27. A sus espaldas se oyeron más disparos.

Sabía que no iba a llegar muy lejos, pero, con un poco de suerte, antes de que la detuvieran, Charles Jenkins ya habría escapado.

Jenkins relajó el dedo del gatillo al oír el eco de un disparo procedente de algún punto de la calle. Pavlina. El agente que estaba intentando entrar también lo oyó. Se detuvo, apartó la mano y se alejó. El de delante de la casa gritó algo y el de detrás echó a correr.

El americano se incorporó tratando de no perder el equilibrio y se dirigió hacia la puerta. Salió y oyó ruido de ruedas escupiendo grava. Sin tiempo que perder, cruzó el patio tan rápido como le fue posible y se detuvo para colarse por la abertura de la cerca de piedra. El fondo de la botella emitió un sonido metálico al chocar contra ella mientras pasaba al otro lado. Una vez allí, atravesó la finca colindante en dirección al sendero que llevaba al mar Negro. En la calle, en sentido contrario, vio las luces traseras del vehículo que hasta entonces había estado aparcado delante de la casa.

Llegó a otro cercado de piedra, este de apenas tres palmos de altura, aunque saltarlo también lo retrasó un poco. A través de los escarpines sentía cada una de las piedras y las ramas que pisaba. Cruzó otro patio y llegó a una casa en construcción, la que daba a la curva de la carretera. El sendero de la playa estaba en la otra acera, a menos de quince metros en dirección oeste. Recorrió la fachada lateral de la casa hasta llegar al patio delantero. Se detuvo, miró a izquierda y a derecha y no vio a nadie. Entonces, cuando se disponía a avanzar, oyó moverse los arbustos. Apuntó con la pistola. De la hojarasca salió un perro que lo sobresaltó. El animal lo estudió un instante y, acto seguido, metió el rabo entre las piernas y echó a trotar carretera abajo.

Jenkins siguió avanzando. El sudor le corría por la cara y hacía que le escocieran los ojos y se le nublara la vista. Al tener las manos ocupadas, le resultaba imposible enjugárselo.

Cruzó la carretera y quedó totalmente expuesto. Cobró velocidad. Sentía que la botella le rebotaba en la espalda y el cinturón de lastre se le clavaba en la cintura. Salvó el recodo de la carretera y se internó en el sendero. Diez metros más y llegaría a la playa rocosa. Durante el breve trayecto se le fueron clavando en la planta de los pies las piedras del camino. Al llegar al agua, dejó en el suelo las aletas, la máscara y la pistola y se colocó la capucha del traje seco, que se le ajustó a la perfección. Palpó los bordes para asegurarse de que no dejaba fuera ningún mechón de pelo.

Recogió el resto del equipo y se metió hasta las rodillas en las aguas de color negro. El aire calmo de la noche había dejado inmóvil la superficie y la ausencia casi total de olas lo ayudó a guardar el equilibrio. Ya no necesitaba el arma, así que la arrojó a cierta distancia y la oyó salpicar en algún punto de las tinieblas. Levantó la pierna izquierda, haciendo lo posible por no perder pie, y se colocó la aleta antes de repetir el proceso con la derecha. Trató de escupir en la máscara, pero tenía la boca seca.

En ese momento divisó en la carretera los faros de un vehículo que parecía acelerar hacia el sendero de la playa.

Intentó escupir de nuevo y esta vez logró echar una cantidad mínima de saliva. La restregó contra el cristal hasta que lo oyó chirriar, lo enjuagó, se colocó la máscara y ajustó el tubo. El coche paró la marcha y de él salieron de inmediato varios hombres.

Se metió el regulador en la boca y se dejó caer de espaldas en aquellas aguas gélidas.

Fiódorov estaba recorriendo a pie la carretera para reunirse con Alekséiov y los demás agentes de la FSB cuando oyó el disparo y se detuvo en seco. Procedía del final de la manzana, de la casa que acababa de inspeccionar y en cuyo cobertizo había dejado a un hombre haciendo guardia.

Giró en redondo y echó a correr, primero al trote. Acusó el dolor de la rodilla, pero prefirió obviarlo y alargar cada zancada hasta alcanzar toda la velocidad que le permitían las piernas. Oyó un motor y vio surgir del cobertizo el Hyundai, que derrapó, corrigió su dirección y aceleró. Uno de los vehículos de policía se precipitó hacia él. Los agentes que lo ocupaban, alertados sin duda por la detonación, parecían resueltos a jugar a ver quién se acobardaba primero. Sin embargo, la apuesta era muy alta y al final dudaron y giraron de súbito a la derecha justo a tiempo para esquivar el Hyundai, aunque fueron a estrellarse contra un árbol.

Consciente de que era mejor llegar cuanto antes al control, Fiódorov no se detuvo ni levantó el arma para disparar. Vio al Hyundai dirigirse hacia los dos coches que bloqueaban la M-27 y oyó una rápida sucesión de descargas. El vehículo no disminuyó la velocidad. Si los hombres de Matvéiev habían respondido a los disparos, era evidente que habían errado el blanco.

El Hyundai fue a arremeter contra la parte delantera de los dos coches y provocó un pavoroso sonido de metal aplastado y lunas rotas. Fiódorov pensó por un instante que el golpe detendría al vehículo en fuga, pero la fuerza del impacto abrió entre los dos de policía el hueco necesario para que pasase. La parte de atrás volvió a derrapar, pero el conductor corrigió la dirección y ganó velocidad mientras ponía rumbo al sur.

Fiódorov estaba a punto de perderlos otra vez.

Al llegar a los coches del control, maltrechos por el incidente, levantó el arma y vació el cargador en dirección al Hyundai, que, sin embargo, no redujo su velocidad en ningún momento.

Miró los coches de policía y supo que el golpe los había dejado fuera de combate. Sin embargo, por la carretera vio luces acercarse. Se puso en medio de la calzada y comenzó a agitar los brazos.

Alekséiov frenó con un chirrido. Fiódorov corrió a rodearlo hasta llegar al lado del conductor.

—¡Sal! ¡Sal! —ordenó mientras lo sacaba a tirones.

El joven agente dejó el coche dando tumbos, cayó de rodillas y se apartó como pudo. El coronel se puso al volante y aceleró antes de que a su subordinado le hubiese dado tiempo de cerrar la puerta. La misma velocidad se encargó de hacerlo.

Esquivó los dos coches dañados, pisó el acelerador y aumentó la marcha mientras salvaba la pendiente de la carretera. Supuso que el Hyundai debía de llevarle dos o tres kilómetros de ventaja, pero, considerando que acababa de abalanzarse a gran velocidad contra dos vehículos, debía de tener el frontal muy dañado y cabía la esperanza de que el motor terminase fallando.

La carretera de dos sentidos estaba flanqueada de cercas de piedra de un metro de altura y setos de gran espesor, lo que dificultaba la conducción y la hacía muy peligrosa en las intersecciones con vías perpendiculares. Fiódorov había estudiado el mapa y sabía que aquellas bocacalles daban a caminos vecinales y no ofrecían escapatoria alguna del país, de modo que podía considerarlas callejones sin salida para Jenkins y Ponomaiova. Estaba más convencido que nunca de que los dos habían emprendido una fuga desesperada e inútil hacia la frontera.

No tardó en encontrarse detrás de una furgoneta comercial blanca, cambió de carril para adelantarla y tuvo que renunciar de súbito al ver luces de frente tras una curva. Cuando pasó el vehículo que circulaba en sentido contrario, se asomó de nuevo. Al ver un hueco, pisó el acelerador y adelantó a la furgoneta en el instante mismo en que la carretera giraba bruscamente a la izquierda. Frenó y dobló el volante con rapidez, aunque no logró evitar que el costado derecho arañase el guardarraíl que había ido a sustituir a los cercados de piedra. La violencia del roce fue tal que provocó chispas e hizo saltar el retrovisor.

Fiódorov aceleró y volvió a frenar en la siguiente curva. A continuación, al enderezarse la carretera, cobró de nuevo velocidad y adelantó a otro vehículo haciendo sonar la bocina y lanzando ráfagas con las largas. Siguió así varios kilómetros, hasta que empezó a preguntarse si no habrían conseguido burlarlo Jenkins y Ponomaiova, escondiéndose, quizá, en una perpendicular. Con todo, apenas había dado forma a aquella idea cuando dobló otro recodo y vio unas luces rojas de posición. No dudó en reducir la distancia con el vehículo de delante. El Hyundai avanzaba muy por debajo del límite de velocidad y del capó salía humo.

Al final había tenido suerte.

Pisó el acelerador y arremetió contra el paragolpes trasero del Hyundai, que desvió su trayectoria. El conductor, sin embargo, corrigió la dirección. Fiódorov giró a la derecha y golpeó desde ahí el parachoques siguiendo una táctica muy usada por la policía. El vehículo en fuga giró y, esta vez, quien lo conducía no fue capaz de enderezarlo. El Hyundai atravesó la línea continua blanca del centro y la que delimitaba el arcén izquierdo antes de ir a chocar contra el tronco de un árbol y detenerse de forma violenta e inexorable.

Fiódorov pisó el freno y dio media vuelta. Aparcó a diez metros del coche sin dejar de observar las ventanillas por si detectaba algún movimiento. Al no ver ninguno, sacó la pistola y salió del coche usando la puerta como escudo. Apuntó a la luna trasera.

—*Vidite iz mashini, podniav ruki na gólovu!* —«Salgan del coche con las manos sobre la cabeza».

No hubo respuesta. Del motor destrozado salía humo.

Fiódorov repitió la orden.

Tampoco esta vez recibió contestación alguna.

Se incorporó, salió de detrás de la puerta y se dirigió con cautela al vehículo con el dedo puesto en el gatillo. Avanzó con cien ojos hacia el lado del conductor y tiró de la manija con la mano izquierda. La puerta se abrió con un crujido metálico. La mujer, Ponomaiova, parecía haberse desplomado sobre el volante. Fiódorov miró al otro asiento y después a los de atrás sin ver a Jenkins. Furioso, agarró a la mujer por el cuello y tiró de ella hacia el respaldo del asiento. Por la cara le corría sangre de un corte sufrido en la frente.

—*Gde on?* —le espetó—. *Gde on?* —«¿Dónde está?».

Los ojos de ella cobraron vida un instante mientras sonreía con los dientes rojos de sangre.

—*Ti opozdal. On davnó ushol* —respondió con un susurro. «Llegas tarde. Hace tiempo que se ha ido».

Fiódorov le puso el cañón de la pistola en la sien.

—Dime dónde está. ¿Adónde ha ido?

Ponomaiova rio y escupió sangre.

—Muy ruso, eso de amenazar con matar a una moribunda —dijo con los dientes apretados.

—¿Dónde está?

Ella volvió a sonreír, esta vez con una intención añadida, y Fiódorov no pasó por alto la cápsula blanca que tenía entre los dientes.

—Por Iván —dijo—. Ojalá os pudráis en el infierno todos los que lo matasteis.

CAPÍTULO 31

Jenkins nadaba sumido en las tinieblas, sin más luz que el resplandor azul de su brújula. Embutido en su traje seco y con la máscara bien apretada contra el rostro, trataba de combatir su claustrofobia y su ansiedad mientras se concentraba en el fulgor de la muñeca y en mantener el rumbo con ayuda de la línea de fe. Cada vez que se distraía o notaba que empezaba a dejarse dominar por el pánico, pensaba en Pavlina y en cómo había dado su vida para que él tuviese aquella oportunidad, que, por tanto, no podía desperdiciar.

«Tengo que hacerlo, por Pavlina, por Alex, por C. J. y por el bebé que viene en camino».

Se obligaba así a estar relajado y a dar patadas largas y pausadas para no cansarse ni hacer respiraciones muy hondas. Pavlina le había dicho que podría tardar unos treinta minutos. No dejaba de observar el reloj de buceo. Llevaba nadando más o menos un cuarto de hora. Cuando no estaba mirando la brújula, alzaba la vista para buscar, en vano, alguna luz en el agua. Si no la encontraba, sabía que no disponía de aire suficiente para volver a la playa y, aunque lo consiguiera, tampoco tendría adónde ir una vez allí.

Comprobó el indicador de profundidad. Aunque la oscuridad no facilitaba la lectura, lo que veía le bastaba para saber que se mantenía a tres metros de la superficie, lo necesario para notar los cambios en el color del agua. Se impulsó hacia delante. Pavlina le había dicho que en el mar Negro no había corrientes apreciables, pero sentía cierta resistencia que lo obligaba a hacerle frente para mantener el rumbo.

Tras diez minutos más impulsándose con las piernas, tuvo la sensación de que estaba acercándose, por más que no supiese a qué. Seguía sin ver ninguna luz. Comprobó el manómetro sumergible y no pudo menos de agradecer que el equipo fuera de fabricación estadounidense y le permitiera, al menos, comprender lo que leía. Había empezado por 27,2 atmósferas e iba ya por las 6,8. Cuando llegase a las 3,4, el indicador se pondría en rojo después de que se agotara casi por completo el aire comprimido restante.

Buceó otros tres minutos y comprobó la brújula. Estaba en posición. Buscó sin éxito una luz. Miró el reloj: las 18.35.

Había llegado a tiempo al lugar fijado.

Pero la embarcación no estaba allí.

Fiódorov sacó el teléfono mientras volvía corriendo a su coche y llamó a Alekséiov. Ponomaiova y Jenkins se habían separado. Todo apuntaba a que ella se había prestado a sacrificarse para alejar al coronel y a su equipo del americano. Como tenían vigilada la M-4, dudaba mucho que Jenkins fuese a tratar de llegar a la frontera, lo que dejaba el mar como única opción.

—Jenkins se dirige a la playa —anunció a su agente cuando este contestó—. Busca un coche y ve para allá. Tiene que haber un bote o un barco anclado en las inmediaciones. Llama también a la guardia costera y dile que intercepten cualquier embarcación que vean en aguas territoriales rusas.

Colgó y pensó en Pavlina Ponomaiova y en lo que acababa de decirle. Había estudiado su expediente y sabía que Iván era el nombre de su hermano, que se había suicidado saltando desde el tejado del Bolshói. El comentario que había hecho ella antes de morir llevaba a pensar que consideraba al Estado responsable de la muerte de su hermano. Su rabia había sido el motivo de su traición y también, probablemente, de aquella jugada última de desviar la atención de sus agentes para que Jenkins pudiese escapar. Fuera cual fuese el alcance de su deslealtad, Pavlina debió de tener aquel momento por un final de lo más apropiado.

Aunque no podía aceptar que nadie traicionase a su país, tenía que reconocer, a regañadientes, cierto respeto a quien era capaz de dar su vida por una causa, por errada que fuese esta.

Redujo la marcha al llegar a los coches patrulla siniestrados. Ya no hacía falta el control de carretera, una medida que, por otra parte, no había servido de nada. Matvéiev no tenía ni idea de lo que estaba haciendo.

Fiódorov bajó la ventanilla y ordenó con una señal que abrieran el hueco necesario para que pudiese pasar. Aceleró poco antes de rebasarlos y siguió por la carretera de grava que llevaba al mar Negro. Cuando llegó al final, justo antes de dar la curva, aparcó, salió con dificultad del vehículo y recorrió el sendero de acceso, cojeando por el dolor de la rodilla y con cuidado de no doblarse el tobillo con una piedra ni meter el pie en ningún hoyo.

Alekséiov estaba de pie en la orilla, mirando a través de unos binoculares, y se volvió al oír sus pasos. Fiódorov tomó los prismáticos sin decir palabra y enfocó con ellos el horizonte, moviéndolos de izquierda a derecha en busca de una embarcación o una luz. Nada. La bruma seguía siendo espesa, de modo que no era difícil hacer pasar inadvertido un barco, sobre todo si navegaba sin luces.

—¿Has visto algo? —preguntó.

—No, coronel.

—¿Has llamado a la guardia costera? —Sin apartar los ojos de los binoculares, ajustó con los dedos la rueda que había entre las lentes.

—Han mandado un buque patrullero de clase Rubín a registrar la zona.

—¿Uno? —Fiódorov bajó los prismáticos—. ¿No han podido mandar más?

Alekséiov se encogió de hombros.

—Les he hecho hincapié en que se trataba de un asunto muy urgente, coronel…

Su superior soltó un reniego, volvió a llevarse los prismáticos a los ojos y siguió buscando.

—*Ya naidu tebia, Mr. Dzhénkins, i kogdá ya eto sdelaiu, ti rasskazhesh, mne vse. V etom vi mozhete bit uvereni.* —«Lo voy a encontrar, señor Jenkins, y, cuando lo haga, me lo va a contar todo. Que no le quepa la menor duda».

Jenkins miró el manómetro. Aquella comprobación se había convertido en un tic, como el de quien se está quedando sin combustible en el coche y no deja de mirar el indicador de la gasolina. La aguja había caído ya a cuatro. Media atmósfera más y podría decir que estaba oficialmente en números rojos, lo que no significaba que estuviese sin aire, pero sí peligrosamente cerca. Sabía que lo más prudente era no dejar que siguiese bajando, pero tampoco tenía mucha más elección, ni muchas más opciones aparte de salir a la superficie, cosa que Pavlina había dejado claro que no debía hacer.

Miró la brújula. La línea de fe apuntaba justo a doscientos diez grados, de modo que lo único que cabía preguntarse era si había salvado la distancia suficiente o si la corriente, por escasa que fuera, había conseguido retrasarlo, en cuyo caso debía de estar lejos de la embarcación. Empezaba a pensar que el plan había estado condenado al fracaso desde el principio, que su rescatador estaba intentado encontrar una gota de agua en el ancho mar, cuando recordó la radiobaliza y las instrucciones de Pavlina. Separó el aparato cónico de su cinturón, abrió la cubierta de plástico y giró el interruptor hasta el punto negro como le había indicado. Empezó a parpadear una luz. Se ató un extremo del cordón a la muñeca y dejó que el resto se desplegase. La baliza salió a la superficie y tiró con suavidad de su brazo.

Ya solo quedaba esperar y rezar.

Nadó en círculos para mantener la temperatura corporal con un ojo puesto en la brújula mientras buscaba una luz con el otro. Nada.

¿Podía ser que la brújula estuviera fallando? Dio unos golpecitos a la esfera. ¿Y si Pavlina no la había ajustado bien y lo había mandado a nadar en una dirección equivocada? En ese caso, la radiobaliza estaría fuera del alcance de la vista del patrón del barco y Jenkins se encontraría perdido sin remedio. Se afanó en mantener la calma y dominar su respiración. Si se dejaba arrastrar por el miedo, agotaría lo que quedaba de oxígeno en la botella y, además de perdido, se quedaría sin aire. Volvió a mirar el manómetro: 3,4 atmósferas. Había llegado al punto crítico y, además, daba la impresión de estar descendiendo a pasos agigantados. Estaba respirando con demasiada rapidez o haciendo las inspiraciones más hondas de la cuenta. De nuevo, por más que Pavlina le hubiese advertido que no debía hacerlo antes de tiempo, se planteó salir a la superficie. Podía inflar el chaleco y ascender. Así por lo menos no agotaría lo que le quedaba de oxígeno.

Estaba a punto de hacerlo cuando percibió a lo lejos algo semejante a una vibración sorda. Dejó de moverse y contuvo el aliento para aguzar el oído. El ruido aumentó de volumen. Era el motor de una embarcación. No alcanzó a situarlo, pues el agua magnificaba el sonido y hacía que lo oyese como si lo envolviera. Se puso a dar vueltas para observar la superficie.

«¡Ahí!»

Vio una estela rasgar el agua y el casco de un bote que se aproximaba lentamente. Tras la popa, un metro quizá por debajo de la quilla, había una luz led azul.

Refulgía como un faro en miniatura. Había llegado la salvación de Charles Jenkins.

Empezó a mover las aletas en dirección a la luz, reduciendo la distancia de diez a cinco metros y después a tres, y ya estaba a punto de inflar el chaleco cuando oyó otro temblor, más sonoro que el primero. Debía de ser un motor mucho mayor, perteneciente a una embarcación de mucho más porte que parecía llevar una velocidad muy superior y batía con fuerza el agua que tenía él encima. El casco estaba más hundido que el primero y amenazaba con aplastar a Jenkins, a quien se acercaba de manera inexorable.

El led azul se apagó entonces.

Jenkins dejó de nadar y usó las manos con gesto frenético para intentar hundirse. La quilla pasó por encima de él, tan cerca que lo hizo girar en el remolino de las aguas en movimiento. Cuando dejó de dar vueltas, comprobó el manómetro. El esfuerzo que había supuesto nadar hacia el barco lo había llevado a consumir más oxígeno. La presión apenas superaba ya las dos atmósferas. El contenido de la botella había llegado a un punto crítico y no tardaría en agotarse por completo.

CAPÍTULO 32

Demir Kaplan llevaba poco menos de un cuarto de siglo ejerciendo de patrón de pesquero y, a sus sesenta y tres años, conocía mejor que nadie las aguas del mar Negro, el estrecho del Bósforo y el mar de Mármara. Antes de adquirir su propia embarcación, había pasado quince años en la Armada turca, cinco en destacamentos de fuerzas especiales y diez en una brigada anfibia. Después de retirarse, sobre todo por hastío, se había puesto a trabajar en el pesquero de quince metros de eslora de su padre. Cuando el tabaco y el alcohol acabaron con su vida, heredó el puesto de patrón. Su familia había vivido bien gracias a la pesca durante muchos años. Los boquerones y los sábalos que recogían sus redes llenaban los bocadillos que ofrecían los establecimientos dispuestos debajo del puente de Gálata. La actividad pesquera de Turquía, sin embargo, llevaba años en decadencia por culpa de la pesca comercial indiscriminada, las redes ilegales y la laxitud de la legislación. En otros tiempos, Kaplan había llenado sus aparejos con treinta especies diferentes de pescado, pero ahora podía considerarse afortunado si conseguía cinco o seis, y nunca en grandes cantidades. A fin de permitir la regeneración de los bancos, el Gobierno había impuesto una veda durante los meses de verano que, no obstante, solo afectaba a los pescadores turcos. Los rusos no respetaban tales regulaciones ni las aguas territoriales y esquilmaban el mar Negro a golpe de enmalle para después quedarse cortísimos a la hora de declarar lo que habían extraído. Tras ochenta años aprendiendo a engañar al Estado, el engaño había acabado por echar raíces en el modo de vida de Rusia.

A Kaplan, las cosas no le habían ido mal. Al menos, le había dado para construir sobre los acantilados del estrecho sendas casas para él y para las familias de sus dos hijos. No obstante, al hacerse viejo y ver acercarse la edad de jubilación, había empezado a preocuparle que sus hijos no pudieran ganarse la vida con la pesca. Tanto que había buscado a varios contactos valiosos de sus tiempos de la Armada y llevaba varios años complementando los menguantes ingresos de la pesca con dinero procedente del transporte de refugiados de Irak y Siria y el paso clandestino de armas y agentes especiales estadounidenses, británicos e israelíes. En este sentido, se había vuelto como los rusos: mientras le pagaran, le daba igual cuál fuese el resultado. Además, odiaba todo lo que tuviera que ver con Rusia, rasgo que había heredado de su padre. Para él, trasladar a agentes que se oponían al régimen de aquel país era un modo de equilibrar la balanza y, encima, le pagaban muy bien por hacerlo: por uno solo de aquellos encargos recibía más dinero que por toda una temporada de pesca, aunque solo si conseguía entregar sana y salva la mercancía. Aquella noche, cada minuto que pasaba parecía hacer más improbable tal resultado.

Kaplan estuvo dando vueltas por las coordenadas que había recibido para la recogida sin dejar de observar el radar del barco, obsequio del Gobierno turco destinado a favorecer la faena pesquera de la nación. Con él podía rastrear las transmisiones que se producían entre los 9,2 y los 9,5 gigahercios, la frecuencia de la radiobaliza, que se hallaba por debajo de las que usaba la guardia costera de Rusia. Si encontraba la señal de la baliza, ordenaría a sus hijos que echasen al agua por debajo de la quilla una luz led que sirviera de indicador visual a su pasajero.

Llevaba casi siete minutos dando vueltas en medio de aquella espesa bruma sin que su radar recibiera señal alguna cuando pidió a sus hijos, que estaban bien avezados en misiones así y eran los únicos hombres en los que confiaba plenamente, que echasen el led de todos modos con la esperanza de llamar la atención del buceador.

La niebla tenía lo mismo de bendición que de desdicha, pues dificultaría tanto la búsqueda del submarinista como la detección del barco por parte de los guardacostas rusos. Con todo, si lo descubrían, tenía bien ensayada su excusa: navegaría en círculo como si estuviera recogiendo las redes y no se hubiera dado cuenta de que, sin querer, se había dejado arrastrar por la corriente a aguas territoriales de Rusia. Si los rusos no se lo tragaban, quizá se lo cobrasen con el hundimiento de su barco.

Kaplan volvió a mirar el reloj. No pensaba quedarse allí mucho más tiempo. Esperaría treinta minutos, ni más ni menos que lo que habían acordado, y a las siete en punto partiría con o sin pasajero. Todavía le quedaban veintitrés minutos, pero, aunque fuesen veintitrés días, si la mercancía no le hacía una señal, jamás la encontraría. Sin ella, navegaba a ciegas, incapaz de ver más allá de tres o cuatro metros en cualquier dirección por culpa de aquella dichosa niebla que hacía imposible divisar a ningún submarinista.

Redujo la velocidad de la embarcación, salió del puente de mando y encendió el foco para recorrer con su luz la superficie del agua. La bruma seguía invadiéndolo todo y el haz solo lograba dificultar aún más la visión, como cuando se usan las largas de un vehículo en una carretera con niebla. Mantuvo la luz lo más baja posible a fin de reducir su resplandor.

—¿Ves algo? —preguntó Emir, el mayor de sus dos hijos.

—No —respondió Kaplan.

—¿Y no hay nada todavía en el radar? —insistió Emir sin alzar la voz.

—Nada.

—¿Cuánto queda? —quiso saber Yusuf. Como su hermano, parecía preocupado. Los dos conocían las consecuencias que podía acarrearles el haberse internado como nunca en aguas rusas.

Kaplan volvió a mirar el reloj.

—Veintiún minutos —anunció. Volvió al puente de mando y vio una luz verde que parpadeaba en la pantalla de su radar. Al principio supuso que sería la radiobaliza, aunque enseguida se dio cuenta de que avanzaba hacia su posición a una velocidad inesperada.

—*Kahretsin!* —renegó corriendo hacia la puerta—. ¡Un barco! —gritó a sus hijos—. Viene hacia aquí con mucha arrancada. Un guardacostas ruso. ¡Rápido! ¡Echad las redes!

Apagó los motores y sus hijos actuaron con la precisión de quien ha practicado muchas veces un mismo movimiento. Por la amura de estribor apareció entonces la luz de un reflector y, entre la bruma, cada vez más espesa, se materializó la silueta de un buque como una aparición fantasmal. La claridad cegó a Kaplan, que levantó un brazo para protegerse los ojos. En el momento en que el recién llegado pasó ante la proa para situarse a babor, reconoció el casco azul con las bandas verticales roja, azul y blanca en la proa.

Si el buque patrullero de clase Rubín de la guardia costera rusa estaba a las órdenes de la FSB, el pez que estaba buscando en el agua debía de ser muy valioso.

Por el altavoz se oyó decir algo en ruso que Kaplan fingió no oír.

La voz espetó una serie de órdenes más a medida que la embarcación detenía la marcha y empleaba sus propulsores para colocarse borda con borda con el pesquero. Kaplan entendía ruso cuando le convenía, pero aquella noche no le pareció oportuno: prefería representar el papel de pescador turco angustiado que se las veía con un amasijo de redes enmarañadas.

Salió del puente a la cubierta y se colocó junto a sus hijos. La voz volvió a dirigirse a ellos y les ordenó que se dispusieran a ser abordados. Kaplan miró a los dos jóvenes y luego a la red. Cuando los rusos echaron al mar el esquife y se aproximaron, el patrón bajó las defensas del costado e, instantes después, recogió la amarra que le lanzaban. Yusuf se encargó de atrapar la segunda y ambos las afirmaron a las cornamusas de la cubierta. Kaplan sacó una escalerilla de aluminio por la borda para que embarcaran dos de los tres agentes. El segundo llevaba un Kaláshnikov colgado del hombro, cosa inusitada en una inspección de trámite.

El agente vestía un tabardo cruzado impoluto con el cuello vuelto para protegerse el cuello del frío. Una vez a bordo, se caló la gorra negra. Tenía el rostro de un impúber, lo que lo hacía parecer más joven aún que los hijos del piloto, y las manos rosadas, suaves y sin callos de un oficial de academia y no de quien ha vivido y faenado en la mar. Kaplan conocía bien a los de su condición, gente oficiosa que no se desviaba un ápice del reglamento y haría lo posible por imponer su autoridad. Cabía la esperanza de que su inexperiencia traicionara su rectitud.

—Documentación —dijo en ruso el joven intentando sonar imperioso.

Kaplan lo miró de hito en hito y meneó la cabeza como quien no entiende lo que le están diciendo.

—*Kâğıtlar* —repitió en turco el oficial.

El piloto asintió y dijo que tenía los papeles en el puente de mando.

—Tráigalos, por favor.

Kaplan se dirigió al puente seguido de los dos rusos. Dentro, Kaplan abrió un armario y sacó su documentación y la de sus hijos. En ello estaba cuando oyó doce pitidos breves procedentes del radar, aunque evitó la tentación de mirar.

La radiobaliza.

Había llegado la mercancía.

—¿Por qué tarda tanto? —El oficial parecía nervioso.

Kaplan lanzó los papeles sobre la pantalla del radar para ocultar el punto luminoso, aunque no podía hacer nada por callar la señal acústica. Hojeó los documentos como si buscara algo y se los tendió. El oficial no mostró emoción ninguna. «¡Mira que son huraños si no están borrachos!», pensó el patrón. Aprovechó aquel instante para leer el apellido que llevaba grabado en una placa de latón sobre el bolsillo derecho de la pechera: Popov.

—¿Qué hace pescando en aguas rusas? —preguntó Popov mientras pasaba las hojas.

Kaplan se encogió de hombros.

—Me habré desviado con esta puñetera niebla. Nos está costando recoger las redes. Se han enmarañado y tengo miedo de que se enreden en la hélice. No me puedo permitir cortarlas.

Popov salió del puente de mando y se dirigió a la red que pendía del costado. Imposible que no reparase en los enredos. Kaplan miró al agua que se extendían más allá, pero no vio ninguna luz parpadeando en medio de la niebla.

—Como ve —dijo sonriendo—, así es difícil que podamos pescar aquí ni en ninguna otra parte.

—¿Tiene sus permisos de pesca?

—Sí, el mío y los de mis hijos. ¿Quiere que se los traiga también?

—No. Lo que queremos es registrar su barco.

—¿Y eso por qué?

—Porque esta usted en aguas rusas y tenemos derecho a hacerlo.

El patrón se encogió de hombros. Era muy viejo ya para molestarse en discutir con un mierdecilla engreído.

—Por favor —dijo mientras lo invitaba con un gesto del brazo a recorrer la embarcación—. ¿Puedo saber qué están buscando?

—Pues no, no puede saberlo.

Popov indicó al del fusil que lo siguiese y ambos caminaron hacia el puente. Kaplan miró a sus hijos, pero se cuidó de no decirles nada, ni hacerles ninguna señal, porque sabía que los rusos que seguían a bordo del guardacostas podían estar mirándolos.

—Usted, patrón —gritó desde el umbral del puente el segundo hombre—. Venga aquí.

El sexagenario hizo un gesto de asentimiento a sus hijos antes de obedecer.

Popov estaba al lado del radar.

—¿Qué ese eso? —preguntó.

—Mi radar. El Gobierno turco los da para que podamos pescar mejor.

—Ya sé que es su radar. Lo que quiero saber es por qué hay una señal.

Kaplan se acercó y señaló por la ventanilla.

—Por su barco. He encendido el radar por esta puñetera niebla. Lo único que me falta es chocarme con algo. ¿Lo ve? No se mueve. Es su barco.

El oficial volvió a observar el radar. El punto que ofrecía la pantalla era demasiado pequeño para ser su embarcación, pero el turco tenía la esperanza de que funcionase la treta.

Popov salió del puente y volvió a cubierta y Kaplan dejó escapar un suspiro de alivio. Entonces, los dos rusos bajaron la escalerilla que llevaba a la bodega. En aquellas misiones, el patrón dejaba siempre allí un montón de boquerones en descomposición por si alguien decidía registrarla, convencido de que el hedor los empujaría a darse prisa. El oficial regresó a cubierta con cara de asco.

—Se le ha podrido el pescado —señaló.

—Es cebo. Boquerones. Cuanto más huela, más los atrae.

Popov se dirigió a la parte de popa.

—¿Qué es eso?

—Una lancha neumática, por si le pasa algo al barco.

—Abandonen de inmediato las aguas territoriales rusas.

—Lo siento —repuso Kaplan—. Estamos haciendo cuanto podemos para desenredarnos y seguir adelante.

El joven no mostró empatía alguna.

—Saquen las redes del agua como sea y vuelvan a aguas turcas. Ya las desenredarán allí. Si no, las cortaré yo.

—Como quiera —dijo el patrón.

El oficial hizo una señal a su subordinado y los dos desembarcaron para regresar al esquife, que los llevó al guardacostas.

—Embarcad las redes —ordenó Kaplan en voz alta. Miró el reloj y vio que faltaban tres minutos para las siete de la tarde—. Este podemos darlo por perdido.

CAPÍTULO 33

Jenkins se mantuvo en guardia bajo los cascos de las dos embarcaciones. Tenía extendido el brazo con el que había tirado de la radiobaliza para que quedase justo por debajo de la superficie del agua. Aunque no podía saberlo con seguridad, dio por cierto que la de mayor tamaño era un buque ruso, probablemente de la Armada o la guardia costera. Ojalá la otra fuese la que tenía que rescatarlo. Debía de haber dado con su ubicación gracias a la baliza, aunque en ese instante no le servía de mucho.

Minutos antes había ido de una a otra un bote de goma que a esas alturas estaba amarrado al pesquero.

Miró el manómetro, que apenas marcaba ya una atmósfera, aunque parecía haber empezado a descender con más lentitud desde que él había dejado de moverse. Con todo, en cuestión de minutos estaría conectado a una botella vacía y no tendría más opción que salir a la superficie si no quería asfixiarse. Intentó mantener la calma y consumir la menor cantidad posible de energía. Pese al traje seco, con la falta de movimiento le habían empezado a doler las extremidades en aquellas aguas tan frías. No se sentía los dedos de las manos ni los de los pies.

Pasaron varios minutos. Miró el manómetro: media atmósfera. Miró el reloj: las siete menos cinco. Pavlina le había dicho que la embarcación de rescate abandonaría el lugar a las siete en punto, aunque probablemente no había previsto que la abordarían. ¿Se quedaría a esperarlo? ¿Podía permitírselo? ¿Y si la guardia costera confiscaba la embarcación por navegar en aguas rusas?

Oyó un motor y alzó la vista. El esquife hinchable se separó del pesquero para volver al buque. Miró el manómetro: 0,34 atmósferas. Un minuto después, oyó el sonido de motores arrancando. Primero, los del buque ruso y, a continuación, los del pesquero.

Las dos embarcaciones se alejaban. El corazón le latía con fuerza: 0,27 atmósferas.

El barco ruso se estaba alejando y el ruido de su motor fue ganando en volumen e intensidad a medida que cobraba salida y batía el agua dejando una estela de espuma blanca. Jenkins largó la cuerda que tenía atada a la muñeca y dejó que subiera la radiobaliza mientras trataba de llegar a la superficie con patadas enérgicas. El agua estaba revuelta y plagada de burbujas. Cuando llegó arriba, vio el barco alejarse lentamente y a dos hombres tirando de algo en el pasamanos. Escupió el regulador.

—¡Eh! —gritó—. ¡Aquí!

Bajó la cabeza y echó a nadar, moviendo las piernas con fuerza, pero el barco seguía su curso. Ya estaba fuera de su alcance. Entonces notó algo en el agua, algo que arrastraba tras su estela y agitaba el agua. Aumentó el vigor de sus patadas y estiró el brazo. Redes. No logró asirlas. Volvió a nadar con fuerza y tendió de nuevo la mano.

La red se le escapó definitivamente. El barco aumentó la velocidad y se fue.

Había perdido la ocasión de salir de Rusia. Tenía vacía la botella e iba a la deriva, lejos de la costa y con las extremidades heladas y cada vez más insensibles, sin esperanza alguna de que lo rescatasen.

CAPÍTULO 34

Demir Kaplan observó a los rusos enganchar el esquife al cabrestante, que lo elevó del agua. Popov y sus dos hombres volvieron a bordo del guardacostas y desaparecieron en el interior del puente de mando. Al rato, se pusieron en movimiento los motores y la embarcación partió. Tras cobrar arrancada, se esfumó en la niebla gris, que devoró hasta las luces que llevaba encendidas.

Kaplan redujo la velocidad para evitar que sus redes quedasen atrapadas de manera accidental en la hélice, situación que los pondría en un verdadero aprieto. El radar seguía emitiendo doce pitidos cortos de un punto situado por la aleta de estribor, pero aquella era también la dirección que había tomado el buque ruso y no podía arriesgarse a volver a buscar a su pasajero. No podía poner en peligro la vida de sus dos hijos ni el sustento de las familias que tenían a su cargo. Meneó la cabeza. Sabía que lo más seguro era que estuviese condenando a aquel desdichado a una muerte segura, bien en el mar Negro, bien a manos de los rusos en caso de que lograra volver a la orilla. La idea le revolvía el estómago, pero solo podía rezar por que encontrase otro modo de escapar.

Estaba a punto de accionar el acelerador y girar el timón para poner rumbo a casa cuando oyó gritar a uno de sus hijos:

—*Kahretsin!*

Temió que se hubiera enganchado la red en la hélice. Su hijo asomó la cabeza al puente aferrándose a la jamba con una mano y con los ojos desencajados.

—*Tekneyi durdur! Tekneyi durdur!*

Kaplan paró el motor.

—¡Emir dice que ha visto algo en el agua!

El padre corrió a cubierta. Sabía muy bien que corría un gran riesgo si se detenía para escudriñar, ya que el guardacostas ruso podía volver en cualquier momento. Aun así, encendió el reflector.

—*Nerede?* —preguntó. «¿Dónde?»

Dirigió el haz de luz hacia donde señalaba su hijo con el brazo totalmente extendido. La bruma se iluminó y se volvió semejante a una tela de araña que envolvía a su presa. El patrón inclinó más el foco para atenuar el resplandor y lo giró lentamente a derecha e izquierda para barrer la superficie.

—Aquí no hay nada —sentenció.

—Pues yo he visto algo en el agua —insistió el hijo.

Kaplan volvió a girar el reflector hacia la derecha. Podía oír el agua golpear el costado de su embarcación.

—Nada —repitió.

Jenkins escuchó el sonido cada vez más lejano del motor y observó la niebla que engullía al pesquero. Su respiración agitada marcaba el aire gélido con nubes blancas de vaho. Se sintió cansado y notó que el calor abandonaba su organismo. Sabía que no podía dejar de moverse, que tenía que seguir nadando si no quería morir de frío. Quizá terminase muriendo de frío igualmente, pero en ese momento se sentía cansado. Derrengado.

Además, ¿en qué dirección tenía que nadar? El sudario gris de la niebla no le permitía ver la costa. Si elegía el rumbo equivocado, podía ser que se internara más en el mar, lo que supondría una muerte segura.

«Piensa».

Tenía que calmarse y pensar con lógica. Por paradójico que resultara, en aquel momento de tensión y desesperación no sentía ansiedad. Tal vez lo que había necesitado todo aquel tiempo era una situación desesperada y la certidumbre de que iba a morir. Sonrió ante una idea tan absurda. No se había resignado a semejante destino. No pensaba hacerlo si aún tenía la menor oportunidad. No defraudaría a Pavlina ni a su hermano. Tampoco podía defraudarse a sí mismo ni, lo que era más importante, a su familia. Quería que C. J. tuviese recuerdos imborrables de su padre, enseñarle cuanto pudiera servir a su hijo para que su vida fuese mejor de lo que había sido la suya propia. Quería que lo conociera el hijo que estaba por nacer y estaba resuelto a ver la cara de esa criatura.

La brújula.

Miró la brújula que llevaba en la muñeca. Había estado siguiendo un curso de doscientos diez grados. Si volvía a colocar la aguja mirando al norte y la línea de fe en esa misma posición, podría restarle ciento ochenta grados para determinar el sentido opuesto, que, en teoría, era el que debía seguir para volver a la playa. Evidentemente, en la costa estarían esperándole no pocos problemas, pero, como decía riendo el personaje de Paul Newman al de Robert Redford en *Dos hombres y un destino* cuando el segundo se negaba a saltar a un río desde un acantilado por no saber nadar: «¡Eres un iluso! ¡No creo que salgamos con vida!».

No tenía sentido preocuparse por lo que se encontraría en la orilla hasta que llegase allí… si es que lo lograba.

Otro problema distinto era el de la resistencia. ¿Le aguantarían las fuerzas? Estaba en buena forma gracias al ejercicio y la alimentación, pero los músculos que se usaban para nadar no eran los mismos que se fortalecían corriendo. Lo primero que tenía que hacer era aligerar peso.

Se desabrochó el cinturón de lastre y dejó que se hundiera al fondo del mar. Enseguida sintió mayor flotabilidad. También tenía que liberarse de la botella. Nunca había hecho nada así y supuso que sería más difícil que quitarse el cinturón. No quería desprenderse del chaleco, pues aún tenía aire y lo ayudaría a mantenerse a flote. Recordó que Pavlina le había fijado la botella al chaleco justo por debajo de la válvula que había en la parte alta de la botella y que tenía otra correa que se la aseguraba con firmeza a la espalda.

Echó una mano hacia atrás, palpó la correa de abajo y la siguió hasta donde le permitía el brazo. Asió el extremo suelto de la correa y tiró hasta soltarlo. A continuación buscó al tiento la válvula de la botella por detrás de la nuca. Debajo de ella, encontró el tejido y lo fue siguiendo hasta dar con el cierre, lo pinzó y notó que se soltaba. La botella se deslizó de su espalda para caer al fondo como una piedra.

Encontró el inflador del chaleco y lo infló para aumentar su flotabilidad. Luego se colocó la máscara y se puso la boquilla del tubo entre los dientes. Bajó la cabeza y adelantó el brazo derecho como le había indicado Pavlina, se orientó y empezó a dar patadas hacia donde esperaba que estuviese la playa.

Segundos más tarde notó que aquello le estaba costando. El frío había empezado a calar en su organismo. Notaba los músculos engarrotados y los movimientos lentos. Imaginó su propia sangre como aceite de motor a temperaturas bajo cero, pero no podía centrarse en pensamientos así, en el frío ni tampoco en su respiración trabajosa. «No te pares y ya está». Eso era lo único que debía hacer. «No te pares». Todavía tenía por delante media hora o más de nado. Iría superando un minuto tras otro. Resistiría la tentación de levantar la cabeza, de sacar la boca del tubo y de sucumbir al deseo de parar y descansar, aunque fuera unos segundos, que manifestaba su cuerpo.

Detenerse equivalía a morir.

Siguió repitiendo en su cabeza sus nombres: «Alex, C. J. y… el que viene de camino». Todavía no habían decidido cómo lo llamarían. Tampoco sabían el sexo. Pavlina decía que sería niña. ¿Cómo podía estar tan segura? Jenkins no tenía ni idea, pero en aquel momento él también se figuraba una niña. «Alex, C. J. y la bebé. Alex, C. J. y... Alex, C. J. y... Alex... Alex. Alex».

Oyó un ronroneo bajo el agua. Al principio pensó que no era más que su imaginación, la fuerza de su deseo, pero el ruido persistía. Se detuvo y miró hacia arriba, pero no le fue fácil ligar el sonido a ningún elemento concreto. «¿Un barco? Sí. No… Un motor. Un motor de barco». El ronroneo se hizo más claro. El barco se acercaba. Trató de ver a través de la mortaja gris de la bruma. ¿Sería su imaginación? ¿La ilusión desesperada de un hombre condenado?

¿No serían los rusos, que estaban volviendo a buscarlo?

En ese momento hendió la oscuridad un reflector que iluminó el gris de la niebla.

No era su imaginación. El pesquero había vuelto.

La luz se movió a izquierda y derecha y luego se detuvo. Creyó oír voces de hombres gritando.

El haz volvió a dirigirse a la derecha y lo cegó. No sin dificultad, alzó un brazo y lo agitó a un lado y a otro por encima de la cabeza.

—*Nerede?* —oyó decir.

—*Orada! Orada!*

Aquello no era ruso.

La embarcación se acercó muy lentamente y fue cobrando forma al salir de la bruma. Sobre cubierta había dos hombres de pie en el pasamanos y uno de ellos señalaba hacia él mientras el segundo lanzaba algo por la borda. El objeto giró en el aire antes de caer al agua. Era un salvavidas.

Jenkins avanzó hacia él, metió un brazo por la abertura y se aferró al flotador mientras los hombres tiraban del cabo para arrastrarlo a la embarcación.

Hizo falta el último ápice de las fuerzas que le quedaban y dos hombres tirando de él y asiendo, por fin, las correas de su traje de buceo para subirlo a bordo. Chocó con el pasamanos y se desplomó sobre cubierta boqueando como un pez. Sobre él había tres hombres que se dirigían a él en inglés, con frases cortas y rápidas y tono de urgencia. A Jenkins, sin embargo, le resultó imposible tomar el aliento necesario para responder.

Uno de ellos lo agarró por las axilas y lo arrastró por cubierta hasta el puente. El que parecía mayor de los tres se dirigió a paso apresurado hacia el timón y aceleró el motor. Jenkins se balanceó hacia atrás ante la arrancada del barco.

No se sentía las manos ni los pies y se había puesto a tiritar con violencia. Uno de los hombres le tendió una taza. Del líquido del interior ascendía vapor. Jenkins fue a cogerla, pero las manos le temblaban tanto que fue incapaz.

El hombre se arrodilló delante de él y le quitó los guantes. Jenkins dejó escapar un gruñido atormentado por las mil agujas que se le clavaban en las manos y los dedos con cada movimiento. El que le había quitado los guantes metió las manos del americano bajo sus axilas.

—¿Cómo tiene los pies? —preguntó en un inglés espantoso.

—No me los siento —se le oyó responder entre castañeteos.

El segundo hombre —cuyo parecido con el primero hacía pensar que podían ser hermanos— volvió de la parte de atrás del puente con una manta gruesa de lana y se la echó sobre los hombros antes de ponerse a ayudar a su compañero a quitarle los escarpines de goma a Jenkins. El americano sintió en los pies el mismo dolor que le había invadido las manos.

—Yo soy Emir —dijo el hombre mientras conseguía, a fuerza de frotarlos, que volviesen a la vida— y este es mi hermano, Yusuf. El patrón es Demir, nuestro padre.

—Pensaba que os había perdido —anunció el americano sin dejar de temblar—. He visto que se alejaba el barco…

Yusuf le frotó las manos con energía y le arrancó una mueca de dolor.

—Lo siento, pero tenemos que hacer que vuelva a circular la sangre.

—Los rusos deben de tenerle mucho aprecio —apuntó Demir desde el timón—. No alertan a la guardia costera si no es por algo grave.

—¿Para quién trabaja? —preguntó Jenkins. Empezaba a sentir las manos y los pies, pero los pinchazos no hicieron sino cobrar violencia con aquella vuelta a la vida.

—Voy por libre.

—¿No pertenece a los servicios de información turcos?

—Soy un pescador que trabaja cuando lo llaman. Las razones que tengo para hacerlo son mías. Me dijeron que lo encontrase y lo llevara de vuelta a Turquía, a Estambul. Los detalles de la operación me traen sin cuidado.

—Le agradezco mucho que haya dado la vuelta. —Jenkins apartó las manos de las del hermano y dobló los dedos. Los sentía hinchados, pero poco a poco fue recobrando destreza. Emir le tendió la taza y él la envolvió con las dos manos antes de dar un sorbo al café turco que contenía, caliente y muy cargado, mientras Yusuf lo liberaba del traje seco con unas tijeras afiladas.

—Emir le dará ropa seca para que se cambie, aunque, visto su tamaño, no va a ser cosa fácil, y algo de comer —anunció Demir Kaplan—. También tenemos una litera para que se eche a dormir. Tiene que estar muy cansado.

Pese a que le temblaban las piernas, Jenkins se puso de pie y siguió a Emir hasta una angosta puerta interior. Se detuvo y miró hacia atrás.

—Gracias —dijo.

—No me las dé todavía. Queda mucho para Estambul y sospecho que los rusos no van a dejar que se marche así como así.

CAPÍTULO 35

Víktor Fiódorov entró en la destartalada casa de playa. Dentro hacía frío y el aire tenía un olor penetrante a humedad y a moho. Sus hombres habían ido puerta por puerta y habían encontrado la mayoría de los domicilios vacíos, sin signo alguno de habitantes recientes. En aquella tampoco había nadie, pero no llevaba mucho tiempo así. En la encimera de la cocina había bolsas de la compra casi intactas y una caja de galletitas saladas abierta. También contenían botellas de zumo y de agua mineral, queso y chocolatinas. Recogió la caja de galletitas de la encimera y se la llevó a la sala de estar mientras comía. Sabían mejor de lo que había imaginado al verlas, aunque también podía ser que tuviese más hambre de lo que pensaba. Ni siquiera recordaba qué era lo último que había comido.

Estudió las prendas masculinas que se veían repartidas por el mobiliario. En el suelo había artículos de submarinismo pertenecientes a un solo equipo: un chaleco de flotación y una botella —llena, a juzgar por su peso—, una máscara, aletas y un traje seco de mujer.

Sus hombres habían registrado la ropa sin dar con documentación alguna. Fiódorov tampoco la necesitaba: sabía de quién eran las prendas y para quién era aquel equipo.

Saltaba a la vista que Pavlina Ponomaiova había dado la vida para facilitar la fuga de Jenkins y eso suscitaba otras preguntas relativas a la importancia de aquel hombre y de su misión. Fiódorov se limpió los dedos en el pantalón, tendió la caja de galletitas a uno de sus agentes y dijo a Simon Alekséiov:

—A un buceador sin propulsión le puede durar unos cuarenta minutos la botella si está llena. Jenkins es un tipo corpulento, así que pueden ser menos, quizá treinta… si no está bien entrenado, algo que deberíamos dar por supuesto a estas alturas. Supongamos que puede nadar entre trescientos y trescientos cincuenta metros en una noche tranquila como esta. Llamad a la guardia costera y decidles que buscamos a un submarinista. Dadles las coordenadas y que me llamen enseguida si dan con una embarcación en los alrededores.

Alekséiov sacó su teléfono para llamar. Fiódorov salió y cruzó el patio. Aunque no alcanzaba a ver la playa, distinguía las aguas oscuras envueltas en la niebla. Minutos más tarde volvió y encontró a su subordinado caminando hacia él con aire resuelto.

—Los guardacostas han detenido a un pesquero turco a unos trescientos metros de la costa. El patrón del barco dice que estaba pescando cuando se le han enmarañado las redes y su tripulación estaba intentando recuperarlas. ¿Coronel?

Fiódorov había vuelto de nuevo la mirada al horizonte en tinieblas y estaba sumido en sus pensamientos. Por más que tuviera sus coordenadas, era imposible que ningún hombre pudiera dar con un barco en medio de aquella bruma y de noche. Debía de disponer de algún modo de transmitirle su ubicación, algo pequeño, como el sistema que se empleaba en las boyas para advertir a los capitanes de la existencia de bajos o de otros peligros submarinos.

—Ponme con la persona con la que has hablado. Ya. Dile que me pasen al oficial del guardacostas que ha abordado al pesquero.

Alekséiov marcó el número mientras Fiódorov caminaba hacia el agua y, un minuto después, le tendió el teléfono.

—Sí. ¿Con quién hablo? —preguntó el coronel.

—Soy el capitán Popov —se oyó al otro lado de la línea.

—Tengo entendido que ha encontrado hace poco un pesquero turco.

—Sí, hace aproximadamente una hora.

—¿Qué estaba haciendo aquí?

—El patrón dice que estaba pescando cuando se le enmarañó la red y, mientras intentaban recuperarla, se metieron sin querer en aguas rusas.

—¿Tanto? —preguntó Fiódorov—. ¿Y ha registrado el barco?

—En persona. Tenía los papeles en regla.

Los papeles del barco le importaban una mierda.

—¿Cuántos iban a bordo?

—Tres: un padre con sus dos hijos.

—¿Y no había nadie más?

—No.

Fiódorov tenía sus dudas sobre lo concienzudo de aquel registro. Las embarcaciones destinadas al contrabando tenían escondrijos en los que ocultar drogas, armas y personas.

—¿Cómo han dado con el barco en medio de esta niebla?

—Nos apareció en el radar.

—¿Y no detectó nada más el radar?

—No.

—¿Nada?

—No —insistió Popov y, tras una pausa, añadió—: Dudo que tenga importancia, pero, cuando lo abordamos, su radar sí que captó una señal.

—¿Qué clase de señal?

—Una luz verde inmóvil. Quise saber qué era y el patrón me dijo que su barco había detectado nuestra presencia.

El coronel sintió que se le aflojaban las piernas.

—¿No podía ser una radiobaliza, capitán?

—Pues… —El oficial se mordió la lengua.

A Fiódorov le bastó con aquella respuesta. El capitán ni siquiera se había planteado aquella posibilidad.

—¿Dónde está usted ahora?

—Sigo de patrulla, más o menos por la misma zona.

—Quiero que esté pendiente de todas las frecuencias de su radar. Llámeme si encuentra cualquier otra señal. Luego, regrese a Anapa y reúnase allí conmigo.

Fiódorov colgó.

—Preparad el helicóptero. Nos vamos a Anapa.

Alekséiov negó con la cabeza.

—Imposible, coronel. Con esta niebla no se puede volar.

El coronel soltó un reniego.

—¿A cuánto estamos en coche?

—No lo sé con exactitud, pero a varias horas si las condiciones son buenas. Hoy podríamos tardar mucho más.

El tiempo suficiente para que el pesquero turco se aproximase a aguas de Turquía, quizá demasiado tarde ya para interceptarlo. No podía asumir ese riesgo. Volvió a marcar el último número.

—Capitán Popov, le habla el coronel Fiódorov. ¿Me ha dicho que sigue cerca de Vishniovka?

—Sí, relativamente cerca.

—Y tiene el bote neumático con el que abordaron al pesquero, ¿verdad?

—Claro.

—Pues vuelva a Vishniovka y envíelo a tierra, adonde vea una luz intermitente. Voy a subir a bordo.

Después de ponerse ropa seca casi de su talla —no había podido abrocharse los últimos dos botones de la camisa ni del pantalón, cuya pernera le quedaba unos centímetros por encima del par de botas de faena que le habían dejado—, Jenkins había vuelto a recuperar su temperatura. Siguió a Yusuf a la cocina del barco. El café turco, tan cargado que casi era posible dejar de pie una cucharilla en la taza, despertó sus extremidades y lo puso bien alerta pese a no haber dormido mucho las últimas setenta y dos horas. La comida había ayudado a atemperar el efecto de la cafeína. Nunca le había sabido nada tan bien. Le habían puesto arroz con cordero, huevos revueltos con cebolla y pimiento y pan. Cuando acabaron de cenar, Yusuf y Emir se retiraron a descansar. También ellos habían soportado mucha tensión esa noche.

Jenkins volvió al puente, donde hacía guardia Demir Kaplan sumido en la oscuridad. Las luces del panel de mandos se reflejaban en la parte baja de su barba e iluminaban su rostro con un tono azul grisáceo. Se parecía a sus hijos, aunque con la piel curtida de un hombre que ha pasado la vida en el mar o ha visto demasiadas tragedias. De las comisuras de sus ojos partían hondas depresiones como riachuelos. Los años que había pasado al timón le habían encorvado los hombros y las labores manuales le habían ensanchado el pecho y los brazos. Volvió la cabeza en el momento en que Jenkins se agachaba para entrar en el puente por la puerta interior. El calefactor situado bajo el panel mantenía una temperatura agradable.

—¿Cómo es que no está durmiendo? —dijo Demir—. ¿Demasiadas preocupaciones?

—Demasiado café.

El patrón soltó un gruñido y dijo:

—A los turcos nos gusta el café como nos gustan las mujeres.

—¿Oscuro? —preguntó Jenkins sonriendo.

Demir lo miró y a sus labios también asomó una sonrisa.

—Con cuerpo y cargado de energía.

Jenkins soltó una carcajada antes de tender la mano y decir:

—Gracias por volver. Me han salvado la vida.

—No crea que se trata de algo personal, señor Jenkins: no es usted más que la mercancía que tengo que transportar a Turquía.

—Lo entiendo, pero quería que lo supiese.

Demir le estrechó la mano.

—De nada.

Navegaron en silencio, escuchando el ronroneo del motor y sintiendo la proa elevarse y volver a caer con cada ola. Tras varios minutos, a Demir le pudo la curiosidad.

—No sé quién es usted, pero parece muy valioso para su país y muy peligroso para los rusos.

—Ya no estoy tan seguro. Las cosas se han complicado mucho más de lo que esperaba.

—Suele pasar.

—Los otros dos… ¿son sus hijos?

—Sí, aunque los dos han salido más guapos que su padre. Uno los mira y ve a su madre. Quien me mira a mí solo ve el mar.

—Son buena gente —aseveró el americano.

—Con dinero se compran muchas cosas, pero no la sangre; por lo menos la de los Kaplan. ¿Tiene hijos, señor Jenkins?

—Uno de nueve años… y otro que viene de camino.

El patrón lo miró mientras se frotaba la barba. Entonces asintió.

—Mejor para usted.

—Me decidí un poco tarde.

—¿Por su carrera profesional?

—Durante un tiempo fue esa la razón. Después, la verdad, no tuve la oportunidad.

Demir lo miró.

—Y ahora tiene mucho que perder.

—Demasiado.

—¿Por qué lo hace entonces?

—Por mantener a mi familia… y porque pensaba estar sirviendo a mi país, aunque ya no tengo muy claro esto último.

El turco soltó un suspiro.

—Cuando era más joven serví un tiempo en la Armada antes de ponerme a trabajar con mi padre. La pesca era abundante y no viví nada mal. Ahora ya no se pesca tanto. Tengo siete nietos y mi nuera está esperando otro más. Hacemos lo que hay que hacer por nuestra familia.

Jenkins asintió.

—¿Cuánto nos queda para llegar?

—De aquí a una hora estaremos en aguas de Turquía. Y una hora después, habremos llegado a puerto.

—Si no le molesta tener compañía, me gustaría quedarme aquí a hacer guardia con usted.

—No me molesta.

Fiódorov y Alekséiov abordaron el buque patrullero desde el esquife inflable. Popov los recibió en cubierta y los llevó sin más preámbulos al puente de mando tras salvar una escalera.

—El radar ha captado una señal —anunció mientras se acercaba a uno de los instrumentos del panel.

—¿Un barco?

—No, algo mucho más pequeño. Parece una boya, pero no está donde cabría esperar una boya. Parece a la deriva.

—¿Está cerca de donde abordaron al pesquero turco?

—Aproximadamente a media milla, aunque, por el rumbo que lleva, hace una hora tuvo que estar muy cerca de él. ¿Quiere que la sigamos o que busquemos el barco?

—Averigüe lo que está transmitiendo. Así nos resultará más fácil saber si es responsabilidad del pesquero o solo una coincidencia. No quiero embarcarme en otra misión imposible. Si el patrón resulta estar en el ajo, ¿será capaz de encontrarlo?

—Claro que sí —respondió Popov— y hasta de hundirlo si hace falta.

—Perfecto, porque no me haría ninguna gracia tener que informar a sus superiores de que lo ha dejado escapar.

El oficial palideció al mismo tiempo que sus mejillas se teñían de rojo.

—Sí, coronel. —Dio la orden de rastrear la boya.

Veinte minutos más tarde, Popov, Fiódorov y Alekséiov se encontraban en cubierta con media docena de marineros y sobre la superficie brumosa del agua zigzagueaban varios haces de luz.

—Allí —dijo uno de los tripulantes señalando al mar—. Allí.

Fiódorov, Popov y Alekséiov se acercaron al pasamanos. El marinero lanzó un arpeo por la borda, enganchó con él un cilindro rojo que emitía una luz intermitente y lo rescató lentamente de las aguas.

—Es una radiobaliza —anunció Popov—. Se usa…

—Ya sé para qué se usa —lo atajó Fiódorov— y también sé para qué ha servido esta. ¿Decía que podía dar con el pesquero?

—Sí.

—Pues hágalo.

En el puente del pesquero, Jenkins tendió a Demir Kaplan una taza de café.

—¿Con seis de azúcar? —le preguntó.

—No lo tomo por el sabor —repuso el patrón antes de dar un sorbo y dejar la taza en un soporte para evitar que se volcara.

—He visto que el barco se llama *Esma*. ¿Qué quiere decir?

—Esma es mi mujer. Llevamos casados cuarenta años. Como siempre decía que yo le tenía más amor al mar que a ella, cuando heredé el barco… —Se encogió de hombros—. Desde entonces siempre le digo: «Estoy contigo, Esma, hasta cuando estoy en el mar». Con la gracia de Alá, todavía nos quedan muchos años juntos y muchos más nietos por conocer. —Miró al panel de instrumentos—. Estamos cerca de las aguas turcas. Veinte minutos.

—Un poco más y están en casa —dijo Jenkins.

Demir lo miró y soltó un suspiro.

—Pero a usted todavía le queda mucho, me temo. Turquía está llena de agentes de la FSB y habrá mucha gente dispuesta a entregarlo por un puñado de liras. Desde luego, usted no pasa fácilmente inadvertido. Tendrá que ir con cuatro ojos.

Jenkins oyó un pitido intermitente procedente del radar. Demir se volvió a mirarlo y estudió la luz verde que se había iluminado en la pantalla.

—Llame a mis hijos.

—¿Qué es?

—No lo sé, pero está rastreando nuestras coordenadas.

—¿A cuánto está?

—Cerca. Y se está moviendo muy rápido. No nos va a dar tiempo a llegar al estrecho. —El patrón accionó el acelerador y Jenkins acusó el impulso repentino de la embarcación con la arrancada.

—¿Podrá llegar a aguas turcas antes que ellos?

—Si es un buque patrulla ruso, no nos servirá de nada, porque Rusia no respeta las aguas territoriales cuando pone la mira en algo y, por lo que parece, la tiene puesta en usted.

—¿Y cómo saben que estoy aquí?

—No lo sé. Imagino que habrán encontrado su radiobaliza. No tuvimos más remedio que dejarla y ahora saben lo que estábamos haciendo allí. Vamos, llame a mis hijos. Si nos espabilamos, podemos engañarlos. La bruma de esta noche es una bendición de Alá.

A instancia de Fiódorov, el guardacostas ruso había ido avanzando a buen ritmo durante casi media hora sin perder de vista al pesquero turco. El *Esma* avanzaba a todo gas y sin mudar el rumbo, siguiendo la ruta más corta y directa hacia Turquía.

—Ha aumentado la velocidad —anunció Popov—. Saben que vamos tras ellos y el patrón está intentando cruzar el Bósforo.

—No lo permita —ordenó Fiódorov.

—No podrá llegar antes que nosotros. Solo nos faltan unos minutos para interceptarlo. —Entonces se detuvo antes de añadir—: Pero estaremos en aguas turcas, coronel.

Fiódorov hizo caso omiso del comentario.

—Hay que registrar ese barco como sea. Si hace falta, diremos que ha invadido las aguas territoriales rusas y lleva mercancías de contrabando.

—¿Y si no hace caso a nuestras órdenes? —quiso saber el oficial.

—En ese caso, habrá que hundirlo y traer a bordo a los supervivientes.

El buque patrulla acortó la distancia con gran rapidez. Pese a que la espesa niebla dificultaba las comunicaciones por satélite, la imagen del radar mostraba con claridad lo que no podía ser otra cosa que el pesquero turco.

—Estoy detectando otros barcos más cerca de la costa turca —anunció Popov.

—Turquía está llena de pesqueros —dijo Fiódorov—. No les haga caso: siga al nuestro.

—Voy a intentar darle el alto.

—No —ordenó el coronel—. No lo haga.

—El *Esma* tiene radar: no vamos a poder sorprenderlos.

—Entonces no tiene sentido darle el alto.

—Está a ciento ochenta metros de nosotros por la banda de estribor —dijo un integrante del personal técnico.

—Disminuid la marcha —ordenó Popov—, pero mantened el rumbo.

Un minuto después apareció el pesquero, envuelto en la bruma gris y avanzando aún con buena salida.

—Tengo que darle el alto —dijo el oficial—. De lo contrario, corremos el riesgo de colisionar.

—Hágales un disparo de advertencia por delante de la proa —mandó sin dudarlo Fiódorov. Quería que el patrón entendiese las consecuencias de sus actos y fuera muy consciente del peligro al que estaba exponiéndose y al que exponía también a sus hombres, su embarcación y su subsistencia. Sospechaba que no debía de ser más que un mensajero bien pagado que no guardaba vínculo alguno con Jenkins. Se las había arreglado para burlar a Popov, pero no iba a poder hacer lo mismo con él.

El oficial asintió mirando a sus hombres, que corrieron a acatar la orden. El buque se inundó con el eco de un cañón situado en la cubierta. Segundos después, Popov anunció:

—Ha reducido la velocidad.

Fiódorov asintió.

—Ahora que el capitán sabe que va en serio, puede darle el alto y pedir que detenga los motores de inmediato. Dígale que tenemos intenciones de abordar su embarcación.

El joven hizo lo que le pedían y el pesquero se detuvo. El coronel abrió la puerta y salió a cubierta. Había subido ligeramente la temperatura. Se metió las manos en los bolsillos del abrigo, bajó las escaleras y esperó a que la tripulación echase al agua la Zodiac hinchable. A continuación, descendió por una escalerilla con Popov y dos guardias armados. En cuestión de segundos habían salvado la distancia que mediaba entre ambos barcos y Fiódorov accedía a la cubierta del *Esma* con la ayuda del dueño y uno de sus hijos.

—¿Es usted el patrón? —preguntó en ruso a aquel hombre recio de barba entrecana.

El sexagenario lo miró con aire confundido antes de dirigir la vista a Popov, que repitió la pregunta en turco.

—Claro, como hace unas horas, cuando abordó usted mi barco. ¿Qué le hace pensar que haya podido cambiar la situación?

—Registren el barco de arriba abajo —ordenó Fiódorov a los guardias armados antes de decir—: Más le vale, patrón, que no haya cambiado nada más desde entonces. Soy el coronel Víktor Fiódorov, del Servicio Federal de Seguridad de Rusia. Dígame: ¿qué estaba usted haciendo en aguas rusas?

Popov volvió a hacer de intérprete.

—Ya le he dicho al oficial que se nos habían liado las redes y estábamos intentando desenredarlas.

—¿E hizo todo ese trayecto a la deriva? ¿Casi hasta llegar a la costa rusa? ¿Y estando la noche tranquila como está? Me resulta muy difícil de creer —dijo el coronel, que, sin apartar la vista del patrón, añadió cuando Popov fue a traducir—: Ya está bien. Este hombre lo ha tomado por tonto. Entiende todo lo que le estoy diciendo. No puede llevar tanto tiempo pescando en el mar Negro sin haber aprendido ruso, pero prefiere hacerse el ignorante.

Se volvió a uno de los guardias, quien le tendió el cilindro que habían rescatado.

—Lo más desconcertante es que, según nuestros cálculos, esta radiobaliza que hemos encontrado estaba en la zona exacta en la que el oficial de la guardia costera abordó en un primer momento su embarcación.

—Eso no es mío —aseveró el patrón sin dejar de hablar turco—, aunque les agradezco su interés por rescatarlo y devolvérselo a su dueño.

Popov tradujo la respuesta.

—Estaban siguiendo la señal de esta radiobaliza porque tenía que llevarlos hasta el tipo al que tenían que recoger.

—Yo no estaba siguiendo nada, ni saco nunca nada del agua que no sea pescado.

—¿Dónde está su otro hijo? —preguntó Popov.

—¿Qué?

—Que dónde está su otro hijo. Había tres personas a bordo. ¿Dónde está?

Kaplan no respondió.

—Encuentren al otro hombre —mandó Fiódorov a los guardias antes de volver a centrar la atención en el dueño del barco—. No intente buscarme las vueltas, abuelo. Se me está agotando la paciencia y no estoy de humor para jueguecitos.

Habían pasado casi diez minutos cuando volvieron los dos guardias a los que había encomendado el registro de la embarcación. Los dos negaron con la cabeza para anunciar:

—No hay nadie más a bordo.

—O me dice adónde han ido su hijo y el señor Jenkins, patrón —le advirtió el coronel sin dejar de taladrarlo con la mirada—, o doy órdenes de hundir su barco.

Kaplan respondió en turco:

—No me parece una idea muy prudente.

—¿Ah, no? —repuso Fiódorov sonriendo ante semejante arrogancia.

—No. Estamos en aguas turcas y sabe bien que entre nuestros países han aumentado mucho las tensiones desde la guerra de Siria, cuando el señor Putin nos llamó terroristas.

El de la FSB miró a Popov para que le tradujese.

—Bien pensado —dijo a continuación—. Entonces, en vez de hacer fuego contra ustedes, deberíamos limitarnos a embestirlos y echarle la culpa a esta dichosa niebla. ¡Qué accidente tan trágico!

—Falta la lancha neumática —anunció uno de los de Popov.

—Dígame adónde han ido su hijo y el señor Jenkins y no le hundiré el barco. Piense que, si se niega, se quedará sin barco y le sacaré la información de todos modos. ¿Qué prefiere?

—Ya le he dicho, coronel Fiódorov, que no es una idea muy prudente —repuso en turco el patrón—. He alertado a la guardia costera turca de su presencia en nuestras aguas. Tengo amistad con ellos desde hace tiempo. Comprueben su radar y verán que vienen de camino y que se están dando prisa. Yo diría que tienen poco tiempo para embarcar de nuevo en el buque patrulla y volver a aguas rusas.

Fiódorov apreció el valor de aquel hombre.

—Quizá su hijo sí pueda decirnos adónde han ido.

Emir meneó la cabeza.

—Yo no tengo ni idea.

—¿No?

El ruso sacó la pistola y dio un paso hacia él para apoyarle el cañón en la sien.

—Como bien ha dicho usted, patrón, no tenemos mucho tiempo. Voy a preguntárselo otra vez, solo una, y quiero que se me lo piense muy bien antes de responderme en ruso. ¿Entendido? ¿Adónde han ido su hijo y el señor Jenkins?

CAPÍTULO 36

La lancha neumática avanzaba casi sin rozar la superficie del agua. El casco rígido abofeteaba las olas mientras la proa de goma rebotaba. Yusuf había acelerado al máximo el motor de veinticinco caballos, de modo que avanzaban con la mayor salida que le era posible. Jenkins iba arrodillado sobre el suelo rígido de fibra de vidrio, en el centro del bote a fin de lastrarlo. Llevaba un chaleco hinchable sobre un traje de supervivencia rojo. Aferrado a la guirnalda de uno y otro lado, sentía cada salto reverberarle en la espalda y las rodillas. Las olas eran tan imponentes que lo asaltó varias veces el temor de que volcarían. El recuerdo de la agradable temperatura de que había gozado durante unas horas a bordo del *Esma* le parecía una maldición comparado con aquel aire frío y los gélidos rociones que lo azotaban.

Yusuf se servía de una brújula para mantener la derrota que había convenido con su padre. Si no perdía el rumbo, navegaría en paralelo al pesquero, que lo protegería de este modo del radar del guardacostas ruso y tal vez le permitiría alcanzar el Bósforo. Se trataba de crear lo que se conocía como una «sombra de radar». Demir había aprendido la técnica en la Armada y sabía que, si la ejecutaba de forma correcta, conseguiría burlar al radar de sus perseguidores, en cuyo monitor figuraría solo la embarcación de mayor porte, el *Esma*. Para cuando los del buque ruso les diesen el alto, los abordaran y reparasen en la ausencia de Yusuf, la lancha semirrígida estaría ya media hora más cerca de la costa… si no volcaban antes. Al menos, ese era el plan.

A Jenkins le dolían las manos de agarrarse a la guirnalda y los músculos de los brazos y del tronco también se le resentían mientras luchaba contra la inercia que amenazaba con arrojarlo por la borda. El viento y el ruido del motor le impedían hablar con Yusuf. Lo único que podía hacer era escrutar la bruma y rezar por ser capaz de divisar la presencia de otra embarcación o de cualquier desecho flotante antes de que los matara.

Treinta minutos después de su partida, Yusuf redujo la velocidad y las sacudidas y las cabezadas se aplacaron hasta tal punto que Jenkins se atrevió a soltar los cabos de sujeción. Cerró los puños y luego unió las manos para ahuecar las palmas y tratar de calentarlas con el aliento. Mientras lo hacía, la niebla se disipó de pronto y dejó ver un manto de luceros titilantes sobre el negro del cielo que se extendía por encima de su cabeza. Las estrellas parecían descender hasta la superficie misma del agua, aunque al observarlas con más detenimiento comprendió que se trataba de las luces de los hoteles y las casas que salpicaban las laderas que se elevaban a uno y otro lado de su diminuta embarcación.

—El estrecho del Bósforo —anunció Yusuf—. Señor Jenkins, creo que lo vamos a conseguir.

En otras circunstancias, aquel escenario habría hecho obligatorio detenerse unos segundos a apreciar semejante belleza sin premura. La situación en la que se encontraban, sin embargo, requería una reacción diferente. Pasaron bajo un colosal puente colgante tendido entre las dos masas terrestres. Las luces situadas en lo alto de las torres emitían su advertencia intermitente a los aviones que pudieran pasar por allí.

Jenkins sacó las piernas de debajo de su cuerpo y estiró las extremidades. Las aguas se habían calmado de forma notable dentro del estrecho. Yusuf redujo aún más la andada y fijó en un orificio una barra de metal con una luz azul intermitente en uno de sus extremos. El americano entendió enseguida por qué. Mientras recorrían el estrecho, rebasaron buques cisterna anclados y cargueros que zarpaban pese a no haber apuntado aún el día. Si no lo veían, el bote podía acabar como un mosquito que se estrellara contra el parabrisas de un automóvil.

Yusuf volvió a reducir la marcha al acercarse a un puerto deportivo y maniobró con pericia para evitar el peñón que afloraba del agua y daba protección a las embarcaciones que habían atracado allí. Aquella resultó ser la parte más fácil, porque dicho puerto estaba atestado de embarcaciones de distintos tamaños, formas y colores que parecían haber amarrado sin hacer caso alguno a la presencia de los muelles. Yusuf rodeó varios arrastreros comparables en porte al *Esma* y barcas pesqueras que no superaban la eslora de su propia lancha. Daba la impresión de que no hubiera organización alguna a la hora de amarrar: había hasta tres y cuatro filas de embarcaciones en un mismo muelle, como si un tsunami las hubiese arrastrado a todas para dejarlas caer de cualquier manera.

Yusuf se dirigió al final del puerto deportivo y, tras apagar el motor, dejó que el casco de goma fuese a topar con un barco de madera atracado en el último muelle. Afirmó la amarra a una cornamusa del barco y asió el pasamanos para acercar su bote.

—Suba —indicó a Jenkins.

El americano se puso en pie lentamente y con inquietud. Tenía la impresión de estar patinando sobre hielo. Se aferró al pasamanos y se impulsó hasta subir a cubierta del barco. Yusuf lo siguió con mucha mayor agilidad.

—Venga —le susurró.

Aquella noche no soplaba brisa alguna; tampoco se oían coches ni voces. A lo lejos se oyó una sirena de niebla semejante a un ser que hubiese cobrado vida en ese instante. Yusuf fue con Jenkins al otro costado del barco y salvó de un salto el metro aproximado que lo separaba del muelle de cemento. Jenkins lo siguió y rebasó con él una hilera de bancos de madera hasta llegar a la calle de una pequeña población que aguardaba el alba, un municipio de edificios de dos y tres alturas pintados con vivos colores que albergaban comercios en la planta baja y viviendas sobre ellos. Los vehículos estacionados no guardaban más consideración por los aparcamientos que las embarcaciones por sus amarraderos y estrechaban tanto la calle que costaba imaginar que pudiese pasar un coche entre ellos.

El hijo de Kaplan lo llevó hasta una furgoneta comercial. Se dirigió al parachoques y metió la mano por debajo para coger una llave con la que abrir la puerta. Jenkins entró en el vehículo, que olía a verduras y estaba lleno de cajas vacías de cartón y de madera.

—Agache la cabeza. Cuantas menos personas lo vean aquí, mejor.

El americano obedeció.

Yusuf cerró con fuerza y un instante después abrió la puerta del conductor. La luz del techo no llegó a encenderse. El pescador se sentó al volante, arrancó el motor y se apartó del bordillo.

—Ya puede incorporarse —señaló—, pero quédese atrás y no se acerque a las ventanillas.

Jenkins hizo lo que le decía, se quitó el traje de supervivencia y se apoyó en las cajas para ver por el parabrisas. La carretera ascendía desde el puerto deportivo y transcurría por entre la vegetación. Entre árboles y arbustos, consiguió vislumbrar de cuando en cuando el estrecho y las luces de los buques cisterna allí fondeados.

—¿Adónde vamos? —preguntó.

—Si nos ha seguido el buque patrulla, los rusos saben que está usted con nosotros. Si paran a mi padre, hará lo posible por ganar tiempo, pero no va a poner en peligro la vida de su hijo ni su barco para salvarlo a usted.

—Lo entiendo.

—Los rusos tienen muchos agentes en Turquía y sobre todo en Estambul. Ustedes han escrito muchas novelas de espionaje sobre Estambul y no es por casualidad. Esos agentes lo estarán buscando y me estarán buscando a mí. Al final me encontrarán a mí y tendré que decirles dónde lo he llevado.

—¿Y adónde me llevas?

—El único transporte seguro de que dispone ahora mismo es el autobús. Puede que no sea cómodo, pero le permite comprar un billete sin identificarse y bajar de uno para subirse al siguiente. Recuerde: la mejor información es la desinformación, de modo que debería cambiar de autobús con frecuencia y dejar rastros falsos.

—¿Adónde voy?

—Lo voy a llevar a la plaza Taksim. Allí cogerá un autobús a Esmirna y de Esmirna irá a Çeşme. Una vez allí, busque un pasaje a Quíos a través del Egeo.

—A Grecia —concluyó Jenkins.

—Desde Çeşme puede tirar una piedra y llegar a Quíos. A partir de ahí, estará solo.

—¿Cuánto tiempo tengo?

—El viaje de aquí a Esmirna será de unas siete u ocho horas dependiendo de las veces que cambie de vehículo. Hasta Çeşme tiene otra hora. Yo me quitaré de en medio todo el tiempo que pueda, pero solo hasta mediodía. No puedo arriesgarme a pasar de esa hora, porque temo por mi familia. Cuando me interroguen los rusos, les diré que lo he dejado en una parada de autobús de Estambul, pero que no ha querido decirme adónde iba.

—No mientas por mí.

—No pienso hacerlo. Los esquivaré tanto como me sea posible y haré cuanto pueda por hacerles perder el tiempo, pero si amenazan a mi familia, les diré que se dirige a Çeşme. Con un poco de suerte le habrá dado tiempo de llegar allí y salir del país.

A los treinta minutos, el paisaje cambió de forma espectacular. La carretera recorría laderas cubiertas de bloques de apartamentos. Un cuarto de hora después, Yusuf salió de ella para transitar por las calles de una ciudad que empezaba a despertarse, hasta llegar a una plaza amplia en la que aparcó la furgoneta al lado del bordillo.

—¿Ve el toldo blanco de ahí enfrente? En ese quiosco podrá comprar un billete de autobús cuando abra. Busque «Istanbul Çevre Yolu». Recuerde cambiar de vehículo varias veces. Lo mejor es recurrir a la desinformación. Y tenga mucho cuidado.

—No tengo liras turcas —advirtió Jenkins—. Todo lo que tengo son rublos.

—Podrá cambiar los rublos. Hay un banco en esa misma calle.

—Gracias por tu ayuda, Yusuf. Nunca olvidaré lo que habéis hecho por mí tu padre, tu hermano y tú.

—Temo que eso sería un error, señor Jenkins; un error que pagaríamos todos.

CAPÍTULO 37

Jenkins desapareció en el parque Taksim Gezi, delante de la calle en la que lo había dejado Yusuf, mientras esperaba a que abriesen los comercios. Se sentó con la espalda apoyada en un árbol y las rodillas pegadas al pecho. Los supermercados y las fruterías fueron los primeros en abrir, a las cuatro y media de la mañana. A la plaza no tardaron en afluir coches acompañados de un goteo de gente. Se puso en pie y se masajeó las rodillas doloridas antes de cruzar la calle. En lugar de dirigirse a la taquilla del autobús, recorrió la acera y pasó por delante de los comercios de la planta baja de los bloques de apartamentos de cinco plantas hasta el local que le había señalado Yusuf, Alo Abaci Döviz. Aunque no tenía la menor idea de lo que podía significar aquello, en el establecimiento había dos cajeros automáticos delante de un mostrador protegido con cristales en el que se veía la imagen universal del dinero: el símbolo del dólar. Al acercarse, vio las banderas de Reino Unido, los Estados Unidos y Rusia. Tendió diez mil rublos al hombre que había tras el mostrador. Iba a necesitar más, pero si cambiaba demasiado se haría notar y lo recordarían con facilidad.

El hombre contó los rublos, tecleó la operación y dio la vuelta a la calculadora para mostrarle el resultado: 850 liras turcas. Jenkins asintió.

—*Spásibo* —dijo antes de llevarse la mano a la oreja como si sostuviese un teléfono móvil y preguntar en ruso dónde podía comprar uno.

El otro señaló la calle y le indicó con señas que tenía que girar a la derecha al llegar a la esquina.

—*Yuva İletişim* —le dijo.

Jenkins se hizo con el dinero, dio las gracias al hombre y siguió sus indicaciones hasta llegar a la tienda. Dentro, explicó al joven que lo atendió, de nuevo en ruso y de nuevo con dificultades, que quería comprar dos móviles desechables con plan de llamadas internacionales para llamar a otros países. Tras cierto tira y afloja, el dependiente le presentó algo llamado Mobal World Talk & Text Phone por ciento doce liras, el equivalente a unos diecinueve dólares. Jenkins declinó los empeños del joven en venderle algo más, repuso que solo quería los teléfonos para llamadas de negocios y salió del establecimiento con los dos aparatos Mobal World.

Con los teléfonos en el bolsillo de su abrigo, apretó el paso hacia la estación de autobuses. Una vez más, en vez de acercarse directamente, estuvo observando a la gente de los alrededores por si veía a alguien que se hiciera el ocupado sin estar haciendo nada. Al no ver a nadie sospechoso, se acercó al mostrador y repitió lo que le había dicho Yusuf. El empleado tomó sus liras y le dio un billete antes de ponerse en pie para darle indicaciones en turco mientras señalaba con gestos enérgicos el autobús que había aparcado junto a la acera. Jenkins, que dedujo por sus aspavientos que tenía que darse prisa, se hizo con el billete y cruzó la calle a la carrera. Llegó al vehículo cuando estaba a punto de partir. El conductor le abrió la puerta y él entró, le enseñó el billete y ocupó un asiento de los situados casi al fondo.

Aunque tampoco podía decir qué había esperado exactamente, el autobús lo sorprendió por moderno, por lo cómodo de los asientos y por lo agradable de la temperatura. Se reclinó y sintió que la fatiga se instalaba en sus articulaciones. Apoyó la cabeza en el cristal y cerró los ojos con la esperanza de poder disfrutar al menos de unas cuantas horas del sueño que tanto ansiaba, pero consciente de que debía seguir las instrucciones de Yusuf y cambiar de autobús con frecuencia por aquello de la desinformación.

Yusuf se mantuvo alejado de su casa tanto tiempo como se atrevió a aguantar, lo suficiente, esperaba, para que Charles Jenkins se hubiera alejado de Estambul. Regresó a Rumelikavağı poco después del mediodía y recorrió la sinuosa carretera que discurría por encima del puerto deportivo en dirección a una de las viviendas que había construido su padre en los acantilados del estrecho. Las de su padre y su hermano se hallaban en su misma calle. Estacionó, descendió las escaleras que daban al patio cercado y se dirigió a la entrada de la casa. La puerta del patio se cerró con pestillo en cuanto entró él.

Abrió la puerta de la casa, pero detuvo sus pasos al ver a su mujer sentada en la sala de estar. El ventanal que tenía detrás ofrecía una vista espectacular del Bósforo, aunque no era eso lo que le había llamado la atención. Su padre y su hermano también estaban presentes, de pie junto a otros tres hombres. Sus tres hijos, por suerte, no habían vuelto aún de la escuela.

—¡Vaya! —dijo uno de los hombres—. ¡Qué bien que hayas llegado, Yusuf! Estábamos esperándote.

—¿Quiénes son ustedes —repuso— y qué quieren?

El hombre sonrió.

—Ya sabes quiénes somos.

—Sé que son rusos.

—En efecto. Somos los rusos que detuvieron la embarcación de tu padre para buscar al señor Jenkins. El señor Jenkins ha cometido crímenes muy graves en Rusia, incluido el asesinato de varios agentes de nuestra FSB.

—Yo no sé nada de esos crímenes —aseveró Yusuf.

—¿No?

—No.

—Pero sí sabes dónde está.

El recién llegado negó con la cabeza.

—No tengo ni idea de dónde se encuentra en este momento.

El hombre sonrió, pero parecía cansado. Desenfundó la pistola y se la puso en la cabeza a su esposa, que lanzó un chillido.

—¿De verdad que es esto lo que desea? —preguntó el que la amenazaba.

—No —respondió su esposo—, pero ¿qué quiere que le diga si no lo sé?

—¿Adónde ha llevado al señor Jenkins?

—Eso es otra cosa. Lo he dejado en la terminal de autobuses de la plaza Taksim. Me dijo que lo llevase allí y allí lo llevé.

—¿Y adónde va?

Yusuf apartó la mirada de Fiódorov para dirigirla a su padre y a su hermano. El padre inclinó la cabeza en señal de asentimiento.

—Por lo que me ha dicho, quiere salir del país por Grecia.

—¿Puedes ser más concreto, por favor?

—Imagino que intentará cruzar el Egeo. No sé adónde tendrá intención de ir cuando llegue allí.

—¿Y has ayudado al señor Jenkins a conseguir algún documento que le permita viajar?

—No, se lo juro. Solo lo he llevado a la estación de autobuses. Desde entonces no he vuelto a saber nada de él.

El hombre hizo un gesto a los otros dos, que echaron a andar hacia la puerta. Él se detuvo al llegar a una estantería y tomó de ella una fotografía de Yusuf y Emir con sus mujeres y sus hijos, acompañados de su padre y su madre. Entonces se volvió hacia Demir y comentó:

—Tiene usted una familia encantadora, patrón. Debería pasar más tiempo con ella en el futuro.

Jenkins se despertó al golpearse la cabeza con el cristal de la ventanilla. Se incorporó alarmado, sobresaltado por un instante de confusión y desorientación. Miró a su alrededor y vio que el resto también parecía dormido o sumido en sus asuntos. No tenía la menor idea de cuánto tiempo había estado durmiendo ni de la distancia que habían podido recorrer. Cuando el autobús redujo la marcha y salió de la carretera, sacó del bolsillo interior de la chaqueta un mapa que había cogido en la terminal y miró el reloj para determinar cuánto habían viajado. Siguió la ruta con el dedo y concluyó que debían de estar llegando a la ciudad de Bursa. Enseguida confirmó que su deducción era cierta.

El autobús llegó a una terminal y se detuvo con el siseo de los frenos neumáticos. El conductor gritó en turco y los pasajeros se dirigieron a las salidas delantera y trasera del vehículo.

Jenkins descendió y estudió el lugar con la mirada. Parecía estar en medio de un solar de tierra. Fue adonde vio varios taxistas aguardando de pie ante sus maltrechos automóviles y preguntó al primero de la fila:

—¿Bursa?

El hombre le respondió en turco. Él trató de hablarle en ruso, pero el taxista negó con la cabeza. Tras pensar unos instantes, se dirigió a él en inglés, desplegó el mapa y señaló Bursa. El otro sonrió mientras asentía sin palabras y Jenkins se metió de un salto en el asiento de atrás.

Llevaban recorrido un cuarto de hora de la carrera que, por lo que pudo suponer por el atasco, los acercaba al centro de la ciudad cuando el taxista le dijo algo. Sin duda le estaba preguntando adónde quería ir. Jenkins vio en lo más alto de algunos edificios los rótulos de varios hoteles y señaló a uno de los que estaban situados en un cruce bullicioso plagado de coches, autobuses y comercios. El taxista se detuvo ante la puerta. Jenkins miró el importe del taxímetro y lo pagó junto con una propina generosa que no olvidaría fácilmente. Entonces salió del vehículo, esquivó a varios peatones y entró en el Central Hotel.

En inglés, pidió una habitación para dos noches. El recepcionista le pidió la tarjeta de crédito y él negó con la cabeza, sacó el dinero y dijo que pagaría en metálico. Sonriente, el empleado hizo un gesto de aprobación.

—*Sorun değil*—dijo.

Jenkins le devolvió la sonrisa.

Con la llave en la mano, se dirigió a los ascensores y subió a la tercera planta. Su habitación era la penúltima de la izquierda. El interior era espartano, pero estaba limpio. Sacó un teléfono desechable del bolsillo y lanzó el chaquetón a la cama. Llamó a David Sloane sin estar del todo seguro de la diferencia horaria entre Seattle y Turquía. Su amigo respondió con voz adormilada.

—David.

Lo oyó incorporarse.

—¿Charlie?

—¿Está contigo Alex?

—Sí, está aquí, en casa, con C. J.

—¿Cómo están?

—Preocupados por ti. Igual que yo. ¿Estás bien?

—No tengo mucho tiempo.

—Te la paso.

Jenkins oyó más movimiento y luego una voz que le alegró el corazón.

—¿Charlie? —dijo Alex.

—Hola. ¿Estás bien? Y C. J., ¿está bien?

—Estamos bien. ¿Y tú? ¿Dónde estás? ¿Estás bien?

—De camino a casa, aunque voy a necesitar ayuda. ¿Te acuerdas del tío Frank, de Ciudad de México?

—¿Quién?

—¿Te acuerdas de que te hablé del tío Frank, que vivía en Ciudad de México y tenía unas dotes artísticas excelentes para los documentos? Tú y yo fuimos un día a verlo en uno de nuestros viajes a Ciudad de México, hace ocho o nueve años.

Hubo una pausa.

—Ah, sí —dijo al fin Alex—. Ya me acuerdo. El falsificador.

—Tiene que haber cumplido ya los setenta. Tenía aquel anticuario… Antigüedades y Tesoros —dijo él en español.

—Antigüedades y Tesoros —repitió ella traduciéndolo al inglés.

—Sí, en el número 165 de República del Salvador.

—Espera, espera, que busco un bolígrafo. Vale, repítemelo.

Jenkins hizo lo que le pedía.

—Voy a necesitar por lo menos un pasaporte —aseveró—. Canadiense. Y a alguien que me lo traiga.

—¿Dónde estás?

—En Turquía, pero te daré instrucciones más concretas cuando llegue a Grecia.

—Charlie, yo no puedo volar. Tengo que guardar reposo.

—Lo sé. Tendrá que hacerlo David.

—David no puede, Charlie. Si te tienen vigilado, tenemos que dar por hecho que me están espiando a mí también y que saben dónde estoy, de modo que lo seguirán a él.

Jenkins se sentó en el borde de la cama, frotándose la frente mientras trataba de pensar a pesar del agotamiento. Entonces oyó otra voz junto al teléfono que decía:

—Iré yo.

CAPÍTULO 38

Fiódorov daba caladas a un cigarrillo mientras observaba las salidas y las llegadas de los autobuses de la terminal de Bursa. Los vehículos escupían humo negro de sus tubos de escape mientras los taxistas gritaban *Taksi!* desde delante de los coches y furgonetas deslucidos y de aspecto cansado que conducían. Simon Alekséiov iba de uno en uno mostrando la fotografía de Charles Jenkins. Ataviado con traje y corbata, no podía llamar más la atención. En su mayoría, los transeúntes varones que lo rodeaban vestían vaqueros o pantalones de vestir, camisas de manga larga con los faldones sueltos y abrigos de cuero. Parecían llevar varios días sin afeitarse. Las mujeres también vestían de manera informal; pocas se cubrían con velo y aún menos con burka.

Fiódorov aspiró el humo de su cigarrillo y lo expulsó por la ventanilla del vehículo, que llevaba abierta. Aunque la temperatura, que había subido hasta alcanzar los quince grados, resultaba agradable, también había llevado aparejada una neblina parda que pendía sobre la terminal.

Alekséiov abrió la puerta del copiloto del vehículo de alquiler, que emitió un chasquido metálico, y entró meneando la cabeza.

—*Nichegó* —anunció. «Nada». Colocó el retrato de Jenkins en el salpicadero y se dispuso a aguardar con su superior la llegada de la siguiente tanda de autobuses y taxis.

Fiódorov sabía que el americano había tomado al menos un autobús. El de la taquilla de la estación de la plaza Taksim lo había reconocido y recordaba haberle vendido un billete a primera hora de la mañana, cuando acababa de abrir. Había pagado en liras turcas y el hombre dijo que no parecía tener muchas. También les aseguró que había tenido que darse prisa para coger el primer autobús que salía de Estambul.

Por curiosidad, el coronel había buscado una oficina de cambio de divisas en la calle de al lado y había enseñado al empleado la foto de Jenkins. El hombre recordaba que había cambiado diez mil rublos aquella misma mañana. Dio por sentado que su cliente debía de ser ruso, por la moneda y porque hablaba la lengua. También dijo que le había pedido indicaciones para comprar un teléfono móvil y que él lo había mandado a una tienda situada en una de las bocacalles.

El dependiente de dicho comercio también identificó a Jenkins y lo informó de que había comprado dos aparatos desechables, con media hora de llamadas cada uno. Al parecer, estaba interesado en tener acceso a números extranjeros. Fiódorov salió del establecimiento y llamó a su contacto en los Estados Unidos. Este le hizo saber que Jenkins podía estar tratando de hablar con su mujer y de ponerla al corriente de sus planes para salir de Turquía.

Fiódorov había buscado entonces al conductor del primer autobús que había salido de Estambul aquella misma mañana. El hombre recordaba bien el momento en que había subido Jenkins en el vehículo porque había estado a punto de perderlo y por la corpulencia del americano. No pidió bajarse en ningún lado y el autobús se había vaciado al llegar a la estación de Bursa. El coronel tenía agentes en Çeşme preguntando por él a los conductores que llegaban por si Jenkins había vuelto al mismo autobús o había tomado otro. Si no, lo más probable era que hubiese buscado un taxi en la terminal, tal vez con la intención de pasar inadvertido un día o dos en Bursa, aunque, con unas ochocientas cincuenta liras, también podía haber pedido al taxista que lo llevase a Çeşme.

—Allí hay otro. —Alekséiov señaló al taxi que acababa de entrar en la estación y se detenía en el último puesto de la cola. Recogió la fotografía del salpicadero y cruzó el aparcamiento. Instantes después de enseñar al conductor la instantánea, volvió la cabeza hacia su superior y le indicó con un brazo que acudiese enseguida.

Fiódorov salió del coche y, después de dar una última calada al cigarrillo, lo lanzó a cierta distancia y caminó hacia ellos.

Alekséiov fue a su encuentro.

—Se acuerda de él.

Fiódorov sintió que lo invadía una descarga de adrenalina.

—¿Habla ruso?

—Un poco —dijo su subordinado.

El coronel tomó la fotografía y se la enseñó al taxista.

—*Vi pomnite etogo cheloveka?* —«¿Recuerda a este hombre?».

—*Evet* —respondió él en turco asintiendo con la cabeza—. *Ono bu sabah Bursa şehir merkezindeki bir otele götürdüm.* —«Esta mañana lo he llevado a un hotel del centro».

Fiódorov miró a su agente para pedirle ayuda.

—Ha dicho algo de llevarlo a un hotel de Bursa. —Alekséiov miró al taxista—. *Kogdá?* —preguntó en ruso. Entonces se detuvo e hizo lo posible por dar con la traducción—. *Ne zaman?* —«¿Cuándo?».

—*Bu sabah* —repuso el hombre.

—Esta mañana —dijo Alekséiov a su superior.

—Pregúntale adónde lo llevó. A qué hotel.

—*Otel neidi?*

El taxista miró a Alekséiov y luego a Fiódorov antes de extender la mano y frotarse el pulgar con el índice en un gesto universal. El agente asintió y su coronel sacó cuarenta liras del bolsillo para ofrecérselas.

—Al Central Hotel —respondió entonces el confidente.

Fiódorov se dio la vuelta sin pronunciar palabra y regresó al coche de alquiler. Cuando lo alcanzó Alekséiov, abrió la puerta del conductor y le ordenó por encima del techo:

—Indícame, pero, antes, diles a todos los que tenemos repartidos por la zona que estén atentos por si lo ven. Que no se acerquen al hotel hasta que llegue yo.

Veinte minutos después, el vehículo de Fiódorov estaba rebasando el Central Hotel, situado en una calle concurrida del centro de Bursa. La vía desembocaba en una rotonda plagada de autobuses urbanos, furgonetas, motocicletas y otros vehículos que hacían sonar las bocinas sin prestar la menor atención a la delimitación de los carriles. En la acera, los vendedores pregonaban su mercancía y contribuían con sus voces a aquella cacofonía. Fiódorov tomó la rotonda y regresó hasta dar con un aparcamiento situado a unos cien metros del hotel, frente al cajero automático de un banco.

—Diles a los demás que nos vemos aquí —dijo a su subordinado. Entonces bajó la ventanilla y agitó el paquete de tabaco para sacar otro cigarrillo.

No había tenido tiempo de encenderlo cuando salió del banco un empleado indicándole con gestos alterados que debía quitar de allí el vehículo mientras apuntaba a una señal que Fiódorov no sabía ni quería saber lo que decía. A un movimiento suyo de cabeza, Alekséiov se apeó e interceptó al hombre, a quien se dirigió en turco con aire animado antes de darle unas cuantas liras. Él miró los billetes y, encogiéndose de hombros, volvió sin más protestas por donde había llegado.

Poco después fueron a sumarse a ellos otros cuatro agentes. Fiódorov mandó a uno de ellos a investigar el exterior del hotel en busca de salidas por las que pudiera huir Jenkins. El hombre regresó a los diez minutos.

—En el otro extremo hay una puerta de cristal que da a un callejón con tiendas y restaurantes con mesas en la calle. Ahora mismo está lleno de gente. La fachada principal tiene al lado una ferretería, de modo que por ahí no hay salidas. Tiene otra más en la parte trasera, pero da al mismo callejón.

Fiódorov mandó a dos de los hombres a apostarse en una mesa desde la que pudieran ver la puerta de atrás del hotel y a otros dos a colocarse en un punto desde donde observar la puerta del extremo más alejado. Alekséiov y él entrarían por la principal. Cuando los otros estuvieron en su puesto, los dos se dirigieron al mostrador de recepción. El hotel parecía el lugar ideal para que los viajeros hicieran un alto en su camino, limpio, aunque sin refinamientos; un buen sitio para pernoctar por un precio módico. Los folletos que llenaban el expositor situado a la derecha del mostrador anunciaban las distintas atracciones de la ciudad, desde el zoológico hasta los trayectos del autobús turístico. Esta última actividad explicaba quizá el gran número de microbuses que se agolpaba en la calle del hotel. El interior olía a cigarrillos turcos y los altavoces del techo emitían música regional.

El recepcionista, vestido con camisa de vestir abierta por el cuello, alzó la vista para darles la bienvenida. Alekséiov deslizó la fotografía de Jenkins sobre el mostrador y anunció:

—Estamos buscando a este hombre, que al parecer ha reservado aquí una habitación esta mañana.

El hombre sacó un folleto de los que había en los casilleros de recepción y tapó con él la fotografía. Entonces movió los ojos hacia la derecha y Fiódorov pudo ver una cámara atornillada al techo que apuntaba al mostrador. Lanzó a Alekséiov y a Fiódorov la misma mirada que el taxista: había reconocido a Jenkins, pero si querían que infringiese las normas del hotel, tendrían que pagar un precio.

Alekséiov recogió el folleto para hacer que lo estudiaba y, poniéndose de espaldas a la cámara, metió con disimulo veinte liras y la fotografía entre dos pliegues antes de dejarlo de nuevo donde estaba. El hombre lo abrió, pero su mirada hizo patente que la cantidad no lo convencía. Sin tocar el billete, respondió:

—No lo sé. Tenemos muchos clientes. Puede que me suene.

Fiódorov hizo un gesto de asentimiento y Alekséiov recuperó el folleto y repitió la operación. Esta vez, el hombre no vaciló. Lo tomó y, con indiferencia, se metió los billetes en el bolsillo del pantalón mientras estudiaba la fotografía.

—Sí —dijo mirándolos y sin levantar la voz—. Entró esta mañana y me pidió, en inglés, una habitación para dos noches. Pagó en metálico.

Al coronel le dio un vuelco el corazón.

—¿Lo ha visto salir del hotel?

—No. Parecía muy cansado. Supongo que estará durmiendo.

—¿En qué habitación está? —preguntó Fiódorov.

El hombre volvió a mirar a Alekséiov y colocó el folleto sobre el mostrador, pero Fiódorov puso la mano encima antes de que pudiera recogerlo su subordinado y clavó la mirada en el recepcionista, que entendió el mensaje de inmediato. Se volvió hacia su ordenador y pulsó las teclas con aire apresurado. Entonces tomó un bolígrafo y escribió el número 312 en el reverso de la instantánea de Jenkins.

—He perdido la llave de mi habitación y necesitaría otra —dijo entonces Fiódorov.

El hombre pasó una tarjeta por la máquina para activarla y se la entregó junto con la fotografía y el folleto.

El coronel se dirigió a los ascensores que había detrás mismo del mostrador y tiró el folleto en una papelera. Subieron a la cabina de uno de ellos y, cuando se detuvo en el tercer piso, hizo una señal a Alekséiov para que saliese y apagó el ascensor antes de seguirlo. Sacó la pistola y la mantuvo pegada al muslo. Su subordinado hizo otro tanto. Los dos recorrieron el pasillo mirando los números de las habitaciones. La 312 estaba en el lado izquierdo, lo que quería decir que sus ventanas daban a la calle. Ojalá no los hubiera visto entrar, aunque, si había advertido su llegada y trataba de huir, sus otros agentes lo sabrían. Alekséiov y él tomaron posiciones a uno y otro lado de la puerta. Ambos habían levantado sus pistolas.

Fiódorov sacó la tarjeta de llave del bolsillo y la pasó por la cerradura. Al encenderse la luz verde, accionó la manivela, abrió la puerta y entró con rapidez con el arma por delante.

CAPÍTULO 39

David Sloane recorría de un lado a otro el suelo de madera que se extendía tras el sofá de su sala de estar sin dejar de menear la cabeza ni repetirse, con una mano levantada como quien no está dispuesto a escuchar argumentos contra su opinión:

—No, de ninguna manera.

La sala estaba envuelta en la música procedente de los altavoces del techo, cuyo volumen habían subido para impedir que pudiera escucharlos nadie, aunque no tanto para que despertase a C. J., que dormía en la planta superior. Sloane, además, había echado las persianas.

Sus palabras iban dirigidas a Jake, quien, de pie sobre la alfombra que había tendida entre los dos sofás blancos de cuero, le imploraba que entrase en razón.

—Alex no puede ir, papá. —Ella estaba sentada en uno de los sofás, con aire desolado y expresión cansada—. Tiene que guardar reposo.

—Pues iré yo —repuso Sloane—. Yo puedo ir.

—No, no puedes. Y menos ahora. Si han seguido a Alex hasta aquí o hasta la oficina, ya sabrán quién eres. En diez segundos es posible averiguar de quién es esta casa. Además, tú, con tu trayectoria, no eres precisamente un ciudadano anónimo y Charlie trabajaba para ti. Si vas, te seguirán. Ni siquiera tendrán que hacerlo: les bastará con buscar tu nombre para averiguar adónde vas, con qué compañía aérea y en qué vuelo.

—Tú no puedes ir, Jake. No. No.

—Tengo veintitrés años. No soy ningún niño. Sé manejarme y puedo con esto.

Sloane siguió agitando la cabeza.

—No, no puedes con esto. Nos enfrentamos a profesionales.

En ese momento intervino Alex.

—Tu padre tiene razón, Jake: es muy peligroso.

El joven negó con la cabeza.

—Es peligroso para cualquiera, pero, de todos nosotros, yo soy el que corre menos peligro, porque nadie espera que acuda yo en su auxilio. —Se volvió hacia Sloane—. Tú y yo no tenemos el mismo apellido, así que ni se enterarán. Tú puedes comprar un billete para cualquier otro lugar: Sudamérica o Japón. Con eso los despistaremos mientras yo viajo con el nombre de Jacob Carter.

Alex miró a Sloane.

—La verdad es que tiene sentido.

—Me da igual. No pienso dejar que lo haga.

—No podemos dejar a Charlie en la estacada —repuso Jake—. Tenemos que hacer algo y yo soy el único…

—No pienso dejarlo en la estacada, pero tampoco estoy dispuesto a perderte como perdí… —Sloane se mordió la lengua y respiró hondo. Tras unos segundos, añadió—: Si no puedo ir yo, contrataremos a alguien.

—Con lo que pondrás en peligro a esa persona. Además, ya has oído a Charlie: su contacto mexicano no va a confiar en cualquiera. Ni siquiera podemos llamarlo para confirmar que sigue allí. Por lo que dice Charlie, no tiene teléfono ni tampoco va a decir por teléfono nada que lo pueda comprometer. Se tiene que ir en persona. Si mandamos a cualquiera y ese tal tío Frank dice que no, no podemos contar con que insista, porque lo único que se juega es el dinero que le vas a pagar.

—¿Y por qué va a confiar en ti el fulano ese de Ciudad de México, si es que vive todavía? —preguntó Sloane.

—Porque Charlie es mi padrino. Y porque soy joven e ingenuo, estoy desesperado y no pienso aceptar un no por respuesta.

El abogado dejó de pasear, retiró una silla de la mesa de la cocina y se sentó. Entrelazó los dedos como quien reza. Tras unos instantes, miró a Alex.

—¿No podemos mandar a ningún otro conocido de Charlie?

—¿Y qué vas a decirle, papá? —replicó Jake—: «Necesito que recojas un paquete de su parte. ¡Ah, por cierto! Puede ser que intenten matarte». No te preocupes, que tendré cuidado. Tomaré un taxi en el aeropuerto y desandaré el camino para asegurarme de que no me siguen antes de buscar la tienda.

—¿Y si te siguen?

—En ese caso, cancelaré la operación y pensaremos en otro plan.

—¿Cómo nos mantendremos en contacto?

—Mañana por la mañana saldré a comprar teléfonos desechables para ti, para Alex y para mí. Alex puede llamar a Charlie para contarle nuestro plan.

Sloane suspiró hondo.

—Aunque se las arreglasen para seguirme, no intentarán matarme. A quien quieren es a Charlie, no a mí. Lo más inteligente por su parte sería dejar que yo me haga con los documentos y luego seguirme hasta donde quiera Charlie que se los deje.

Sloane dejó de mirarlo para preguntar a Alex:

—Tiene razón, ¿verdad?

Ella asintió.

—A mí tampoco me hace gracia, David; pero sí, tiene razón. A él no lo conocen y, aunque lo descubrieran, no lo están buscando a él, sino a Charlie.

—Por remota que pueda ser, tenemos una probabilidad. Si vas tú, no la tendremos. Lo mejor que podemos hacer es que tú los despistes y así me lo pongas más fácil. Te seguirán a Sudamérica. Puedes ir de un lado a otro haciendo que te sigan y, luego, volver en otro avión.

Sloane asintió. Era lo más sensato.

—¿Seguro que quieres meterte en esto?

—Sí —aseveró Jake—, seguro.

—Hay otro motivo por el que tiene sentido —dijo Alex—. No sé qué estará pasando, pero, si Charlie consigue volver a casa, ya te ha dicho que podría necesitar un abogado y, si tú lo ayudas a infringir la ley, te recusarán y no podrás representarlo. Si es que no te inhabilitan.

Él volvió a asentir. Ni siquiera había pensado en eso. Se volvió hacia Jake.

—¿Puedes acceder a los ordenadores de la Universidad de Seattle?

—Claro.

—Ve a la biblioteca, usa un terminal con el que no te pueda vincular nadie y busca vuelos para Ciudad de México que salgan mañana. Compra un billete con tu tarjeta de crédito y vete al aeropuerto directamente al salir de clase. No lleves tu coche: coge un Uber o un Lyft y asegúrate de que no te siguen. Prométeme que, si en algún momento sospechas que te espían o van detrás de ti, darás por terminada la misión.

—Te lo prometo.

Sloane miró el reloj y luego a Alex:

—Supongo que podrás darle instrucciones, contarle qué tiene que hacer y en qué fijarse...

Alex asintió y miró la hora.

—Le enseñaré todo lo que pueda en el tiempo que nos queda.

El anfitrión se dirigió a la cocina.

—Voy a hacer café.

CAPÍTULO 40

Víktor Fiódorov movió el cañón de su pistola de izquierda a derecha mientras comprobaba que la habitación estaba vacía y la cama, hecha. El armario no tenía puerta, pues consistía, sin más, en una barra para colgar ropa y varias perchas que nadie había usado. Oyó correr agua en el cuarto de baño. La ducha. Por debajo de la puerta asomaba luz. Indicó con un gesto a Alekséiov que se apostara a un lado de la hoja, cerca del pomo, en tanto que él se colocaba en el otro.

Cuando bajó la barbilla, su subordinado puso la mano en el pomo, lo giró y empujó con suavidad la puerta, que se abrió con un leve chasquido. Fiódorov entró y apuntó con el arma al interior de la ducha. El agua rociaba la mampara y el plato de ducha sin que hubiera nadie para desviar la trayectoria del chorro.

Fiódorov se volvió hacia el lavabo. Sobre la encimera había una pastilla de jabón abierta y el papel que la había envuelto. Alguien la había usado para escribir en el espejo:

«Tarde».

El autobús se detuvo al lado de la acera en Çeşme segundos después de las seis de la tarde tras llegar a la parada junto con otra media docena de vehículos. De él se apearon grupos de turistas, algunos de ellos arrastrando tras ellos maletas de ruedas que rugían sobre el empedrado de la calle como reactores diminutos. El sol acababa de ponerse y había dejado la ciudad envuelta en una luz invernal de color rojo anaranjado y bajas temperaturas. La bandera turca, roja con una estrella y una media luna blancas, pendía sin vida de un asta. Tras ella asomaban los palos desnudos de las embarcaciones que atestaban un puerto deportivo. La calle mostraba signos de una reforma reciente, con una hilera de adoquines centrales que dividía la calzada, palmeras jóvenes que no superaban los tres metros de altura y farolas decorativas.

Charles Jenkins bajó del autobús ataviado con un burka negro que apenas dejaba a la vista sus sandalias. Aunque el tocado le dificultaba la visión, la práctica adquirida con tanto embarcar y desembarcar de los autobuses le había permitido arreglárselas sin tropezar.

Sabía que Yusuf habría tenido que revelar a Fiódorov que se encontraba camino de Çeşme y no dudaba que el agente ruso encontraría la estación de autobuses de Estambul y, antes o después, daría con él o con el vehículo en el que viajaba. El desvío que había tomado a Bursa pretendía convencer a Fiódorov de que, sabiendo que Yusuf no le debía lealtad alguna y revelaría sus planes, él había cambiado el modo y el lugar de su salida de Turquía.

Tras dejar una pista que pudiese seguir con facilidad el de la FSB, había salido por la puerta de atrás del hotel a un callejón de comercios y restaurantes y buscado una tienda de ropa musulmana. Le había dado la idea una mujer que había visto vestida con burka en el autobús. Dijo al dependiente que lo atendió que quería comprar uno para su hija, que era casi tan alta como él. El dependiente no tenía burkas de su talla y le indicó otro establecimiento cercano en el que encontró uno. Jenkins había comprado dicho atuendo y unas sandalias y, en un callejón vacío, se los había puesto. Oculto de pies a cabeza, se había dirigido a una parada de autobús y había seguido una ruta enrevesada antes de regresar a Çeşme. Por el camino había cambiado dos veces de autobús y, tras dejar pasar un rato, había tomado uno que cubría una ruta distinta. Aparte de dos hombres que vigilaban la terminal de Esmirna, no había visto nada más en todo el recorrido. Tenía la esperanza de que Fiódorov hubiese suspendido la caza tras llegar a Bursa y leer el mensaje que le había dejado en el cuarto de baño.

Cambió de acera en dirección a los locales que, al parecer, no cerraban hasta después de la llegada de los últimos autobuses de turistas. Pasó por restaurantes no muy concurridos de los que salían olores apetitosos y bloques de pisos de reciente construcción de dos y tres plantas apretados en la pronunciada ladera de piedra roja, matorrales y arbolitos raquíticos. Se metió en algo semejante a una tienda de regalos en la que retumbaba la música turca. Al fondo encontró una mochila barata, una botella de agua, chocolatinas, galletas saladas, unas gafas de sol, una gorra roja de béisbol con la bandera turca bordada en la visera y un gorro negro con algo escrito en turco. Hizo lo posible por no hablar ni enseñar las manos más de lo necesario a la dependienta, pues el momento de llamar la atención ya había pasado.

Fuera, se coló por la valla provisional de un solar en construcción y se deshizo de inmediato del tocado y el largo vestido negro. El aire fresco sobre la piel sudada le resultó muy agradable. Hizo una pelota con las prendas, las metió en la mochila antes de calarse la gorra de vivo color rojo y, colocándose las gafas de sol, salió de detrás del cercado para regresar al puerto deportivo.

Se desalentó de inmediato al descubrir que las embarcaciones que lo poblaban no eran en su mayoría barcos pesqueros, sino yates de recreo de gente rica a la que apenas podía esperar convencer de que lo llevasen a cambio de dinero a Quíos, isla que se alcanzaba a ver al otro lado del Egeo. Recorrió el muelle tratando de parecer un turista que admiraba aquellas embarcaciones impresionantes y se detuvo al ver a un hombre que, vestido con pantalón corto pese al frío, regaba la cubierta de un yate. El desconocido le sonrió al verlo acercarse y apartó la manguera para no salpicarlo.

Jenkins le preguntó si hablaba inglés y él le respondió con el signo universal de extender el índice y el pulgar y separarlos un centímetro: un poco. Entonces le preguntó si hablaba ruso y él meneó la cabeza para contestar con un *no* contundente.

—*¿Español?* —preguntó en castellano.

—*Un poco* —dijo el hombre encogiéndose de hombros.

—*¿Es suyo este barco?* —quiso saber Jenkins señalando el yate.

Su interlocutor se echó a reír.

—*Ya me gustaría.* —Medio en español medio en inglés, le explicó que trabajaba en el puerto (buena noticia) y que los propietarios iban sobre todo en primavera y verano.

—*Querría salir a pescar mañana. ¿Conoce algún barco que me pueda llevar?*

—¿Aquí? —contestó el hombre en inglés—. No.

Era lo que había sospechado Jenkins. El desconocido señaló hacia el norte.

—*Siga la calle.*

—*¿Esta?*

—*Sí, esta calle.* Pesca.

Jenkins siguió la dirección que le indicaba la mano extendida del hombre. Poco más adelante, a unos ochocientos metros, alcanzó a ver barcos amarrados en un puerto mucho más pequeño.

—Temprano —dijo el otro en un inglés de acento marcado—. Señaló el cielo—. *Karanlık*… Oscuro.

—Oscuro —repitió Jenkins. Entonces lo entendió y concluyó en español—: *Sí, mañana.* Antes de que amanezca, cuando el cielo esté oscuro todavía. *Muchas gracias.*

CAPÍTULO 41

Jake desembarcó de su avión en la terminal del Aeropuerto Internacional Benito Juárez de Ciudad de México después de pasar la noche en vela. La adrenalina le había impedido conciliar el sueño. Al salir de Seattle los termómetros marcaban ocho grados. En cambio, en Ciudad de México empezaba a notarse el calor pese a ser muy de mañana. Con todo, no se atrevía a quitarse la chaqueta, en cuyo forro había cosido Alex un paquete con documentos, además de cinco mil dólares en el fondo de la mochila para que los usara si conseguía encontrar al hombre al que llamaba Charlie «el tío Frank».

Siguió las indicaciones de la terminal que lo llevaban al control de aduanas, donde le sellaron el pasaporte, y buscó un establecimiento de cambio de divisas. Aunque Alex le había dicho que en la ciudad solían aceptar dólares estadounidenses, resultaba menos llamativo pagar con pesos. Encontró una tienda libre de impuestos y compró una botella de Johnnie Walker de etiqueta azul, que, según Charlie, era la bebida favorita del tío Frank. Con ese precio, no era de extrañar que fuese la bebida favorita de cualquiera.

Para David habían reservado un vuelo de nada menos que catorce horas de Seattle a Costa Rica con una escala de cinco horas en Charlotte (Carolina del Norte), con la esperanza de dar a Jake una ventaja de varias horas. Al menos ese había sido el plan.

Se echó la mochila al hombro y, hablando en un inglés básico mezclado con un español más básico aún, paró un taxi color marrón y tabaco claro fuera de la terminal. Alex le había escrito varias frases y direcciones de utilidad. Había vivido en Ciudad de México y conocía bien sus barrios. Pretendía hacer que Jake fuese de un lado a otro de la ciudad. En todos los casos debía recorrer la zona usando las técnicas que le había enseñado a la carrera. Le aconsejó que se detuviera a mirar los escaparates y a observar el reflejo que ofrecían de la calle para ver si lo seguían. También era recomendable que entrara y saliese con frecuencia de los establecimientos por comprobar que no hubiera nadie imitando sus movimientos. Después de diez o quince minutos, debía tomar otro taxi, dirigirse al destino siguiente y repetir el proceso.

Lo hizo cuatro veces y no vio a nadie sospechoso. Entonces, poco antes de las nueve de la mañana, se dirigió al centro histórico para visitar la tienda que, como habían comprobado en Internet, seguía siendo Antigüedades y Tesoros.

El barrio le recordó en cierta medida a la Pioneer Square de Seattle por sus calles de edificios bajos de piedra y ladrillo, tiendas y árboles añosos. Se apeó del taxi en la acera opuesta a una de dichas construcciones, semejante a una cárcel del viejo Oeste por las barandillas de hierro forjado de la primera planta. Cruzó y confirmó el nombre del comercio, grabado con caracteres clásicos en la puerta de cristal: Antigüedades y Tesoros. Soltó su primer suspiro de alivio al ver que seguía abierto y rezó por que el tío Frank siguiera en activo.

En lugar de entrar directamente, paseó por la acera. No podía mirar escaparates, porque no había ninguno. Los propietarios abrían sus persianas y colocaban su fruta y sus verduras en expositores situados en la calle. Colgaban camisetas, hamacas y otras baratijas destinadas a atraer a los turistas y a continuación se ocupaban en barrer la acera con escobas de aspecto extraño mientras se lanzaban gritos. Al llegar a la esquina, cruzó la calle, dobló con premura por un callejón y dio la vuelta a la manzana sin ver a nadie que pareciese estar siguiéndolo ni prestándole atención.

Regresó por el otro extremo de la calle y entró en Antigüedades y Tesoros. Un timbre se encargó de anunciar su llegada. Alex le había dicho que se asegurase de que no entrara nadie en la tienda tras él, cosa que ella había descrito como una coincidencia intencionada. En ese momento, sin embargo, era él el único cliente.

El interior olía a serrín y estaba abarrotado con toda una colección de reliquias, desde muebles hasta juguetes, cuchillos, encendedores y joyas expuestos en vitrinas cerradas con llave. Jake avanzó por el suelo de tarima como si estuviese ojeando los artículos mientras estudiaba al hombre que había sentado tras el mostrador. Este lo recibió con una sonrisa antes de volver a centrarse en el cacharro de plata al que estaba dando lustre. Parecía uno de los profesores de su facultad de Derecho. Llevaba un jersey cómodo de color pardo sobre el que asomaba el cuello de una camisa, gafas redondas y pelo largo. Desde luego, no se trataba del hombre que le había descrito Alex, entre otras cosas porque era muchísimo más joven. Cuando se envalentonó, se acercó al mostrador de cristal y dijo en español:

—*Hola, ¿habla inglés?*

—*Sí.* —El hombre volvió a sonreír y dejó el cacharro y el paño, impregnado con una sustancia que despedía un fuerte olor a productos químicos—. ¿En qué puedo ayudarlo, *amigo*?

—Estoy buscando a alguien —repuso el recién llegado, con lo que arrancó una nueva sonrisa al dependiente, quien, sin embargo, guardó silencio—. Mi tío, Charles Jenkins, me ha dicho que puedo encontrar aquí a un amigo suyo al que él llama «tío Frank».

Por lo que había hecho saber a Alex su marido, aquel era el nombre en clave de un tal José. El hombre del mostrador negó con la cabeza y arrugó la frente.

—Es la primera vez que oigo ese nombre. ¿Está seguro de que no se confundió de comercio?

—Por lo que sé, debe de tener más de setenta años, si no ha cumplido ya los ochenta. Charlie entabló una gran amistad con él cuando estuvo viviendo aquí, en Ciudad de México. ¿Lleva usted mucho tiempo trabajando aquí?

El dependiente aseveró.

—Sí, pero no conozco a ningún tío Frank. ¿Cómo me dijo que se llamaba su tío?

—Charlie. Charles Jenkins. Según él, el tío Frank medía poco más de metro y medio, era calvo y llevaba gafas redondas de montura metálica, como las suyas. ¡Ah! Y, por lo que me ha dicho, le gustaba el buen *whisky* escocés.

El hombre sonrió y se apoyó en el mostrador.

—Está usted describiendo a mi papá —le dijo—, aunque él se llamaba José. Llevaba esta tienda antes que yo y es verdad que le gustaba el buen *whisky* escocés.

Jake sintió un gran alivio. Puso la mochila sobre el mostrador y, sin dejar de hablar, abrió la cremallera de uno de los compartimentos y sacó la botella para colocarla a su lado.

—Mi tío me pide que le diga al tío Frank, a José, que tengo que hablar con él de un asunto importante.

El dependiente levantó una mano.

—Más despacio, *amigo*. Más despacio. Lo siento mucho, pero mi papá murió hace siete años de cáncer de pulmón.

A Jake, aquellas palabras le sentaron como un puñetazo en el estómago.

—¿Está muerto?

—*Sí.*

El estadounidense, paralizado por la noticia, no sabía cómo reaccionar.

—¿Está usted bien? —preguntó el hombre.

—Lo siento. He tenido una noche muy larga y una mañana más larga aún. ¿Me está diciendo que su padre ha muerto?

—*Sí.*

El joven se separó del mostrador, aquejado de un deseo terrible de vomitar.

—Siento haberlo molestado.

—No es molestia, *amigo.* Entonces, ¿su tío y mi papá se conocían?

—Sí —repuso él sin dejar de alejarse del mostrador.

—*Amigo* —lo llamó el dependiente con la botella en la mano—, se le olvida el *whisky*.

—No me van a dejar subirlo al avión. —Jake se encogió de hombros—. Que le aproveche. —Se dirigió hacia la puerta.

—¿Le dio su tío algún mensaje para mi papá?

Jake recordó lo que había dicho Charlie a Alex cuando la había llamado con el teléfono desechable, aunque no tenía la menor intención de revelárselo al hijo del falsificador.

—Me dijo que su padre era un artista, que le había comprado varias obras de arte cuando estaba trabajando aquí, en Ciudad de México.

—¿Mi papá, un artista? —El hombre volvió a sonreír y meneó la cabeza como quien oye un despropósito—. Mi papá pasó toda su vida vendiendo antigüedades. ¿No será que le vendió a su tío alguna obra de arte?

—Puede ser.

—¿Y qué hacía su tío aquí, en Ciudad de México?

—No lo sé muy bien.

El hombre sacudió la cabeza y se encogió de hombros antes de recuperar el cacharro de plata y retomar su labor de sacarle brillo.

—Siento que hiciera un viaje tan largo. ¿Por qué no llamó antes su tío?

—Sí, debería haberlo hecho —dijo Jake mientras salía a toda prisa por la puerta.

En la calle lo abordó el aire fresco. Respiró hondo dos veces. Se sentía mareado y con náuseas por la falta de alimento, de sueño y de opciones. Tenía que comer algo si quería asentar el estómago. El barrio seguía despertándose. Cada vez pasaban más coches y más transeúntes por la calle, algunos con bolsas de plástico. Además, necesitaba llamar a Alex e informarla de que no cabía contar con el tío Frank para que Charlie y ella buscaran otra opción… si había alguna. Paseó por la acera y se detuvo al llegar a un edificio de color verde lima con una taza de café de neón rojo sobre el escaparate en el que se ofrecía un surtido de dulces.

Entró y pidió un café y dos «roles de canela» a una joven pelirroja con pecas que parecía de todo menos mexicana. Se dirigió a él en español y, al verlo encogerse de hombros y decir que no la entendía, se puso a gesticular mientras preguntaba:

—*¿Para tomar aquí o para llevar?*

Vio varias mesitas pegadas a la pared de la tienda, vacías todas ellas.

—*Para tomar aquí, por favor* —repuso en español—. *Gracias.* —Miró a su alrededor—. *¿Dónde está el baño?*

La muchacha señaló hacia el fondo del establecimiento.

Jake llevó la mochila al aseo, cerró la puerta y echó el pestillo. Se estudió el rostro en el espejo del lavabo. Estaba pálido y ojeroso. Abrió el grifo y se mojó la cara varias veces con las manos para refrescarse la piel antes de secársela con un par de ásperas toallitas de papel de color pardo.

—Y, ahora, ¿qué? —preguntó a su reflejo.

Miró el reloj, que seguía teniendo la hora de Seattle. Allí eran las siete y media de la mañana. Decidió llamar a Alex para advertirle que había que buscar otra opción. Entonces abrió la puerta y regresó a la cafetería. La mujer lo miraba con un gesto extraño desde detrás del mostrador. Al acercarse a su mesa, reparó en que solo tenía el bollo y no el café.

Volvió la vista hacia la empleada y se expresó por gestos mientras decía:

—*¿Dónde está? El café…*

La joven señaló a la puerta.

—*Se lo llevó Carlos.*

—*¿Carlos?*

—*Sí, Carlos.*

Jake miró a la puerta y sintió una descarga de adrenalina. ¿Lo habrían seguido después de todo?

—*¿Carlos? ¿Quién es Carlos?*

Ella señaló sonriente a la puerta.

—*Carlos, el de Antigüedades y Tesoros.*

El cerebro se le activó de pronto.

—*¿Habló…* anything*? ¿Carlos habló?*

—*Sí, dijo que no le gusta el* whisky *tan temprano en la mañana, pero que le encantaría una taza de café.*

No entendió nada. Sacó el teléfono y abrió el programa de traducción que se había descargado antes de salir de Seattle.

—*¿Repetir?*

Tendió la mano para acercarle el aparato y ella repitió lo que acababa de decirle. La aplicación lo tradujo al inglés. Jake la miró y ella volvió a señalar hacia la puerta.

—Antigüedades y Tesoros —repitió.

—*Gracias, señorita. Gracias.* —Recogió la mochila.

—*Señor.* —La joven salió del mostrador con un café para llevar y una bolsa blanca—. *Dos.*

CAPÍTULO 42

Jenkins se levantó a las cuatro y media de la mañana tras otra noche larga y poco más de un par de horas de sueño intranquilo. Había encontrado una habitación de hotel en la ladera que daba al segundo puerto y en ese momento se disponía a abandonarla con la esperanza de que los pescadores de Çeşme fueran tan madrugadores como los estadounidenses.

El aire de la mañana rayaba en la consideración de gélido, de modo que no dudó en echar a andar con las manos metidas en los bolsillos. Tanto en el litoral de la ciudad como en el de Quíos se veían brillar las luces de viviendas y hoteles. Observó los pilotos rojos intermitentes de un avión que se aproximaba al aeropuerto de Quíos siguiendo la costa.

Jenkins encontró un hueco entre dos edificios adosados que daban al mar y observó por él el puerto y el aparcamiento contiguo. Buscaba indicios de la presencia de alguien que pudiera estar esperando en un coche: el fulgor amarillento de una cerilla o de un encendedor al prender, la lumbre roja de la punta de un cigarrillo, el brillo de una pantalla de teléfono… También estuvo atento a las sombras del embarcadero por si veía a alguien deambular sin propósito aparente. No encontró a nadie.

Por la carretera que discurría al pie de la colina vio llegar los faros de un coche que redujo la marcha y giró para acceder al aparcamiento antes de detenerse ante unos contenedores de basura. El hombre que salió de él arrojó el cigarrillo a cierta distancia y se dirigió a la parte trasera del vehículo. Abrió el maletero y descargó algo que parecía una nevera portátil y otros artículos que Jenkins no logró distinguir desde la distancia. Volvió a cerrar el coche y caminó hacia uno de los muelles.

Jenkins bajó corriendo la ladera. De camino al muelle, no dejó de prestar atención a los vehículos que había estacionados ni a las sombras, pero no vio a nadie. Al llegar al amarradero redujo el paso para no sobresaltar al hombre, que había entrado en la cabina del barco. Un afroamericano de sus proporciones podía asustar con su mera presencia, al menos en los Estados Unidos. De modo que esperó hasta que el otro salió de la cabina y lo vio.

—*Afedersiniz. Günaydın.* —Le dijo. «Perdone. Buenos días». Había estado practicando estas dos palabras el tiempo que había pasado en la habitación del hotel.

—*Günaydın* —respondió el hombre en tono de cautela.

—*Balık tutmak için arıyorum.* —«Me gustaría ir a pescar». Sacó unas liras del bolsillo—. *Liralar?*

El hombre no era de constitución menuda ni parecía intimidado, pero tampoco daba la impresión de estar muy interesado. Miró el dinero y luego a Jenkins, que supo que estaba a punto de rechazar la oferta.

—*Sakız gezisi yapmak belki o zaman…* —dijo el americano. «Entonces, tal vez un paseo hasta Quíos…».

Aquello también lo llevó a detenerse a pensar. Miró al otro lado del estrecho. Las luces de la isla estaban tan cerca que parecían al alcance de la mano. En realidad, el trayecto no superaba los veinte minutos.

—¿Hasta Quíos?

—Sí. *Sadece bir gezinti.* —«Un paseo solamente».

—*Ne kadar?* —preguntó el hombre frotándose el pulgar con el resto de los dedos de una mano. «¿Cuánto?».

«Buena señal», pensó Jenkins.

—*Beş yüz şimdi* —repuso. «Quinientas ahora». Semejante cantidad debía bastar para sellar el trato y más teniendo en cuenta que el hombre iba a hacerse a la mar de todos modos—. *Biz indiğimizde beş yüz daha* —añadió con la esperanza de convencerlo fuera de toda duda. «Quinientos más cuando arribemos».

El pescador volvió a mirar la isla, aunque en sus ojos aún se advertía cierta desconfianza.

—*Kimi kaçıyorsun?* —«¿De quién está huyendo?». Al ver que Jenkins negaba con la cabeza para indicarle que no entendía lo que le estaba preguntando, lo señaló y usó dos dedos para representar dos piernas corriendo—. *Kimi kaçıyorsun?*

Sabiendo que, si le decía que lo perseguían los rusos, lo asustaría y el hombre rechazaría su petición, asintió con la cabeza y dijo:

—*Evet.*

—*Kim?* —preguntó el turco y Jenkins dedujo que insistía en conocer la identidad de sus perseguidores.

Volvió a decir que sí con un movimiento de cabeza a la vez que sonreía y, a continuación, sacó el teléfono y encontró la traducción que estaba buscando.

—*Karim* —repuso. «Mi mujer».

Aquello tomó por sorpresa a su interlocutor, quien, no obstante, sonrió y lo invitó a subir con un movimiento del brazo.

—*Belki de seninle gitmeliyim* —concluyó. «A lo mejor debería acompañarlo».

CAPÍTULO 43

Víktor Fiódorov aguardaba delante de la estación central de autobuses de Çeşme la llegada de la siguiente tanda de vehículos. Después del desastre de Bursa había considerado dos posibilidades: que le hubiese mentido el pescador sobre las intenciones del americano de viajar en autobús a la costa turca y tratar de huir a Grecia o que Jenkins, sabedor de que le iba pisando los talones, hubiera preferido cambiar de planes.

Descartó la primera por considerarla por demás improbable. Los pescadores habían recibido su pago por ayudar a Jenkins a cruzar el mar Negro. No le debían nada y mucho menos, desde luego, su vida o la de sus seres queridos. Además, lo que le habían contado tenía mucho sentido. El camino más corto para salir de Turquía era a través de Grecia, donde había docenas de islas en las que esconderse antes de tomar un vuelo o embarcarse. Este análisis dejaba solo la última opción: que Jenkins, consciente de que lo seguía, hubiese cambiado de plan al llegar a Bursa o quisiera convencer a Fiódorov de que había cambiado de plan. En ese momento reparaba en lo fácil que había resultado rastrear su llegada en taxi al hotel, pues había hablado en inglés y dejado una propina generosa para que recordaran su presencia. Saltaba a la vista que había querido atraer a Fiódorov y a sus agentes a aquel establecimiento. Luego, había podido salir de Bursa en un autobús para dirigirse a varios destinos. Si era así, a esas alturas podía estar casi en cualquier parte…

Aunque también cabía pensar que era eso precisamente lo que quería que pensase el coronel para hacer más fácil su huida a través de Çeşme tal como había planeado en un primer momento.

Ese era uno de los motivos por los que se encontraba en la terminal esperando a la siguiente tanda de autobuses: poder preguntar con Alekséiov a todos y cada uno de los conductores si recordaban al americano corpulento. Todavía no habían recibido una respuesta positiva a esto último. De cualquier modo, la segunda razón no era menos práctica. ¿Qué otra cosa podía hacer? Si Jenkins había optado por tomar una ruta alternativa para salir de Turquía, no había gran cosa que pudiese hacer hasta que lo avisaran de que había usado su pasaporte, lo viera y lo reconociese algún agente o lo informaran de que había intentado ponerse en contacto con sus amistades estadounidenses para conseguir documentación que le permitiese viajar.

Alekséiov salió del último autobús y se dirigió a él. Había cambiado el traje por el atuendo propio de un turista: pantalones cortos, una camisa colorida, calcetines negros y gafas de sol. Fiódorov, por su parte, llevaba pantalones de vestir, un polo azul y sandalias.

—*Niet* —anunció su subordinado meneando la cabeza—. Parece que el señor Jenkins no ha pasado por Çeşme.

—Puede que tengas razón. —Su contacto en los Estados Unidos le había dicho que era muy posible que Jenkins estuviera intentando conseguir papeles a través de una fuente que había embarcado en un vuelo a Costa Rica y cuyos movimientos estaban siguiendo.

Se volvió y contempló el tono azul verdoso de las aguas del Egeo y las embarcaciones amarradas en los muelles del puerto, uno más de los muchos que había repartidos por las cuevas y las playas de las irregulares masas de tierra de aquella popular ciudad turca, sin contar con las numerosas embarcaciones de ocio o de pesca que podían fondear sin necesidad de un amarradero en aquellas aguas calmas y poco profundas para pasar el día en Çeşme. A Jenkins no le faltaría gente a la que poder pagar a cambio de un pasaje a Grecia si, en efecto, había acudido a aquella ciudad.

—¿Qué hacemos? —preguntó Alekséiov.

Fiódorov sacó un paquete de antiácidos y, tras meterse dos en la boca, se encogió ligeramente al notar su sabor a escayola.

—¿Cuándo llegan los próximos autobuses?

—Hasta pasadas las cinco ya no hay más.

El coronel miró el reloj y, a continuación, a las cubiertas de teja roja de los edificios de aquel día hermoso de sol acogedor. No podían hacer mucho más.

—Vamos a comer algo antes de la siguiente tanda. Así tendré tiempo de comprobar si los demás han podido averiguar algo.

CAPÍTULO 44

Jake abrió la puerta de cristal de Antigüedades y Tesoros y entró con el vaso blanco de café y una bolsa con dos bollos. Cruzó el suelo de tarima hasta el mostrador en el que había estado sentado el dependiente limpiando plata. El cacharro descansaba en una bandeja junto a un trapo rojo y aún olía a aquel producto químico. Detrás del mostrador había, de pie, una mujer de poco más de metro y medio con el cabello negro largo y liso que clavó la mirada en el café. Por un instante, Jake pensó que le diría que no estaba permitido beber ni comer en el establecimiento, pero ella sonrió.

Antes de que pudiera preguntar por Carlos, la mujer rodeó el mostrador y se dirigió a la parte delantera del local. Dio la vuelta al cartel de la puerta, echó el pestillo y le hizo una señal para que la siguiera. Lo condujo por un laberinto de pasillos accidentales creados entre cómodas, mesas, estructuras de cama, armarios y rimeros de revistas hasta el fondo de la tienda y se hizo a un lado. Jake se encontró delante de una escalera empinada que descendía hasta una mortecina luz amarillenta.

—¿Carlos aquí? —preguntó en español mientras señalaba.

La mujer sonrió y bajó la barbilla en señal de asentimiento, pero sin pronunciar palabra.

Descendió lentamente sin saber muy bien lo que cabía esperar de aquella situación. La mujer cerró la puerta tras él. Jake se detuvo al oír un chasquido.

—Malo —dijo—. Malo.

Las escaleras vibraban y crujían bajo su peso. A medida que avanzaba empezó a ver máquinas dispuestas sobre los adoquines: varias fotocopiadoras, una imprenta y un aparato que, a juzgar por las láminas de plástico transparente que tenía al lado, debía de servir para plastificar.

Carlos lo esperaba de pie detrás de un colosal escritorio clásico en un despacho situado al fondo de la estancia. Sobre una servilleta descansaba, al lado de una taza de café, el otro bollo que había pedido Jake. La luz amarillenta emanaba de una lámpara situada por encima de la cabeza del dueño del establecimiento.

Este sonrió al verlo entrar.

—Siéntese, por favor.

Jake puso en la mesa su café y la bolsa y ocupó la silla que había en su lado del escritorio. Carlos tomó también asiento y dio un bocado al bollo de canela antes de tenderle una servilleta.

—Por favor. No me gusta nada comer solo y diría que a usted no le vendría mal un bocado.

—Desde luego. —Jake abrió la bolsa, sacó el bollo y lo probó.

—¿De dónde viene?

—De Seattle.

—¿Y Charles Jenkins es su tío?

—Como si lo fuera.

—Me lo imaginé. No se parecen en nada. —Tras una pausa, le sonrió—. Era broma. Está usted tenso. Relájese.

—¿Lo conoce?

—Solo por las fotografías que tiene mi papá en sus archivos. —Carlos tomó un pellizco de su dulce, se reclinó y lo mojó en el café—. Tuve que hacer que se fuera para asegurarme de que no lo seguían y tener tiempo de revisar los registros de mi papá. —Se metió el trozo de bollo en la boca y se limpió los dedos con una servilleta—. Lo observé hasta que entró en el café y después corrí aquí abajo para ver si lo que me decía era cierto. —Señaló al portátil que tenía sobre la mesa—. He digitalizado la mayoría de papeles de mi papá. Había muchos y los de su tío estaban entre los que tengo en mi computadora. Parece que mi papá y su tío hicieron negocios juntos en más de una ocasión, aunque hace ya muchos años.

—¿De verdad ha fallecido su padre?

—Sí, esa parte es verdad.

—Así que se encargó usted del negocio tras su muerte.

—Trabajaba con él y de él aprendí las dos profesiones. El negocio no le iba nada mal, porque se fijaba muy pero que muy bien en qué antigüedades compraba y qué clientes aceptaba. Si veía que no iba a poder sacar provecho de una antigüedad, no la adquiría y, si no le gustaba la persona que le solicitaba documentos o pensaba que no podía confiar en ella, fingía que no sabía nada, como hice yo ahorita. Por eso nunca hacía negocios por teléfono. Él quería mirar a los ojos al hombre o la mujer con quien trataba. Era muy selectivo y muy preciso. Era un artista, como le dijo a usted su tío; mucho mejor que yo, aunque, con tanto adelanto tecnológico, yo no tengo que ser tan bueno. Muchas de las cosas que hizo para su tío las tuvo que hacer a mano y yo dejo parte del trabajo a las computadoras. —Dejó su café sobre la mesa—. ¿Y qué es lo que necesita…?

—Jake.

—¿Qué es lo que necesitas, Jake?

—¿Me dejas un cuchillo?

Él le dio lo que le pedía y el estadounidense usó la punta para cortar una de las costuras que le había hecho Alex y abrir con cuidado el forro de su chaqueta. Sacó el sobre, que en cualquier máquina de rayos X del aeropuerto habría dado la impresión de estar metido en el bolsillo interior. Al estar asociado al programa TSA PreCheck, destinado a facilitar los trámites a los viajeros habituales, ni siquiera había tenido que quitarse la chaqueta para pasarla. Tendió el sobre a Carlos, que lo abrió y lo agitó para sacar lo que parecían varias fotografías recientes de Charlie y fotocopias de su pasaporte, su partida de nacimiento y su permiso de conducir. Alex llevaba todos esos documentos, junto con los que necesitaban C. J. y ella para viajar, en la bolsa de viaje que había llevado consigo desde Caamaño.

El mexicano se quitó las gafas de montura metálica, que le dejaron dos hendiduras coloradas a uno y otro lado del puente de la nariz. Sin ellas parecía más joven. Además, la nariz y los pómulos daban la impresión de ser más prominentes. Leyó las notas manuscritas que había escrito Alex y fue colocando cada hoja boca abajo a medida que las completaba. Cuando acabó, las recogió todas y les dio unos metódicos golpecitos contra la madera a fin de cuadrarlas antes de dejarlas de nuevo en la mesa.

—¿Tu tía? —preguntó Carlos apoyando la palma de la mano sobre las notas.

—La mujer de Charlie.

—¿También era agente de operaciones?

—Sí. Aquí, en Ciudad de México.

—Se nota. —Se apretó los labios con la punta de los dedos e inclinó la cabeza como en una plegaria solemne. Sus ojos saltaron de uno a otro de los documentos que tenía delante y, tras casi un minuto, dijo—: Dice que les corre prisa. Puedo tener todo el material mañana, a última hora de la tarde. Más rápido no puede hacerse.

Su cliente asintió.

—En ese caso, supongo que tendrá que ser así.

—El precio son cinco mil dólares.

Jake se sintió como si le hubiera caído una piedra en el estómago. Aquel era todo el dinero que tenía.

—Veo que estás preocupado por tu tío —añadió tras dar un par de golpecitos más a las hojas— y que su mujer también lo está.

—Mucho.

—Voy a hacerlo por dos mil quinientos, ya que es para un amigo de mi papá. ¿Dónde te alojas?

—Todavía no he buscado nada.

—Espera. —Carlos descolgó un teléfono anticuado y marcó un solo dígito. Dijo algo en español, tan rápido que Jake no logró entenderlo, y volvió a colgar—. Yo alquilo las habitaciones de la primera planta. Verónica me dijo que tenemos una libre en la que puedes quedarte. Te recomendaría que no salieras a la calle ni te dejaras ver mucho. Dudo que te estén siguiendo, pero más vale prevenir, como dicen. Verónica te llevará comida. Deja aquí la chaqueta y la mochila para que podamos coser en el forro todo lo que necesita tu tío.

CAPÍTULO 45

La madrugada que llegó a Quíos, Charles Jenkins encontró un hotel aislado con una habitación libre en la misma calle que subía de la playa en la que lo había dejado el pescador, alejada del puerto deportivo y los comercios, pero cerca del aeropuerto. A la izquierda del hotel había un solar vacío plagado de matorrales, sacó el burka de la mochila y se lo colocó antes de entrar en el establecimiento y hacerse con la habitación.

Una vez instalado, consiguió dormir por primera vez en varios días y cuando se levantó faltaba poco para las cinco de la tarde. Llamó a Alex. Hacía tiempo que había perdido la cuenta de la diferencia horaria que los separaba y la despertó.

—¿Estás a salvo? —preguntó ella.

—Sí.

—¿Dónde?

—En un hotel de Quíos, bastante cerca del aeropuerto. ¿Has tenido noticias de Ciudad de México?

—Tus papeles deberían estar listos a última hora de la tarde. A las nueve sale un vuelo con escala en Atenas que llega a Quíos a las seis de la tarde de pasado mañana según la hora de Grecia. ¿Cuál es tu situación?

—He dejado unas cuantas pistas falsas y hace tiempo que no dan señales de estar siguiéndome. Deben de haber pensado que he cambiado de planes y estoy ya fuera de su alcance, aunque la verdad es que el agente de la FSB es un tipo terco e intuitivo. No va a rendirse tan fácilmente.

—Y tú nunca lo has tenido fácil para pasar inadvertido.

—En América puede que no, pero aquí voy con burka cuando estoy en público y, de momento, parece que está funcionando.

—Pero ¿por cuánto tiempo? ¿Cuántas mujeres de un metro noventa y cinco con burka puede haber en Grecia?

—Espero que más de una. ¿Sabes algo de David?

—Aterrizó en Costa Rica hace un par de horas y al entrar en una agencia de viajes notó que lo seguían. Tiene intención de volver a la misma agencia mañana por la tarde, de modo que, con un poco de suerte, quien lo esté siguiendo piense que ha recogido tus documentos y se ha propuesto llevártelos.

—¿Adónde va a volar?

—A Chipre.

—Tiene sentido.

—Eso he pensado yo. Si hubieses cambiado de planes en Bursa en lugar de seguir las instrucciones del pescador, habrías tomado un autobús a la costa turca y, de ahí, habrías cruzado el Mediterráneo en dirección a Chipre para luego viajar a Israel.

—Más le vale tener puntos de fidelidad con la compañía aérea. —Jenkins guardó silencio. Se sentía culpable por haber mentido a Alex y haberla preocupado. Sabía que estaba sometida a muchísima presión—. ¿Cómo lo estás llevando?

—Estoy bien siempre que esté ocupada haciendo cosas y mantenga la mente distraída.

—Lo siento, Alex. Siento haberte metido en todo esto. Solo…

—Lo que tienes que hacer en vez de disculparte es volver a casa. Te estamos esperando todos.

Sabía que estaba haciéndose la fuerte para infundirle a él la fuerza necesaria para seguir adelante con la misión.

—Voy a cambiar de teléfono —anunció él—. ¿Tienes el segundo número?

—Yo haré lo mismo. Le daré a Jake los números nuevos cuando llame.

—Quiero salir cuando anochezca para buscar un buen sitio donde reunirme con él.

Entonces fue ella quien calló. Con voz entrecortada, añadió:

—Ten mucho cuidado, Charlie, y asegúrate de que Jake también lo tenga.

—En cuanto haga la entrega, se vuelve a casita. Con un poco de suerte, yo lo seguiré poco después.

—Te quiero, Charlie. Vuelve a casa.

—Lo haré.

Colgó y se dirigió hacia la ventana. Uno de sus ángulos le permitía ver una porción del Egeo y de Çeşme, la ciudad que había dejado al otro lado. Se preguntó si no estaría allí Fiódorov, quizá en el puerto del que había zarpado, contemplando la isla griega y haciéndose la misma pregunta que él.

Fiódorov puso fin a la llamada y fue a recoger a Alekséiov, a quien había dado orden de enseñar la fotografía de Jenkins por el puerto por si, cosa poco probable, daba con alguien que hubiese visto al americano. Una vez allí, vio a su subordinado acabar una conversación con un hombre cerca de una bomba de gasolina.

—Nada —dijo Alekséiov al alcanzar al coronel—. No lo ha visto nadie.

—Porque no está aquí, en Çeşme.

—¿Qué quiere decir?

—Acabo de hablar con mi contacto de América. El que sospechan que será el correo del señor Jenkins ha desembarcado en San José, la capital de Costa Rica, y ha acudido a una agencia de viajes justo antes del cierre. Las cámaras de vigilancia lo grabaron cuando salió del local y volvió andando a un hotel de los alrededores.

—Porque así puede volver con facilidad por la mañana para recoger los papeles —concluyó Alekséiov.

—Poco después de registrarse en el hotel, el señor Sloane ha hecho las gestiones necesarias para volar a Chipre mañana por la tarde.

—Es decir, que Jenkins tomó un autobús distinto en Bursa, como sospechaba usted.

—Esa parece la conclusión más lógica. Alerta a los agentes de Chipre, pero diles que se olviden de los puertos. El señor Jenkins ha tenido que llegar ya. Diles que vigilen el aeropuerto de Pafos, porque el correo llegará allí.

—Jenkins podría intentar cruzar a Israel en barco —dijo Alekséiov.

—Por eso tenemos que pararle los pies en Chipre.

Mientras volvían a la calle, Fiódorov vio que el hombre de la bomba de gasolina hablaba con otro que vestía pantalón corto, chanclas y un forro polar y que debía de ser propietario de una de las embarcaciones. El primero señaló a los dos rusos y el coronel supuso que debía de estar refiriéndole la conversación que acababa de mantener con Alekséiov.

Fiódorov se detuvo.

—¿Pasa algo? —preguntó el subordinado.

Su superior cayó en la cuenta de que acababa de hacer una deducción sobre los dos basada en información sin confirmar, que era precisamente lo que estaba haciendo respecto de Charles Jenkins. Había deducido, fundándose en la excursión del americano a Bursa y en el hecho de que no lo hubiera visto ninguno de los conductores de autobús de Çeşme, que había renunciado a los planes de llegar a esta ciudad y cruzar a Grecia por el Egeo. Si Fiódorov hubiera estado huyendo, no habría dudado en engendrar la misma incertidumbre sembrando toda la desinformación posible acerca de sus intenciones.

—De los dos hombres que están charlando en el muelle, ¿has hablado con los dos o solo con uno?

—Al otro no lo había visto.

—Parece que se conocen.

—Y eso, ¿qué más da?

—Nos han puesto en bandeja la información relativa al correo, ¿verdad?

—¿Qué quiere decir?

—Pues que ese correo —añadió sacando una libreta— ha usado su nombre real para comprar los billetes y para reservar el hotel, igual que Charles Jenkins hizo que nos resultara fácil seguirlo hasta el hotel de Bursa.

—¿Quiere que volvamos a centrar la atención en el lugar equivocado?

—O en el hombre equivocado. Si quisieras huir y supieses que los pescadores iban a revelarnos tus planes, ¿qué harías?

—Cambiar de planes.

Fiódorov sonrió.

—No, nos harías creer que has cambiado de planes. Entonces, cuando averiguáramos tus supuestas nuevas intenciones, pensaríamos que hemos sido más listos que tú cuando, en realidad, has sido tú quien nos ha dejado con dos palmos de narices.

—¿Cree usted que Charles Jenkins podría estar aquí, en Çeşme? Pero si aquí no lo ha visto nadie. No estaba en ninguno de los autobuses. Hemos interrogado a todos los conductores de aquí y de las paradas que hay por el camino.

El coronel volvió a mirar a los dos hombres del final del amarradero. El que no había hablado con Alekséiov se había encaminado hacia uno de los barcos. Si Jenkins había llegado a Çeşme y quería cruzar a Quíos, habría acudido al puerto a alquilar un barco o a averiguar dónde podía hacer tal cosa.

Fiódorov echó a andar hacia él.

—¿Coronel? —dijo Alekséiov.

—No llames a nadie todavía.

Quince minutos después llegó Fiódorov del embarcadero apretando el paso.

—Jenkins está aquí —comunicó a Alekséiov—. Diles a nuestros agentes que se centren en Quíos, que quiero el itinerario de vuelo de cualquier pasajero procedente de Seattle, en Washington, a Atenas y… No. —Se detuvo—. Diles que quiero la identidad de todo aquel que llegue a Quíos desde los Estados Unidos o vuele con pasaporte estadounidense. Que todos tengan la fotografía del señor Jenkins. Sospecho que han intentado dejar, ¿cómo lo llaman ellos?, una pista falsa. Sea como sea, no pienso volver a picar.

CAPÍTULO 46

Agotado, con los ojos a medio abrir por la falta de sueño y el estómago dolorido, Jake miró por la ventanilla mientras su vuelo se acercaba a la isla de Quíos, una masa de tierra con forma de riñón que se elevaba sobre las aguas cristalinas para formar una cadena montañosa de vegetación exuberante. De dicha cadena descendían casas con cubiertas de tejas rojas hasta los hoteles y los comercios que bordeaban la costa, donde el mar adoptaba un tono verde casi de neón y lamía las playas de arena con sus olas suaves. La vista le recordó a los viajes que había hecho a Hawái con David y con su madre en vida de esta. Parecía el paraíso… y en otras circunstancias bien habría podido serlo.

Para él no iba a serlo, desde luego, al menos durante aquel viaje.

Al otro lado del estrecho que Charlie debía de haber cruzado ya a esas alturas, se alcanzaba a ver Turquía. Nadie le había revelado detalles de lo que había tenido que hacer para salir de Rusia ni de Turquía y sabía que esa omisión había sido intencionada. También sabía el porqué. Si lo atrapaban y lo interrogaban, no podría desvelar nada relevante. Otra cosa era cuánto tiempo podían tardar en llegar a esa conclusión y qué podían estar dispuestos a hacer para asegurarse de que les decía la verdad. Solo pensar en ello le ponía la piel de gallina.

Jake había hablado con Charlie antes de embarcar en Atenas… procedente de la ciudad alemana de Fráncfort. Él le había dicho que se hiciera pasar por un estudiante universitario de turismo en la isla. Cuando entrase en la terminal, no debía buscarlo. En cuanto Charlie comprobara que no lo estaban siguiendo, se pondría en contacto con él para decirle dónde ir y qué hacer.

Para encajar en el papel que había elegido como tapadera, llevaba pantalón corto, sandalias deportivas Teva y la chaqueta sobre una camiseta de manga corta, aunque la temperatura en Quíos no fuera precisamente suave en enero. Poco antes de llegar a tierra, el piloto anunció que las temperaturas diurnas habían alcanzado a mediodía un máximo que, según sus cálculos, rondaba los dieciséis grados. Cuando el tren de aterrizaje tocó el suelo acababan de dar las seis de la tarde y había descendido ya el ocaso sobre la isla. Jake recogió su equipaje del compartimento superior, junto con el sombrero de ala ancha que había comprado en Ciudad de México, e intentó adoptar la actitud y el entusiasmo del resto de pasajeros mientras descendía al asfalto con la esperanza de resultar convincente.

Víktor Fiódorov esperaba en el interior de la terminal del Aeropuerto Nacional de la Isla de Quíos con otros tres oficiales de la FSB entre quienes se incluía Simon Alekséiov. Todos estaban apostados de tal manera que pudiesen ver las dos posibles salidas del edificio. Se trataba de las mismas posiciones que habían ocupado la víspera y que ocuparían al día siguiente si se hacía necesario. Iban vestidos como cabría esperar de un grupo de isleños que aguardasen a algún pasajero: pantalón corto o vaquero, sandalias y camisas ligeras, además de cortavientos destinados a ocultar sus armas de fuego. Aquel diminuto aeropuerto apenas tenía cabida para entre dieciocho y veinte llegadas diarias, procedentes todas de aeropuertos griegos de más capacidad.

Poco después de las seis de la tarde, los altavoces de la terminal anunciaron el desembarco del vuelo GQ240 de Atenas, en el que, según las fuentes con que contaba Fiódorov en el FSB, viajaban tres pasajeros con pasaporte estadounidense. Dos de ellos eran una pareja de recién casados que, al parecer, tenían intención de pasar en Quíos su luna de miel, y el tercero, un joven que volaba solo. Todos los agentes disponían de fotografías de cada uno de los tres.

Fiódorov se enderezó al ver aparecer por las puertas de la terminal a los primeros pasajeros. El joven se dirigió con presteza a la fila que se estaba formando en el control de aduanas.

—El sujeto —dijo el coronel llevándose una mano a la oreja— acaba de entrar en el edificio y se ha puesto en la cola.

—Lo tengo —anunció Alekséiov. El agente se encontraba sentado en un banco situado ante la terminal.

Como aquel era el último vuelo de aquella tarde, Fiódorov mandó a los otros dos a recoger el coche de alquiler y quedó pendiente de los mensajes que emitían los altavoces y de las reacciones que pudiese ofrecer el joven ante cualquiera de ellos, pero no advirtió ninguna.

El viajero avanzó un puesto en la fila. ¿Estaría buscando a alguien? ¿A Jenkins quizá? ¿Podía ser un contacto? Dudaba que Jenkins fuese tan arrojado de organizar una entrega en el aeropuerto, aunque aquel joven bien podía estar ejerciendo de intermediario, alguien que tuviese la misión de entregar los documentos a un segundo correo que después se los haría llegar a Jenkins.

El americano llegó al control y entregó el pasaporte al agente encargado. Fiódorov se acercó un paso más y lo oyó preguntar por el propósito de su visita a Quíos.

—Turismo —respondió él.

El agente de aduanas se lo selló antes de devolvérselo y el joven recogió su bolsa y echó a andar hacia la puerta principal de la terminal. Fiódorov y Alekséiov lo siguieron.

El joven se detuvo, sacó un teléfono y se lo llevó a la oreja. Tenía una llamada entrante. Siguió andando mientras hablaba, salió por la puerta y cruzó la calle hasta una parada de taxis. Una brisa recia agitaba las hojas de las palmeras.

En ese momento paró ante el bordillo el coche de Fiódorov, quien subió al asiento de atrás con Alekséiov. El taxi salió del aeropuerto y tomó la carretera de dos carriles que bordeaba el litoral en dirección al norte para internarse en Quíos.

—Déjale espacio —dijo el coronel.

Minutos después, el taxi se detuvo ante un hotel cercano al puerto deportivo. El joven se apeó y entró en el vestíbulo.

—Aparca en la acera de enfrente —ordenó Fiódorov al conductor.

Las habitaciones del hotel estaban situadas frente a una terraza exterior con vistas al puerto. El recién llegado tardó unos minutos en salir y subir las escaleras exteriores que conducían a la planta alta. Entró en la penúltima habitación.

—¿Cuánto hay que esperar? —quiso saber el agente que conducía.

Fiódorov bajó su ventanilla y encendió un cigarrillo.

—Ya veremos.

Jake bajó a tierra con su bolsa de lona y su mochila. Hizo caso omiso del carro portaequipajes y accedió a la terminal para colocarse en la fila tras la pareja que había conocido a bordo, dos recién casados de San Francisco que iban a pasar la luna de miel en las islas griegas y habían empezado ya a quejarse del frío.

Resistió la tentación de mirar a su alrededor y, a pesar de lo agradable de la temperatura, sintió que empezaba a correrle el sudor por los costados y que la camisa se le pegaba a la piel de la espalda. Con todo, no pensaba quitarse la chaqueta.

Entonces empezó a vibrar el teléfono que llevaba en el bolsillo. Lo sacó y se lo apretó contra la oreja para poder escuchar por encima de los estentóreos anuncios que emitían los altavoces.

—No mires a tu alrededor —dijo Jenkins.

—De acuerdo.

—Hay por lo menos dos hombres vigilando la terminal. Probablemente haya más. Sonríe como si te hubiera alegrado recibir la llamada.

Jake obedeció.

—Ahora, mira a tu derecha. ¿Ves al fondo al hombre del cortavientos azul?

—Sí.

—Vuelve a reírte.

Cuando hizo lo que le pedía, la mujer que lo precedía en la cola se volvió y sonrió.

—Mira a tu izquierda. ¿Ves a un hombre rubio sentado en el banco?

Jake se volvió y respondió:

—Sí. ¿Qué tengo que hacer?

—Nada. Sigue avanzando.

Los recién casados accedieron a uno de los dos puestos de control que había delante de la fila y él entró en el de la derecha cuando salió la pareja que lo ocupaba.

—Pasaporte —pidió el agente de aduanas.

Jake le entregó el documento y el policía lo abrió y estudió la fotografía antes de mirarlo a él.

—Quítese el sombrero, por favor.

Obedeció y el agente lo observó unos segundos más. A continuación, dejó el pasaporte y escribió algo en el teclado.

—¿Cuál es el propósito de su visita a Quíos?

—Turismo —respondió él.

El otro volvió a teclear y le selló el pasaporte antes de devolvérselo.

—Disfrute de su estancia en Quíos.

Jake recogió la bolsa y entró en la terminal. El hombre del banco se puso en pie en ese momento y el que tenía a la derecha empezó también a caminar hacia él.

—¿Qué hago? —preguntó a su interlocutor.

—Sigue caminando. No mires a tu alrededor. Sonríe y muéstrate animado. Estás feliz de haber llegado a Quíos.

El joven lo intentó, aunque no estaba muy seguro de estar resultando convincente. Salió por la puerta de la terminal. En ese momento se acercó un coche al bordillo y Jake pudo ver al hombre del lado del copiloto salir de él, agarrarlo y lanzarlo al asiento de atrás; pero el automóvil siguió adelante hasta rebasarlo y él soltó el aire que había estado conteniendo.

—¿Estás bien? —preguntó Jenkins.

—Sí, sí —repuso mientras se dirigía a la parada de taxis.

—No cojas un taxi. Alquila un coche. Al salir del aparcamiento, gira a la derecha y sigue las señales de la GR-74. Mantente treinta y cinco minutos en esa carretera, pero no corras. Las carreteras griegas son peligrosas y están mal iluminadas.

—¿En serio me tengo que preocupar por eso? Porque en este momento yo diría que la falta de iluminación de las carreteras no es precisamente el mayor de mis problemas.

Oyó reír a Charlie.

—Te llamaré cuando tengas el coche para darte más instrucciones. Me alegro de oírte, Jake.

—Yo también me alegro de oírte a ti.

Fiódorov miró el reloj. Llevaban casi una hora esperando fuera del hotel sin que hubiese salido nadie. Podía ser que tuviesen que estar allí una hora más. Hasta podía ser que acabara haciéndose de día. Cansado y frustrado, lanzó por la ventanilla lo que le quedaba del cigarro y salió del coche. Los otros agentes, que no esperaban aquella reacción, corrieron a hacer lo mismo.

—¿Y si esperamos hasta que se ponga en contacto con Jenkins? —preguntó Alekséiov.

—Si tiene sus documentos, lo convenceré de que nos diga dónde piensa quedar con él.

—Pero podría ser que no tuviese intención de quedar con Jenkins. Puede que se limite a dejarlos en algún lado que hayan convenido.

El coronel subió arrastrando los pies los escalones que daban a la primera planta y se dirigió a la penúltima puerta de la derecha. Al llegar, sacó la pistola y llamó. Cuando le abrió el joven, no esperó a que lo invitase a hablar. Lo empujó hacia atrás y, cuando intentó protestar, le tapó la boca con una mano y le enseñó el arma.

—Ni una palabra. ¿Entendido?

El otro asintió con los ojos abiertos de par en par.

—Registrad el equipaje —ordenó Fiódorov a los suyos.

Los agentes sacaron cuanto tenía el joven en la maleta y rajaron el forro. Fiódorov le levantó la chaqueta y sacó una navaja automática para hacer lo mismo.

—Registrad el resto de la habitación.

—¿Qué están buscando? —preguntó el muchacho—. ¿Drogas? Yo no tengo drogas.

—¿Dónde están los papeles?

—Encima de la cómoda —respondió señalando el mueble con la cabeza.

Fiódorov los estudió.

—¿Dónde están los papeles que tienes que entregar?

—¿Qué?

—No me vengas con jueguecitos, que no estoy de humor para eso.

—No sé de qué me habla.

El coronel se acercó más a él.

—Ni se te ocurra mentirme. Estoy harto de que me mientan.

—No le estoy mintiendo. Por favor. No tengo ni idea de qué es lo que buscan.

Fiódorov bajó la mirada a la mancha húmeda que se estaba formando en los pantalones del joven. Soltó un reniego e hizo una señal al resto para que saliesen con él. Antes de dejar la habitación, sin embargo, advirtió a su ocupante:

—Vamos a estar vigilándote muy de cerca. Si le cuentas esto a alguien o vas a la policía, volveremos. ¿Lo entiendes?

El turista asintió sin palabras.

El de la FSB salió y cerró la puerta. Mientras contemplaba las luces de Çeşme, que se extendían más allá de las aguas en tinieblas del estrecho, lo asaltó un mal presentimiento. Era posible que el mensajero del señor Jenkins no hubiese llegado aún a Quíos. Quizá llegara al día siguiente, al otro o al de más allá; si es que no había llegado ya y el señor Jenkins se encontraba de camino a su casa. También sabía que el correo podía ser hombre o mujer, joven o viejo, y que podía volar con pasaporte de los Estados Unidos o de cualquier otra parte del mundo. Su contacto había subestimado la competencia de Charles Jenkins y él también. Por más que pudiera amenazarlo su contacto, no iban a poder evitar que Jenkins volviese a casa.

Y entonces ya no sería problema de Fiódorov. Sonrió al pensarlo y hasta dejó escapar una risita.

—¿Coronel? —dijo Alekséiov con aire confuso.

—Prepáralo todo para volver a Moscú mañana por la mañana —ordenó.

—¿No vamos a vigilar el aeropuerto mañana?

Fiódorov negó con un movimiento de cabeza.

—No. Esta noche saldremos a cenar. Beberemos vodka y brindaremos por el señor Jenkins. Ya no es problema nuestro.

Jake estaba llegando al «pueblo pintado» de Pirguí tal como le había indicado Charlie. Aunque era de noche, habría sido difícil pasarlo por alto por las formas geométricas en blanco y negro que adornaban las fachadas de casi todos sus edificios. Sus callejas y callejones eran demasiado angostas para que cupiese un coche y Jake recordaba de sus clases de historia que muchos municipios medievales estaban construidos de ese modo como defensa ante los ataques. Aparcó extramuros, recogió la mochila y echó a andar hacia aquel dédalo de calles. Pese al fresco, había un buen número de personas recorriéndolas bajo sus arcos de piedra y hombres sentados que jugaban a las tablas reales mientras las mujeres hacían ganchillo. Sus voces se mezclaban con la música griega que salía de los portales abiertos de sus casas.

Estaba pasando bajo uno de los arcos cuando empezó a vibrar el teléfono que llevaba en el bolsillo.

—Sigue andando hasta la plaza del pueblo —dijo Jenkins cuando contestó—. Mira hacia el lado que da al norte. ¿Ves el restaurante que tiene una sombrilla roja sin abrir cerca de la puerta?

Jake cruzó con la mirada la plaza, sembrada de varias docenas de mesas vacías y sombrillas cerradas de color castaño claro. Vio una roja.

—Sí.

—Pídele al camarero una mesa en el patio trasero. Como está refrescando, te recomendará que te sientes dentro. Dile que es tu primera noche en Grecia y quieres vivir cuanto te ofrece.

La luz emanaba de las ventanas y los escaparates de los restaurantes y los comercios que rodeaban la plaza. Jake cruzó hasta el establecimiento señalado y habló con el jefe de comedor. Como había supuesto Jenkins, el hombre le dijo que estaría más cómodo dentro, pero cuando el joven respondió que era la primera noche que pasaba en Grecia, cedió. Le encendió una vela en un vaso rojo y Jake pidió una cerveza griega mientras esperaba.

Minutos después de haberse sentado, levantó la mirada y vio la silueta de Charlie recortada en el umbral del patio. Soltó un suspiro de alivio y, rodeando la mesa, fue a darle un gran abrazo.

—No tenías que haber hecho esto, Jake —dijo Charlie sin poder disimular la emoción que impregnaba su voz.

—Tampoco teníamos muchas opciones.

Se sentaron a la mesa y, cuando volvió a aparecer el camarero, Charlie pidió otra cerveza.

—¿Sabes cómo acabó la cosa en el aeropuerto de Quíos? —quiso saber Jake—. Pensaba que David los había llevado a Costa Rica y luego a Chipre.

Charlie meneó la cabeza al recordar a Fiódorov. Aunque a regañadientes, no podía menos de sentir respeto por el talento que poseía aquel hombre para el contraespionaje.

—Parece que se dieron cuenta de que era una treta. Tiene sentido. Los movimientos de David eran demasiado evidentes. En el mundo del contraespionaje hay que tener siempre un plan de contingencia. Pero dime: ¿cómo te las ingeniaste para pasar por la aduana sin que te parasen? Si yo fuera Fiódorov, habría estado pendiente de todo el que entrara en Quíos con pasaporte estadounidense y más aún de quien viajara solo.

Jake metió la mano en el bolsillo y le tendió un cuadernillo de color verde oscuro con letras doradas.

—Un pasaporte mexicano —dijo Jenkins—. ¡El bueno del tío Frank!

El joven negó con la cabeza.

—El tío Frank murió de cáncer hace siete años. Su hijo, Carlos, se ha hecho cargo del negocio familiar. Y lo del pasaporte mexicano fue idea de Alex.

Charlie sonrió al oír el nombre de su esposa.

—¿Tienes mis documentos?

Jake se abrió la chaqueta.

—Pásame el cuchillo. —Con la punta de la hoja soltó las puntadas del forro y, sacando el sobre, se lo tendió.

Charlie lo colocó bajo la servilleta que tenía en el regazo, abrió la solapa y observó, sin sacarlos, un pasaporte griego, uno mexicano y otro canadiense junto con sus respectivos permisos de conducir, un par de miles de dólares estadounidenses y un billete de avión para un vuelo que salía de Atenas la noche siguiente.

—¿Cómo vas a salir de esta isla si tienen vigilado el aeropuerto?

—Otro principio del buen contraespionaje cuando te das a la fuga es que siempre hay que seguir adelante y no volver nunca sobre tus pasos.

—Entonces, ¿qué piensas hacer?

—Hay un trasbordador que sale de Mestá hacia El Pireo mañana, a primera hora de la mañana. Tú irás a bordo. Desde El Pireo puedes ir en taxi a Atenas, donde embarcarás en un vuelo a casa.

—¿Y tú?

—Yo zarparé en un barco distinto poco después que tú.

El camarero volvió en ese momento.

—Seguro que tienes hambre —dijo Charlie.

—Me muero por echarme algo al estómago.

Jenkins miró al camarero.

—*Pizza* de Pirguí de tamaño gigante con extra de queso… y dos cervezas más.

SEGUNDA PARTE

CAPÍTULO 47

Después de pasar varios días huyendo, Charles Jenkins se encontraba sentado a la mesa de la cocina de David Sloane, mirando las aguas oscuras del estrecho de Puget sin acabar de creerse aún que hubiera vuelto a casa de verdad. Habían pasado treinta y seis horas desde su llegada al aeropuerto de Seattle-Tacoma y estaba aún aturdido por la falta de sueño, el desfase horario y el agotamiento físico y mental, lo que le recordaba, una vez más, que ya no era el joven de veinticinco años que había dado caza a los agentes del KGB en Ciudad de México. Aquel calvario le había pasado factura y lo que más le había sorprendido era la extenuación psíquica. Escapar de Rusia había sido como un maratón de ajedrez en el que había tenido que estar en todo momento dos pasos por delante de Fiódorov y actuar con arreglo a contingencias imprevistas. En aquellos instantes no había sido consciente del desgaste que supondría para su cuerpo aquella tensión mental constante. Cuando, al fin, había logrado volver con los suyos, había sufrido una crisis durísima de la que seguía intentando recuperarse.

—¿No tienes hambre? —le preguntó Alex con los ojos rojos de dormir poco y preocuparse mucho.

En la mesa había cajas blancas de comida para llevar de un restaurante tailandés, pero el aroma embriagador del *pad thai* de pollo, la sopa *tom yum* y el *path khing* no hizo gran cosa por abrirle el apetito. Desde su llegada a los Estados Unidos lo había perdido casi por completo. Por supuesto que se alegraba de haber regresado, de poder tomar de la mano a su mujer, de volver a leerle a C. J. su libro antes de acostarse…; pero había algo que le hormigueaba en lo más recóndito del cerebro y no conseguía zafarse de la sensación de que su suplicio aún no había acabado.

—Más tarde a lo mejor —respondió.

Max, sintiendo quizá lo cerca que había estado su dueño de no volver nunca a casa, se había hecho un ovillo a sus pies, debajo de la mesa. C. J. también parecía preocupado por su padre. Por más que no entendiese de qué se trataba, tenía la impresión de que algo había cambiado. Aquella misma noche, al ir a acostarlo Jenkins, el crío le había implorado que le leyese algo más que el capítulo de costumbre y él había comprendido que su actitud no tenía nada que ver con un deseo de manipularlo, sino que nacía de una preocupación más recóndita, tal vez del miedo a perderlo. Así que había seguido leyendo hasta que lo había visto conciliar el sueño.

Soltó la mano de Alex y envolvió con las suyas la taza de café de porcelana. El calor que sintió en las palmas hizo que acudieran a su memoria imágenes de la taza de café turco que había sostenido la noche que lo rescataron de las gélidas aguas del mar Negro, recuerdos de Demir Kaplan y sus dos hijos, así como de los sacrificios que habían hecho por él. Entonces evocó el momento en que Pavlina Ponomaiova había salido de la casa de la playa para despistar a quienes los perseguían.

—Charlie —dijo David Sloane.

Jenkins lo miró sin saber bien cuánto tiempo llevaba observándolo, aunque por la expresión preocupada de sus compañeros de mesa pudo inferir que no había sido solo un instante.

—¿Estás bien?

—Sí, solo un poco cansado.

Del Echo que reposaba en la encimera de la cocina de Sloane llegaba la música de una emisora de música *country*. Jenkins seguía temiendo que pudiera haber alguien usando micrófonos direccionales para oír sus conversaciones. Desde su llegada, había pasado cuatro sesiones de dos horas —porque le era imposible estar más tiempo concentrado— poniéndolos al día de lo que lo había llevado a Rusia, de cuanto había ocurrido allí y de por qué había tenido que huir del país, y en aquel momento estaban intentando resolver qué hacían, si es que podían hacer algo.

—¿Hay algún modo de informar de esa filtración a los que están en posición de hacer algo al respecto? —preguntó Sloane.

—No será nada fácil. Los agentes saben que, cuando se suspende una misión, tienen que desaparecer y no deben intentar ponerse en contacto con el agente que está a su cargo.

—¿Por qué no? —David también parecía cansado. Bajo los ojos le habían salido bolsas oscuras y tenía el pelo salpicado de mechones grises. Había perdido el aire infantil con el que en otros tiempos había encandilado con tanta facilidad al jurado.

Jenkins empezó a hablar, se aclaró la garganta y volvió a intentarlo:

—Carl Emerson me dejó claro que, si la operación se torcía, la agencia no iba a reconocerlo públicamente, porque eso equivaldría a admitir la existencia de las siete hermanas y ponerlas en un peligro aún mayor.

—¿Y si acudimos a ese tal Emerson? ¿Es de fiar?

Jenkins dejó escapar el aire que tenía en los pulmones. Había pensado mucho en aquella misma pregunta durante los últimos días.

—No lo sé. Desde luego, la situación no es la que él me presentó, pero también es posible que lo hayan estado utilizando a él. —Miró a Alex—. Tuvo mucho contacto con el KGB cuando servía en Ciudad de México, como todos nosotros.

—¿Y crees que pudo volverse entonces? —quiso saber ella.

—Todo es posible.

—¿Qué quieres decir con «volverse»? —preguntó Jake.

—Ponerse al servicio del KGB —repuso Jenkins—, como agente doble. —Dio un sorbo de café. Durante su huida había tenido también tiempo de sobra para pensar en esa posibilidad—. Yo diría más bien que el responsable, sea quien sea, Emerson o algún superior suyo, debió de ver la ocasión de vender los nombres de las siete hermanas y la aprovechó. —Miró a Alex—. Eso me parece más probable que la idea de un topo ruso que lleve años, quizá décadas, actuando desde dentro de la CIA sin que lo hayan detectado.

—No sería la primera vez —señaló su mujer.

—Lo sé.

—¿Y por qué iba a querer esperar tanto tiempo para dar los nombres un topo tan veterano? —intervino Sloane.

—Según Emerson, los nombres de las siete hermanas solo los conoce un grupito selecto de la agencia —contestó Jenkins—. Puede que el tipo que buscamos haya tenido noticia de ellos hace poco o que hayan cambiado las circunstancias.

—Pero, si el topo sabe los nombres, ¿por qué no los revela de golpe? —preguntó Jake.

—Volvemos a lo mismo: puede que no los tuviera todos. A lo mejor se los estaban dando de uno en uno, lo que lo convierte en un delito de oportunidad: los vende de manera individual para sacar el mejor precio posible por cada uno. Pero no sé quién es, si Emerson o alguien que está por encima de él, ni tampoco se me ocurre cómo puedo averiguarlo discretamente. Si elijo mal la forma de hacerlo, solo conseguiré ponerlo sobre aviso y darle más tiempo para ocultar su rastro y huir.

—Y para perseguirte a ti —concluyó Alex.

—Puede ser —dijo él sin querer hacer hincapié en algo que no ignoraba ninguno de los dos: que estuviera en casa no quería decir que estuviese a salvo.

—¿Has intentado llamar a Emerson? —preguntó Sloane.

Jenkins asintió.

—El número que me dio ya no existe.

—¿Cómo te lo dio? ¿Te lo dictó o estaba apuntado en algo?

—Me dio una tarjeta de visita con un número que di por hecho que era de un teléfono móvil.

—¿La tienes todavía?

—Aquí no.

—¿Dónde está? —Sloane se incorporó en su asiento, visiblemente interesado—. Una tarjeta es una prueba tangible de que ha habido contacto, cosa que podría ser importante si Emerson quisiera negar tu participación por el motivo que fuese.

—La tengo en el despacho de casa, pero lo más seguro es que el número resulte estar registrado a nombre de una persona o una empresa desconocidas.

—¿Y si esperamos a ver si te llama él? —propuso Jake—. Si se pone en contacto contigo, podemos suponer que no ha sido él el delator, ¿verdad?

—Puede, pero no es normal que el enlace llame a un agente cuando se tuerce una misión, de manera que su silencio tampoco sería indicativo de culpabilidad.

—Y si es él quien está filtrando la información, podría llamar para protegerse, para averiguar cuánto sabe Charlie o para despistarlo —añadió Alex.

—¿Y si se lo contamos todo a un periodista —dijo el joven— y obligamos así a la CIA a buscar al chivato que tiene entre sus agentes?

Jenkins apoyó los codos sobre la mesa.

—Eso suscitaría una serie de problemas diferente por completo. Piensa que a vosotros, que me conocéis, os ha costado creer todo lo que os he contado. Un periodista no va a confiar en mí porque sí: querrá datos que se lo confirmen y yo no tengo ninguno. No me servirá de mucho acusar a nadie si no soy capaz de demostrar lo que digo.

—Ahí es donde podría ayudar la tarjeta —terció Sloane.

—Puede que sí, pero tampoco me hace gracia tener que salir en la prensa para conseguirlo. Al menos todavía.

—Entonces, quizá sea mejor no decir nada. Quizá el delator sea consciente de que se ha librado por los pelos y prefiera pasar página —señaló Sloane.

—Quizá —dijo Jenkins—, pero yo no puedo.

—¿Que no puedes qué? —quiso saber Alex.

Aquella era la conversación que había temido él.

—No puedo dejarlo correr.

—¿Por qué no? Si esa persona no dice nada ni hace más daño, ¿por qué no olvidar todo el asunto?

Sabía que Alex tenía miedo de lo que pudiese ocurrirle y que por eso preguntaba.

—Porque ahora sabemos que en la CIA hay un topo ruso dispuesto a seguir haciendo daño o un delator oportunista responsable de la muerte de tres mujeres como mínimo. Además, todavía quedan cuatro hermanas. No puedo dejarlo sin saber si tiene la intención de revelar sus nombres. Ellas no sospechan nada y eso las convierte en blancos muy fáciles.

—Pero eso no es responsabilidad tuya —repuso Alex—. De entrada, no tenías que haberte metido en todo esto. Te llevaron allí engañado.

—El caso es que estoy metido y por eso es responsabilidad mía. Sinceramente, no puedo dejar morir a las cuatro que quedan.

—Esas mujeres sabían a lo que se arriesgaban cuando se metieron en esto —replicó ella, cada vez más agitada—. Sabían que corrían peligro.

—Esas mujeres llevan décadas sirviendo a este país. No puedo abandonarlas. No pienso hacerlo. Si lo hago, una mujer excelente habrá dado su vida por nada. Una familia turca al completo… y vosotros mismos habréis arriesgado la vida para nada.

—No digas sandeces. —Alex retiró la silla e intentó ponerse de pie—. A esa gente le pagaron para sacarte de allí y nosotros hemos corrido el riesgo para traer a casa a mi marido y al padre de mis hijos. Tú también tienes una familia en la que pensar.

—Lo sé.

—Pues olvídate de todo este asunto.

—Entonces, cada vez que abra el periódico y lea que ha muerto alguien en Rusia me preguntaré si no se trata de otra de las hermanas y si no podría haberle salvado la vida.

—Prefiero eso mil veces a que sea yo la que abra el periódico y lea tu nombre. Míralo así. —Lanzó la servilleta al plato, se dio la vuelta y, andando como un pato, recorrió el pasillo en dirección a su dormitorio con toda la rapidez de que es capaz una mujer encinta de treinta y dos semanas.

En la sala se impuso el silencio. En el Echo sonaba el gangueo triste de una canción *country*.

Jenkins miró a Sloane.

—Se le pasará —dijo.

—Vamos a dejarlo por hoy —propuso el anfitrión—. Es tarde y estamos todos cansados. Mañana volveremos a hablar del tema en mi despacho, los tres. Han sido muchas emociones para ella estos últimos días. Para ella y para todos. —Se detuvo antes de añadir—: Pero no le falta razón. Estás en casa y a salvo. Al perro que duerme, no lo despiertes.

Podía ser cierto, pero, en aquel caso, Jenkins no tenía modo alguno de asegurarse de que el perro estuviera de verdad dormido y no a la espera de la siguiente ocasión de asestar un mordisco.

De camino a su dormitorio, posó la mirada en una serie de fotografías enmarcadas de Jake con Sloane y Tina en distintos momentos de su vida, antes de la muerte de ella, y aquello le supuso un respiro. Volvió la vista a la cocina. Su anfitrión había apagado las luces y se había ido a dormir, solo. En su cuarto no lo esperaba nadie, desde hacía ya unos años. Tal hecho llevó a Jenkins a pensar en las décadas que había vivido él solo en su granja de Caamaño sin reparar siquiera en el alcance de su soledad. Alex había cambiado aquello. C. J. también. La vida que llevaba era muy satisfactoria, más de lo que había creído posible durante todo el tiempo que había pasado solo. No quería perder lo que tenía, pero tampoco podía dar la espalda a quienes tanto se habían arriesgado para mantenerlo con vida.

Abrió la puerta de su dormitorio provisional con cierto temblor. Sabía lo que había tenido que soportar Alex y no quería ser una fuente continua de preocupación. Era muy consciente de la tensión que supondría tal cosa para ella y para el bebé.

De la lámpara de la mesilla de noche emanaba un tenue resplandor. Alex salió en pijama del cuarto de baño contiguo. La barriga sobresalía bajo el tejido azul celeste. Miró a su marido, meneó la cabeza y retiró las sábanas y el edredón antes de meterse en la cama sin articular palabra. Lo que le esperaba no iba a ser nada fácil…

—Lo siento —dijo él sin moverse del umbral—. No pretendía que saliese así.

—¿De verdad? ¿Y cómo esperabas que saliera?

—Tal como me lo plantearon, creí que podría salvar a esas mujeres.

—Y lo de tener que pagar las facturas de la empresa no ha tenido nada que ver, ¿verdad?

—Claro que sí.

—Claro. ¿Y por qué no me dijiste nada?

—Sabes que no podía, Alex.

—No estoy hablando de la operación, Charlie, sino de hasta dónde llegaban las dificultades económicas de C. J. Security, las dificultades económicas de nuestra empresa. ¿O se te olvidó que yo también soy propietaria?

—No te dije nada para no preocuparte.

—Y es mucho mejor así, ¿no?

Él tomó aire de nuevo en un intento por mantener la calma y evitar que la discusión volviera a encenderse. Bastante ansiedad había provocado ya.

—No quería preocuparte ni darte más problemas.

—Pues no lo has conseguido. —Su mujer tiró del edredón.

Jenkins le tendió un vaso de agua y se sentó en el borde de la cama.

—Lo dejaré si eso es lo que quieres —le dijo—. Me olvidaré de todo.

Ella negó con la cabeza y, conteniendo las lágrimas, repuso sin alzar la voz:

—No puedes, lo sé. Y también sé que eso es lo correcto, que hay que intentar salvar a esas mujeres. Es solo que ojalá que no tuvieses que ser tú quien lo hiciera. Prométeme que vas a tener mucho cuidado. Sé que no querías decirlo delante de David y de Jake, pero ni tú ni yo ignoramos que alguien, quien sea, se ha desvivido por evitar que volvieses, por taparte la boca. Y está claro que, si empiezas a hablar, tendrá que responder.

CAPÍTULO 48

Al día siguiente, Jenkins se dirigió en coche de Three Tree Point al despacho de Sloane. El distrito en que se encontraba, el SoDo, había recibido dicho acrónimo de su denominación original de South of the Dome, «al sur de la cúpula», antes de la demolición del estadio de Kingdome, edificio que destacaba por dicho elemento arquitectónico. Hasta la construcción de campos de béisbol y fútbol americano milmillonarios, había sido sobre todo una zona industrial. Paul Allen, magnate de Microsoft y propietario de uno de aquellos estadios, no había dejado pasar la ocasión de estimular la reurbanización del distrito. Había echado abajo las naves existentes o las había convertido en bloques de oficinas o de pisos, clubes nocturnos, restaurantes y hasta destilerías. El edificio de Sloane, un almacén reconvertido, era uno de ellos.

Jenkins se reunió con él en la gran sala de juntas que había tras la recepción. Sabía que estaba buscando pruebas tangibles en las que apoyar su historia y hacerla verosímil, aunque, por desgracia, él no podía ofrecerle gran cosa.

A mediodía llegó Carolyn con una bolsa de bocadillos. Jenkins y la secretaria de Sloane habían tenido siempre una relación de amor y odio.

—¿Para quién es el de pastrami? —preguntó al entrar—. ¿Para ti o para el Gigante Verde?

—Ese es el mío —respondió su jefe.

Ella miró a Jenkins.

—De pavo a secas. Te digo en serio que deberías echarle un poco de sal y pimienta a la vida.

—Me temo que ya he tenido suficiente sal y pimienta hasta que me jubile —contestó él.

—Ya he leído el extracto en el *Reader's Digest.* —Tras un instante de silencio añadió—: Me alegro de que hayas vuelto.

—¿Eso ha sido un comentario civilizado? —Jenkins se volvió hacia Sloane—. Sí, ¿verdad?

—Que no sirva de precedente —dijo Carolyn.

Cuando salió, empezó a hablar Sloane.

—He pensado mucho en lo que dijiste anoche de que no podíamos ir a la CIA ni publicar en la prensa lo que te ha pasado y se me ha ocurrido otra cosa.

—Dime. —Jenkins dejó el bocadillo.

—¿Y si se lo contamos a otra entidad federal para que investigue por nosotros?

—¿A quién tienes en mente?

—Conozco a un tipo en el FBI. No es amigo mío, pero me respeta. ¿Y si le cuentas lo que ha pasado sin mencionar ninguna operación concreta? Podrías pedirle que comprobase con la CIA que, en efecto, te han reactivado y que consiguiera más detalles. Con eso, la CIA sabría que tiene un topo o un delator que está vendiendo información secreta a Rusia. Supongo que hasta una simple acusación haría que se pusieran a investigar.

Jenkins meditó aquella idea. Tenía sentido. El FBI operaba dentro de los Estados Unidos y tendría jurisdicción en aquel asunto.

—¿Es concienzudo? Si le doy retazos de información, ¿se pondrá a investigar para verificarlo y averiguar más cosas?

—Yo diría que sí, siempre que le demos motivos para hacerlo. Si le decimos que hay un topo o un delator en la CIA, imagino que tendrá razones de sobra.

Jenkins estudió las pocas opciones con que contaba.

—Está bien —concluyó—. Vamos a probar.

Sloane llamó a Christopher Daugherty, destinado en la delegación del FBI de la Tercera Avenida, en el centro de Seattle. Tras volver a presentarse, le dijo que tenía un cliente dispuesto a ofrecer información. Cuando mencionó la CIA, Daugherty anunció que estaría en su despacho antes de una hora.

Jenkins pasó la mayor parte de aquella tarde hablándole con cautela de la relación de C. J. Security con la LSR&C, los apuros económicos que estaba atravesando su empresa por los impagos de la LSR&C y la oportuna visita que le había hecho Carl Emerson a su granja de Caamaño. También lo puso al corriente de los dos viajes que había hecho a Rusia, sin mencionar en ningún momento a las siete hermanas.

—No puedo dar el nombre de la operación —dijo—, porque todavía está en marcha.

Sí le dijo que se había reunido con Víktor Fiódorov para revelarle, por indicación de Emerson, el nombre de Alekséi Sukurov y de la operación Graystone. También que, más tarde, le había hablado de Uliana Artémieva, científica nuclear rusa. Daugherty lo escuchó, le hizo unas preguntas y tomó notas al respecto, cosa que él entendió como una buena señal.

Cuando acabó, el del FBI se meció en su asiento y dijo:

—A ver si lo he entendido. Le hicieron un pago de cincuenta mil dólares por revelar la información, ¿no?

—No. Los cincuenta mil dólares eran parte del pago que yo exigí.

—Y los usó para pagar las deudas y las nóminas de C. J. Security.

—Sí, para mantener a flote la empresa hasta que la LSR&C estuviese en condiciones de ponerse al día.

—¿Llegaron a pagarle los rusos?

—No.

—Y ese hombre... —Daugherty miró sus notas—. Carl Emerson era su superior en Ciudad de México cuando ejercía usted de agente de operaciones.

—Eso es.

—Y no lo había visto desde entonces.

—Exacto, desde hace décadas.

—Sin embargo, acudió a usted para pedirle que llevara a cabo esta operación en Rusia.

—Sí.

Daugherty arrugó el sobrecejo como quien trata de resolver un problema complejo y, tras unos instantes más, añadió:

—¿Y por qué iba a hacer una cosa así?

Aunque su voz revelaba no poco escepticismo, Jenkins había previsto la pregunta y tenía preparada su respuesta.

—Porque hablo ruso y sé de contraespionaje, y porque siempre es más barato y rápido reactivar a un agente que adiestrar a uno.

—Y porque apremiaba el tiempo.

—Eso me dijeron —aseveró Jenkins.

—Está bien. Aun así, no me puede decir nada del motivo por el que lo mandó a Rusia Carl Emerson.

—No puedo concretar nada.

—¿Por ser secreto?

—Sí.

—¿Porque podía correr peligro la vida de los agentes que participan en la operación?

—Sí.

—Pero sí que expuso a Alekséi Sukurov y a... —Daugherty volvió a mirar sus notas.

—Uliana Artémieva —dijo Jenkins—. Esos nombres me los dio Carl Emerson. No revelé ninguna información que no estuviera autorizada.

—De manera que habían autorizado desvelarla.

—Me habían autorizado a mí.

Daugherty miró a Sloane antes de volver a dirigirse a Jenkins.

—Entenderá que me cueste muchísimo tragármelo sin nada que corrobore lo que me está contando.

—Lo entiendo y le aseguro que hay mucho más detrás de todo esto, más de lo que puedo revelarle. La CIA tiene a alguien que está filtrando información, un oportunista o un topo, y esa persona está perjudicando sus operaciones en Rusia. Si la agencia emprende una investigación, podrá erradicar el problema. Tendrá que recurrir a ella para completar la información que falta… hasta donde quieran revelarle.

Daugherty se reclinó y puso gesto de estar estudiando a Jenkins.

—¿Estaría dispuesto a someterse a la prueba del polígrafo?

Charlie sabía que los resultados de la máquina de la verdad no eran admisibles en un tribunal y sabía que tanto el investigador como el declarante podían manipular los resultados jugando con la formulación de las preguntas… y de las respuestas. Tampoco ignoraba que, sin nada más que pudiese convencer a Daugherty, el agente del FBI no se sentiría inclinado a seguir buscando.

—Con condiciones —contestó.

—¿Cuáles?

—No responderé a ninguna pregunta concreta sobre la operación. Solo hablaré de mi reactivación y de si he revelado o no información no autorizada. —Jenkins tenía la intención de revelar cuanto pudiera, pero también quería cubrirse las espaldas.

Daugherty cerró su libreta.

—¿Cuándo podría venir a la central?

—Eso sí que no. —Jenkins era consciente de la importancia que revestía el entorno en el que se efectuase la prueba—. Podemos hacerlo aquí.

—¿Quiere que sea el poligrafista quien venga aquí?

—Lo que quiero es un entorno neutro. Además, quiero que esté presente mi abogado para garantizar que se me formulan las preguntas de forma adecuada. También quiero que me comuniquen su conclusión antes de salir de este despacho. —Quizá pecara de paranoico, pero temía que pudiesen manipular los resultados.

—¿A qué hora le viene bien mañana?

—¿Qué tal si lo hacemos esta tarde?

—Déjeme hacer unas llamadas.

Jenkins solo había estado veinte minutos conectado a la máquina, pero la poligrafista necesitaba tiempo para repasar las respuestas fisiológicas a cada una de las preguntas que se le planteaban. Había caído la tarde y se oía, como un trueno distante, el entrechocar de los vagones de tren que se acoplaban y se desacoplaban en las vías de detrás del edificio.

Sonó el teléfono de Sloane: Daugherty los esperaba en la sala de reuniones.

Estaba de pie en la cabecera de la mesa, al lado de la examinadora, una mujer de vestimenta anodina y actitud oficiosa. Le tendió a Sloane el informe.

Jenkins soltó un suspiro de alivio al leer: «No hay indicios de mentira». Sabía que las conclusiones podían ser tres: «No hay indicios de mentira», «Hay indicios de mentira» y «No concluyente». Lo único que le importaba era que Daugherty se animase a seguir investigando.

—Así que está diciendo la verdad —concluyó Sloane.

—Solo podemos decir que no ha mentido a lo que se le ha preguntado. —El del FBI miró a Jenkins—. Mañana haré unas llamadas para intentar completar parte de la información que no me ha dado. Si la CIA me confirma su colaboración y algún que otro detalle de lo que me ha contado, nos pondremos a trabajar para ver si podemos dar con el delator. De todos modos, dependiendo de lo que averigüemos, puede que tengamos más preguntas que hacerle. Imagino que la CIA también. ¿Estará localizable?

—No tengo intención de ir a ninguna parte.

Los hombres se despidieron con un apretón de manos y Daugherty se marchó con la poligrafista. Poco después, Sloane cerró el despacho y salió con Jenkins para dirigirse a su casa.

—Hasta ahora, todo va saliendo bien —dijo el abogado.

Jenkins, sentado en el lado del copiloto, miró por el retrovisor lateral.

—Nos siguen.

—¿En serio? —Sloane clavó los ojos en el espejo.

—El coche que llevamos atrás. Dos varones. Del FBI.

—¿Cómo sabes que son del FBI?

—Porque no están haciendo nada por disimular. Eso significa que no deben de ser de la CIA ni son rusos que pretenden matarme.

—¿Y por qué iba a seguirnos el FBI? El polígrafo ha dejado claro que no mentías.

—El agente Daugherty quiere tenerme vigilado hasta que consiga poner todos los puntos sobre las íes. Acabo de confesarle que he revelado información secreta a la FSB.

Alex los recibió en la puerta cuando llegaron a la casa. Jenkins la había llamado de camino para hablarle de la prueba del polígrafo y de los resultados.

—Ahora mismo iba a acostar a C. J. —dijo ella. Llevaba días sin oírla tan animada—. Tengo la cena puesta en el horno por si venís con hambre.

—Deja que lo acueste yo. —Jenkins subió al cuarto del pequeño y lo encontró sentado en la alfombra ensamblando piezas de una de las diez o doce cajas de Lego que le había encontrado Jake en el ático—. Hola —dijo mientras se sentaba a su lado—. ¿Qué estás montando?

—Una Estrella de la Muerte. Papá, ¿cuándo voy a poder volver al cole?

—Ya mismo.

—Pero ¿cuándo?

—No te puedo dar una fecha concreta, hijo mío. ¿Echas de menos a tus amigos?

Él asintió con la cabeza.

—Y el fútbol.

—Ya —repuso Jenkins.

—¿Te has metido en algún lío?

—¿Por qué lo dices?

—Porque no soy tonto.

—Desde luego que no.

—Dime.

—En un lío no, pero puede que en una situación un poco complicada.

—¿Te pueden meter en la cárcel?

Jenkins no contestó enseguida y, durante aquel segundo de vacilación, vio el miedo asomarse al rostro de su hijo, que se echó a llorar.

—Eh —dijo mientras C. J. se arrojaba a sus brazos—. Eh, tranquilo. Ya verás como se arregla todo. —Nunca le había mentido. Consideraba que la sinceridad era una parte muy importante del hecho de ser padre—. Papá no ha hecho nada malo. Quiero que te quede claro. Te estoy diciendo la verdad. No he hecho nada malo.

—¿Seguro que no vas a ir a la cárcel?

—Pero ¿por qué dices eso?

—Porque David es abogado y siempre os reunís cuando me acuesto.

Aquella era una deducción muy lógica.

—David hace muchos tipos diferentes de trabajo como abogado, C. J. No solo se dedica a evitar que la gente entre en la cárcel.

—Entonces, ¿por qué te reúnes con él y por qué nos hemos venido a vivir aquí? ¿Por qué no podemos ir a casa?

—Tú sí que sabes hacer preguntas, chaval. —Jenkins tardó unos instantes en decidir por dónde empezaba—. A ver, hace mucho tiempo trabajé para el Gobierno y hace poco me hicieron otro encargo. Por eso he estado viajando tanto. La cosa se ha complicado un poco y les he pedido a David y a Jake que me echen una mano. ¿Lo entiendes?

—No mucho.

—Lo importante es que no quiero verte asustado. ¿De acuerdo?

C. J. asintió con la cabeza.

—Así me gusta, machote. Vamos a la cama, que no quiero meterme en un lío con tu madre. ¿Ves? Ella sí me tiene preocupado…

CAPÍTULO 49

Jenkins dedicó los tres días siguientes a relevar a Alex en su empeño en que C. J. no perdiera el ritmo de estudio mientras estaba ausente del colegio y a sacarlo de vez en cuando de casa de Sloane para que ella pudiese descansar. Cuando no estaban haciendo deberes escolares, se iban a la playa a pescar o a buscar trozos de cristal pulidos por el agua y galletas de mar enteras. Acabaron de montar la Estrella de la Muerte de Lego y otras dos cajas y, aunque le encantaba pasar tiempo con su hijo, a Jenkins le resultó imposible no angustiarse mientras aguardaba la llamada de Daugherty. Cada vez que salía de la casa para ir con C. J. a buscar libros a la biblioteca o comida y artículos de pesca al hipermercado, lo acompañaban los dos agentes del FBI. Era lo que ellos llamaban «pegarse al bolsillo de la cartera».

Aquella mañana, Jenkins propuso a su hijo ir a pescar antes de empezar con los deberes para que Alex pudiese dormir un rato más. No tuvo que convencerlo para posponer el momento de plantarse delante de sus libros.

Se abrigaron bien —la ola de frío había hecho bajar las temperaturas a extremos glaciales— y se plantaron en la orilla con otra media docena de pescadores que lanzaban sus anzuelos al estrecho de Puget. Jenkins acababa de echar el sedal cuando sonó el teléfono. El número correspondía al bloque de oficinas de Stanwood que compartía con otras empresas C. J. Security. Había desviado las llamadas del negocio familiar al bufete de David Sloane y Jake había estado respondiendo a los proveedores que reclamaban sus pagos y a los abogados que amenazaban con llevarlo a los tribunales.

—¿Charlie? Soy Claudia Baker.

Baker era la recepcionista que compartían con el resto de empresas del edificio. Jenkins se disculpó por no haber dado señales de vida últimamente.

—Te llamaba para que supieras que… ayer por la tarde vino a tu despacho un agente del FBI.

Aquello despertó la curiosidad de Jenkins.

—¿Y qué quería?

—Tenía una orden judicial para llevarse unos documentos. Yo le dije que no guardabas papeles aquí y que tampoco tenías ordenador de sobremesa.

—¿Te dejó su tarjeta o un número de teléfono?

—Porque se la pedí yo. Le dije que, si no se identificaba, no pensaba responder a sus preguntas. Se llama Chris Daugherty. Tengo su tarjeta.

A Jenkins le pareció buena señal. Daugherty seguía investigando. Baker se detuvo y Charlie no pasó por alto que no sabía cómo seguir.

—¿Qué más te dijo, Claudia?

—Pues… se le escapó que el FBI sabía que trabajabas para la CIA y que necesitaba tus archivos para documentarlo.

Jenkins sonrió. Las pesquisas de Daugherty lo habían llevado a sortear el principal obstáculo al confirmar que había estado actuando en nombre de la CIA. Su interés por los documentos de Jenkins no podía significar sino que estaba intentando confirmar cuanto le había dicho.

Pensó en el comentario que le había hecho Sloane acerca de la tarjeta de visita y la necesidad de pruebas tangibles.

—Claudia, ¿podrías hacerme un favor?

—Claro —respondió ella, aunque parecía poco convencida.

—Necesito que pongas por escrito lo que me acabas de decir y que adjuntes la tarjeta de visita al documento antes de fecharlo y firmarlo. Cuando acabes, quiero que hagas una copia, metas el original en un sobre, lo cierres, lo lleves a la oficina de correos y te asegures de que lo sellan con la fecha de hoy. —Pidió a Baker que se pusiera a sí misma de destinataria. Había trabajado con Sloane el tiempo necesario para saber que el envío de una carta certificada a la misma dirección del remitente constituía una prueba de que uno había escrito y firmado un documento en la fecha que figuraba en el sobre—. Cuando te llegue la carta, no la abras. Guárdala en un sitio seguro del despacho. —Entonces le dio el nombre de David Sloane y la dirección postal de su bufete para que hiciera lo mismo con la copia.

Tras dar las gracias a la recepcionista y colgar, se volvió hacia su hijo.

—Oye, C. J., ¿te apuntas a desayunar?

—Es que están picando. ¿Me dejas unos minutos más?

Jenkins miró el reloj. Acababan de dar las ocho de la mañana.

—Media hora. ¿Te parece bien?

—Vale —respondió el chiquillo antes de tomar impulso pasando la caña por encima del hombro y lanzar el sedal hacia la embarcación que tenía Sloane amarrada en las inmediaciones. El anzuelo salpicó al caer al agua y C. J. cerró el aro y empezó a recoger hilo, moviendo hacia arriba y hacia abajo la punta de la caña como le había enseñado Jake.

—Voy a subir a prepararle el desayuno a mamá —anunció Jenkins. Quería llamar a Sloane, ponerlo al corriente de lo que le había dicho Claudia y ver si podía darle algún consejo más.

La marea estaba baja y había dejado una franja de nueve metros de playa rocosa entre el borde del agua y el césped que llevaba al porche trasero cubierto. Al llegar a este oyó el timbre de la puerta y cruzó la casa con rapidez para abrir. En el porche delantero aguardaba Chris Daugherty, vestido con traje y abrigado con un anorak y un gorro de lana. Lo acompañaba un segundo agente, de pie tras él y también ataviado para hacer frente al frío.

—Señor Jenkins —dijo Daugherty—. No es demasiado temprano, ¿verdad?

Se alegró de haber dejado a C. J. en la playa.

—No, qué va. ¿Qué puedo hacer por usted?

—Me gustaría preguntarle un par de cosas más.

—Mi mujer está dormida y mi hijo está en casa.

—Podemos hacerlo en nuestra sede del centro.

—¿Ha hablado con la CIA?

—Sí.

—¿Y le ha ayudado a rellenar vacíos?

—Todavía estoy en ello. Me han surgido unas cuantas dudas más, solo un par de cosas que me gustaría aclarar.

Jenkins lo había puesto sobre la pista y todo apuntaba a que el agente del FBI había comenzado, al menos, a indagar en serio. Consideró que lo mejor era que siguiese cooperando.

—Llamaré a David para ver si está disponible.

—Nos vemos de aquí a una hora —dijo Daugherty.

Una hora después, Jenkins estaba sentado junto a Jake ante la mesa de una funcional sala de reuniones de la delegación del FBI. Sloane tenía un arbitraje en Port Ángeles y había pedido a Jenkins que aplazase la reunión con Daugherty, pero a él no le había parecido prudente. Lo había puesto al corriente de su conversación con Claudia Baker y le había dicho que Daugherty le había confirmado que había hablado con la CIA y tenía más preguntas.

—Estoy deseando quitarme esto de en medio. Alex está a punto de salir de cuentas y quiero volver a casa y prepararlo todo para la llegada del bebé. Y C. J. está loco por volver al cole con sus amigos y jugar al fútbol. Jake y tú sois unos anfitriones inmejorables, pero ya va siendo hora de que os dejemos.

A Jake, que podía ejercer la abogacía de forma limitada en virtud de la norma número Nueve del Derecho Procesal Civil, le pareció una solución aceptable. Su función consistiría, sobre todo, en tomar notas, garantizar que las preguntas fuesen adecuadas y evitar que el FBI grabase la conversación.

Chris Daugherty y el segundo agente entraron en la sala, retiraron sendas sillas y se sentaron al otro lado de la mesa.

—Como nos propuso, hemos hecho unas cuantas llamadas —anunció el recién llegado—. En su hoja de servicio consta que se retiró voluntariamente de la Agencia Central de Información en 1978. Solo estuvo unos años en activo, ¿me equivoco?

—Dos años y un mes.

—¿Fue una salida amistosa?

—No, no mucho.

—¿Por qué?

Jake se echó hacia delante.

—¿Qué tiene eso que ver con la operación que ha desarrollado en Rusia en el presente?

—Es solo por poner las cosas en contexto… —Daugherty consultó la tarjeta de presentación que le había dado Jake—. Señor Carter, me gustaría saber cuáles son sus antecedentes, a las órdenes de quién trabajó en la CIA antes de su reactivación… En fin, cosas así. —Miró a Jenkins—. ¿Por qué no fue una salida amistosa?

—Sigo sin ver a qué viene la pregunta —insistió Jake—. No la considero relevante.

—No pasa nada —dijo Jenkins. Sabía que Jake estaba haciendo su trabajo, pero también le interesaba que Daugherty hiciera el suyo—. Me pareció que la agencia me había engañado en lo referente a cierta operación que había tenido como consecuencia la muerte de cierto número de personas.

—¿Estaba enfadado con la agencia?

—En aquella época, sí.

—¿Y ya no?

—Ha pasado mucho tiempo para seguir guardándole rencor. En aquella época quería pasar página, alejarme de todo aquello. Si ha comprobado mi historial, habrá visto que me mudé a la granja de la isla de Caamaño. Llevo allí desde entonces.

—Doy por hecho que esa granja significa mucho para usted. ¿Me equivoco?

—Ha sido mi hogar durante mucho tiempo.

—Está usted casado y tiene un hijo.

—Correcto.

—Además de otro que viene de camino.

—En efecto.

—¿Y cómo surgió lo de C. J. Security?

—A partir de una propuesta del director financiero de la LSR&C.

—¿Cómo se llama?

—Randy Traeger.

—¿Cómo se conocieron Randy Traeger y usted?

—Su hijo y el mío jugaban juntos y supongo que en algún momento le comenté que trabajaba de investigador privado y, cuando hacía falta, de guardia de seguridad para David Sloane y sus clientes. Él me dijo que la LSR&C estaba planteándose ampliar sus operaciones en mercados extranjeros y necesitaban un servicio de seguridad en las nuevas sucursales para cuando atrajesen a inversores de cierta categoría.

—Y una de las sucursales en el extranjero era la de Moscú.

—Exacto.

—¿Su mujer trabaja también en C. J. Security?

—Hasta que el médico le mandó hacer reposo por su embarazo.

—¿Ella también se reunió con... —Daugherty buscó entre sus notas— Carl Emerson?

—No.

—¿Lo conoce?

—No.

—Cuando fundó C. J. Security, ¿pidió un préstamo comercial?

Jenkins sabía adónde quería llegar, pero ignoraba con qué intención.

—Al principio no hizo falta.

—Pero cambiaron las circunstancias.

—La LSR&C empezó a expandirse con mucha rapidez y, para satisfacer su demanda, tuve que subcontratar a más gente del mundo de la seguridad. Me hacía falta capital.

—Así que tuvo que pedir préstamos. ¿Qué usó como aval?

—La granja.

—Su casa.

—Sí.

—Entonces, en un momento determinado, la LSR&C dejó de pagar a C. J. Security y ustedes, sin embargo, siguieron trabajando para ellos.

—Randy Traeger me aseguró que se pondrían al día.

—¿Y lo hicieron?

—Al principio no y luego tampoco lo pagaron todo.

—Y empezó a recibir presiones de los proveedores y los contratistas.

—Algo hubo.

—Le enviaron notificaciones de impago, lo amenazaron con dejar de prestarle sus servicios...

—Sí. De esto ya hemos hablado, agente Daugherty.

—Lo siento. Solo intento ser lo más exhaustivo posible y asegurarme de que lo entiendo todo.

Jenkins no se tragaba ya que fuera ese el motivo de aquellas preguntas. Sospechaba que la presencia del segundo agente tenía como objetivo confirmar lo que pudiera decir, ya que Daugherty había estado solo la primera vez que habían hablado. Empezó a preguntarse a qué estaba jugando.

—Y fue estando en medio de esta crisis cuando se presentó Carl Emerson en la granja sin anunciarse para proponerle que volviese a su servicio.

—En efecto.

—¿Y cuánto dijo el señor Emerson que le pagaría?

—Quedamos en cincuenta mil dólares de entrada.

—Dinero que usó usted para pagar a los contratistas y los proveedores de C. J. Security, cubrir los gastos de funcionamiento del negocio y todo eso.

—Eso también se lo he dicho.

Jake intervino entonces.

—A menos que tenga algo más, agente Daugherty, vamos a tener que irnos. Todas esas preguntas ya las ha contestado antes.

Daugherty se reclinó en su asiento sin apartar de Jenkins la mirada y tras un instante dijo:

—He llamado a la CIA como me pidió y no tienen información alguna sobre una operación en Rusia.

—Ya le dije que no reconocerían ninguna operación concreta, porque hay agentes cuya vida está en peligro.

—No me refería a eso. No tienen información sobre ninguna operación ni tampoco sobre su reactivación.

Jenkins se quedó de piedra.

—Si la CIA no tiene constancia de que lo han reactivado, ¿qué quiere que piense yo?

Jenkins se devanó los sesos en busca de una respuesta sin poder dar con ninguna.

—Esto es lo que no entiendo —siguió diciendo el del FBI—: La CIA dice que Alekséi Sukurov, uno de los nombres que reconoce usted haber comunicado a la FSB, seguía estando en activo.

Jenkins sintió otro revés brutal.

—Me dijeron que había muerto.

—Y ha muerto, pero hace poco y en circunstancias misteriosas.

No podía creer lo que estaba oyendo. Lo habían engañado desde el primer momento. Mareado de pronto, se sintió al borde de un ataque de ansiedad e hizo cuanto pudo para sortearlo. Le faltaba el aire y las respiraciones rápidas que tomó para contrarrestar la sensación no sirvieron de mucho.

—¿Qué coño he hecho? —dijo casi en un susurro, aunque no tan bajo como para que Jake no volviera la cabeza hacia él.

—Mejor hacemos un descanso —propuso el joven.

—¿Quiere confesar y hacer un trato, señor Jenkins? —preguntó Daugherty.

—Charlie, vamos a descansar un momento —insistió Jake separando su asiento de la mesa.

Jenkins no conseguía recobrar el aliento. Sentía que las paredes de la sala se estrechaban a su alrededor. La mano derecha le había empezado a temblar. La retiró de la mesa. El sudor le corría por la cara. Miró a Daugherty.

—No es lo que está pensando. No lo hice por lo que usted cree.

—Entonces, ¿por qué lo hizo?

—He superado la prueba del polígrafo —aseveró haciendo cuanto estaba en sus manos por no parecer un náufrago que boqueaba en busca de aire—. No revelé información no autorizada y el polígrafo lo ha confirmado.

—El adiestramiento que recibió para ejercer de agente de la CIA, ¿incluía técnicas para engañar a la máquina de la verdad?

—Charlie, vamos a hacer un descanso —dijo Jake con mayor urgencia.

—La CIA también está teniendo dificultades para dar con otro de sus agentes de Moscú. Se trata de alguien que desapareció de su radar al mismo tiempo que dice usted que estuvo allí. Se llama Pavlina Ponomaiova. ¿Tuvo usted algún contacto con ella?

—Un momento —pidió Jake con una mano levantada.

Sin embargo, la mención de aquel nombre sirvió para reforzar a Jenkins, que consiguió recomponerse un tanto.

—Si yo fuese un espía traidor como está usted dando a entender, agente Daugherty, ¿qué sentido tendría que le hubiese revelado la CIA el nombre de uno de sus agentes activos en Rusia para que me pidiera que lo confirmase?

—No lo sé. ¿Por qué cree usted?

—Dudo que sean tan estúpidos.

—¿Es usted espía?

—Ya le he respondido a esa pregunta. Además, tiene una prueba de polígrafo que confirma que sí he actuado como espía y que no he revelado información no autorizada.

Los dos se miraron fijamente.

—¿Puedo irme ya? —quiso saber Jenkins.

Daugherty hizo un gesto hacia la puerta como diciendo: «Adelante», aunque Jenkins sabía que tal cosa no significaba que estuviese libre de sospecha ni que se fuera a librar de él: desde el instante en que saliera del edificio tendría al menos un coche y dos agentes siguiendo cada uno de sus movimientos.

CAPÍTULO 50

Ni Charlie ni Jake dijeron gran cosa durante el camino de vuelta al bufete. Jenkins sabía ya que la CIA no iba a salir en su defensa, pues, de hecho, ni siquiera pensaba reconocer que lo habían reactivado. Lo que tenía que resolver en aquel momento era por qué no. ¿Quizá porque no estaba dispuesta a admitir la existencia de las siete hermanas, ni siquiera internamente? ¿O tal vez por un motivo más retorcido?

En su interior oyó la advertencia de Alex: «Ni tú ni yo ignoramos que alguien, quien sea, se ha desvivido por evitar que volvieses, por taparte la boca. Y está claro que, si empiezas a hablar, tendrá que responder».

Alguien había ofrecido a Chris Daugherty la munición necesaria no solo para desacreditarlo, sino para acusarlo de espionaje y quizá para quitarlo de en medio, tal vez para siempre. Lo que no conseguía entender era por qué no lo había arrestado allí mismo aquel agente del FBI, por qué lo había dejado salir del edificio, aun con la escolta que habría de seguirlo y que se había duplicado, tal como ponían de relieve los cuatro agentes que aguardaban repartidos en dos coches aparcados frente al despacho de Sloane.

—Tenía que haberlo cortado —dijo Jake—. David lo habría cortado.

—Y lo has intentado. He sido yo el que ha cometido la estupidez de pensar que la CIA rellenaría los vacíos de mi declaración o que, por lo menos, reconocería ante Daugherty que me han reactivado.

—Tiene que ser Emerson, ¿no?

—Puede, aunque también es posible que estén protegiendo una operación que lleva cuarenta años en marcha y está dando frutos y no les importe sacrificarnos a Emerson y a mí para conseguirlo.

—Podrían juzgarte por espionaje —señaló el joven.

Jenkins volvió a mirar los dos Ford que había estacionados uno detrás del otro ante el bordillo del solar en construcción y volvió a pensar en la pregunta que le había hecho C. J. la noche que había entrado en su cuarto para acostarlo: «¿Te pueden meter en la cárcel?».

Jenkins y Jake levantaron la vista de la pantalla del ordenador cuando volvió Sloane de su despacho de Port Ángeles. Los tres habían hablado por teléfono de la reunión con Daugherty.

—Se ve que hemos liado una buena acudiendo al FBI —comentó Charlie.

Jake giró su portátil para que viera Sloane la noticia que había publicado la prensa aquella misma tarde.

—La Comisión de Bolsa y Valores está investigando a la LSR&C por fraude y corrupción —anunció—. Dicen que toda la empresa es una estafa piramidal. —A continuación pulsó una tecla para volver a reproducir el boletín informativo.

Ante la fachada del Columbia Center, el monolito negro del centro de Seattle, había una periodista hablando por un micrófono. Según contaba, Hacienda había iniciado dos semanas antes una investigación sobre la LSR&C que, sin embargo, no había obtenido resultado alguno.

—No puede decirse lo mismo —proseguía— de la que ha emprendido la Comisión de Bolsa y Valores, que ha presentado hoy una denuncia ante el Tribunal Federal por fraude contra el director ejecutivo de la LSR&C, Mitchell Goldstone, y su director financiero, Randy Traeger, entre otros directivos de la compañía. En ella se sostiene que la LSR&C ha estado atrayendo a inversores adinerados mediante el uso fraudulento de nombres de gran prestigio en Seattle.

Jenkins sacó el teléfono y llamó a Traeger, como ya había hecho, sin éxito, al enterarse de la noticia. Esta vez, el director financiero sí contestó. Jenkins puso el aparato en manos libres para que Jake y Sloane pudiesen oír la conversación.

—¿Charlie?

—Randy, ¿qué coño está pasando? Estoy viendo las noticias.

—No lo sé —respondió su interlocutor—. Esto empezó hace varias semanas con esa periodista de *The Seattle Times*, que pidió entrevistar a los directivos sobre la rápida expansión de la empresa. En aquel momento me dio mala espina y le dije a Mitchell que no accediera. Él me aseguró que me estaba preocupando en exceso. Al día siguiente recibimos una carta de Hacienda en la que solicitaban información financiera y alegaban que habíamos evadido el pago de ciertos impuestos; pero Mitchel volvió a decirme que no me preocupase, que se ocuparía de todo.

—¿Que se ocuparía cómo?

—No lo sé, pero el caso es que no volvimos a saber nada de la investigación.

—¿Y eso? —Jenkins sabía que Hacienda nunca abandonaba un expediente así.

—Ni idea —repuso Jenkins, tenso a todas luces—. Mitchell me dijo que se encargaría de aquello y ahí acabó todo. De todos modos, yo tenía razón en lo de la periodista: no le interesaba nuestro éxito, sino los nombres de nuestros inversores.

—Y, ahora, ¿qué pasa con la Comisión de Bolsa y Valores?

—No lo sé muy bien. Lo único que puedo decirte es que estamos ya de mierda hasta el cuello. Han asignado a un síndico para que gestione la quiebra y se han incautado todos nuestros activos. ¿Has hablado con Mitchell?

—No. ¿Tú tampoco?

—No tengo ni idea de dónde está. Llevo sin verlo desde ayer por la tarde. Falta dinero, Charlie.

Jenkins miró a Sloane.

—¿Cuánto?

—No lo sé con certeza, pero asciende a varios millones de dólares. Estuve repasando mis archivos antes de que nos confiscaran los ordenadores.

—¿Quién os ha confiscado los ordenadores?

—Un grupo de investigadores federales que ha venido esta tarde y nos ha dicho a todos que saliéramos de la oficina.

Jenkins guardó silencio un instante para pensar y a continuación preguntó a Traeger:

—¿Dónde estás tú ahora?

—En casa, viendo la tele y esperando a que me llame mi abogado. Si es verdad lo que dicen… Tengo mujer y tres hijos, Charlie. Tengo que dejarte, que me están llamando.

Y con esto colgó. Jenkins miró a Sloane y a Jake, sentados al otro lado de la mesa.

—Tenemos que irnos —anunció.

—¿Adónde? —quiso saber David.

—Te lo diré cuando estemos en el coche. Jake, recógenos en la parte trasera del edificio. No quiero que me siga el FBI.

Quince minutos después, Jake dejó el vehículo en el estacionamiento que había bajo el Columbia Center y Jenkins los condujo al vestíbulo del edificio tras recorrer varios tramos de escaleras mecánicas. Se dirigieron a los ascensores para acceder a la oficina de LSR&C, sita en la cuarta planta. Jenkins pasó su tarjeta, pulsó el botón correspondiente y contuvo el aliento con la esperanza de que no hubiesen cerrado aún aquel acceso. La luz se encendió y el aparato empezó a subir.

Al llegar al cuarto, Jenkins salió de la cabina y se detuvo en seco.

Habían vaciado toda la oficina: mobiliario, elementos fijos y demás material. No había quedado una sola mesa ni el tabique de ningún cubículo. Se habían llevado todos los ordenadores y hasta los cuadros y los impresos de las paredes. Tampoco había placas que identificasen a quienes trabajaban allí. No vio ni una hoja de papel, ni un bolígrafo ni un clip olvidado. Habían retirado incluso la moqueta: el suelo no era más que una extensión de cemento.

CAPÍTULO 51

Volvieron a la sala de juntas de Sloane y prosiguieron la conversación que habían empezado en el coche. Jenkins comentó que el hecho de que hubiesen limpiado la oficina de la LSR&C horas después de que saltara la noticia de la investigación que había emprendido la Comisión de Bolsa y Valores cambiaba las cosas de forma espectacular. Ya no se trataba solo de que hubiese alguien filtrando información en la CIA: aquello ponía en tela de juicio la propia existencia de la empresa que Jenkins había creído estar protegiendo y lo que contaba Traeger del dinero desaparecido lo hacía todo mucho más sospechoso aún.

—Vuelve a explicarme lo que supone ser una sociedad concesionaria de la CIA —pidió Sloane, que a ojos vista seguía intentando procesar cuanto le había estado revelando Jenkins.

—Se trata, en pocas palabras, de una empresa propiedad de la CIA, que se encarga también de gestionarla. En realidad, es un medio por el que la agencia puede transferir fondos a los agentes encubiertos que tiene repartidos por todo el planeta. La empresa ofrece una tapadera a sus agentes al brindarles el empleo de aspecto real que necesitan para acceder a un país concreto y permite a la CIA transferirles dinero. Eso explicaría el rápido crecimiento que conoció la LSR&C y el que tuviese oficinas en Moscú, Dubái y otros puntos del extranjero, por qué Hacienda renunció, sin más, a investigarla y la velocidad y meticulosidad con la que han limpiado la oficina. También podría explicar la desaparición de millones de dólares de la que habla Traeger. Puede que sea el dinero que se hacía llegar a los agentes de operaciones o estaba destinado a tal fin cuando la empresa saltó por los aires.

—Esa es la parte que no acabo de entender —dijo Sloane—. Si la LSR&C era una tapadera de la CIA, ¿por qué iban a meterse con ella Hacienda y la Comisión de Bolsa y Valores?

—Porque la CIA no informa de qué empresas tiene como concesionarias, ni siquiera a otras entidades del Gobierno. Para Hacienda y la Comisión de Bolsa y Valores, se trataba de una compañía legal más. Sospecho que por eso se cerró con tanta rapidez la investigación de Hacienda. Goldstone debió de hacer una llamada a Langley y los de Langley llamaron a los inspectores y les dijeron que se olvidaran del asunto.

—¿Y por qué no han hecho lo mismo con la Comisión de Bolsa y Valores?

—Puede ser que hubieran avanzado ya demasiado o que la noticia de la estafa piramidal se hubiera filtrado ya a la prensa y se hubiesen visto afectados los inversores. Traeger dice que la periodista de *The Seattle Times* conocía muchos detalles de la compañía antes de solicitar las entrevistas.

—Y, entonces, ¿qué va a pasar con Goldstone y Traeger? —preguntó Jake—. ¿Los protegerá la CIA?

—Lo dudo. El que hayan limpiado de ese modo la oficina hace pensar que la CIA piensa desvincularse de la LSR&C y de todo aquel que trabajase en ella.

—¿Puede ser eso lo que están haciendo contigo? ¿Por eso no reconocen que te han vuelto a activar? —quiso saber Sloane.

—No lo sé —dijo Jenkins—. Creo que lo mío va mucho más allá. De todos modos, desde un punto de vista práctico, el que la CIA se desvincule de los directivos de la empresa es otro indicio más de que no piensa reconocer mi vinculación. Y significa que no tengo más contactos en la LSR&C que los directivos a los que han acusado de fraude y corrupción.

—También significa que va a ser muy difícil conseguir los documentos que podrían demostrar lo que nos estás contando —aseveró Sloane—. En aquella oficina no quedaba ni un folio.

—Lo que sigo sin entender es por qué Daugherty no me ha arrestado sin más cuando me tenía en su despacho. ¿Por qué ha dejado que me vaya?

—Podría ser que el FBI cuente con que la noticia pondrá en duda todo lo que digas antes de que tengas ocasión de hablar.

—Así eres culpable hasta que se demuestre lo contrario —dijo Jake.

—Yo lo he visto hacer otras veces —añadió Sloane.

—También me preocupa el comentario de Traeger sobre la desaparición del dinero.

—¿Por qué? —preguntó Sloane.

—Porque, si alguien estaba vendiendo secretos a los rusos, necesitaban un modo de blanquear ese dinero. En Ciudad de México vi hacerlo. El dinero que pagaban a los agentes dobles de Rusia tenía que blanquearse a través de una serie de negocios para que no pudiesen asociarlo a la CIA.

—Emerson tenía que saberlo.

Jenkins asintió.

—Si la LSR&C fuese concesionaria de la CIA, Emerson, u otra persona, podría haber estado pasando dinero ruso a través de la empresa. Eso explicaría que la compañía se haya ido al garete precisamente ahora, después de que acudiésemos al FBI. Puede que lo haya provocado alguien que pretende deshacerse de ciertos documentos antes de que los encuentre el FBI y confirme la desaparición de millones de dólares.

—¿Eso significaría que el que está filtrando la información trabajaba en la LSR&C? —dijo Jake—. ¿Podría ser Goldstone? ¿Por eso ha desaparecido?

—No creo, pero hay que dar con él y preguntárselo. Además, necesito hablar con Traeger y averiguar qué saben Goldstone y él de todo esto. No será nada fácil con la escolta del FBI pendiente de todos mis movimientos.

—Si también los van a joder a ellos, podrían estar buscando el modo de salvarse —apuntó Sloane—. Y si Goldstone sabía que la LSR&C era una tapadera de la CIA y tiene algún documento que lo demuestre, resultará más verosímil tu afirmación de que te reactivaron.

—Puede que sea precisamente ese el motivo de su desaparición… y la razón por la que es probable que me detengan por espionaje. Alguien está intentando desacreditarnos a los dos y lleva muy buen camino.

CAPÍTULO 52

A la mañana siguiente, Jenkins hizo cuanto le fue posible por mantener su rutina diaria por el bien de C. J. Bajó con él a la playa rocosa para pescar con sus cañas desde la orilla. Se sentía aletargado por la falta de sueño, pues había pasado la mayor parte de la noche en vela, informando a Alex de cuanto habían averiguado y estudiando con David y con Jake lo que podían hacer. Traeger no había vuelto a responder sus llamadas y no tenía el número de Goldstone.

Sloane y Jake habían salido del bufete a primera hora de la mañana para dirigirse a la isla de Caamaño. Jenkins había pegado con cinta adhesiva la tarjeta con el número de Emerson al interior de la cubierta de una primera edición de *Moby Dick* con la intención de que no cayera si alguien sacaba los libros de las estanterías y lo agitaba boca abajo. David le había dicho que tenía también la intención de llamar a Daugherty para determinar si el FBI pretendía detener a Jenkins. En tal caso, le había recomendado que se entregara voluntariamente para evitar que lo arrestasen delante de C. J. y de Alex y presentar a la prensa una mejor imagen al dejar claro desde el principio que pretendía defenderse con uñas y dientes de cualquier acusación.

Las olas del estrecho de Puget lamían las rocas bajo un cielo azul que se extendía más allá de la isla de Vashon, hasta las distantes cumbres nevadas de las montañas Olímpicas.

—¿Crees que hoy será nuestro día? —preguntó a su hijo como cada vez que salían a pescar—. ¿Pescaremos hoy un salmón de los grandes?

—Yo creo que sí. —C. J. no se hizo el remolón. Abrió el aro, echó hacia atrás la caña y lanzó al agua su cebo artificial de Buzz Bomb de color rosa.

Jenkins estaba dando impulso a la suya por encima del hombro derecho cuando vio a Chris Daugherty y otros tres hombres con traje, abrigo y gafas de sol de pie en el antepecho del camino de servidumbre. El agente lo saludó bajando la barbilla.

—¡Papá! ¡Papá, ha picado uno! —exclamó el pequeño. El extremo de su caña se había arqueado muchísimo y el sedal corría por la superficie del agua.

Jenkins dejó su caña en el suelo y corrió a ayudarlo.

—Suelta hilo. Es un pez gordo. Déjalo nadar un poco, pero que no se acerque a los barcos, no vaya a ser que se te enrede en las boyas.

C. J. se convirtió durante quince minutos en la viva imagen de la concentración. Daba tres pasos a la izquierda y, a continuación, tres a la derecha, tambaleándose al bajar la punta de la caña para volver a subirla después con suavidad. Atraía al pez hacia la costa para después dejar que se alejara haciendo correr el carrete con un sonido sibilante.

—Lo estás cansando, C. J.

—Sácalo tú, papá —dijo el chiquillo, aunque Jenkins sabía bien que no se lo pedía por cansancio, sino por miedo a perder semejante captura.

—Es tu pez. Sigue haciéndolo así. Oblígalo a recorrer toda la playa. —Jenkins recogió la red.

C. J. seguía caminando tambaleante y su padre vio la cola de un pez enorme batir la superficie del agua.

—Lo estás haciendo muy bien —aseveró.

—Creo que va a ser mejor que lo saques tú, papá. Es demasiado grande.

El padre puso una rodilla en tierra y apoyó la mano en la espalda de su hijo.

—Esta presa es tuya. No necesitas que te ayude nadie.

El crío lo miró y, al verlo sonreír, le devolvió el gesto.

El resto de pescadores que se había apostado en la playa había sacado la caña del agua para alentarlo:

—Recoge hilo, C. J. Ya lo tienes. Recoge hilo.

Jenkins alzó la vista a la plataforma de cemento. Daugherty y los otros tres habían bajado a la playa y lo aguardaban. Sabía que no habían ido a hablar con él. Eran demasiados. El FBI no le iba a dar la ocasión de entregarse ni de declararse inocente ante la prensa.

Volvió a centrar su atención en el agua.

—Un poco más, C. J. Da unos pasos más hacia atrás. —Se metió hasta los tobillos en el mar y metió la red bajo el salmón para sacarlo del agua. El pez era tan grande que casi no cabía. De hecho, le colgaba la cola hacia un lado—. Menuda bestia. —Calculó que debía de pesar más de diez kilos.

Ya en tierra, C. J. se irguió sobre el pez con una sonrisa orgullosa de oreja a oreja mientras los demás lo felicitaban. Jenkins le sacó el anzuelo y el cebo de la boca y sonrió a su hijo con los ojos empañados por las lágrimas. Sacó una porra pequeña y asestó un golpe en la cabeza al salmón para evitarle mayores padecimientos.

—Levántalo, C. J. —le pidió uno de los pescadores—, que te hagamos una foto para el periódico.

El niño dejó la caña en el suelo y agarró el pez por una de las branquias. Necesitó las dos manos para levantar el salmón, una pieza que desde su barbilla bajaba hasta más allá de las rodillas. Aquello era más que una simple captura: aquel salmón era todo un trofeo.

—¿Se lo enseñamos a mamá? —preguntó C. J.

Jenkins alzó la mirada hacia la casa. Alex estaba de pie en el césped, delante de los sillones de estilo Adirondack. Las lágrimas que le corrían por las mejillas ponían de relieve que tampoco ella había pasado por alto a los cuatro agentes.

—Creo que lo ha visto —repuso Jenkins— y está tan orgullosa de ti que se ha puesto a llorar de la emoción.

El crío se dio la vuelta y la saludó agitando la mano. Su madre le devolvió el gesto.

—¿Por qué no se lo llevas? Lo podéis limpiar juntos. Seguro que a mamá le encanta.

—¿No quieres limpiarlo tú conmigo?

—Ya me conoces —dijo Jenkins esforzándose por contener las lágrimas—. No soy muy amigo de las tripas de pescado. Venga, llévaselo a mamá.

A C. J. se le esfumó la sonrisa cuando vio a los cuatro hombres que caminaban hacia ellos.

—Pero es que quiero que vengas conmigo.

—Ve a casa, C. J. Ya verás como todo sale bien como te dije. Confías en mí, ¿verdad?

El pequeño asintió, aunque le corrían lágrimas por la cara.

—Venga —insistió Jenkins—. Ahora soy yo el que tiene que enfrentarse solo a su presa. ¿Me entiendes? Y la voy a sacar del agua, igual que tú has sacado a tu pez como todo un machote. ¿De acuerdo?

Lentamente, a regañadientes, el chiquillo subió la cuesta que llevaba a la casa mirando de vez en cuando por encima del hombro. Cuando llegó adonde estaba Alex, dejó caer el salmón en el césped y escondió la cabeza en el vientre de su madre. Ella se despidió de Jenkins agitando la mano y él hizo otro tanto sin saber muy bien si volvería a disfrutar nunca de una mañana como aquella.

Jenkins dejó las cañas en el césped, al lado de la caja en la que guardaban el equipo de pesca. Los demás habían vuelto a echar al agua sus anzuelos, aunque alguno que otro seguía volviendo de cuando en cuando la mirada a los cuatro hombres del traje y la corbata.

—Parece que no pensaba darme la oportunidad de entregarme voluntariamente.

—Lo siento —respondió Daugherty—. No ha sido cosa mía.

—Gracias por esperar a que se haya ido mi hijo.

—Yo tengo tres, señor Jenkins. No tiene sentido hacerlo más duro todavía. Podemos subir hasta el camino, donde nos espera el coche.

—Vamos allá.

El del FBI hizo una mueca de dolor.

—Tendré que ponerle las esposas. Son las órdenes que me han dado.

—¿Podemos esperar por lo menos a llegar al camino?

—Claro.

Una vez allí, Jenkins se dio la vuelta y Daugherty le esposó las manos a la espalda. La cámara de un noticiario lo grabó caminando entre dos agentes de policía que lo asían por los bíceps. Al llegar al Ford de Daugherty, uno de ellos le puso la mano en la cabeza mientras él se agachaba para acceder al asiento trasero. Jenkins miró por sobre su hombro. Había varios vecinos que habían salido al jardín de su casa para contemplar el espectáculo. Afortunadamente, Alex y C. J. no estaban entre ellos.

CAPÍTULO 53

Daugherty llevó a Jenkins a la delegación del FBI para ficharlo. A continuación, lo dejaron esperando en una sala de reuniones cerrada con llave. El reloj de la sala estaba a punto de dar las cinco de la tarde cuando se convenció de que pasaría la noche en una cárcel federal. Sin embargo, poco después volvió Daugherty acompañado de los tres agentes y anunció:

—Ha llegado la hora de la comparecencia.

Jenkins miró el reloj de la pared y dijo:

—Si son más de las cinco.

—Nos espera el juez Harden —anunció sin más explicaciones el recién llegado.

—¿Y David Sloane?

—Se reunirá con usted en el juzgado.

Lo bajaron en ascensor hasta el coche que los aguardaba en el aparcamiento. Aparcaron al llegar al juzgado de distrito de la calle Stewart y Jenkins entendió enseguida el motivo de tanta demora. En el patio que precedía a la entrada de cobre y cristal del edificio se había congregado toda una multitud de cámaras y periodistas. El retraso había permitido al FBI avisar a los medios de comunicación y ofrecer su versión del arresto.

«Culpable hasta que se demuestre lo contrario».

Uno de los agentes abrió la puerta trasera y lo ayudó a salir. El segundo fue a situarse a su derecha mientras otros dos se colocaban detrás de ellos. Delante de él no había nadie, lo que despejaba por completo la visión a los periodistas. Cuando llegaron a las escaleras situadas al lado del estanque de los deseos, bajó la mirada para salvar los peldaños y oyó de inmediato el zumbido y el chasquido de las cámaras. Los fotógrafos habían esperado a que humillase la cabeza para mostrarlo con gesto derrotado y culpable.

Los agentes judiciales lo escoltaron hasta una sala cavernosa con bancos amplios que ya había empezado a ocupar la prensa. Tras la barra, en la mesa de la defensa, lo esperaba David Sloane. A su izquierda había, de pie, un equipo de cuatro abogados, tres hombres y dos mujeres, con trajes azul marino o gris.

Uno de los agentes le quitó las esposas al llegar a la mesa.

—¿Cómo lo estás llevando? —preguntó Sloane.

Jenkins se encogió de hombros.

—Tengo hambre. Estos tíos son peores que los rusos. No me han dado de comer en todo el día. ¿Has hablado con Alex?

—Quería venir, pero le he dicho que no.

—Gracias.

—Ya sabemos por qué no te detuvo Daugherty el otro día: estaban tratando de reunir a todos los medios. Te han sacado en todas las noticias y en todas las redes sociales. Les han estado enviando material desde antes de arrestarte.

—¿Sabemos de qué me van a acusar?

Sloane negó con un movimiento de cabeza.

—El fiscal federal no me ha dicho nada, aunque imagino que lo averiguaremos en breve.

—Con que consigas que me dejen en libertad bajo fianza para poder estar con mi familia me conformo. —Miró a los abogados de la acusación pública que tenían a la izquierda—. ¿Cuál de los de la panda lleva la batuta?

—La mujer —dijo Sloane—, Maria Velasquez. Que no te engañe su estatura. Nos hemos enfrentado dos veces y las dos ha peleado con uñas y dientes la chiquitina. No juega sucio, pero es retorcida. Si no solicito el intercambio de pruebas, puedo tener por seguro que no nos revelará nada. Aunque eso es lo de menos —añadió.

—Mejor quitar el apósito de golpe.

—Han dado con Mitchell Goldstone.

—¿Muerto?

—Está vivo, pero se lo encontraron en una habitación de hotel del centro con las muñecas abiertas y un frasco de calmantes. ¿Lo conocías bien? ¿Lo crees capaz de algo así?

Jenkins meneó la cabeza.

—No lo sé. No lo conocía tanto.

—Dicen las noticias que huyó con el dinero que robó a los inversores y puede caerle la perpetua.

—Ese argumento nos lo esperábamos, ¿verdad? Tampoco me lo trago. Demasiado evidente y demasiado oportuno.

—Y Randy Traeger está cooperando con la investigación. He llamado a su abogado. Traeger asegura no saber nada de la estafa piramidal y su abogado dice que no sabía que la LSR&C tuviese nada que ver con la CIA, que ni siquiera sabía que hubiese empresas así.

—Se está desvinculando de todo este asunto sórdido.

—Eso parece.

—¿Tienes la menor idea de por qué han esperado a las cinco para traerme? Además, claro, de por la prensa.

—El juez Harden tenía otro juicio entre manos y el Estado ha pedido que se encargue él del caso. Antes fue fiscal federal y tiene fama de tío duro acostumbrado a hacer las cosas a su manera.

En ese momento entró en la sala el alguacil por una puerta situada a la derecha del estrado y dijo:

—En pie. Preside la sesión el ilustrísimo señor Joseph B. Harden.

Al ver al magistrado, hombre alto y fornido, con el pelo negro azabache que empezaba a encanecerse por las sienes, Jenkins no pudo menos de pensar en Abraham Lincoln. Entró en la sala con su toga negra, ocupó su lugar en el estrado y hojeó varios folios para leerlos mientras el secretario anunciaba el número de la causa del pueblo de los Estados Unidos contra Charles William Jenkins.

—Preséntense las partes, por favor —pidió Harden tras una breve pausa.

Empezó la camarilla de abogados de la izquierda. Velasquez fue la última en intervenir.

—David Sloane, representante del acusado —dijo entonces Sloane.

—¿Ha tenido la ocasión su defendido de leer los cargos que se le imputan, señor Sloane? —preguntó Harden.

—No, señoría, ni yo tampoco.

—En ese caso, lo haré yo. —Y procedió a leerlos sin dejarse ni una coma.

Se acusaba a Jenkins de dos cargos de espionaje, dos de revelación de secretos a los rusos a cambio de dinero y uno de conspiración. El Estado también le imputaba la revelación de información clasificada, incluida la identidad de dos agentes de la CIA que habían muerto por ello. Aunque Harden no lo dijo, Jenkins sabía que pendía sobre él una condena de cadena perpetua.

—¿Cómo se declara el acusado?

—Inocente —dijo Jenkins.

—Muy bien. Señor Jenkins, quedará bajo custodia del Cuerpo de Alguaciles en espera de ser juzgado.

—La defensa desea solicitar la libertad bajo fianza —terció Sloane.

—El Estado se opone —dijo Velasquez como movida por un resorte—. Consideramos que hay riesgo de fuga.

—El acusado está casado y es padre de un niño de nueve años —replicó Sloane—. Su mujer está embarazada de su segundo hijo, se encuentra guardando reposo y se espera que dé a luz cualquier día de estos. El señor Jenkins no tiene deseos de estar en ninguna otra parte que con su familia y aquí, en el juzgado, para demostrar su inocencia.

Velasquez miró a uno de sus compañeros, que le tendió un documento.

—Señoría, hemos elaborado una cronología de los últimos viajes que ha efectuado el acusado fuera del país y nos gustaría presentarla a la sala.

Harden asintió sin palabras y Velasquez tecleó en su ordenador mientras entregaba el documento a Sloane. En los monitores de la sala apareció un esquema con flechas en el que se recogían las fechas en las que había viajado Charles Jenkins de Seattle al aeropuerto británico de Heathrow y de ahí al de Sheremétievo, en las afueras de Moscú.

—Como puede comprobar usía, la cronología está incompleta, ya que no hay información relativa al regreso del acusado a la nación tras su último viaje a Rusia. Sin embargo, aquí lo tenemos. O el señor Jenkins es Harry Houdini y ha conseguido volver por arte de magia o ha usado un pasaporte falso. El Estado insiste en que el señor Jenkins es un antiguo oficial de la CIA y en que hay peligro de fuga.

Harden miró a Sloane con las cejas arqueadas y aire inquisitivo. Jenkins sabía que su amigo se encontraba en una situación muy complicada. No podía decir la verdad ante el tribunal, pues tal cosa solo serviría para confirmar la teoría de Velasquez de que su defendido disponía de más de un pasaporte para más de un país.

—El señor Jenkins puede entregar su pasaporte al Cuerpo de Alguaciles —dijo su abogado— y yo garantizo personalmente al tribunal que permanecerá en el estado de Washington para demostrar su inocencia. Como ya he dicho…

Harden lo atajó levantando una mano.

—Esta vez voy a denegar la libertad bajo fianza por considerar que, en efecto, existe riesgo de fuga. Señor letrado de la defensa, si desea facilitarme alguna información más a este respecto, está en su derecho. ¿Algo más?

Jenkins sintió que se le aflojaban las rodillas ante la idea de no volver con los suyos y lo que significaría algo así para C. J. No dejaba de recordarlo preguntándole: «¿Te pueden meter en la cárcel?».

—No —repuso Sloane.

—Charles William Jenkins, queda usted bajo custodia del Cuerpo de Alguaciles de la nación mientras se considere que continúa vigente el motivo por el que se le deniega la libertad bajo fianza o hasta la próxima vista de este proceso. Se levanta la sesión. —Harden dio un golpe con el mazo, se puso en pie y salió.

Los alguaciles volvieron al banquillo, esta vez con una cadena con la que rodearon la cintura de Jenkins antes de apresarle con ella las manos y los pies.

—Cuida de Alex, ¿quieres? —dijo, preocupado por su reacción y la de C. J. ante la noticia.

—Yo me ocupo. Presentaremos un pedimento de libertad bajo fianza tan pronto nos sea posible.

Jenkins sabía que no sería «tan pronto».

CAPÍTULO 54

Jenkins pasó los tres días siguientes en el Centro Federal de Internamiento, cercano al aeropuerto de Seattle-Tacoma. Se negó a comer lo que le servían por miedo a que estuviese envenenado. Según Sloane, Mitchel Goldstone había sobrevivido y se hallaba convaleciente en el hospital. Estaba previsto que se le leyeran los cargos aquella misma semana.

Intentaba parecer animado cuando hablaba por teléfono con Alex y C. J., aunque era consciente de la tensión que les había causado su detención y encarcelamiento. Sloane había contratado a una enfermera que cuidase de Alex en su casa, ya que él pasaba las horas en el bufete con Jake, quien había insistido en participar en la defensa de Charlie, aunque fuera entre bastidores. También había buscado a un maestro de escuela jubilado para que diese clases a C. J. El pequeño había protestado al principio, hasta que se había enterado de que había sido jugador de fútbol profesional. El hombre, además, se había comprometido a entrenarlo si no bajaban las notas, de modo que el crío estaba loco de contento.

Pasadas treinta horas, lo trasladaron al módulo de ingreso, donde le dieron su uniforme carcelario, lo desparasitaron, le hicieron un examen médico completo y lo sometieron a varios procesos más de deshumanización. Sloane solicitó que lo mantuvieran aislado con el argumento de que las televisiones se habían encargado de que todos los presos, entre los que se incluían veteranos de las fuerzas armadas, supieran del arresto de Jenkins y los cargos que se le imputaban, y Harden se lo había concedido.

El ruido que reinaba en el bloque común era casi ensordecedor. A la música *rock* que emitían las radios a todo volumen y el estruendo del metal al chocar contra metal se sumaban los gritos de los reclusos, que, al no poder verse, hablaban a voz en cuello a través de los muros hechos de bloques de hormigón a fin de no volverse locos, cosa que no siempre surtía efecto.

Jenkins no hablaba por si lo estaban grabando y eso le suponía un aislamiento aún mayor. Tenía que salir para poder preparar su defensa con Sloane.

Quizá estuviera cayendo en la paranoia, pero el quinto día se demostró que no le faltaban motivos. Sloane fue a verlo y le hizo saber que alguien había allanado el bufete y que, de no haber saltado la alarma, habría abierto la caja fuerte en la que guardaba la tarjeta de visita de Carl Emerson y el sobre sellado con la declaración jurada de Claudia Baker, los dos únicos documentos —poca cosa— con que contaba Jenkins para demostrar que lo había reactivado la CIA.

El abogado había solicitado de nuevo la libertad bajo fianza y el juez Harden había convocado una vista a la mañana siguiente para fallar al respecto.

—Nos está presionando para que actuemos con rapidez.

—¿Has conseguido localizar a Emerson?

—No y el Gobierno no está siendo de gran ayuda. Dicen que ya no trabaja para la CIA y que desconocen su paradero actual. Puede que sea por eso por lo que nos está apremiando el juez. Cuanto más lo alarguemos, más tiempo tendremos para dar con él.

—¿Habéis pedido los documentos en los que apoya el Estado su acusación?

—Jake está trabajando en una petición, pero por ahora nos hemos centrado sobre todo en sacarte de aquí.

—¿Cómo está Alex?

—La enfermera no la deja a sol ni a sombra. Dice que el bebé tiene el corazón fuerte y que podrían sacarlo por cesárea cualquier día de estos. Alex está esperando a que estés con ella.

—Si nos deniegan la libertad bajo fianza, dile a la enfermera que haga lo que tenga que hacer. No quiero que les ocurra nada a Alex ni al bebé.

A la mañana siguiente, Jenkins compareció ante el juez para ver a Sloane y a Velasquez afilarse las uñas a fin de hacerse frente en lo tocante a la solicitud. La tribuna estaba de bote en bote, cosa poco común en una petición relativamente trivial como aquella, lo que volvía a poner de relieve que la detención de Jenkins había sido noticia de primera plana en Seattle. Cuando las dos partes acabaron de exponer sus argumentos, Harden dijo que tenía que deliberar y que anunciaría su dictamen aquella misma tarde. Sloane confesó a Jenkins que no tenía la menor idea de qué decidiría el magistrado. Con todo, si la acusación y la defensa habían quedado igualadas, lo más probable era que el veredicto no fuese favorable.

Harden, sin embargo, los sorprendió. Por la tarde les hizo saber por teléfono que había decidido conceder la solicitud e imponer a Jenkins una fianza de un millón de dólares. Aun así, Jenkins debía llevar un dispositivo electrónico en el tobillo que alertaría a los alguaciles si salía de Seattle y, además, llamarlos a diario por la mañana y por la noche.

Le daba igual: con verse en la calle le bastaba.

—¿Has llamado a una empresa de seguridad para que registre tu bufete y tu casa por si hay micrófonos ocultos? —preguntó a Sloane mientras se dirigían a Three Tree Point.

—Eso es lo primero que hacen por la mañana —respondió el abogado.

Cuando llegaron, tuvo claro que a Alex le costó contenerse al verlo. Sloane se excusó y regresó a su despacho.

—¿Cómo lo llevas? —quiso saber Charlie.

—Bien. Tengo ganas de verlo ya en el mundo. Ahora que has vuelto, el médico dice que podemos ir cuando queramos.

Jenkins sonrió con los ojos anegados en lágrimas.

—Entonces, ¿a qué esperamos para tener un hijo? ¿Dónde está C. J.?

—Donde todas las tardes. No hace otra cosa desde que pescó aquel salmón de trece kilos.

—Con eso se distrae y no le da vueltas a la cabeza. ¿Sabe algo?

—Quiso saber quiénes eran los hombres que vinieron a la playa aquella mañana y yo le dije que podía ser que oyese cosas poco agradables sobre ti, pero que quienes las decían no te conocen como nosotros.

Él soltó un suspiro que tenía la sensación de llevar días conteniendo. Sabía, por la multitud reunida en la sala de vistas, que debían de abundar las historias poco favorables en la prensa. Aquello no le preocupaba, pero sí se sentía inquieto por su hijo. Se alegró, al menos, de que no estuviera yendo a la escuela, porque los chiquillos podían ser muy crueles.

Alex le tendió un joyero pequeñito.

—Ábrelo.

Jenkins hizo lo que le pedía y sacó una pulsera de plata de ley.

—Lee lo que he mandado grabar en el interior.

Le dio la vuelta y su mujer le ofreció un par de gafas de lectura de la encimera, que él se apoyó en el caballete de la nariz antes de moverla a la luz.

Y conoceréis la verdad, y la verdad os hará libres.
Juan 8:32

—Pase lo que pase, nosotros conocemos la verdad y eso no nos lo puede quitar nadie. Eso es lo que vamos a decirle a C. J.

Jenkins se colocó la pulsera en la muñeca.

—Espero que con la verdad baste.

CAPÍTULO 55

Sloane y Jake estaban sentados ante la mesa de la sala de juntas y tenían frente a ellos a Conrad Levy, un agente retirado de la CIA que no hacía mucho había cumplido los setenta y se había convertido en uno de los críticos más demoledores de la costumbre que tenía la agencia de dejar en la estacada a quienes trabajaban para ella. Había dedicado un libro a denunciar los casos en los que había omitido responder con la misma lealtad a los hombres y mujeres que habían consagrado su vida a servir a su nación. Sloane quería saber si, en su opinión, el caso de Jenkins era un ejemplo más de aquella práctica que tanto denostaba Levy.

Aquel hombre no se parecía en nada al James Bond o al Jason Bourne de las películas. Era un tipo bajito de constitución delgada con el pelo gris y escaso y gafas, traje raído, camisa anodina y corbata: la clase de persona que podía cenar todas las noches en el mismo restaurante sin que nadie lo recordara.

—Como podrá imaginar, tengo un par de preguntas para su cliente —dijo el septuagenario con su voz aguda—, pero sospecho, por lo que me ha contado, que no las va a responder.

—En este momento sabe usted lo mismo que nosotros.

Levy se asentó las gafas en el caballete de la nariz con un dedo.

—Lo siento mucho, señor Sloane, pero no me creo nada de lo que cuenta el señor Jenkins.

Aquello pilló desprevenido a Sloane.

—¿Qué es lo que no se cree?

—Todo. No hay quién se lo trague de un hombre que ha estado buscándole las vueltas al KGB en Ciudad de México. Tiene que ser el agente de espionaje más torpe que haya parido madre o un mentiroso de tomo y lomo y un traidor. —Aquello dejaba poco lugar para la duda—. Aunque fuese cierto lo que cuenta, no va a encontrar en la CIA a nadie que lo respalde.

—¿Por qué no?

—Porque, de ser verdad, estaría dejando al descubierto la incapacidad de la agencia a la hora de supervisar como es debido las actividades de uno de sus empleados de mayor posición, quizá durante décadas. Una cosa así los deja como incompetentes a los ojos de los servicios de información de todo el planeta. Además, la CIA no reconocerá nunca públicamente que tiene a una empresa trabajando como empresa concesionaria.

—Me ha dicho que en Ciudad de México respondía ante Carl Emerson. ¿Eso tampoco es verdad?

—Eso sí es cierto, pero la de salpicar una mentira con hechos verificables es una de las técnicas más usadas por los agentes de operaciones para hacer creer a alguien que el resto de su historia debe de ser cierta, como ocurre con la idea de que el señor Jenkins tenía autorización para revelar a su contacto ruso los nombres de Alekséi Sukurov y Uliana Artémieva.

—¿Qué quiere decir?

—Los nombres de Alekséi Sukurov y Uliana Artémieva se barajaron por primera vez en la sucursal de Ciudad de México como objetivos que pudieran convertirse en agentes de la CIA y el señor Jenkins estaba destinado allí.

—¿Está diciéndome que, al estar trabajando en Ciudad de México, Charlie tenía que conocer esos nombres?

—Lo que digo es que es posible que los conociese y los usara por considerar que darían credibilidad a su historia.

—Pero el ministerio fiscal asegura que al desvelar sus nombres provocó la muerte de los agentes.

—Yo creo que lo que importaba era que se trataba de dos agentes reales de la CIA cuya identidad podía verificarse. Piénselo. Si va a contar que su antiguo superior se presentó en su granja sin avisar cuarenta años después de haber dejado usted el servicio, ¿no tiene sentido usar dos nombres que también debía de conocer él?

—¿Nos está diciendo que se lo ha inventado todo? —preguntó Jake.

—Lo que digo es que eso es lo que va a argumentar la fiscalía. Cuando su cliente dejó la CIA, estaba enfadado con la agencia. La acusación no se cansará de repetírselo al jurado. Recalcarán que el señor Jenkins necesitaba dinero y que, vendiendo secretos a los rusos, podía al mismo tiempo hacer pagar a la CIA cualquier supuesto agravio que pudiese haberlo llevado a renunciar hace cuarenta años.

Sloane tomó un sorbo de agua en un intento por calmar sus pensamientos.

—Lo siento mucho, señor Sloane. Mírelo desde el punto de vista de quien podría estar en posición de condenar al señor Jenkins. Mírelo desde el punto de vista del jurado. El señor Jenkins llega a Rusia y se pone en contacto con la FSB. Se ofrece a darles información a cambio de dinero, un dinero que necesita con desesperación, y la primera vez todo va sobre ruedas. Recibe un pago de cincuenta mil dólares…

—Ese dinero lo ingresó su contacto en la CIA —intervino Jake.

—Pero eso no puede demostrarse ni creo que vayan a querer intentarlo.

—¿Por qué no?

—Porque yo sí he intentado dar con el origen. Los fondos proceden de una cuenta suiza y se depositaron directamente en la de C. J. Security. No hay modo alguno de determinar de dónde proviene el dinero, si de Rusia o de una cuenta que pueda usar la CIA para pagar a sus agentes. De todos modos, el señor Jenkins recibió ese dinero por su actuación, lo que, sin pruebas que demuestren su procedencia, no lo deja en muy buen lugar. El Estado argumentará que, habiendo tenido éxito la primera vez, el señor Jenkins quiso vender más información, pero esa vez las cosas no salieron como había previsto. Después de aquel primer pago, los rusos tenían pruebas de que había aceptado cincuenta mil dólares y, cuando el señor Jenkins volvió a Rusia, la FSB lo chantajeó, algo muy propio del KGB y sospecho que también del servicio secreto que lo sucedió.

—Está diciendo que amenazaron con delatarlo —dijo Sloane.

—Sí, y que él, que conocía bien aquel juego, tuvo claro qué era lo que estaba ocurriendo y puso pies en polvorosa. En mi opinión, el señor Jenkins no trabajaba para la CIA. No es más que un traidor que se ha visto descubierto y está haciendo lo posible para salir del aprieto. Y se lo dice un tío al que le encantaría poner en evidencia a la CIA... otra vez.

Cuando Levy salió del bufete, dijo Jake:

—Es imposible que Charlie se lo haya inventado. En el aeropuerto de Grecia había hombres vigilando la puerta. Yo lo vi.

Sloane asintió.

—Sin embargo, Levy tiene razón. La versión de Charlie no tiene visos de verdad y, sin una prueba palpable que lo demuestre, no conseguiremos convencer a un jurado de doce personas.

—¿Y qué hacemos ahora?

—Buscar una versión mejor.

Jake lo miró con gesto incómodo.

—No tengo claro que eso vaya a ser suficiente.

—¿Qué quieres decir?

—No quiero ser alarmista, pero esta tarde he estado investigando y, por lo que he podido ver, no hay un solo caso en el que un jurado haya absuelto a un agente de la CIA acusado de espionaje. Ni uno.

CAPÍTULO 56

Jenkins y C. J. entraron en la cocina después de pasar la mañana pescando... sin éxito. A medida que pasaban los días iba disminuyendo la confianza de Jenkins en sus posibilidades de salir bien parado.

—Tenemos que ponernos con tus Mates. No puedes quedarte atrás.

—Iré a por mi mochila.

—Yo voy a ver cómo está mamá y si necesita algo.

El crío empezó a subir las escaleras, pero se detuvo.

—¿Cuándo dijiste que iba a tener al bebé?

—Pasado mañana. ¿Cómo llevas lo de convertirte en hermano mayor?

C. J. encogió un hombro.

—Está chulo, supongo.

Jenkins pensó en el juicio que tenía por delante y en lo que supondría que lo condenaran.

—Ser el hermano mayor tiene sus responsabilidades.

—Lo sé, papá. —Tras un silencio, preguntó—: ¿Tú estarás aquí para echarme una mano?

Charlie hizo un gesto de asentimiento.

—Claro que sí. ¿Por qué lo preguntas?

—He oído lo que decían algunos pescadores. Dicen que te detuvieron la mañana que vinieron los hombres del traje, que eran agentes del FBI y que tú eres un traidor. No es verdad, ¿a que no?

—Ven un segundo.

C. J. bajó las escaleras. Jenkins se sentó en el brazo del sofá y lo tomó por los hombros.

—Es verdad que me detuvieron, pero lo de que he vendido secretos y traicionado a mi país no es cierto, C. J. Te lo prometo.

—Entonces, ¿por qué lo dicen?

Jenkins soltó un suspiro.

—Muchas de las cosas que están ocurriendo en este momento te van a resultar difíciles de entender, pero te estoy mirando a los ojos y te aseguro que no es verdad. Voy a enseñarte una cosa. —Se quitó la pulsera de plata y le dio la vuelta para que pudiera leer la inscripción—. Me lo ha dado mamá. ¿Puedes leer lo que ha grabado?

C. J. la puso a la luz y leyó lentamente:

—«Y conoceréis la verdad, y la verdad os hará libres. Juan 8:32».

—Mientras nosotros sepamos la verdad, da igual lo que digan los demás. ¿Me entiendes?

El niño asintió.

—Creo que sí.

—Las cosas se pueden poner muy feas y puede que haya más gente diciendo cosas malas de tu padre.

—Yo no me lo creeré.

C. J. fue a su cuarto a coger el libro de Matemáticas y Jenkins tomó el pasillo que conducía a su dormitorio y abrió la puerta. Alex no estaba en la cama. Oyó el extractor del cuarto de baño tras la puerta cerrada. Su mujer tenía que orinar cada diez minutos.

—¿Alex? —dijo mientras se acercaba.

No hubo respuesta.

Dio tres golpes con los nudillos.

—¿Alex?

Al ver que tampoco contestaba, giró el pomo y empujó la puerta. Al otro lado había algo que la obstruía. Asomó la cabeza por el resquicio y vio a su mujer tumbada en el suelo con el albornoz levantado. Parecía haberse desmayado. Bajo ella había un charco de sangre que había manchado las losas blancas.

Jenkins levantó la vista cuando entraron Sloane y Jake en la sala de espera del hospital. Jake se dirigió al asiento que ocupaba C. J. con gesto aterrado.

—¿Qué te parece si vamos a la cafetería y pedimos comida para todos?

El pequeño meneó la cabeza y alzó la mirada hacia su padre.

—No tengo hambre.

Jenkins posó una mano en la espalda de su hijo.

—Mamá está ahí dentro. Los médicos la están cuidando muy bien. Ve con Jake, que yo te llamo si me entero de algo. Te lo prometo.

Jake rodeó con un brazo los hombros del niño y salió con él de la sala de espera.

—¿Cómo lo lleva? —preguntó Sloane mirándolo alejarse por el pasillo.

—Primero oye a los pescadores tratarme de traidor y, ahora, esto. Son muchas preguntas para un crío de nueve años.

—Muchísimas. ¿Qué han dicho los médicos?

—Ha perdido mucha sangre. Acabo de hablar con la enfermera. Dice que el médico vendrá en cualquier momento.

Sloane señaló la mano derecha de su amigo, que había empezado a temblar.

—¿Cuánto tiempo llevas así?

Jenkins dobló los dedos.

—Desde mi primer viaje a Rusia.

—No es párkinson, ¿verdad?

—No, es ansiedad. Ya no soy el joven de antes… y tengo mucho más que perder.

En ese momento entró el facultativo vestido con la bata de quirófano.

—Señor Jenkins, ha tenido usted una niña sana.

—¿Qué? —dijo él, abrumado al tiempo que aliviado. Sloane lo agarró del hombro.

—Hemos sacado a la criatura. Lo siento, pero hemos tenido que actuar con rapidez.

Una niña. Tenía una niña.

—¿Cómo está Alex? ¿Cómo está mi mujer?

—Débil y cansada, pero todas sus constantes vitales son buenas y van a mejor. Estamos haciéndole una transfusión. Está deseando verlo.

—Llamaré a Jake y a C. J. para decírselo —se ofreció Sloane.

Jenkins siguió al doctor por el pasillo y pasó con él varias puertas de vaivén. Alex estaba en la tercera sala de la UCI y tenía varias enfermeras apiñadas alrededor de la cama. Estaba pálida y agotada, pero sonriente.

La besó en la frente y le susurró:

—¿Cómo estás?

—Cansada, pero bien —repuso ella con un hilo de voz—. Y ahora que estás aquí, mejor. ¿Has conocido a tu hija?

En el moisés dispuesto junto a la cama se veía la punta de un gorrito rosa asomando por entre una manta blanca con rayas rosas.

—No ha sido exactamente el parto que habíamos planeado… —musitó Alex.

—No exactamente —repitió él como hipnotizado por la criatura diminuta de la cuna—. Es tan chica… No recuerdo a C. J. tan pequeño.

—No, no era tan pequeño. De todos modos, el médico dice que está bien. Solo tiene un poco de ictericia, pero se le pasará de aquí a un par de días. ¿No quieres tomar en brazos a tu hija?

Jenkins recogió del moisés aquel lío de mantas. La cría le cabía en una mano, de la punta de los dedos hasta poco más allá de la muñeca. La estrechó contra su pecho.

—Hola, chiquitina. —Sintió que se le henchía el corazón al decirlo y se vio invadido por emociones contradictorias. Quería sostenerla con firmeza para que nadie pudiese hacerle daño nunca, pero también temía no poder estar presente para protegerla.

—Habría que buscarle un nombre —dijo Alex. Habían decidido no saber el sexo, como habían hecho con C. J., y, aunque habían barajado varios nombres de niño y de niña, con todo lo ocurrido no habían tenido ocasión de acordar ninguno—. Había pensado que podríamos llamarla como tu madre.

Charlie sonrió.

—Elizabeth.

—Para nosotros puede ser Lizzie.

—¿Y qué tal Paulina? —preguntó el padre—. Aunque sea nombre compuesto.

—¿Cómo la mujer de Rusia?

—Si estoy aquí con mi hija en brazos es gracias a ella. Ella no llegó a tener hijos y ese sería un modo de prolongar su memoria.

Alex probó a ver cómo sonaba.

—Elizabeth Paulina Jenkins. Es bonito.

Entonces se corrió la cortina y apareció una enfermera con C. J. Jenkins se apartó para que pudiera subir a la cama, al lado de su madre. Alex lo besó y él volvió a convertirse en un niño pequeño que se acurrucaba a su lado. Jenkins se inclinó para que pudiese ver a su hermana.

—¿Quieres tenerla en brazos?

—¿Puedo?

—Claro que sí. Extiende los brazos así para sujetarle bien la cabecita.

C. J. hizo lo que le pedía y su padre le colocó a la recién nacida en el ángulo interno del codo. El crío los miró sonriente y, a continuación, susurró con voz muy seria:

—Cuidaré de ella, papá. Te lo prometo.

Jenkins le devolvió la sonrisa, sin tener muy claro que él fuera a estar también presente para protegerlos a los dos.

CAPÍTULO 57

Una semana después del nacimiento de Elizabeth regresaron todos a casa de Sloane. Las condiciones de su libertad bajo fianza lo obligaban, entre otras cosas, a permanecer en el condado de King y todos coincidían en que sería más seguro que su familia y él se alojaran en Three Tree Point que en la apartada granja de Caamaño. Además, así estarían más cerca del juzgado del centro de Seattle y Sloane y Jenkins tendrían más ocasiones de hablar. Cuando no estaba cuidando a Alex y al bebé, Charlie se encargaba de que C. J. fuese al día con sus deberes escolares. Las responsabilidades añadidas eran toda una bendición que le permitía estar ocupado y distraer la mente, aunque solo hasta cierto punto.

La amenaza del proceso pendía en todo momento sobre él como la hoja reluciente de una guillotina, más amenazadora aún tras el nacimiento de Lizzie.

La tarde del jueves, Sloane le pidió que se reuniera con él en el bufete. Llegó a las cuatro, cuando empezaba ya a hacerse de noche. Sacaron vasos helados del congelador y los llenaron con el barril de cerveza de la cocina antes de tomar asiento en la sala de juntas principal.

—He hablado esta misma tarde con Maria Velasquez —anunció David con aire un tanto vacilante—. A cambio de una solicitud de incapacidad legal está dispuesta a recomendar dos años de internamiento en un centro psiquiátrico. Después, serás libre.

—¿Quieren que declare demencia?

—Incapacidad legal.

—Sé lo que significa.

—Te librarías de todo esto y tu familia y tú podríais pasar página.

Jenkins dio un sorbo y, tras dejar su cerveza en la mesa, miró la pulsera de plata que llevaba en la muñeca.

—Hasta que uno de los compañeros de clase de C. J. o uno de los pescadores le diga que su padre, además de ser un traidor, está majareta. Podría pasar página si fuese yo solo, David, pero mis hijos tendrían que vivir con eso el resto de su vida y no quiero hacerles algo así.

—Si no aceptas el trato, pedirán cadena perpetua.

—Eso ya lo sabíamos, ¿verdad?

Sloane asintió mudo.

—Sé que es tu obligación plantearme el trato y ya lo has hecho, pero no pienso aceptar nada que suponga tener que reconocer que actué así por locura.

El abogado tampoco dijo nada y, por primera vez, Jenkins percibió cierta incertidumbre en él.

—¿Crees que debería pensármelo? —le preguntó.

—No hemos sido capaces de dar con ninguna prueba que respalde nuestra postura, Charlie —señaló Sloane—, ni tengo claro que vayamos a encontrar nada. Emerson parece haber desaparecido, Traeger está cooperando con el Estado, Goldstone está negociando un acuerdo de aceptación de culpabilidad y no puede decir nada hasta que haya acabado y ni podemos recurrir al polígrafo ni tenemos documentos de ninguna clase.

—Pero tú sí crees que estoy diciendo la verdad.

—Que yo lo crea o no es irrelevante, Charlie.

—Para mí no. ¿Crees que estoy diciendo la verdad?

—Claro, Charlie, pero…

—Pero ¿qué?

—Hemos contratado a un asesor llamado Conrad Levy, un ex…

—Sé quién es: el que escribió el libro ese sobre la CIA y vendió a una docena de antiguos agentes.

Sloane lo puso al corriente de la conversación que habían mantenido con Levy antes de decir:

—Te vuelvo a decir, Charlie, que no es cuestión de que sea o no verdad, sino de poder demostrarlo. Dudo que el Estado vaya a decirnos otra cosa que Levy.

—Pero esa no es la verdad.

—Puede que haya otra solución —dijo entonces Sloane—. En otras ocasiones he trabajado con una psiquiatra que podría hacerte una evaluación. Dependiendo de los resultados, esa podría ser la mejor prueba de la que vamos a disponer para demostrar que no mientes.

—¿Y a qué estamos esperando?

Pasó los tres días siguientes sometiéndose a los extensos interrogatorios y la batería de cuestionarios psicológicos que le presentó Addison Beckman, una mujer que había mediado ya la cincuentena y gozaba de una reputación excelente en su entorno profesional, sobre todo en el ámbito de la psiquiatría forense.

Sloane y Jake se reunieron con ella en la sala de juntas antes de que elaborase un informe por escrito con sus conclusiones. Si les decía que Jenkins estaba como una cabra, no mencionarían nunca las pruebas ante el juez. Declinó el café y el té que le ofrecieron. Parecía estar deseando contarles lo que había averiguado. En cuanto se sentó, aseveró:

—Está tan cuerdo como el que más. Demasiado cuerdo. De hecho, le convendría no estarlo tanto.

—¿Qué quiere decir eso exactamente? —preguntó el abogado.

—Lo que le estoy diciendo es que debería creer a su cliente. En mi opinión, es una persona sincera, franca y emocionalmente estable. Le he sometido a una batería de test cuyos resultados resumiré en mi informe. No está inventando nada ni es un sociópata ni un mentiroso patológico. Estoy convencida de que pueden confiar en su versión de los hechos.

Repasaron todas y cada una de las pruebas que le había hecho. Cinco horas más tarde, la mesa de la sala de juntas estaba alfombrada de documentos: tablas, gráficos, notas y resultados. Perfecto todo, pero no resolvía el problema principal al que se enfrentaban: Sloane seguía necesitando pruebas que apoyasen la opinión de Beckman.

Cuando se marchó la psiquiatra, Sloane se dirigió a su despacho con Jake para devolver una llamada que había recibido durante su reunión con ella. Había contratado a un investigador llamado Peter Vanderlay para que buscara en la guía telefónica el número que había proporcionado Carl Emerson a Charlie, con la esperanza de obtener una prueba de que pertenecía a Emerson. Vanderlay contestó al tercer tono y David puso el aparato en manos libres para que Jake pudiese oír la conversación.

—Señor Sloane, pensaba llamarlo por la mañana. Acabo de llegar al partido de baloncesto de mi hija.

—Siento molestarlo si está con su familia.

—No se preocupe. Todavía le quedan diez minutos de calentamiento. Encontré el número que me dio. ¿Tiene un bolígrafo a mano?

Sloane se preparó para escribir en un cuaderno.

—Dispare.

—El número pertenece a un hombre llamado Richard Peterson que pertenece a la TBT Investments.

Nunca había oído aquel nombre ni el de la empresa. Miró a Jake, pero este se había levantado y había salido corriendo del despacho al oírlo.

—¿Algo más?

—Eso es todo. No hay más números asociados ni ninguna dirección.

Sloane hizo un par de preguntas más a Vanderlay antes de colgar. Entonces volvió a entrar Jake y dejó de golpe los documentos de constitución de la LSR&C sobre la mesa. Estampando un dedo sobre ellos, anunció:

—La TBT Investments es una subsidiaria de la LSR&C. Está aquí mismo. Y el director ejecutivo de la TBT es Richard Peterson.

El abogado leyó detenidamente el documento para asegurarse.

—¿Crees que Carl Emerson podría ser Richard Peterson? —preguntó Jake.

—Desde luego, eso es lo que parece. Si podemos demostrarlo, tendremos una prueba tangible de la reunión de Charlie y Emerson. La pregunta es cómo hacerlo. Aunque pudiésemos dar con Emerson, no tenemos ninguna garantía de que vaya a reconocer que la tarjeta o el número son suyos. —Pensó en el consejo que le había dado Beckman de hacer comparecer a Charlie en calidad de testigo, pero esta era siempre una medida arriesgada en un proceso penal. Recorrió el despacho de un lado a otro mientras meditaba. Se detuvo frente a la mesa redonda del rincón y vio *The Seattle Times*. El periódico había informado aquella misma mañana de que Mitchell Goldstone, el antiguo director ejecutivo de la LSR&C, había aceptado un acuerdo de culpabilidad que conllevaba una condena de prisión considerable. Se volvió hacia Jake—. ¿Has leído lo del trato que ha firmado Mitchell Goldstone con la fiscalía?

—Sí. Dictarán condena antes de un mes.

—Y, hasta entonces, lo tendrán encerrado en el Centro Federal de Internamiento. Puede que él sepa si Carl Emerson y Richard Peterson son la misma persona.

—De todos modos, la acusación dirá que miente. El acuerdo que ha firmado exige que reconozca haber mentido sobre la vinculación entre la LSR&C y la CIA.

—Sí, pero nosotros tenemos un número de teléfono impreso en una tarjeta de visita y un experto dispuesto a testificar que el número pertenecía a Richard Peterson, de la TBT Investments, que, además, podemos demostrar que está registrada como subsidiaria de la LSR&C. Si Goldstone identificase a Peterson con Emerson, demostraríamos que había un agente de la CIA ejerciendo de director de una subsidiaria de la LSR&C. Se trata de una prueba sólida de que Charlie dice la verdad. —En ese momento se le ocurrió otra cosa—. Los documentos de la LSR&C, los que puedan existir, estaban sujetos a secreto de sumario en el caso de Goldstone, ¿no es verdad?

—Sí.

—Pero... ahora que lo suyo es inapelable al haber firmado el acuerdo con la fiscalía...

—El Estado no querrá deshacerse de esos papeles —aseveró Jake.

—No son propiedad suya: esos documentos pertenecen a una empresa radicada en el estado de Washington que se ha declarado en bancarrota. El bufete que gestiona la quiebra es el que está en posesión de esos documentos. Una vez hecho un trato con Goldstone, la causa penal ha concluido y lo que queda por resolver es, simple y llanamente, una situación de bancarrota. Apuesto lo que sea a que a la fiscalía ni siquiera le importan ya esos papeles.

Jake sonrió.

—¿Quieres que prepare una citación?

—No hace falta, porque el Estado sostiene que la LSR&C no tiene ninguna relación con esta causa, que considera un caso claro de espionaje. No hay que recurrir a él para conseguir los documentos: bastará con acudir al bufete que está gestionando su quiebra para obtenerlos sin que la fiscalía se entere siquiera.

CAPÍTULO 58

Sloane salió del bufete y se dirigió al Centro Federal de Internamiento, conocido como «la cárcel del aeropuerto» por la proximidad de ambas instalaciones. Por primera vez estaba vislumbrando una llamita de esperanza. Goldstone podía hacer que se convirtiera en toda una fogata... o que se extinguiese por completo.

El exterior del edificio beis —dos bloques cúbicos con alas y una marquesina sobre una entrada de puertas de cristal— le confería cierto aire de hospital. Tras los trámites burocráticos de costumbre y el sinfín de formularios que llevaban aparejados, Sloane se encontró en una sala maltrecha ante una pantalla de metacrilato con orificios que le permitían comunicarse con el reo.

Habían transcurrido varios minutos cuando se abrió la puerta del otro lado de la ventanilla y entró Mitchell Goldstone con las manos esposadas a la cintura y las muñecas envueltas en sendos vendajes blancos. Parecía más joven que en las imágenes que habían difundido los diarios y la televisión. Tenía la raya en medio y el pelo le cubría las orejas. Era de complexión pálida y mejillas sonrosadas. No respondía al estereotipo de un director ejecutivo de una sociedad de inversión multimillonaria, aunque lo cierto es que quizá no lo hubiera sido nunca, ya que, según Jenkins, si la LSR&C era una empresa concesionaria de la CIA, Goldstone no era más que un testaferro y las decisiones se tomaban en la sede de Langley.

El preso lo miró con aire inquisidor.

—Soy David Sloane, abogado de Charles Jenkins.

—¿Me da su tarjeta de visita? —le pidió Goldstone.

Tenía motivos de sobra para estar paranoico. Sloane puso su tarjeta y su permiso de conducir contra el metacrilato. El otro se inclinó hacia delante y los estudió con detenimiento antes de decir:

—Siento mucho lo que le está pasando. Dígale que le deseo que todo le salga bien.

—Él dice lo mismo de lo que le está pasando a usted.

Goldstone volvió a apoyarse en el respaldo de su asiento. Daba la impresión de querer decir algo más, pero se contuvo y preguntó en cambio:

—¿Qué quiere de mí?

—Me gustaría saber si en los documentos de la LSR&C que hay en el bufete que gestiona su quiebra se mencionan las empresas subsidiarias.

—Seguro que sí. ¿Busca alguna en particular?

Sloane lo miró de hito en hito.

—Me interesa una llamada TBT Investments.

El reo parpadeó y elevó un ápice la comisura de los labios, aunque reprimió enseguida la sonrisa.

—No lo sé a ciencia cierta —dijo.

—Sin embargo, la TBT se contaba entre las subsidiarias de la LSR&C.

Goldstone asintió con la cabeza y dijo:

—Sí.

—¿Y era usted también el director ejecutivo de la TBT? —Sabía la respuesta, pero quería hacer hablar al otro.

—No —aseveró este cabeceando.

—Según la escritura de constitución, la dirigía un hombre llamado Richard Peterson.

Su interlocutor sonrió como si le hubiera divertido escuchar esa información, pero no hizo ningún comentario.

—Me está costando mucho localizar a quienes pueden corroborar la historia de Jenkins. ¿Sabe cómo podría dar con Richard Peterson?

Goldstone se reclinó en su silla y ladeó la cabeza para evaluar a Sloane.

—Charlie tiene mujer e hijos —dijo el abogado, consciente de que el preso también tenía familia—. Su segunda hija nació hace un par de semanas.

El otro dio la impresión de estar meditando algo seriamente y, cuando David pensó que estaba a punto de levantarse e irse, se inclinó hacia delante y dijo:

—Pregúntele a Carl Emerson.

Sloane hizo lo posible por poner cara de póker.

—¿Él sabrá decirme dónde encontrarlo?

Goldstone inclinó la cabeza.

—Pregúntele a él.

—¿Conoce usted personalmente a Carl Emerson?

—Lo vi una vez. Vino en avión cuando intentábamos obtener dinero de Filipinas.

—¿Podría describírmelo?

—Es mayor. Yo diría que debe de tener casi ochenta años si no los ha cumplido ya. Alto: debe de rondar el metro noventa. Y delgado. Tiene el pelo blanco y los ojos oscuros. No castaños, sino más oscuros. Además está moreno.

La descripción encajaba con la que le había dado Jenkins.

—Tengo entendido que se ha jubilado. ¿Tiene idea de dónde puedo encontrarlo?

Goldstone negó con un movimiento de cabeza.

—Dice que vino a Seattle. ¿Sabe de dónde?

—Supongo que de Washington D. C., pero di por hecho que le gustaba el golf, porque habló de los campos en los que había estado jugando y estábamos en pleno invierno, de modo que tenía que venir de algún sitio cálido.

—No tendrá usted por casualidad ningún documento de la LSR&C, ¿verdad?

A su interlocutor se le iluminaron los ojos y los labios volvieron a arqueársele en una sonrisa traviesa, infantil, que se esfumó con la misma rapidez. Se frotó la venda de la muñeca izquierda.

—El acuerdo que he firmado con la fiscalía me obliga a renunciar a todo lo que tenía sobre la LSR&C.

Sloane no pasó por alto que aquella expresión facial pretendía comunicar lo que no podía decir Mitchell Goldstone. Era mucho más avispado de lo que daba a entender la prensa. Sospechaba que los documentos que poseía debían de contener datos que podían hacer mucho daño al Gobierno en caso de desvelarse y que eso mismo le daba cierta ventaja respecto de la acusación. Era de suponer que era eso lo que había detrás del acuerdo que había firmado… y lo que explicaba que siguiese con vida. También sospechaba que había sido Goldstone, y no la fiscalía, quien había pedido hacer un trato. No le cabía la menor duda de que lo condenarían a cadena perpetua, aunque estaba igualmente convencido de que no pasaría mucho tiempo entre rejas, posiblemente en una penitenciaría federal de mínima seguridad. Esperarían a que hubieran concluido todas las demandas de los inversores contra la LSR&C y todo el mundo hubiese pasado página tras recibir su parte. Mitchell Goldstone saldría entonces en libertad condicional para volver a integrarse discretamente en la sociedad.

CAPÍTULO 59

A primera hora de la mañana siguiente, Jake llegó al centro en coche vestido con su mejor traje azul marino, una camisa blanca y una corbata roja imponente. Había buscado el nombre de la asistente jurídica que se había hecho cargo de los papeles de la LSR&C y consultado su perfil en la página web del bufete. Llevaba tres años trabajando allí, lo que quería decir que, si bien no acababa de salir de la facultad de Derecho, tampoco estaba demasiado avezada.

Entró en el edificio y se dirigió a la recepcionista diciendo:

—Molly Diepenbrock, por favor. De parte de Jake Carter. Vengo a ver los documentos de la LSR&C.

Hizo lo posible por adoptar un aire indiferente mientras la recepcionista hacía la llamada y la escuchó con atención acabar la conversación.

—Eso me ha dicho —dijo dos veces la muchacha de recepción antes de colgar.

Unos minutos después, salió del ascensor una mujer alta y delgada no mucho mayor que Jake y se presentó como Molly Diepenbrock.

—¿De qué se trata? —preguntó.

—Tengo que consultar los documentos de la LSR&C —repuso él—. Esta semana se resuelve una causa penal y ando un poco apurado, así que debería verlos hoy mismo. ¿Podría usted facilitármelos?

—Sí —dijo Diepenbrock—, pero tendría que buscarlos. Yo también estoy preparando un juicio. Imagino que querría tener hoy mismo una copia.

Él no dudó en aprovechar el comentario, sabedor de que aquella mujer debía de estar sometida a mucha presión y aceptaría de buen grado que la liberase de parte de sus quehaceres.

—Podemos hacer una cosa. Sé muy bien lo que es preparar un juicio, así que, si me dice dónde encontrar los documentos, puedo buscar una copistería y encargarme yo mismo para no hacerle perder el tiempo.

—Eso sería genial —respondió ella sonriendo—. Se lo agradecería muchísimo.

Jake la siguió a los ascensores sintiéndose como si le hubieran confiado las llaves del Louvre y estuviera a punto de salir de él con *La Mona Lisa* bajo el brazo.

La mesa de la sala de juntas estaba llena de platos de cartón, servilletas usadas y latas vacías de agua con gas. Sloane, Jake y Jenkins no habían salido de allí desde que había vuelto el más joven de ellos con las copias de los papeles de la LSR&C. Como sospechaba Charlie, no eran muchos: cabían todos en cuatro cajas. El Estado debía de haber confiscado sin duda la inmensa mayoría y, teniendo en cuenta que corrían tiempos de trámites digitales, era probable que buena parte de los documentos no existiera sino en el servidor de red de la empresa. Con todo, Jenkins estaba muy animado con lo que habían encontrado.

—Escuchad esto. —Jake dio un sorbo a su bebida antes de leer en voz alta el contenido de un cable remitido en 2015 que resumía el plan de la CIA para que Goldstone proporcionase una tapadera a Carl Emerson—: «La División de Recursos Extranjeros solicita al señor Mitchell Goldstone, presidente de la junta de la empresa LSR&C, la adopción de las medidas de encubrimiento necesarias para permitir a Carl Emerson actuar con el nombre de Richard Peterson. La división considera que dicha propuesta es consistente desde el punto de vista operativo y debería proporcionar una tapadera sólida y de uso prolongado».

Dejó el papel sobre la mesa y leyó de otro: «Se requiere que la tapadera permita al señor Emerson presentarse como delegado, directivo o propietario de una sociedad de inversión importante con sede en Seattle (Washington)». Soltó este y tomó un tercero que también apoyaba su tesis.

—Aquí hay un correo electrónico remitido a Hacienda: «La sede de operaciones de Langley se ha puesto en contacto con el Servicio de Impuestos Internos para recomendar que se abstenga de emprender ninguna investigación sobre asuntos recaudatorios».

Y no acababa ahí.

—Aquí hay otro que proporciona a Goldstone el subterfugio necesario: «Comunique a los investigadores: las tres sociedades en cuestión se fundaron para dar apoyo a clientes extranjeros cuya identidad no se revela que necesitaban una base oficial estadounidense para determinadas operaciones empresariales sin especificar. Goldstone es un testaferro a todos los efectos y no posee interés económico alguno en dichas sociedades».

Jenkins sospechaba que Carl Emerson había creado la TBT Investments a fin de distanciarla de la LSR&C y de cualquier investigación de Hacienda. Tenía mucho sentido, sobre todo si estaba blanqueando los fondos que había recibido de los rusos.

—¿Y por qué iba a declararse culpable Goldstone teniendo todas estas pruebas?

—Porque no le iban a servir de gran cosa en un juicio —aseveró Sloane—. El juez ya había fallado en una vista previa que la presunta vinculación de Goldstone con la CIA era irrelevante en lo que respectaba a los cargos presentados contra él, es decir, que había puesto en marcha una estafa piramidal y se había apropiado ilícitamente de los ahorros de sus inversores.

—¿Y qué vamos a hacer nosotros para poder usarlos en el juicio? —quiso saber Jenkins.

—Tu caso es diferente. A ti te acusan de espionaje y toda tu defensa se basa en la afirmación de que actuaste a las órdenes de un agente superior de la CIA. Está claro que los documentos sí son relevantes.

—Eso no quiere decir que nos vayan a dejar usarlos como prueba, sobre todo si alguien de la fiscalía consigue el favor del juez.

—Eso también lo he pensado. Tenemos que hacer que Harden cambie de opinión sobre ti y sobre la postura del ministerio público —dijo Sloane—. No deja de ser una persona como tú y como yo y debe de estar muy indignado si piensa que les has vendido información secreta a los rusos. Hay que buscar un modo de hacerle saber que quien miente es la fiscalía, no tú. La experiencia me ha enseñado que no hay nada que odie más un juez que a los abogados y los testigos mentirosos.

—¿Y cómo hacemos eso? —preguntó Jenkins—. ¿Cómo vamos a conseguir que mienta la fiscalía?

Sloane sonrió.

—Solo hay que dejar que hable.

CAPÍTULO 60

Al día siguiente, Sloane y Jake emprendieron los trámites necesarios para solicitar la revelación de pruebas de conformidad con el precepto número 16 del reglamento federal. Habían redactado la petición de tal manera que requiriese expresamente los documentos que ya obraban en su poder. El precepto exigía a las autoridades que pusieran a disposición del solicitante cualquier cosa que estuviese en posesión, custodia o dominio del Estado, lo que incluiría muchos de los documentos de las cuatro cajas de la LSR&C. Además, pedían que se les facilitase la última dirección conocida de Carl Emerson.

La respuesta, a la que se dio curso seis días más tarde, no se andaba con ambages y, como cabía esperar, negaba la existencia de tales documentos, a lo que añadía: «El ministerio fiscal no tiene intención alguna de participar en las fantasías del señor Jenkins ni en promoverlas de ningún modo». Pese a ello, pedía que se declararan secretas tanto la petición como la respuesta y que se celebrase la vista en el despacho del magistrado o sin espectadores en la sala debido a lo que definía como naturaleza confidencial del material solicitado.

Jenkins sonrió al ver que la fiscalía calificaba de fantasía su versión y negaba tener conocimiento de la última dirección conocida de Carl Emerson.

—Puede que sepan que tenemos los documentos —dijo Sloane en relación con la solicitud de que se decretara el secreto del sumario— o quizá se estén limitando a obrar con cautela.

Al día siguiente, Sloane presentó un pedimento de apremio para que se presentaran los documentos y solicitó presentar sus alegaciones oralmente. También se opuso a la petición de celebrar la vista a puerta cerrada.

—Quiero que volvamos a tener presente a una multitud —dijo a Jenkins— por si podemos, con un poco de suerte, cambiar la percepción que tiene el público de ti.

A la semana siguiente, Sloane, Jenkins y Jake comparecieron ante el juez Harden, que había accedido a la petición del ministerio fiscal de mantener en secreto las diligencias y excluir al público de la vista. David dejó claro a Charlie que no debía preocuparse por eso y que lo más importante era hacer cambiar de opinión al magistrado. Como antes, el ministerio público había presentado a una bandada de abogados en apoyo de Velasquez.

Después de que Harden tomara asiento y diera comienzo a la sesión, Sloane comunicó que Jenkins pretendía argumentar que había recibido autorización por parte de Carl Emerson, quien actuaba en nombre de la CIA, para revelar cierta información a los rusos como parte de una operación de dicho organismo.

—Los documentos solicitados son, pues, de vital importancia para la defensa de mi cliente, como también lo es el señor Emerson.

Jenkins casi alcanzaba a oír la tensión que imperaba en la sala.

Velasquez respondió a la intervención de Sloane en un tono de desdén destinado a subrayar su incredulidad.

—Señoría, el ministerio público no tiene constancia de la existencia de dichos documentos, porque la supuesta defensa del acusado no pasa de ser una mera invención. El ministerio fiscal no puede dar algo que no existe. No hay documentos que puedan ser pertinentes a la fantasiosa teoría de que el señor Jenkins estaba operando para la CIA cuando cambió por dinero secretos de la agencia. En cuanto al señor Emerson, estamos hablando de alguien que trabajó con el señor Jenkins en Ciudad de México en 1978.

Harden miró al abogado de la defensa.

—Señor Sloane, el ministerio público no puede presentar lo que no tiene.

—Por descontado —repuso él—, pero querría pedir al tribunal que preguntase a la señora Velasquez si el ministerio público se ha molestado en buscar los documentos solicitados.

El juez miró a Velasquez.

—¿Letrada?

Jenkins la observó con atención.

—Señoría —respondió ella con un suspiro—, el Estado no puede buscar algo que no existe. La defensa se está dedicando a sacar conejos de un sombrero y a inventar una patraña con el simple objeto de enturbiar el asunto, extremadamente simple, que se plantea ante este tribunal: si el acusado ha compartido secretos de Estado a cambio de dinero.

Jenkins reprimió una sonrisa. Harden volvió a mirar a la defensa.

—¿Señor Sloane?

Charlie sabía que David querría insistir para que Velasquez no pudiera desdecirse más adelante. Y, en efecto, eso fue lo que hizo:

—Señoría, con su venia, ni la respuesta escrita que hemos recibido del ministerio fiscal ni las declaraciones ofrecidas esta mañana en la presente sala por la otra parte permiten resolver si no se han buscado los documentos, en cuyo caso la respuesta de la señora Velasquez se basa en la ignorancia, o si la letrada está tratando de engañar de manera deliberada a este tribunal porque sabe que la prueba en cuestión revelaría de un modo irrefutable que la «fantasía» del señor Jenkins, como la llama el ministerio público, es una realidad.

Velasquez se encendió ante semejante acusación, tal como había pretendido Sloane.

—Señoría, me ofende la insinuación que acaba de hacer la defensa y reitero que su argumento es, simple y llanamente, una invención. Buscar documentos que no existen supondría un despilfarro de tiempo y de recursos y el señor Sloane lo sabe muy bien.

«Ahí va eso», pensó Jenkins, que sabía bien lo que estaba por ocurrir.

Sloane se volvió hacia Jake, que le entregó una serie de papeles sellados y fechados que demostraban que la defensa se hallaba en posesión de los documentos «inexistentes», así como una relación de las peticiones a ellos vinculadas.

Harden le hizo un gesto para que se acercase con el rostro, por lo demás, impasible, surcado por la curiosidad. Sloane tendió las pruebas al secretario, que a su vez se las dio al magistrado. En cuanto estuvieron a salvo en manos del juez, volvió a la mesa de la defensa y entregó a Velasquez un duplicado. Jenkins observó su reacción mientras Sloane volvía a la carga.

—Lo que acaba de presentar la defensa son copias de una serie de documentos de la LSR&C que dejan fuera de toda duda que ejercía de empresa concesionaria de la CIA, que Mitchell Goldstone trabajaba sujeto a la autoridad de la CIA y que Carl Emerson, de quien el ministerio fiscal ha reconocido ya que operaba para la CIA, pero que al parecer se ha esfumado por completo, estaba usando el nombre de Richard Peterson para ejercer de director ejecutivo de una subsidiaria de la LSR&C llamada TBT Investments. Nos gustaría saber, simple y llanamente, qué otros documentos existen.

Velasquez parecía a punto de estallar, pero Sloane prosiguió antes de que pudiera interrumpirlo:

—C. J. Security, la empresa de seguridad del señor Jenkins, ofrecía protección a los empleados y los clientes de la LSR&C en las sucursales que poseía por todo el mundo y sus servicios debía abonarlos la LSR&C, es decir, la CIA.

—Protesto, señoría. —La abogada tenía el rostro encendido y se afanaba en dominar el volumen de su voz—. Esos documentos son secretos.

—Señoría, ¿puede que esos documentos que ahora califica de secretos el ministerio público sean los mismos documentos «fantasiosos» que sostiene el ministerio público que no existen? —preguntó Sloane—. Porque dudo que el Estado pueda hacer nada por clasificar unos documentos que no existen. Tal cosa sería «simple y llanamente, una invención», ¿verdad?

—Basta —dijo Harden sin alzar la voz, aunque en tono perplejo. Dedicó varios minutos a estudiar los documentos antes de dejarlos sobre la mesa y, después de dejar correr unos segundos más, habló con la voz calmada y severa de un padre que se dirige al hijo que ha llegado tarde a casa—. Señora Velasquez, antes le he formulado una pregunta directa: si había buscado o no los documentos que solicitaba la defensa.

—Señoría…

—Es una pregunta muy sencilla, letrada —añadió el magistrado alzando la voz para hacerse oír sobre la de ella—: ¿Ha buscado los documentos el ministerio fiscal?

—No, no los ha buscado. He de añadir, con la venia de usía, que el Estado no tiene potestad alguna sobre los documentos de la LSR&C y, por consiguiente…

Harden sonrió, pues sin duda había previsto tal argumentación, y, meneando la cabeza, la interrumpió.

—No, no, no, señora Velasquez. Los papeles que tengo delante proceden de la CIA y de otras entidades gubernamentales. Señor Sloane, ¿hay más documentos que considere pertinentes?

—Sí, señoría.

—Preséntelos, por favor, a este tribunal.

Sloane hizo un gesto a Jake para que entregara las cuatro cajas.

Harden apretó la mandíbula.

—Los estudiaré en mi despacho para determinar tres cosas: primero, si son relevantes y han lugar las solicitudes; segundo, si el ministerio fiscal ha retenido a sabiendas documentos pertinentes y ha mentido a este tribunal, y tercero, si los documentos son admisibles en el juicio que está por celebrarse contra el acusado. ¿Algo más señor Sloane?

El cambio evidente de actitud del magistrado alentó a Sloane para sostener su ataque.

—Sí, señoría. La defensa solicita que se conmine al Estado a revelar la última dirección conocida de Carl Emerson y la fecha en la que se retiró de la Agencia Central de Información, así como la documentación pertinente.

Velasquez dijo entonces:

—Señoría, el Estado no puede presentar lo que no tiene.

—Busque un poco mejor, letrada —repuso Harden con aire burlón—. Puede que encuentre esa información en el mismo lugar en que habría dado con estos documentos. Cuando lo haga, la conmino a compartir la última dirección conocida del señor Emerson. Esta tarde tendrá mi fallo por escrito. —Y con un golpe de mazo concluyó—: Se levanta la sesión.

Jenkins volvió al bufete alentado por la victoria, por más que Sloane les hubiese advertido a Jake y a él que no echasen aún las campanas al vuelo.

—Esto va a ser una carrera de fondo, no una de cien metros. Hasta que crucemos la línea de meta no tenemos nada que celebrar.

Estaba por caer el día cuando entró Carolyn en la sala de juntas con la copia de un documento.

—Recién salido del horno judicial —anunció antes de dejarlo sobre la mesa y volver a irse.

Harden había estudiado con detenimiento los papeles de la LSR&C y dictaminado que el argumento en que se basaba la defensa de Jenkins —que había actuado con el convencimiento razonable de que un agente de la CIA lo había autorizado a revelar información— exigía que se considerasen pertinentes los documentos.

—Han cambiado por completo las tornas del juego —señaló Jake.

—Sí, pero no hay que bajar la guardia, no sea que nos eliminen antes de llegar a la segunda base —advirtió Sloane—. El ministerio público no va a dejar que ganemos así como así.

Apenas había acabado la frase cuando entró Carolyn con otro documento.

—¿Esta gente no duerme? —Miró a Jenkins—. No sé cómo, pero habéis conseguido lo imposible: poner a trabajar a los funcionarios del Estado.

Sloane y Jake hojearon las alegaciones de la fiscalía mientras Jenkins se asomaba a ver por encima de sus hombros.

—Argumentan que, en virtud de la CIPA, la ley que regula el uso de información clasificada en un proceso, el Estado tiene la potestad de mantener en secreto documentos que se tengan por peligrosos para la seguridad nacional y de impedir que se usen como prueba, aunque sirvan para sustanciar nuestra defensa —dijo el más joven.

—Es imposible que hayan preparado tan pronto esta petición —aseveró Sloane—. Hay un montón de fórmulas y cuestiones de jurisprudencia que han podido tomar de la causa contra Goldstone, pero también hay datos concretos relativos a este proceso y a los documentos que pretenden clasificar como secretos. Debían de tener listo este documento, lo que significa que habían contado con el fallo del juez. Harden también va a darse cuenta y, con un poco de suerte, se cabreará todavía más.

—Pero ¿pueden hacerlo? —quiso saber Jenkins, que de pronto se sintió desalentado—. ¿Pueden impedir que se presenten los documentos durante el juicio?

—Desde luego, el dictamen de Harden deja claro que él no lo cree así. Es evidente que lo ha escrito con la seguridad de que recurrirían y que tratarían de acogerse a la CIPA. Mira, en la tercera página señala que, en un proceso penal, el acusado tiene el derecho constitucional de insistir en que el Estado demuestre su culpabilidad más allá de toda duda razonable. El magistrado dice que la exclusión de documentos clasificados equivaldría a negarte el derecho a un juicio justo al impedir tu defensa.

—Nos ha brindado la hoja de ruta con la que preparar nuestra oposición al tribunal de apelaciones —dijo Jake.

Sloane miró a Jenkins.

—Lo importante es que ya sabe lo que contienen esos documentos y, por tanto, es consciente de que estás diciendo la verdad.

Charlie no estaba tan convencido.

— La fecha del juicio tendrá que posponerse hasta después de que se resuelva el recurso de apelación —comentó Jake.

—¿Creéis que ofrecerán otro acuerdo? —preguntó Jenkins. Quería verse absuelto, pero tampoco le hacía ascos a un trato que aligerase las diligencias, por Alex y por sus hijos, siempre que no tuviera que declararse culpable.

—Puede ser —repuso Sloane—, sobre todo si pierden el recurso.

Eran casi las seis cuando, tras otro rato de discusión, dijo Jenkins:

—Debería ir a relevar a Alex. Llamadme si necesitáis algo.

Recogió su chaqueta e iba camino de la puerta cuando sonó el teléfono que había en el centro de la mesa de la sala de juntas. Después de que acabara su jornada la recepcionista, Sloane había desviado allí sus llamadas. Las luces del aparato indicaban que la llamada procedía de fuera del bufete, pero, cuando respondió el abogado, la pantallita no mostraba ningún número. Lo puso en manos libres y dijo:

—Bufete de David Sloane.

—¿Es usted David Sloane? —El acento del interlocutor hizo que Jenkins se detuviera. Se volvió hacia el teléfono como quien oye la voz de un fantasma.

—Sí —dijo Sloane.

—Perfecto. Señor Sloane, mi nombre es Víktor Fiódorov. Conozco bien a su cliente Charles Jenkins.

Sloane miró a Jenkins, que bajó la barbilla y volvió a la mesa para tomar asiento.

—Me ha puesto en manos libres. ¿Debo entender que está ahí con usted el señor Jenkins?

—Aquí estoy, Víktor —dijo el aludido.

—¿Qué tal todo, señor Jenkins? —Fiódorov hizo la pregunta como quien se reencuentra con un amigo de toda la vida.

—He tenido días mejores, Víktor.

—Sí, he estado leyendo con gran interés las noticias sobre su detención y sobre el juicio que tiene pendiente. En Rusia no tenemos tanta suerte. Mi fracaso se entendió como una vergüenza para el Gobierno y me despidieron sumariamente.

—Mentiría si te dijese que lo siento.

Fiódorov se echó a reír.

—No esperaba otra cosa. No tuve ocasión de darle la enhorabuena por su huida. Es usted un rival formidable y me apena no haberlo podido conocer en otras circunstancias. Quizá un día pueda viajar a los Estados Unidos y brindar con usted.

Jenkins miró a Sloane con gesto desconcertado.

—¿Has llamado solo para felicitarme, Víktor?

—No, qué va. He llamado para decirle que el Gobierno ruso no se anda con rodeos, pero el de su país es diferente. Yo soy partidario de olvidar el pasado, pero mi opinión no cuenta. En su país hay gente que no desea verlo ante los tribunales. Sería algo… embarazoso para ellos. Pensaba que debería saberlo.

—¿Estás hablando de Carl Emerson?

—Yo no estoy hablando de nadie. Hacerlo podría ser perjudicial para mi salud.

—¿Por qué me cuentas esto, Víktor?

Fiódorov dejó escapar un suspiro.

—Le repito que no somos tan distintos, señor Jenkins. Los dos trabajamos para una burocracia que no siempre aprecia nuestra labor, pero no duda en castigarnos cuando erramos.

Jenkins meditó un instante sobre aquel comentario y a continuación dijo:

—Gracias por avisar.

—No hay de qué.

—¿Qué piensas hacer? —preguntó Jenkins.

—¿Yo? Mi hermano dirige un negocio de cemento que hace muchos trabajos para el Estado. Con él voy a ganar dinero, aunque no tanto, ni por asomo, como han sacado otros a nuestra costa, señor Jenkins.

Charlie volvió a mirar al abogado. Entendió el comentario como una confirmación de lo que sospechaba: que alguien, posiblemente Carl Emerson, había debido de embolsarse millones de dólares.

—Entiendo.

—Entonces, ha valido la pena llamar. Hasta la vista, señor Jenkins. *Za zdorovie!*

Fiódorov colgó y Jake pulsó un botón de su móvil. Había grabado la conversación.

—Lo tengo —dijo—. Podemos llevárselo a Harden para que lo escuche.

Sloane negó con la cabeza.

—Nunca lo admitirían como prueba. Lo has grabado sin el consentimiento de Fiódorov y la fiscalía argumentará que no ha tenido ocasión de hacer un contrainterrogatorio.

—Y eso no es lo peor —añadió Jenkins—. La grabación viene a confirmar mi relación con un agente ruso de la FSB. ¡Si hasta parece que somos amigos! El ministerio público podría darle la vuelta y usarlo en mi contra para condenarme.

Todos guardaron silencio unos instantes, hasta que Jake preguntó:

—¿Crees que quería tenderte algún tipo de trampa?

—No. Él ya no tiene nada que ganar en este juego. Yo diría que me estaba dando un consejo de agente a agente. Además, me da la impresión de que quería que supiera que hay alguien que se ha llevado millones de dólares a nuestra costa. Está cabreado y por eso ha hecho la llamada. Quiere que me salga con la mía.

—¿Por qué? ¿Qué gana él?

Jenkins sonrió pensando en Fiódorov y en el respeto que había acabado por profesar a su talento para el contraespionaje. Todo apuntaba a que el sentimiento era mutuo.

—Nada en absoluto. Por eso creo en él. Los dos coincidimos en una cosa: a él lo ha jodido su Gobierno y a mí está intentando joderme el mío. Esta ha sido su manera de ayudarme.

—Pero, si estás convencido de que hay gente que puede querer matarte, ¿por qué estás tan tranquilo?

—Porque no habrá asesino a sueldo que quiera hacer el trabajo, si es que se trata de eso. Estamos hablando de una hermandad poco numerosa y estoy convencido de que quienes la forman tienen una idea de lo que ha ocurrido. Querrán conocer el resultado, porque saben que, si me ha pasado a mí, les puede pasar a ellos.

El recurso supuso un retraso de cuatro meses, que Jenkins pasó con Alex y los críos. Las vacaciones de verano hicieron que C. J.

dejara de insistir en volver a su colegio. Alex se puso a trabajar a media jornada en un supermercado. A él, en cambio, el mundo laboral le había cerrado las puertas por la publicidad que se había dado a su detención y a las vistas previas al juicio. A fin de pasar el mes había recurrido al dinero de su plan de pensiones. Sloane no consentía en aceptar pago alguno por el uso de la casa ni de su despensa.

—¿De qué me sirve el dinero si no lo puedo usar para cuidar de mi familia? —había dicho una noche.

Una tarde cálida de julio, a mediados de semana, llamó a Jenkins para comunicarle que una comisión de tres de los magistrados del tribunal de apelaciones había coincidido de forma unánime con el fallo del juez Harden y rechazado el recurso por el que la fiscalía pretendía que se mantuvieran clasificados los documentos en virtud de la CIPA. Charlie colgó el teléfono y lanzó un grito de euforia. Estaba más convencido que nunca de que el ministerio público renunciaría a seguir adelante con la causa o le ofrecería otro acuerdo que no exigiera declararse demente.

Su alegría, sin embargo, duró poco. Aún no había acabado el día cuando volvió a llamar Sloane para hacerle saber que habían vuelto a interponer un recurso, esta vez para exigir el veredicto de los doce magistrados que integraban el tribunal de apelaciones. Aunque, en opinión del abogado, era muy poco probable que rechazasen lo que habían resuelto tres de sus colegas, Jenkins sabía que tal parecer resultaba ingenuo cuando entraban en la ecuación la CIA y el FBI.

La víspera de la nueva fecha del juicio, siete de los doce magistrados votaron en contra del fallo del juez Harden y del dictamen de sus tres compañeros. Por tanto, todos los documentos de la LSR&C que había reunido Jake debían mantenerse en secreto en virtud de la CIPA y serían inadmisibles en el juicio. Sloane intentó consolar a Jenkins recordándole que, al menos, Harden conocía el contenido de aquellos papeles.

El jurado, en cambio, no.

Como cabía esperar, el ministerio fiscal no ofreció ningún otro acuerdo.

Aquella tarde, Jenkins dio un paseo hasta el borde del agua. No le cabía ya ninguna duda de que quienes manejaban los hilos no iban a dejar que saliese a la luz la verdad. Nunca permitirían que tuviese un juicio justo ni lo dejarían en libertad. Al otro lado del estrecho de Puget, el sol había empezado a declinar y pintaba el cielo con ominosos tonos rojos y anaranjados que le recordaron al cielo de Moscú en su primer viaje a Rusia.

Sobre él pendía la amenaza de tres cadenas perpetuas y no tenía nada con lo que apuntalar su defensa.

La víspera del proceso, tarde ya, se hallaba sentado en el porche de Sloane, escuchando las olas levantadas por el paso de un carguero que batían la costa como truenos. A esas alturas había comprendido por qué no había perdido nunca la fiscalía un juicio de espionaje. Era como jugar al veintiuno en Las Vegas: las probabilidades de ganar no eran muchas, sobre todo cuando era la casa la que daba las cartas.

En ese momento salió al porche su anfitrión y dejó que la puerta de cristal se cerrara a sus espaldas. Llevaba dos botellines de cerveza y le tendió uno. Sentados en sendas mecedoras, contemplaron las aguas oscuras del estrecho de Puget. Jenkins sabía que Sloane había comprado aquellas dos sillas antes de la muerte de Tina y que había imaginado que se sentaría allí con ella para admirar aquella vista siendo ya anciano. La vida puede dar vueltas dramáticas con una rapidez pasmosa.

Dio un sorbo a su cerveza.

—¿Ya lo tienes todo hecho?

Sloane había pasado el día en el juzgado solicitando actuaciones prejudiciales. Quizá el juez Harden estuviese furioso con la fiscalía por mentir sobre los documentos de la LSR&C o por haber conseguido que el tribunal de apelaciones rechazara su dictamen; pero, desde luego, no había dado muestra alguna de ello. Se había conducido con eficiencia y profesionalidad y había rechazado y aceptado las diversas solicitudes de la defensa más o menos como había previsto Sloane.

—¿Han comunicado la última dirección conocida de Emerson? —preguntó Jenkins.

—No. Y dudo mucho que lo hagan. Como mucho, nos darán el número de un apartado de correos de cualquier pueblo perdido. Si ha salido del país, no volverá por su propia voluntad y dudo mucho que podamos conseguir una orden para obligarlo. Si al menos pudiéramos encontrarlo…

Charlie meditó un instante al respecto antes de decir:

—Puede que sea mejor así, sobre todo si sabe que ahora no tenemos ningún documento con el que desacreditarlo. Tenemos que dar por hecho que no dirá nada positivo sobre mí y que, si es el delator o un topo, ha tenido tiempo de sobra para borrar sus huellas. Emerson siempre ha sido un tío listo. Lleva cuarenta años jugando a esto. Podría crucificarme si lo subimos al estrado.

Sloane bebió antes de decir:

—Quiero que conste que hemos intentado dar con él y que hemos solicitado al ministerio fiscal que nos dé su dirección. Podría ser motivo de apelación.

Jenkins sabía que eso solo sería necesario en caso de perder el juicio.

—¿Nos han dado una relación de testigos?

El abogado sonrió con suficiencia:

—A las cinco en punto de la tarde. Veintisiete nombres, sin un ápice de información sobre lo que dirá uno solo de los veintisiete.

Volaban a ciegas, pensó Jenkins, y no era la primera vez. Los arcos de su mecedora hacían crujir y gemir el suelo de madera de aquel viejo porche con un sonido que recordaba al de un hombre colgado de una horca que oscilara al viento en una película antigua del Oeste.

—No te voy a pedir que cuides de Alex y los niños —dijo sin apartar la vista del paisaje en penumbra—, pero sí que estés ahí si necesitan ayuda.

—Cuidaré de ellos como si fueran míos. Lo sabes. Pero no vamos a darnos por vencidos tan pronto.

—No pienso darme por vencido nunca, David, pero hay cosas que no están en nuestra mano.

Dentro se oyó llorar a Lizzie. Jenkins miró el reloj.

—Desde luego, nos ha salido puntual. —Tendió su cerveza a Sloane—. Le he dicho a Alex que me ocuparía de darle el biberón para que pudiera descansar. De todos modos, estaba convencido de que iba a dormir poco y no tengo claro si podré tenerla en brazos muchas más veces.

CAPÍTULO 61

A la mañana siguiente, el ministerio público solicitó que el juez Harden se recusara a sí mismo por estar al tanto del contenido de los documentos protegidos por la CIPA. El magistrado denegó el pedimento argumentando que tal información no influiría en modo alguno en su sustanciación de la causa.

Sloane hizo saber a Jenkins que aquella había sido una acción muy hábil destinada, sospechaba, a obligar al juez a tener presente durante todo el proceso que debía ejercer sus funciones conforme a derecho.

Una vez rechazada la petición por parte de Harden, la selección del jurado se efectuó con tanta eficiencia como las vistas preliminares. En los tribunales federales era el juez quien se encargaba de hacer la mayoría de las preguntas a sus posibles integrantes. La defensa y la acusación no podían formular más de tres. Según Sloane, quienes conformaban el jurado solían entrar a la sala del tribunal convencidos de que, si el caso había llegado a juicio, las alegaciones debían de tener mucho de cierto. Por consiguiente, su primera pregunta estaba destinada a hacer que se replantearan, o al menos reconsiderasen, la opinión que se habían formado de antemano de Charles Jenkins, el espía.

Desde el atril, Sloane dijo:

—Levanten la mano quienes crean que los Estados Unidos tiene a su servicio espías que operan entre bastidores y en la sombra para proteger los intereses y la seguridad de nuestra nación.

Casi todos respondieron afirmativamente, como era de esperar en una época de amenazas terroristas diarias. Jenkins tomó nota en un cuaderno de quien no puso la mano en alto.

—¿Y cuántos de ustedes piensan que, a fin de proteger los intereses nacionales de nuestro país, el Gobierno no siempre pone a disposición del público la información relativa al lugar en que están destinados sus espías y a las operaciones que están llevando a cabo?

Una vez más, levantaron la mano casi todos los posibles integrantes del jurado.

—¿Cuántos estarían dispuestos a aceptar que a veces el Gobierno puede cometer errores?

Esta vez no hubo nadie que no diera una respuesta afirmativa. Sloane se sentó y Jenkins tuvo la sensación de que la situación se le había vuelto un tanto más propicia antes de que la fiscalía tuviese la ocasión de tildarlo de traidor.

Eso fue precisamente lo que hizo Velasquez.

—Que levanten la mano los que piensen que hay que castigar a quien vende información secreta a un Gobierno extranjero.

La reacción del jurado fue unánime y las dos preguntas que siguieron por parte de la acusación fueron igual de punzantes y persuasivas.

Al final, Sloane usó dieciocho de las veinte recusaciones que se le permitían para rechazar a determinados miembros del jurado y Velasquez, diecisiete. Solo habían pasado dos horas desde el comienzo del interrogatorio cuando tenían un jurado conformado por nueve mujeres y tres hombres, en su mayoría cultos y con puestos de responsabilidad. Sloane dijo a Jenkins que estaba satisfecho con la composición final.

Harden no parecía tener intención alguna de perder más tiempo en preámbulos.

—¿Está listo el ministerio fiscal para ofrecer su alegato inicial?

No era una pregunta. Velasquez retiró su silla para ponerse en pie. Si no estaba lista, no hizo nada por ponerlo de manifiesto. Confiada y ataviada con una chaqueta azul marino de una sola hilera de botones y una falda a juego, colocó un portátil en el atril para después apartarse de él y mirar al jurado.

Haciendo hincapié en la idea que había apuntado ya durante el proceso de selección del jurado, dijo:

—El Departamento de Justicia no promueve una causa de esta naturaleza sin la existencia de una investigación previa ni de pruebas que la sostengan.

Jenkins vio a Sloane hacer ademán de levantarse, pero permaneció sentado. Aquella declaración era argumentativa y, sin embargo, por la expresión de los integrantes del jurado, dedujo que al menos una parte no creía que fuese cierta.

—En el transcurso de este juicio se les mostrarán pruebas de que el acusado, Charles Jenkins, atravesaba dificultades personales y profesionales. Su empresa de vigilancia, C. J. Security se encontraba al borde de la bancarrota y él también. El negocio del señor Jenkins debía dinero a sus contratistas y a varios proveedores y él se hallaba sumido personalmente en otra crisis económica. Había usado la granja de la isla de Caamaño en la que residía con su familia como aval para obtener los préstamos comerciales que permitieron flotar la empresa. Dicho en pocas palabras, necesitaba dinero si no quería perder su casa.

Velasquez fue dando pequeños paseos hacia su izquierda mientras exponía al jurado las complicaciones que había sufrido Alex durante el embarazo y hablaba de su preeclampsia. Entonces se dirigió hacia la derecha.

—Así las cosas, ¿qué podía hacer el señor Jenkins? ¿Cómo podía salvar a su familia? —Se detuvo como si esperase que respondiera alguno de ellos—. Podía recurrir a las dotes que le habían asistido en otra época y a un enemigo contra el que había combatido entonces, un enemigo que no ignoraba que estaría deseando recibir la clase de información privilegiada que podía ofrecerle. Porque el señor Jenkins ejerció hace años de espía para la Agencia Central de Información. A finales de los setenta, operó en la oficina de la CIA en Ciudad de México a las órdenes de un hombre llamado Carl Emerson. El señor Jenkins llevó a cabo una serie de misiones contra la Unión Soviética y los agentes del KGB destinados en la capital mexicana; así que tenía acceso a información confidencial sobre los agentes estadounidenses que operan en Rusia y sobre agentes dobles, es decir, rusos que espían al servicio de los Estados Unidos.

Velasquez habló de la abrupta salida que tuvo Jenkins de la CIA y del descontento que había hecho manifiesto con la agencia. Entonces, se volvió hacia Jenkins y puso un dedo en alto.

—¿Y qué hizo el señor Jenkins ante la catástrofe personal y profesional que se le avecinaba? Contaba con la tapadera perfecta para viajar a Rusia. La LSR&C había abierto una sucursal en Moscú y C. J. Security tenía por misión velar por la seguridad de los empleados y los inversores de allí.

Repasó los viajes que había hecho Jenkins a Moscú y la información que presuntamente había revelado y recalcó que dicha información tenía su origen último en Ciudad de México.

—Los dos agentes que entregó el acusado a la FSB —aseveró— pagaron con su vida la traición del señor Jenkins.

El aludido se sintió taladrado por las miradas de los miembros del jurado y se afanó en no reaccionar.

Velasquez habló de la transferencia electrónica de cincuenta mil dólares que había recibido Jenkins desde una cuenta suiza al volver de su primer viaje a Moscú.

—Era una transacción sencilla: dinero a cambio de información. Lo acosaban las deudas y estaba desesperado.

Alternando entre la indignación y una actitud pragmática, refirió al jurado el misterioso regreso de Jenkins a los Estados Unidos tras un segundo viaje a Rusia, al parecer sin necesidad de usar su pasaporte. Le habló de los contactos que había mantenido con Chris Daugherty, agente del FBI, y dio a entender que los había motivado el temor a ser descubierto, tras lo cual concluyó:

—Y se inventó un cuento.

Entonces expuso lo que ella llamaba «la fantasía del señor Jenkins» y preguntó:

—¿Creen que esta gran nación que es los Estados Unidos dejaría desamparado a uno de sus agentes si estuviese de veras al servicio del país? —Frunciendo el ceño, añadió—: Pregúntense dónde puede haber pruebas, las que sean, que apoyen su versión. Pregúntense si es probable que, en medio de una crisis personal y profesional, se presente un agente de la CIA en su granja con un cofre de oro bajo el brazo. ¿No parece más el argumento de una mala novela de espionaje de las que harían reír a cualquier lector con criterio antes de renunciar a seguir leyendo por considerarla pura fantasía?

Velasquez había necesitado veinte minutos para impresionar al jurado. Cuando dio media vuelta para regresar a la mesa de la acusación, no se oía en la sala más que el ruido que emitieron las sillas de sus integrantes al volverse hacia la de la defensa.

David se dirigía ya hacia el atril cuando dijo Harden:

—Señor Sloane, ¿desea hacer ahora la declaración inicial o prefiere dejarla para más adelante?

—La defensa está deseando exponer su punto de vista, señoría.

Sloane había explicado a Jenkins que tenía, a lo sumo, una treintena de palabras para cambiar la impresión que había podido crear Velasquez en el jurado antes de que dejaran de prestarle atención y que debía lograr que se identificaran con el caso de Jenkins.

Sin molestarse siquiera en saludar a sus integrantes, apuntó a Jenkins con el índice y preguntó:

—¿Es este hombre un espía? —Miró a los ojos a cada uno de ellos antes de decir—. Pueden apostar a que sí: el señor Jenkins es un espía al servicio de los Estados Unidos de América. Sirvió como tal en los años setenta y fue reactivado en noviembre de 2017. ¿Es una coincidencia, como sostiene la acusación, que estemos hoy aquí? Por supuesto que no. Estamos aquí porque el señor Jenkins es víctima de un agente canalla de la CIA que estaba estafando a una sociedad de inversión. —Recorriendo de un lado a otro el espacio que se extendía frente al jurado, reveló lo que había callado Velasquez: que Carl Emerson había trabajado con el nombre de Richard Peterson para la TBT Investments, empresa subsidiaria de la LSR&C que servía de pantalla para la CIA al servicio de agentes de toda la nación. Estaba asumiendo un riesgo nada desdeñable, ya que las declaraciones iniciales no eran hechos. Los hechos había que demostrarlos con pruebas y, sin los documentos necesarios para hacer tal cosa, corría el peligro de que le saliera el tiro por la culata. Sin embargo, Jenkins y él estaban de acuerdo en que no había más remedio que asumirlo.

—¿Es casualidad que la empresa del señor Jenkins estuviese al borde de la bancarrota? Por supuesto que no. El señor Jenkins no podía pagar las deudas que había contraído C. J. Security porque la LSR&C había dejado de pagarle. ¿Es una coincidencia que Carl Emerson se presentara en la granja de Charles Jenkins en un momento tan crítico para su economía? Por supuesto que no. Carl Emerson se presentó en un momento tan crítico porque había sido el superior del señor Jenkins en la CIA, sabía por qué había dejado la agencia el señor Jenkins y sabía que no permitiría que lo reactivasen si no había nada que lo empujase, algo catastrófico, como ha dicho la letrada, algo como el hundimiento de su negocio y la contingencia de ver a su familia en la calle.

Se detuvo para dejar que calasen en el jurado su indignación y la cantidad nada desdeñable de información que acababa de ofrecer. En ese instante no le preocupaba que todos los integrantes del jurado pudiesen hacerse cargo de todos los matices de lo que había expuesto, sobre todo si no se le iba a permitir presentar ningún elemento de apoyo. Por el momento solo quería destacar la deslealtad y el juego sucio del ministerio público. Cosas que, esperaba, serían capaces de entender todos ellos.

—Carl Emerson sabía también que el señor Jenkins era un agente muy válido y hablaba ruso, así como que tenía la tapadera perfecta para entrar y salir de Rusia, dado que era propietario de una empresa que ofrecía servicios de vigilancia a otra de Moscú. ¿Es casualidad que el señor Jenkins revelase la identidad de dos agentes estadounidenses que operaban en Rusia y habían empezado a trabajar para la CIA en México? Por supuesto que no. Fue Carl Emerson quien lo autorizó a hacerlo, ya que, como antiguo encargado de la misión de la CIA en Ciudad de México, conocía ambas operaciones.

Volvió a guardar silencio y miró de uno en uno a los del jurado. Según había confiado a Jenkins, tenía la esperanza de causar cierta inquietud entre ellos y, con suerte, cambiar su postura o, cuando menos, hacer que se dieran cuenta de que existía otra versión de los hechos y debían abandonar sus prejuicios.

—La letrada de la acusación les ha preguntado si creen de veras que el servicio de información de esta gran nación sería capaz de dejar desamparado a uno de sus agentes. Pues bien, cuando acabemos de exponer nuestro caso, estoy seguro de que su respuesta será que sí.

Sloane se llevó las manos a los labios como en una plegaria.

—Damas y caballeros, en virtud del derecho estadounidense, es la fiscalía la que tiene que demostrar la culpabilidad de Charles

Jenkins. En cualquier causa penal, el acusado es inocente hasta que se demuestre lo contrario más allá de toda duda razonable. No tiene que testificar. —Bajó las manos como si lo que estaba a punto de decir fuese espontáneo. Sin embargo, nada de su alegato lo era. Jenkins y él habían dedicado la víspera varias horas a hablar de los riesgos en los que incurrían en aquella parte del alegato inicial—. Sin embargo, en este juicio concreto, lo vamos a hacer de otro modo. Sí, señores. —Miró a Jenkins y asintió con un gesto antes de señalar a los abogados del ministerio público—. Vamos a liberar a la acusación de su carga. La vamos a asumir nosotros y les vamos a demostrar, más allá de toda duda, que el acusado no infringió la ley y actuó con la lealtad propia de un americano que cree en todo momento estar sirviendo a su patria.

Dando las gracias al jurado, regresó a la mesa de la defensa. Jenkins notó que las expresiones de su auditorio habían pasado del desdén a la curiosidad y se dijo que no podía pedir más.

CAPÍTULO 62

Harden tampoco perdió el tiempo después de comer. Mientras ordenaba los papeles que tenía sobre la mesa, preguntó:

—¿Está listo el ministerio fiscal para continuar?

Tampoco en este caso era una pregunta, ni Velasquez, que ya estaba de pie, vaciló un instante.

—Sí, señoría.

—Llame a su primer testigo.

La abogada hizo comparecer a Nathaniel Ikeda, que trabajaba en los archivos de la sede de la CIA en Langley (Virginia). Tras presentar a aquel japonés apuesto de cabello moreno entrecano y exponer las responsabilidades de su cargo, preguntó:

—¿Ha podido encontrar algún documento relativo a la contratación de un tal Charles William Jenkins por parte de la Agencia Central de Información?

—Sí —repuso el interpelado en tono seguro.

—¿Y sería tan amable de exponer al jurado lo que revelan al respecto sus archivos?

Ikeda miró al jurado, sin duda siguiendo instrucciones o por la experiencia adquirida tras años de declarar en una sala del tribunal. En el regazo tenía documentos que la fiscalía no había puesto a disposición de Sloane hasta última hora de la víspera y que apoyaban su respuesta: Jenkins había formado parte de la plantilla de la CIA desde junio de 1976 hasta julio de 1978, aproximadamente.

—¿Hay alguna indicación de cómo acabó su servicio?

—Se dio por hecho que el señor Jenkins se había retirado voluntariamente tras varios intentos infructuosos de contactar con él.

—¿Y hay constancia en sus archivos de que el señor Jenkins fuese reactivado en calidad de agente de operaciones en noviembre o diciembre de 2017?

—No.

—¿Ha buscado todos los documentos pertenecientes a un tal Carl Emerson?

Ikeda volvió a dirigirse al jurado para dar una respuesta afirmativa. Cuando Velasquez presentó los papeles para que se aprobara su uso en la sala, el declarante expuso lo que revelaban para concluir a continuación:

—El señor Emerson dejó su cargo al frente de la central de Ciudad de México para trabajar en Langley (Virginia).

—¿Hay constancia de que Carl Emerson estuviera dirigiendo una operación en Rusia en diciembre de 2017?

—No.

Ikeda explicó qué documentos cabría haber encontrado en caso de que se hubiera puesto en marcha semejante operación y acto seguido negó haber dado con ninguno.

—¿Hay constancia de un pago de cincuenta mil dólares abonado al señor Jenkins o al señor Emerson dicho mes de diciembre de 2017?

—No.

La letrada preguntó a Ikeda por los dos agentes a los que había delatado Jenkins ante la FSB: Alekséi Sukurov y Uliana Artémieva.

—¿Aparece alguna de estas personas o sus operaciones en sus archivos como activa?

—Si con ello quiere decir que si seguían activos sus expedientes, sí.

—¿Cuándo se activaron por primera vez esas operaciones?

—En 1972 y 1973.

—¿En qué centro de operaciones?

—En el de Ciudad de México.

—¿Quién creó esos expedientes?

—Carl Emerson.

Velasquez dio las gracias a Ikeda y volvió a sentarse.

Jenkins y Sloane solo habían tenido aquella mañana para estudiar aquellos documentos y Jenkins sabía que, de alguna manera, Sloane tendría que improvisar durante el contrainterrogatorio. Por lo que le había dicho, pretendía dejar claro que Carl Emerson no era una invención y existía de veras, que dirigía las misiones de Alekséi Sukurov y Uliana Artémieva y que no había ningún documento que relacionase a Jenkins con ninguno de estos dos. También quería destacar que Emerson había sido expulsado de la CIA en las mismas fechas en las que había caído la LSR&C y habían acusado a Jenkins de espionaje.

—Espero —había comentado— que el jurado dé por hecho, cuando vea el humo, que tiene que haber fuego.

—¿Quién estaba al mando de la central de México en 1972 y 1973? —preguntó a Ikeda.

—Carl Emerson.

—¿Se indica en sus archivos si el señor Jenkins trabajó en alguna de las dos operaciones que se han mencionado?

—No estoy seguro, pero podría ser que sí participara en alguna.

—Por favor, sírvase consultar sus documentos y dígame si aparece el nombre del señor Jenkins en alguno de esos dos expedientes.

Ikeda dedicó un par de minutos a estudiar los papeles que tenía delante. Jenkins lo observó y prestó también atención a las reacciones del jurado.

—No figura en ninguno —repuso al fin el testigo.

—¿No tiene constancia en sus archivos de que el señor Jenkins conociese siquiera dichas operaciones?

—No, en mis archivos no dice nada.

—¿Y tiene con usted algún documento que dé fe de que Carl Emerson formaba parte de la TBT Investments de Seattle, en Washington?

—Protesto, señoría —lo atajó Velasquez—. La pregunta va en contra de lo dispuesto en la CIPA.

—Se acepta —dijo Harden.

—¿Tiene con usted algún documento que revele que Richard Peterson formaba parte de la TBT Investments de Seattle, en Washington?

—Protesto, señoría, por lo mismo —señaló la abogada.

—Se acepta.

—¿Se le ha pedido que busque dicha información?

—Protesto por lo mismo.

—Se acepta. —El magistrado indicó a Sloane con la mirada que no volviera a recurrir a esa estrategia.

—¿Tiene constancia, por medio de reservas de avión, de facturas de hotel o de recibos de un restaurante, por ejemplo, de que el señor Emerson solicitara el reintegro de un viaje de Langley, en Virginia, a Seattle, en Washington, entre noviembre de 2017 y enero de 2018?

—No lo sé. Nadie me ha solicitado que busque documentos así.

—Pero es cierto que el señor Emerson se hallaba trabajando en la CIA en noviembre y diciembre de 2017 y en enero de 2018, ¿no?

—Según los archivos, sí.

—¿Y sus archivos no revelan que el señor Emerson viajase a Seattle en su condición de director ejecutivo de la TBT Investments?

—Protesto por lo mismo, señoría.

—Se admite.

—¿Y tiene algún documento de gastos reembolsables a nombre de Carl Emerson o Richard Peterson con fecha de ese mismo periodo? ¿Ha encontrado alguno?

—Tampoco se me ha pedido que lo hiciera.

—Tampoco se le ha pedido que buscase esos documentos —repitió Sloane fingiendo perplejidad. Entonces se dio la vuelta como si pretendiese retomar su asiento en la mesa de la defensa, aunque Jenkins sabía que no había acabado. En efecto, girando sobre sus talones, regresó al atril y dijo con gesto anonadado—. Lo siento, señor Ikeda, pero será solo un par de preguntas más. ¿Recogen sus expedientes la fecha en que Carl Emerson dejó de prestar servicios a la CIA?

—Sí, el 25 de enero de 2018.

—¿Lo despidieron?

El declarante miró a Velasquez, que dejó su asiento como movida por un resorte.

—Protesto, señoría. Eso es falsear el testimonio.

Harden cabeceó en señal de negación.

—El de este testigo no, porque todavía no ha respondido a la pregunta. ¿Necesita que se la repitan, señor Ikeda?

El interpelado aseveró con gesto azorado:

—No. —Y mirando a Sloane contestó—: Prescindieron de sus servicios.

—O sea, que lo despidieron —dijo el abogado.

—Prescindieron de sus servicios —insistió él.

—¿Figura en su expediente que se retirase?

—No.

—¿Que dimitiera?

—No.

—¿Que solicitara una excedencia o un año sabático?

—No.

—Figura que prescindieron de sus servicios, ¿no? Que lo relevaron, lo despidieron, lo despacharon, vaya.

—Dice: «Se prescindió de sus servicios».

—¿Y se recoge el motivo por el que despidieron a Carl Emerson después de trabajar en la CIA desde los años setenta como mínimo?

—No.

Sloane calló como quien medita la información que acaba de recibir y Jenkins supo que el jurado haría otro tanto.

Velasquez dedicó unos cinco minutos a su segundo interrogatorio antes de indicar a Ikeda que podía retirarse. El resto de la tarde fue un ir y venir de testigos de los veintisiete que conformaban la lista de la acusación. Aunque ninguna de sus declaraciones resultó especialmente perjudicial, cuando concluyó la sesión, Jenkins había empezado a adquirir complejo de piñata.

A primera hora de la mañana siguiente, tras haberse ido tarde a dormir, Sloane volvió a su bufete con Jenkins y con Jake y encontró en el suelo, justo detrás de la puerta de cristal de la entrada, un sobre sin sello ni matasellos, lo que quería decir que lo habían llevado allí personalmente.

El abogado lo abrió y sacó la hoja de papel en que consistía todo su contenido. Meneó la cabeza y la sostuvo en alto.

—La última dirección conocida de Carl Emerson.

—La han sabido todo este tiempo —comentó Jake—. ¿Dónde está?

—En Santa Bárbara. Comprueba que aún sigue ahí y, si es así, haz que le llegue una citación a juicio.

—Al estar a más de ciento cincuenta kilómetros, no podemos obligarlo a comparecer.

—Lo sé, pero, si no lo citamos después de haber sacado tantas veces su nombre durante el proceso, el jurado querrá saber por qué. Cuando presente mi alegato final, quiero dejar esa boñiga en la puerta de la fiscalía, para que sean ellos quienes la tengan que limpiar. Quiero poder decir que nosotros emplazamos a Emerson, aunque no se presentó, y que el ministerio público podía haberlo llamado a declarar y prefirió no hacerlo. Tal vez esa insinuación baste para sembrar una duda razonable.

CAPÍTULO 63

Para empezar el segundo día de juicio, Maria Velasquez llamó a declarar al agente del FBI Chris Daugherty. Este llevaba, como lo exigía la ocasión, un traje azul oscuro, camisa blanca y corbata roja lisa. No podía haber presentado un aspecto más americano aunque la letrada le hubiese atado al cuello la bandera patria.

Velasquez fue haciendo que Daugherty expusiese las circunstancias que lo habían llevado a entrevistarse con Charles Jenkins y, por indicación suya, detallase la naturaleza de cada una de las conversaciones que habían mantenido.

A continuación le preguntó:

—¿Solicitó en algún momento el señor Jenkins la presencia de un representante de la CIA antes de hablar con usted?

—No.

—Según su experiencia, ¿habría sido de esperar algo así en un hombre que estaba a punto de compartir con usted datos relativos a una operación secreta de la CIA?

—Eso entiendo por mi experiencia.

—¿Y puede decirnos por qué habría sido de esperar tal cosa?

—El FBI es responsable de lo que ocurra en suelo estadounidense y la CIA, de lo que ocurre en el extranjero. Estas entidades no saben ni pueden saber lo que tiene entre manos la otra en todo momento, de modo que lo normal es que, cuando un agente de la CIA responde a un interrogatorio de uno del FBI, quiera tener presente a otro de la agencia para asegurarse de que no se revela información confidencial.

—¿Qué le respondió al señor Jenkins cuando acabó de exponerle su versión de los hechos?

—Le dije que no lo creía, que lo que me estaba contando era ridículo.

—¿Y cuál fue la reacción de él?

Daugherty se encogió de hombros.

—Me dijo:

»—Créame, yo no le mentiría. No puedo contárselo todo: va a tener que acudir a la CIA para completar lo que falta.

»Yo contesté:

»—¿Por qué no puede contármelo?

»Y él me aseguró:

»—Porque me han dicho que lo que diga podría poner en peligro una operación de gran importancia que se está desarrollando en este momento.

—¿Llamó usted a la CIA a fin de verificar lo que le había revelado el señor Jenkins?

—No pude verificar nada de lo que me había dicho. En la CIA me dijeron que no tenían constancia de que se hubiera reactivado al señor Jenkins ni de ninguna operación vinculada a él, ni dentro ni fuera de Rusia. También me dijeron que habían consultado las dos operaciones por las que me indicó el señor Jenkins que debía preguntar y que ambas llevaban años desactivadas, aunque los dos agentes responsables habían muerto hacía poco en Rusia en circunstancias sospechosas.

Velasquez se detuvo e hizo ver que consultaba sus notas. Quería que el jurado no pasara por alto aquella información y lo logró, porque varios de sus integrantes miraron hacia la mesa de la defensa.

—¿Qué hizo usted a continuación?

—El FBI abrió una investigación sobre los actos del señor Jenkins y averiguó que C. J. Security había recibido un pago de cincuenta mil dólares en su cuenta poco después de que regresara el señor Jenkins de su primer viaje a Rusia.

—¿Intentaron determinar la procedencia de dichos fondos?

—Pedimos a un contable forense que rastrease su origen.

Jenkins y Sloane tenían una copia del informe y habían aceptado su condición de prueba admisible.

—¿A qué conclusión llegó?

—El contable determinó que la transferencia se había originado en una cuenta bancaria de Suiza, pero no logró ir más allá.

Velasquez lo llevó a recordar lo que le había dicho Jenkins durante la segunda conversación, mantenida en la sede del FBI en el centro de Seattle.

—¿Comunicó al señor Jenkins lo que había averiguado sobre las dos operaciones que había revelado a los rusos?

—Sí.

—¿Y cuál fue su reacción?

—Movió la cabeza de un lado a otro y dijo: «¿Qué coño he hecho?».

La abogada volvió a dejar que la respuesta flotara en el aire un instante y preguntó a continuación:

—¿Le respondió usted?

—Le pregunté si quería hacer una confesión y llegar a un acuerdo.

—¿Y qué le dijo él?

—Me dijo: «Esto no es lo que parece ni lo hice por el motivo por el que usted cree».

Con semejante declaración, perjudicial en apariencia, Velasquez dio las gracias al testigo y tomó asiento.

Sloane se puso en pie y caminó sin prisa hacia el atril.

—Agente Daugherty, ha dicho usted que le preguntó al señor Jenkins si quería confesar la comisión de un delito, ¿no es cierto?

—Sí.

—¿Podría, por favor, presentar a este tribunal la confesión que firmó el señor Jenkins aquel día en su oficina?

Daugherty se aclaró la garganta.

—No tengo ninguna confesión firmada.

—¿Y tampoco tiene una confesión a secas, sin firmar?

—No.

—Pero, cuando se interroga a un testigo que confiesa, ¿no sería lo normal pedir al declarante una confesión con firma y fecha antes de dejarlo salir de su oficina?

—Hay muchos procedimientos distintos…

—¿Y no consistiría uno de ellos en que el agente del FBI, usted en este caso, obtenga una confesión firmada del testigo antes de dar por concluida la reunión?

—Sí.

—Pero usted no insistió, ¿verdad?

—No, no insistí.

Jenkins miró al jurado y vio a dos de sus miembros sonreír con aire de divertida suficiencia.

—Ha declarado que el señor Jenkins le dijo: «Esto no es lo que parece ni lo hice por el motivo por el que usted cree». ¿No es así?

—Sí, eso fue lo que dijo.

—¿Y no le dijo que reveló esos dos nombres porque lo autorizó a hacerlo Carl Emerson?

—Me dijo que no reveló ninguna información no autorizada, pero no conseguí encontrar ninguna prueba que corroborase que contaba con autorización.

Sloane hojeó las páginas del documento impreso que sostenía.

—Lo que sí tiene escrito en sus notas es que el señor Jenkins le dijo que lo que le había contado no era todo y que, si quería la versión completa, tendría que acudir a la CIA.

—Sí.

—Y asegura haber llamado a la CIA y que ellos le dijeron que no tenían constancia de ninguna operación que hubiera supuesto la reactivación del señor Jenkins. ¿Es cierto?

—Me dijeron, en efecto, que no tenían constancia.

—Con lo que usted dio por sentado que no existía tal operación.

—Supongo que sí.

—No obstante, también acaba de decir a este tribunal que el FBI es responsable de lo que ocurre dentro de nuestras fronteras y la CIA, de lo que ocurre fuera de ellas, ¿no?

—Algo así.

—Y reconoce usted que ninguna de estas entidades sabe todo lo que está haciendo la otra ni comunica a la otra todo lo que está haciendo ella misma.

—Sí, eso es.

—¿No sería también cierto que, aun cuando los objetivos últimos del FBI y de la CIA puedan ser los mismos, los medios por los que los alcanzan no siempre coinciden?

—No le entiendo.

—Deje que intente exponérselo con más claridad. —Sloane ya se las había visto antes con un caso del FBI—. ¿No tiene por lema el FBI, o por uno de sus lemas, el de «Ponme a ese hijo de puta entre rejas»? Lo debe de haber oído entre los agentes, ¿verdad?

—Sí, claro que lo he oído.

—Una verdad en blanco y negro, clara como el agua, ¿verdad? «Ponme a ese hijo de puta entre rejas» y se acabó.

—Estoy de acuerdo.

—¿Y sabe qué se dice entre los agentes de la CIA?

—No.

—«Y conoceréis la verdad, y la verdad os hará libres, pero primero os joderá vivos». ¿Lo ha oído?

Daugherty sonrió, igual que varios componentes del jurado.

—No.

—¿Y tiene idea de lo que significa?

—No.

—No es tan en blanco y negro, ¿verdad?

Velasquez se puso en pie.

—Protesto, señoría. Está haciendo conjeturas. El testigo acaba de decir que no conocía ese lema.

—Denegada —dijo Harden.

—No está claro como el agua, ¿verdad, agente Daugherty?

—No, para mí no —reconoció el del FBI.

CAPÍTULO 64

Después de interrogar a Daugherty, Velasquez sentó en el estrado a Randy Traeger, antiguo director financiero de la LSR&C. Tras presentar su historial, pasó a determinar que la empresa llevaba al menos tres meses sin poder efectuar los pagos debidos a C. J. Security a finales de 2017, así como que Jenkins le había hecho saber que había agotado su línea de crédito con el banco.

Sloane se puso en pie cuando tomó asiento la abogada de la acusación.

—Como director financiero de la LSR&C, estaba usted al cargo de todo el dinero que entraba y salía de la empresa, ¿verdad?

—En cierto sentido.

El letrado de la defensa no estaba para respuestas imprecisas.

—¿Era ese su trabajo o no?

—Sí, en parte.

—¿Y por qué había dejado de pagar la LSR&C a C. J. Security?

—Eso mismo fue lo que le pregunté yo a Mitchell Goldstone y…

—Perdone —lo atajó Sloane—, pero lo único que pretendo es que el director financiero de la LSR&C me diga por qué no podía pagar la sociedad a C. J. Security.

—Porque en esas fechas no teníamos liquidez.

—Y eso, ¿a qué se debía?

—No lo sé.

—Pero su trabajo consistía en saberlo, ¿no?

—Eh… Sí, pero…

—¿No hizo usted las gestiones pertinentes para averiguarlo?

—Lo intenté.

—Se lo preguntó al director ejecutivo. ¿Qué más hizo?

—Intenté determinar qué estaba pasando con nuestros beneficios.

—¿Y qué estaba pasando con los beneficios de la LSR&C?

—No pude averiguarlo.

—No lo sabía.

—No.

Sloane hizo que Traeger fuese exponiendo sus antecedentes formativos y profesionales, que no eran escasos, antes de preguntar:

—Y, con semejante expediente, ¿ni siquiera usted fue capaz de resolver adónde estaban yendo a parar tantos millones de dólares?

—No.

—¿Es usted consciente de que su director ejecutivo, Mitchell Goldstone, sostiene que la LSR&C era una empresa dependiente de la CIA, que canalizaba a través de ella los fondos que hacía llegar a agentes suyos repartidos por todo el planeta?

Velasquez se puso en pie.

—Protesto, señoría. Está violando la CIPA.

Harden meditó antes de decir:

—No ha lugar.

Sloane no había preguntado por los documentos, sino más bien por lo que había afirmado Mitchell Goldstone, quien, con suerte, estaría dispuesto a repetirlo durante su declaración. Harden, al menos, parecía sentir curiosidad. Lo mismo cabía decir de varios miembros del jurado. No dejaba de ser una estrategia arriesgada, porque Sloane podía lanzar la acusación y Goldstone, confirmarla; pero el ministerio fiscal no dudaría en tachar a este de mentiroso y, sin los papeles de la LSR&C, la defensa no tenía nada con lo que respaldar su testimonio.

—No sabía nada de esa acusación hasta que la leí en los periódicos.

Sloane regresó a la mesa para recoger el pliego acusatorio de la nación contra la LSR&C.

—Se han presentado cargos contra usted en la misma causa que se instruirá contra el señor Goldstone, ¿verdad?

—Sí.

—Y usted se ha avenido a presentar testimonio contra el señor Goldstone a cambio de inmunidad, ¿no?

—Ese fue el acuerdo que cerraron mis abogados.

—Haga el favor de no echarle la culpa al gremio. —El comentario de Sloane provocó un asomo de risa en el jurado—. El acuerdo lleva su propia firma, ¿no?

—Sí.

El letrado presentó el documento firmado.

—Vendió usted a Mitchell Goldstone para no dar con sus propios huesos en la cárcel, ¿verdad?

Velasquez se puso en pie.

—Protesto, señoría. La defensa está importunando al testigo.

—Es parte de su contrainterrogatorio —repuso Harden—. Protesta denegada.

—Acordé dar testimonio sobre lo que sabía y lo que no sabía —declaró Traeger.

—Y descubrió que lo que no sabía era mucho, ¿no es así?

—No creo que… —El testigo se detuvo y miró a Jenkins antes de decir—: Supongo que sí.

Sloane formuló a continuación una pregunta destinada a hacer que el jurado centrase su atención en la CIA y subrayar que ni siquiera el director financiero de la empresa sabía lo que estaba ocurriendo.

—Señor Traeger, ¿ha llegado usted a conocer a Carl Emerson?

—No.

—Pero ¿tenía al menos conocimiento de quién era?

—No.

—¿Y a Richard Peterson?

—Era el director ejecutivo de la TBT Investments.

Bingo. Acababa de confirmar el dato a la defensa sin necesidad de los documentos ni del testimonio de Goldstone.

—¿Y de qué empresa era subsidiaria la TBT Investments?

—De la LSR&C.

—De su empresa, de la empresa de la que era usted director financiero. ¿No es cierto?

—Sí.

—¿Le dijo alguien alguna vez que Richard Peterson era, en realidad, Carl Emerson?

—No.

—Cuando se formuló la acusación contra la LSR&C, señor Traeger, ¿intentaron usted y el resto de directivos dar con el señor Goldstone?

—Yo sí, pero no di con él.

—¿Fue a la oficina a buscarlo?

—Sí.

—¿Cuándo?

—Al día siguiente.

—¿Se refiere al día siguiente de recibir la acusación?

—En efecto.

—¿Y lo encontró allí?

Traeger empezó a parecer incómodo.

—No.

—¿Qué fue lo que encontró al llegar a la oficina de la LSR&C, sita en el Columbia Center, al día siguiente de hacerse pública la acusación?

—Nada. Se lo habían llevado todo.

—¿Todo? ¿Cubículos y ordenadores?

—Sí.

—Todo. ¿La moqueta también?

—La habían dejado en el suelo de cemento.

—Habían desmantelado por completo la oficina en… ¿cuánto? ¿Menos de doce horas desde la última vez que había estado allí?

—Sí.

—¿Y los archivos de la empresa? ¿Encontró los archivos?

—Los archivos físicos no estaban y el servidor de red tampoco.

—¿Quién pudo llevarse todo eso?

—No lo sé.

—¿Y el dinero de las inversiones? ¿Tampoco estaba?

—No pude acceder al servidor de la empresa, de modo que…

—Es decir, que se esfumaron millones de dólares, como el resto de la oficina. Todo hizo de pronto ¡puf! como en un truco de magia. ¿No es así?

—Supongo.

Sloane se sentó y, tras hacer un par de preguntas más a Traeger, Velasquez lo invitó a retirarse.

Eran casi las cinco cuando Harden dejó marcharse al jurado. Por primera vez, el ministerio público no tuvo nada que argumentar.

—¿A quién piensa llamar la acusación mañana por la mañana? —preguntó el magistrado.

—Aún no lo hemos decidido, señoría.

—Pues comuníqueselo a la defensa esta misma noche. —Dio un golpe con el mazo—. Se levanta la sesión.

CAPÍTULO 65

A la mañana siguiente, cuando Jenkins ocupó su asiento, Maria Velasquez tenía preparada una sorpresa para la defensa no exenta de problemas. Como la víspera no se habían puesto en contacto con el bufete para participarle la relación de testigos de aquel día, Sloane y él dieron por supuesto que el ministerio fiscal seguiría con los interrogatorios; pero, cuando Harden accedió al estrado y le pidió que procediera, la letrada se levantó y dijo:

—Señoría, el ministerio público ha concluido.

Aunque David no mostró ninguna reacción física, Jenkins sabía que debía de estar revolviéndose por dentro. No había nada que hiciese menos gracia a un magistrado que un abogado desprevenido, sobre todo si era de la talla de Sloane. Sabía que cualquier protesta por aquel nuevo desplante de la fiscalía al ocultarle información sería recibida con desinterés. Velasquez podía haber comunicado a Sloane y al tribunal su decisión la noche de antes, pero sin duda debía de tener preparada una explicación de por qué no lo había hecho.

La pregunta era: ¿qué había llevado al ministerio fiscal a renunciar a los más de doce testigos que le quedaban aún en la lista? Era posible que pensase que había demostrado de sobra la culpabilidad del acusado, aunque tampoco cabía descartar que quisiera echar la pelota al tejado de la defensa y dejar en evidencia a Sloane por haber prometido que asumiría las obligaciones de la acusación y demostraría la inocencia de Jenkins.

Harden, sin manifestar tampoco sorpresa alguna ante el anuncio de la fiscalía, se volvió hacia el abogado y dijo:

—Llame a su primer testigo, señor Sloane.

Una petición perfectamente lógica, si no hubiese sido porque, como bien sabía Jenkins, los testigos de David aún no estaban presentes en el tribunal. Sloane se levantó y dijo:

—Señoría, ¿me concede un minuto?

—Un minuto —repuso Harden.

Sloane miró a la tribuna e hizo una señal a Jake para que se acercase. Cuando este llegó a la barra, le susurró:

—Ve a llamar a Carloyn y dile que haga venir enseguida al agente de alquileres del Columbia Center y a Addy Beckman.

—Dile que llame también a Claudia Baker —añadió Jenkins—. Que le diga que necesito que me haga un favor. Vendrá. Puede que tarde una hora en llegar, pero vendrá.

—¿Qué pensáis hacer mientras? —preguntó el joven.

—Dar largas.

—Señor Sloane —dijo el juez Harden—, llame a su primer testigo.

El abogado se irguió mientras Jake salía a la carrera de la sala de vistas marcando un número en su teléfono. Velasquez y su séquito parecían esperar que protestase, pero Sloane no lo hizo.

—Por supuesto, señoría. La defensa llama a declarar a Alex Jenkins.

Alex había estado presente en el tribunal el primer día y luego había acudido siempre que había tenido la ocasión. Sloane, que había buscado a una niñera que cuidase a C. J. y a Lizzie, pasó la hora siguiente guiándola en un recorrido lento y metódico por su matrimonio con Charlie, en el que se incluía, claro, su prole. Resumió la creación de C. J. Security, la relación que tenían con el director financiero Randy Traeger y la vinculación de C. J. Security con la LSR&C. Declaró no haber oído hablar de la TBT Investments hasta el juicio.

Estuvo hablando hasta que Jake volvió a la sala e hizo una señal a Sloane, que se acercó a la barra para recibir el trozo de papel que le tendió y que llevaba escrito: «El agente de alquileres y Baker están en el pasillo esperando a que los citéis. Beckman viene de camino».

Dio las gracias a Alex e indicó que no tenía más preguntas para ella. Velasquez tampoco quiso formular ninguna.

Sloane hizo comparecer entonces al agente de alquileres del Columbia Center, que confirmó el testimonio ofrecido por Randy Traeger acerca de la limpieza a la que habían sometido a la oficina al día siguiente de que se tuvieran noticias de la investigación emprendida por la Comisión de Bolsa y Valores.

—La empresa entera había desaparecido —declaró—. Lo que quiero decir es que no quedaba nada, ni siquiera la moqueta. Eché varias fotos, porque era la primera vez que veía algo así.

Al jurado le encantó la incredulidad de aquel hombre, así como las imágenes que mostró Sloane en los monitores de la sala.

Velasquez volvió a renunciar al contrainterrogatorio.

Sloane llamó a continuación a Claudia Baker, quien se presentó como la recepcionista del edificio en el que tenía la oficina C. J. Security.

—¿Se presentó en algún momento el FBI en dicha oficina de C. J. Security estando usted en su puesto de trabajo?

—Sí, vino un agente llamado Chris Daugherty.

Ante la siguiente pregunta, Baker reveló la fecha de aquella visita.

—¿Y le dijo el agente Daugherty a qué había ido?

—Que sabía que Charles Jenkins trabajaba para la CIA y que estaba buscando los archivos de C. J. Security para confirmar la relación entre ambos.

El abogado dio las gracias a Baker y se sentó.

Velasquez se puso de pie enseguida. Al verla cargar hacia el atril, Jenkins no pudo menos de preguntarse si no habrían subestimado su grado de preparación. Con todo, sabía que David había tendido una trampa y tenía la esperanza de que cayese en ella.

—Señorita Baker, ¿recibía usted las llamadas que iban destinadas a C. J. Security y al señor Jenkins?

—Sí.

—¿Y recibió alguna vez una llamada de un hombre llamado Carl Emerson?

—No lo recuerdo. Es posible, aunque…

—No recuerda ese nombre. ¿Y el de Richard Peterson?

—Tampoco lo recuerdo.

—¿Le dijo en algún momento el señor Jenkins que tenía planeado un viaje a Rusia?

—No.

—¿Le dijo alguna vez que trabajaba para la CIA?

—No.

—¿Y que en el pasado había trabajado para la CIA?

—No, no sabía nada hasta que lo leí en el periódico.

—Ha declarado que el agente Daugherty, del FBI, acudió a la oficina de C. J. Security y dijo que sabía que el señor Jenkins había trabajado para la CIA. ¿Es correcto?

—Sí.

—Pero no tomó usted nota de dicha conversación, ¿no?

Acababa de caer en la trampa de Sloane. Había cometido su primer error en todo el juicio al hacer una pregunta sin conocer de antemano la respuesta.

—Pues sí.

Velasquez quedó petrificada y aquello permitió a Baker proseguir:

—Llamé al señor Jenkins para contarle lo que me había dicho el agente del FBI y él me pidió que lo pusiera por escrito y le pusiera firma y fecha antes de enviar por correo el documento, a mí misma y a su abogado.

La letrada sabía que se había acorralado ella misma. Si no quería que la formulara Sloane, no le quedaba más remedio que hacer la siguiente pregunta.

—¿Y lo hizo?

—Aquí mismo tengo el sobre. —Lo sacó del bolso—. Todavía está cerrado.

Sloane se puso en pie en cuanto se sentó Velasquez. Después de leer en voz alta la fecha del matasellos, Baker y ella abrieron el sobre e hicieron otro tanto con la declaración, tras lo cual preguntó el letrado:

—¿Recibía usted también las llamadas que se efectuaban al teléfono móvil del señor Jenkins?

—No, a no ser que él desviara a la oficina su número de teléfono.

Sloane le dio las gracias y le dijo que podía retirarse.

Tras la pausa del almuerzo —un descanso que Sloane necesitaba como el agua y que le permitió tomar aliento y repasar con Addison Beckman el testimonio que estaba a punto de ofrecer—, llamó a declarar a la psiquiatra forense. Cuando informó a la sala de quién era y a qué se dedicaba, fue describiendo con ella las pruebas que había hecho al acusado y qué pretendía con cada una.

—¿Qué conclusiones sacó después de examinar al señor Jenkins?

—El estudio me convenció de que el señor Jenkins estaba diciendo la verdad y por eso le dije que debía confiar en él. También me quedó claro que el señor Jenkins profesa una lealtad apasionada a esta nación.

Sloane se sentó para que ocupase Velasquez el atril.

—Señora Beckman, ¿interrogó al señor Jenkins sobre los motivos que lo llevaron a abandonar la CIA en 1978?

—No.

—¿Le dijo que dejó la agencia sin informar siquiera de su partida al agente que lo tenía a su cargo?

—No, me centré en el presente.

—¿No le dijo que hubiera abandonado la agencia porque se sentía molesto con ella?

—No hablamos de eso.

—¿No le dijo que se sintiera desengañado?

—No hablamos del motivo que lo llevó a renunciar en 1978.

—Sin embargo, llegó usted a la conclusión de que profesa una lealtad apasionada a esta nación. ¿No es verdad?

—Sí.

El tono de Velasquez se fue volviendo cada vez más incrédulo.

—Con todo, para deducir tal cosa no tuvo en cuenta que dejó su trabajo de la CIA sin explicar a nadie por qué ni decir adónde iba...

—Se fue de la CIA. No traicionó a su país.

—No lo traicionó entonces.

Sloane se puso en pie de un salto.

—Protesto, señoría.

—Se acepta —repuso Harden, que no esperó a que se dijera nada más para lanzar a la abogada una mirada de reproche.

—Las pruebas a las que ha sometido al señor Jenkins le han permitido concluir que decía la verdad, ¿no?

—En efecto.

—¿Le dijo en algún momento el señor Jenkins que la instrucción que recibió a fin de ser agente de la CIA incluía adiestramiento para superar un interrogatorio?

—No.

—¿No sabía usted que lo habían adiestrado para hacer creer a un interrogador que dice la verdad cuando, en realidad, está mintiendo?

—No sé si lo habrán adiestrado o no, pero tampoco soy interrogadora. Soy psiquiatra forense y, si me hubiera mentido, lo habría sabido.

Velasquez se sonrió ante la respuesta y dejó que el jurado lo viese.

—Pues, si creemos la versión que sostiene ahora, tendríamos que entender que es experto en mentir, ¿no?

—No la sigo.

—¿No habría que creer entonces que mintió con éxito a los agentes rusos de la FSB y los llevó a pensar que decía la verdad? ¿No habría que creer eso?

—Supongo —dijo Beckman.

—Conque podemos dar por hecho que al señor Jenkins se le da muy bien mentir, ¿no?

—Protesto, su señoría —la atajó la defensa—. Argumentativo.

—Se acepta la protesta.

Velasquez, que había logrado su objetivo, se sentó.

Después de una breve ronda de preguntas por parte de Sloane, Harden dio por concluida la sesión. La letrada de la acusación esperó a que saliera el jurado para decir:

—Señoría, tenemos una petición relativa a la solicitud de comparecencia de Carl Emerson que ha hecho la defensa y queremos rogarle que despeje la sala.

—Así que han dado con él —comentó el magistrado.

—Sí.

—Alguien metió por debajo de la puerta de mi bufete un sobre en blanco con la dirección dentro —informó Sloane—. Lo encontré ayer por la mañana.

Harden hizo vaciar la sala y miró a la abogada:

—Proceda con su petición, señora Velasquez.

—Señoría, con arreglo al fallo del tribunal de apelaciones, que entiende que los documentos de la LSR&C deben permanecer clasificados en virtud de la CIPA, el ministerio fiscal se opone a la citación del señor Emerson por parte de la defensa. El señor Emerson no puede ofrecer testimonio alguno relativo a los individuos que figuran en documentos calificados por dicho tribunal de confidenciales y potencialmente perjudiciales para la seguridad nacional. Como, además, tampoco es posible usar esos documentos para desacreditarlo, el ministerio fiscal solicita que sea anulada la citación del señor Emerson.

—¿Señor Sloane?

—Podemos perfectamente interrogar al señor Emerson sin preguntarle por los documentos clasificados. No pretendemos, por supuesto, mencionar estos últimos, pero eso no nos impide hacer al señor Emerson preguntas relativas a su relación con la TBT Investments y a la relación de esta con la LSR&C. Se trata de un elemento crucial de nuestra defensa y el acusado tiene el derecho constitucional de defenderse.

Harden siguió pasando las páginas de la petición del ministerio público y a continuación lo cerró para volver a dejarlo sobre la mesa.

—Estoy de acuerdo, señor Sloane. Los documentos están protegidos por la CIPA, pero eso no le prohíbe preguntar al señor Emerson por la relación que mantenía con las dos empresas. La Constitución otorga al acusado el derecho a defenderse y, si bien no le permitiré que haga nada que pueda provocar perjuicio alguno a la seguridad nacional, considero que tiene derecho a interrogar al señor Emerson y el jurado tiene derecho a oír su declaración. Por consiguiente, dispongo que la fiscalía haga comparecer al señor Emerson en esta sala, mañana, a las nueve de la mañana, a expensas de la defensa.

—Señoría… —fue a decir la abogada.

El magistrado, sin embargo, la interrumpió en estos términos:

—Señora Velasquez, haga el favor de no venirme otra vez con la cantinela de que el Estado no tiene autoridad sobre el señor Emerson. Estoy dispuesto a aceptar que el sobre que apareció ayer bajo la puerta del bufete del señor Sloane llegó allí por arte de magia y excluir otras posibilidades, como la de que el ministerio público ha tenido engañado a este tribunal desde el principio; pero mi disposición para hacerme el bobo no es ilimitada. Traiga aquí mañana al señor Emerson si no quiere que la acuse de desacato.

—No tengo muy claro que nos haya hecho ningún favor —comentó Jenkins a Sloane mientras salían de la sala—. Emerson podría reconocer que trabajaba para la CIA y hasta que la LSR&C era un montaje para hacer llegar dinero a agentes y operaciones, pero negar que se reuniera conmigo, lo que daría fuerza al argumento de que mi defensa no es más que un pretexto muy oportuno que me inventé después de que encausaran a Mitchell Goldstone y la LSR&C para librarme de acabar en la cárcel.

—Si Emerson comparece, el jurado esperará que lo haga declarar. Quiero hacer que su intervención sea lo más breve posible, lo suficiente para dejar claro que trabajaba para la TBT Investments y que llegó a Seattle por las mismas fechas en las que tú aseguras haberte reunido con él. Si miente, siempre puedo tratar de convencer al juez de que debería poder usar los documentos para desacreditarlo, sin nadie más en la sala que el jurado, él y las dos partes; pero no tengo claro que vaya a consentirlo.

Estuvieron trabajando hasta que, bien entrada la noche, empezó a vencerlos el sueño. Jenkins siguió a Sloane a su despacho para esperarlo mientras comprobaba su correo electrónico.

El anfitrión dejó escapar un gruñido y, a continuación, musitó un reniego entre dientes antes de señalar:

—Puede que, al final, ni tengamos que preocuparnos por el interrogatorio de Emerson.

CAPÍTULO 66

A la mañana siguiente entró en la sala del tribunal el secretario del juez Harden y anunció que el magistrado quería reunirse con las partes en su despacho. Sloane miró a Jenkins y bajó la barbilla. Los dos conocían el motivo.

Jenkins y Sloane siguieron a Velasquez y al resto de sus abogados por un pasillo angosto hasta el despacho. La taquígrafa y su máquina estaban arrinconadas en uno de los ángulos, en tanto que el juez los aguardaba de pie tras su escritorio. Su toga pendía de la percha, junto a su chaqueta. Al lado de la mesa había colocado las cuatro cajas que contenían los papeles de la LSR&C.

Harden tenía en la mano el documento que estaba leyendo en el momento en que entraron los letrados. Dio la vista por iniciada y pidió a las partes que se presentaran a fin de que la taquígrafa dejara constancia de su comparecencia en el despacho. A continuación, dijo:

—Señor Sloane, doy por hecho que no tiene noticia de la orden que he recibido esta mañana de parte del juez Pence.

Se trataba del magistrado del tribunal de apelaciones que había redactado la disposición por la que se dejaba sin efecto el veredicto de Harden por el que permitía el uso de los documentos de la LSR&C. La defensa no había visto la orden, pero sí tenía conocimiento del recurso de revisión que había interpuesto la parte contraria para impedir que llamase a declarar a Carl Emerson.

—He leído el recurso, pero no la orden.

Harden se la entregó a Sloane desde el otro lado del escritorio.

—Parece que el juez Pence se acuesta tarde. —Para decirlo, miró a Velasquez, aunque mantuvo el gesto impertérrito—. En cualquier caso, el fallo que ha emitido prohíbe a la defensa formular al señor Emerson preguntas cuya respuesta esté incluida en los documentos que el tribunal de apelaciones ha considerado ya clasificados en virtud de la CIPA. A eso ha añadido otra serie de restricciones con respecto a lo que puede preguntar la defensa. No tiene que decidir en este momento si aun así desea hacer comparecer al señor Emerson, pero, si su respuesta es positiva, tiene que saber que se aplicarán estas restricciones.

Sloane y Jenkins echaron una rápida ojeada a las dos páginas del documento, que apenas permitía preguntar nada a Emerson. Este, además, tendría luz verde para mentir, consciente de que Sloane no tenía con qué desacreditarlo. Por otra parte, si estaba presente en la sala y no lo llamaba, el jurado se preguntaría por qué y eso podría tener consecuencias nefastas para la defensa de Jenkins.

—Se lo haremos saber, señoría —aseveró con tanta confianza como fue capaz de reunir.

Sin embargo, Velasquez, henchida de una seguridad que rayaba en arrogancia, dijo:

—El ministerio público solicita que la decisión se tome ahora mismo. Tenemos que hacer saber al señor Emerson si puede irse, a fin de no causarle más molestias, o debemos prepararlo para el interrogatorio.

Harden se frotó la barbilla como quien recibe un derechazo sin esperárselo.

—Letrada, sírvase informar al señor Emerson de que, si la defensa decide hacerlo comparecer hoy, mañana, pasado o al otro, espero encontrarlo preparado en la puerta. ¿He sido suficientemente claro?

—Sí, señoría.

—Señoría —dijo entonces Sloane improvisando—. Si la defensa decide no llamar al señor Emerson, quisiera pedir que se prohibiera a la acusación hacer cualquier comentario acerca de su presencia aquí o de nuestra decisión de prescindir de su testimonio. Sería muy perjudicial para la defensa, sobre todo teniendo en cuenta que no podríamos hacer saber que se nos ha impedido usar los documentos de la LSR&C para ponerlo en evidencia en caso de que quisiera recurrir al falso testimonio.

—Esa petición sí la voy a otorgar —sentenció Harden antes de añadir con rapidez—: Pueden retirarse las partes.

Abordados por Harden los asuntos preliminares, los miembros del jurado volvieron a ocupar sus asientos. Sloane llamó entonces a Mitchell Goldstone, director ejecutivo de la LSR&C. Lo habían llevado aquella mañana al juzgado desde el Centro Federal de Internamiento cercano al aeropuerto de Seattle-Tacoma y su mujer le había llevado un traje, una corbata y unos zapatos decentes con los que presentarse en la sala del tribunal.

A Jenkins le dio la impresión de que el declarante se encontraba cómodo en el estrado, quizá porque la citación que lo obligaba a testificar representaba al mismo tiempo una liberación. Reveló a los presentes que la LSR&C había funcionado como empresa concesionaria de la CIA desde el principio mismo de su existencia y que había recibido fondos de la agencia para proporcionar tapaderas a sus agentes, lo que suponía, en algunos casos, dotarlos de un empleo «legítimo». Declaró que en un principio habían contratado a Carl Emerson como directivo de LSR&C, hasta que la sede central de Langley (Virginia) había decidido que sería más prudente ponerlo al mando de una empresa concesionaria de la CIA, la TBT

Investments, a fin de desvincular el dinero del capital de los inversores. Según explicó, los fondos de la CIA se canalizaban a través de la TBT para hacerlos llegar a los agentes y financiar sus operaciones. También dijo haber conocido a Emerson cuando este llegó a la oficina en noviembre de 2017. Aquel dato permitiría a Sloane argumentar en su alegato final que Emerson se hallaba en Seattle en las mismas fechas en las que aseveraba Jenkins haberse reunido con él en la isla de Caamaño.

Goldstone respondió a las preguntas de la defensa con aire resuelto, calmado y confiado, aunque Jenkins y Sloane sabían que el acuerdo que había firmado lo convertía en presa fácil de Velasquez, quien no tardó en sacarlo a relucir.

—¿Es cierto, señor Goldstone, que se ha declarado culpable de noventa y cuatro cargos de perjurio, fraude y evasión de impuestos?

—Sí —respondió.

—Ha reconocido haber mentido bajo juramento casi cien veces. ¿No es así?

—Sí, en efecto.

—Y sus mentiras estaban relacionadas con declaraciones que hizo sobre su empresa y su condición de empresa concesionaria de la CIA, ¿no?

—Sí.

—También se ha declarado culpable de haber engañado a los inversores de la LSR&C, ¿verdad?

—Verdad.

—Y de organizar una estafa piramidal, ¿no?

—En efecto.

—Tras ser arrestado por fraude, no llamó a la CIA para que lo sacase del aprieto, ¿verdad?

—Supuse que darían ellos el primer paso.

—No llamó usted a la CIA para que lo sacase del aprieto, ¿verdad? —repitió Velasquez con voz un tanto más firme.

—Verdad.

—Y el acuerdo que firmó a cambio de declararse culpable no dice que usted estuviera prestando servicio para la CIA ni que la LSR&C fuera una empresa concesionaria de la CIA.

—No —reconoció él.

La letrada se sentó más que satisfecha. Sloane miró a Jenkins. Los dos sabían que cualquier intento por su parte de conferir cierta credibilidad al testigo solo lograría hacer que la defensa pareciese desesperada, así que lo invitaron a retirarse.

Durante el descanso para el almuerzo permanecieron con la vista clavada en los platos que habían pedido.

—Ha ido mucho peor de lo que había previsto —admitió Sloane.

—No es culpa tuya. Si no nos dejan presentar los documentos que apoyan su versión, no hay manera de evitar que Goldstone quede por mentiroso. Sin embargo, no teníamos más remedio que citarlo. ¿Qué hacemos con Emerson?

Estuvieron comentando largo y tendido el dictamen del juez Pence y decidieron que resultaba demasiado arriesgado sentarlo en el estrado.

—No dudaría en cortarte a pedacitos —aseveró el abogado— y los documentos que nos permitirían demostrar que miente estarían muertos de risa en el despacho del juez Harden, bien guardados en sus cajas. Con las restricciones que nos ha impuesto el juez Pence, nos daría igual tenerlos en la luna.

—Llámame a mí a declarar —dijo Jenkins. Sabía bien a lo que se exponía, pero lo había hablado con Alex. Si tenía que caer, no pensaba hacerlo sin patalear. No quería que lo condenasen sin tener la ocasión de mirar a los ojos al jurado antes de que lo tildaran de mentiroso.

Sloane lo miró de hito en hito.

—Sin los documentos… —empezó a decir.

—Sé muy bien todo lo que comporta y a qué me arriesgo, David. No eres tú quien tiene que decidir, sino yo. Llámame a declarar. Deja que les hable directamente a los del jurado. Si la fiscalía me va a llamar mentiroso, que me lo diga a la cara.

—Podría salirnos el tiro por la culata —le advirtió Sloane—. El jurado podría verlo como el acto desesperado…

—… de un hombre condenado. Lo sé, y puede ser que sea esa mi situación. Pero, si tengo que ahogarme, prefiero que sea braceando.

CAPÍTULO 67

Ya en la sala del tribunal, Sloane se puso en pie y llamó a declarar a Jenkins tal como este le había pedido. El acusado vio a Velasquez mirar al abogado de la defensa como quien tiene delante a un desquiciado, pero a continuación tomó su archivador y se puso a pasar páginas. Estaba preparada para semejante contingencia.

Jenkins sintió que aumentaba su ansiedad a medida que se acercaba al estrado, si bien consiguió mantener a raya el temblor de su mano cuando juró decir la verdad.

Había acordado con Sloane que era de suma importancia, como había quedado claro durante la selección de testigos y el alegato inicial de la defensa, cambiar de inmediato la connotación negativa de la palabra *espía* y llevar a reconocer al jurado que los Estados Unidos usaba tal clase de agentes para proteger la seguridad nacional.

—¿Es usted espía? —preguntó el letrado.

Jenkins miró al jurado para responder:

—Sí.

—¿Para qué país ha espiado?

—Para los Estados Unidos de América.

—¿Con qué entidad operaba?

—Con la Agencia Central de Información de los Estados Unidos de América.

—¿Ha proporcionado en algún momento a un agente ruso de la FSB o a cualquier otra persona información que no estuviese autorizado a revelar?

—No, toda la información que he revelado estaba autorizada.

—¿Hizo en algún momento algo que no fuese seguir las órdenes de la CIA?

—No.

—¿A cargo de qué agente estaba usted en la CIA?

—Carl Emerson.

—¿Siguió usted las órdenes y las instrucciones de Carl Emerson?

—Sí.

Sloane le hizo a continuación una serie de preguntas relativas a su participación en la guerra de Vietnam, su entrada en la CIA y la época en la que sirvió en Ciudad de México. Jenkins contestó a todas ellas con menos de veinticinco palabras a fin de evitar que la fiscalía pudiera formular otras sobre elementos ajenos al alcance de sus respuestas.

—¿Puede decir a este tribunal por qué dejó de pertenecer a la CIA?

—Como ya he dicho, no puedo dar detalles. Dejé la CIA porque tuve la impresión de que las autoridades no habían sido sinceras conmigo sobre las intenciones de cierta operación que se tradujo en muertes innecesarias. Después de aquello, decidí abandonarlo.

—¿Mató usted a alguien?

—No, pero proporcioné información.

—¿Se hallaba usted molesto cuando dejó la CIA?

—No, más bien estaba apenado.

—¿Por qué?

—Pensaba que había encontrado una actividad a la que dedicar mi vida, algo que se me daba bien y que me gustaba; pero no quería ser parte de nada parecido a lo que había ocurrido.

—Cuando dejó su trabajo con la CIA, ¿comunicó a alguien que renunciaba al empleo?

—No.

—¿Por qué no?

—Ojalá lo hubiese hecho. Hay un montón de cosas que me gustaría haber hecho de otro modo por aquel entonces, a mis veinte años. Ahora, que soy mayor y tengo una perspectiva mejor, habría hecho las cosas de una manera diferente; pero no puedo cambiar el pasado. En ese momento, lo único que quería era salir de allí y alejarme cuanto me fuera posible.

—¿Volvió entonces a la casa de su infancia, en Nueva Jersey?

—No. Quería empezar de cero, así que me mudé a la isla de Caamaño, en el estado de Washington.

—¿Por esconderse del Gobierno?

—Es difícil esconderse cuando el nombre de uno figura en las escrituras de una finca de cuatro hectáreas y paga sus impuestos año tras año.

Sloane le preguntó por qué había fundado C. J. Security.

—Buscaba algo que pudiera ofrecer a mi hijo la ocasión de salir adelante en la vida sin importar lo que quisiese hacer. Es un chico listo. Ha salido a su madre.

En el jurado hubo varias sonrisas. Jenkins les habló de la propuesta de Randy Traeger.

—¿Le pareció una coincidencia demasiado extraña que Traeger le ofreciese un trabajo hecho a su medida?

—En aquel momento, no.

—¿Y ahora?

—Ahora lo veo de otro modo.

—¿Sospechó en algún momento que la LSR&C fuera una tapadera de la CIA para destinar fondos a los agentes destinados en el extranjero y sus operaciones, tal como ha testificado Mitchell Goldstone?

—No.

—¿Sabía que Carl Emerson estaba dirigiendo la TBT Investments como ha testificado Mitchell Goldstone?

—No. No había vuelto a ver a Carl Emerson ni a oír su nombre desde el día que dejé Ciudad de México. Se presentó sin más en mi granja un día de noviembre, cuando Alex acababa de salir para llevar a C. J. al colegio.

Jenkins expuso los detalles de su reunión con Emerson y de lo que quería este de él.

—¿Consideró una extraña coincidencia que el señor Emerson se presentase en su granja?

—Entonces no, pero ahora sí.

El acusado respondió las preguntas que le formuló Sloane acerca de las dificultades económicas por las que estaba pasando C. J. Security, de los avales personales que había dado para crear la empresa y de los créditos empresariales que tenía pendientes.

—¿Por eso aceptó el encargo?

—Esa fue una de las razones, desde luego, pero hubo otra.

—¿Cuál?

—Carl Emerson me aseguró que estaba en juego la vida de varias agentes. Me dijo que prácticamente estaban condenadas a morir si fracasaba la operación.

—¿Cuál tenía que ser su tapadera?

—La mejor es siempre la que más se acerca a la verdad. Tenía que hacerme pasar por agente de operaciones de la CIA dispuesto a vender la información confidencial que tenía en mi poder. Carl Emerson me dijo que debía entrar en el país, lanzar el anzuelo y hacer que ocurrieran ciertas cosas. Después, otros agentes se ocuparían de la operación.

—¿Cómo debía ponerse en contacto con el señor Emerson en caso de necesitarlo?

—Me dio una tarjeta de visita con un número.

Sloane la proyectó en los monitores de la sala y Jenkins confirmó que se trataba de la misma que le había dado Carl Emerson.

—¿Le habló de lo que ocurriría si se frustraba la operación?

—Me dijo que, si algo salía mal, la agencia no reconocería haber emprendido la misión.

—¿Pensó que estarían dispuestos a reconocer que lo habían reactivado?

—Creí que en público no, pero en privado sí.

—¿Por eso se presentó voluntariamente ante el FBI y se puso en contacto con el agente Daugherty?

—Sí, le pedí que sondeara pensando que la CIA reconocería haberme reactivado e investigaría lo que yo le había contado.

Sloane y Jenkins habían expuesto lo fundamental de su versión. Había llegado el momento de concluir.

—¿Reveló usted en algún momento, a la FSB o a alguien más, información no autorizada?

—No. Llevaba décadas sin ejercer de agente de operaciones. Toda la información que tenía era autorizada. —Habían hablado de esto la víspera y habían llegado a la conclusión de que constituía un argumento sólido.

—¿Hizo otra cosa que no fuese seguir las órdenes de la CIA?

—No.

Las dos últimas preguntas estaban destinadas a dejar claro al jurado que Jenkins era de los buenos.

—¿Es usted leal a los Estados Unidos de América?

—Siempre lo he sido. Amo a mi país.

Sloane dejó que resonara en la sala la respuesta antes de dar media vuelta y sentarse.

Velasquez se puso en pie y se dirigió al atril.

—La historia que nos ha contado es buena, señor Jenkins, y casa a la perfección con la del señor Goldstone. ¿No es así?

—Es la verdad.

—Usted conocía la versión del señor Goldstone, que también asegura haber trabajado a las órdenes de la Agencia Central de Información, ¿no es cierto?

—No puedo decirle cuándo exactamente, pero sí, la había oído.

—El señor Sloane le ha hablado de coincidencias y yo también querría hablarle al respecto. ¿No le parece demasiada casualidad que Carl Emerson, a quien llevaba cuarenta años sin ver, se presentara en su granja precisamente cuando su negocio estaba al borde de la ruina?

Jenkins tenía que andarse con cuidado. Si decía que no, tendría que testificar, sin documento alguno que lo corroborase, que Emerson u otra persona había provocado la falta de pagos a C. J. Security para ponerlo en un aprieto, cosa que al jurado le costaría creer. Por tanto, optó por aprovechar la declaración de Goldstone, que decía haber conocido a Emerson en la LSR&C en noviembre.

—En aquel momento no, porque no pensé que las dos cosas pudieran estar relacionadas; pero, ahora que sé que el señor Emerson trabajaba en la LSR&C, no, no me parece ninguna casualidad.

—Así que a un agente de operaciones de la CIA con experiencia como usted no le pareció extraño que su antiguo superior se presentara en su casa, sin avisar y varias décadas después de su partida, para ofrecerle trabajo en el preciso instante en que más lo necesitaba.

—Entonces no puse en duda los motivos que podían haberlo llevado a hacerlo, pero sí que me pregunté qué hacía allí. Puede estar segura.

—¿No es verdad, señor Jenkins, que cuando se reunió con los agentes del FBI no solicitó la presencia de un representante de la CIA en los interrogatorios?

—Es cierto.

—Hizo saber usted al agente Daugherty que había revelado información a un agente ruso de la FSB.

—Le dije que no había revelado información no autorizada.

—Los dos agentes cuyos nombres desveló usted al principio habían entrado a formar parte de la CIA en Ciudad de México, donde también operaba usted. ¿No es verdad?

—Yo entonces no lo sabía.

—Pero cuando el agente Daugherty le hizo saber que ambos habían muerto, dijo literalmente: «¿Qué he hecho?». ¿Es correcto o no?

—Puede que lo dijera, sí. No daba crédito. Carl Emerson me dijo que ninguno de los dos agentes corría peligro y que la CIA había puesto fin a sus operaciones hacía años.

—El agente Daugherty también le dijo que la CIA no tenía constancia de que lo hubiesen reactivado, ¿no?

—Eso me dijo.

Velasquez mantuvo su ataque durante otros cuarenta y cinco minutos y Jenkins hizo cuanto le fue posible por capear el temporal. Con todo, bajo su apariencia confiada, había empezado a sentir que la camiseta se le pegaba a la espalda.

—¿No es cierto, señor Jenkins, que no le contó toda la historia al agente Daugherty porque no la conocía cuando se reunió con él, porque seguía inventándosela sobre la marcha?

—No, eso no es verdad.

—¿Sabía o no sabía usted, señor Jenkins, que, si la CIA no confirmaba su versión, podrían juzgarlo por espionaje?

—Sí, lo sabía.

—¿Y, sin embargo, está pidiendo a este jurado que crea que, con su mujer guardando reposo por complicaciones en el embarazo y un niño de nueve años, no reveló cuanto sabía al agente Daugherty por lealtad a una entidad que sabía que no iba a respaldarlo y que haría que lo juzgasen por espionaje? ¿Eso es lo que quiere que crea el jurado?

—No se lo conté todo porque pensaba que, si lo hacía, pondría en peligro la vida de varias agentes y la continuidad de una serie de operaciones.

—Es decir, que quiere que creamos que todavía no nos ha contado toda la historia. ¿Es ese su testimonio?

—No puedo contarles toda la historia. Lo siento, pero no puedo.

Velasquez miró al jurado.

—Ni tampoco la CIA, ¿verdad?

—No sé lo que podrán o no podrán hacer ellos. Lo que sé es que no piensan hacerlo.

La letrada concluyó su contrainterrogatorio cuando acababan de dar las tres de la tarde y Sloane despachó con brevedad su segundo interrogatorio. Jenkins volvió a la mesa de la defensa extenuado física y emocionalmente.

Cuando tomó asiento, Harden dijo:

—Señor Sloane, puede llamar a su próximo testigo.

El abogado se levantó. Durante el descanso, Charlie y él habían decidido que, si tenía la impresión de que su testimonio se sostenía sin dificultades, podían dejarlo en aquel punto.

—Señoría, la defensa no tiene más testigos.

El magistrado pareció un tanto sorprendido. Dirigió la atención a Velasquez, que intercambió unas palabras en voz baja con el resto de letrados antes de ponerse en pie y anunciar:

—La acusación tampoco va a llamar a nadie más.

Sloane debía ofrecer su alegato final por la mañana. Esperaron a que Harden agradeciese la presencia del jurado, le hiciera las advertencias pertinentes y le diese permiso para ausentarse, como había hecho al final de cada sesión. Sin embargo, lo vieron inclinarse hacia delante a fin de decir:

—Damas y caballeros del jurado, la defensa ha concluido y el ministerio público también, pero yo creo que hay otro testigo al que deberían escuchar y, por tanto, llamo a declarar a Carl Emerson. Solicito su comparecencia porque deseo que conste su testimonio. No quiero que ninguna de las partes se sienta obligada en modo alguno a llamarlo, porque no lo están; pero considero que el jurado necesita que el señor Emerson responda a unas preguntas.

—Que me aspen —dijo entre dientes Sloane.

CAPÍTULO 68

Velasquez corrió a ponerse en pie.

—Señoría, el ministerio público protesta.

—No ha lugar.

—Señoría, la acusación pretendía llamar a declarar al señor Emerson como testigo de refutación.

—No, señora Velasquez: el ministerio público ha dejado bien claro que no tenía más testigos y creo que el jurado debería oír a este.

—Señoría, solicitamos que conste en acta la protesta del ministerio público y que levante usía la sesión hasta mañana para permitirnos interponer un recurso de revisión ante el tribunal de apelaciones.

El juez Harden volvió a inclinarse hacia delante.

—Constará en acta —repuso el magistrado—. Se rechaza la petición del ministerio público. ¿Algo más?

—No, señoría —dijo Velasquez.

Harden miró a su alguacil.

—Por favor, salga y pida al señor Emerson que entre.

Quedó así patente cuál era el motivo que lo había llevado a llamar a declarar a Emerson al final de la sesión: no quería dar tiempo a la letrada para correr a buscar una orden del tribunal de apelaciones.

Jenkins miró a Sloane, que se inclinó hacia él para decirle en voz baja:

—Es la primera vez que veo una cosa así en todos mis años de abogacía, pero, de momento, estoy disfrutando de lo lindo.

Emerson entró en la sala ataviado con un traje azul imponente. El hecho de que todos los integrantes del jurado lo estudiasen desde el instante en que apareció ponía de relieve la curiosidad que había despertado en ellos aquel hombre cuyo nombre no habían dejado de oír. Aunque frisaba los ochenta, Emerson parecía más joven. Tenía una buena mata de cabello plateado y el color de quien pasa tiempo al sol. Su porte y su mirada ponían de manifiesto la convicción de quien se considera por encima de un proceso judicial así y no ve la hora de superar semejante trámite.

Tras subir al estrado y jurar decir la verdad, se desabrochó la chaqueta, se sentó y se cruzó de piernas. Miró al atril y luego al lado de la sala en la que se hallaba Jenkins. A continuación, se mostró sinceramente perplejo al oír el ruego de Harden:

—Por favor, diga su nombre para que conste.

Miró a Velasquez y luego al juez antes de decir:

—¿Perdón?

—Que diga su nombre para que conste —repitió el magistrado.

—Carl Edward Emerson.

—¿Se encuentra trabajando en el presente?

El declarante descruzó las piernas y se incorporó.

—No, estoy jubilado.

—¿A qué se dedicaba?

—Trabajaba en la Agencia Central de Información.

—¿Se jubiló de la CIA o rescindieron su contrato?

—Decidí que con cuarenta y cinco años de servicio al Gobierno había cumplido y me jubilé.

—Señor Emerson —dijo Harden sacando los papeles que había expuesto el archivista de la CIA—. Tengo aquí un documento de la entidad que lo empleó que indican que prescindieron de sus servicios. ¿Me está diciendo que es inexacto?

Emerson respondió con una sonrisita petulante:

—Depende de cómo se mire. Yo no considero que sea así. Si decidieron prescindir de mis servicios, tuvo que ser después de que yo decidiese jubilarme.

—El documento indica también que recibió una amonestación por su falta de juicio en las gestiones llevadas a cabo con las empresas TBT Investments y LSR&C. ¿Me está diciendo que no era consciente de tal hecho?

—No, sí que soy consciente.

—O sea, que lo relevaron.

—Supongo que sí —repuso él, aún con una leve sonrisa en los labios.

—¿Y por qué lo amonestaron?

Emerson volvió a mirar a Velasquez antes de contestar.

—Por invertir dinero personal en dichas sociedades.

—¿Invirtió usted su propio dinero?

Jenkins se inclinó para indicar a Sloane:

—No me equivocaba: el delator era Emerson. Aprovechó la TBT para blanquear el dinero que obtenía de la FSB.

—Sí —respondió el interpelado—. Teniendo en cuenta cómo acabó todo, fue un error.

—En este juicio se ha declarado que estuvo usted al mando de la sede de la CIA en Ciudad de México. ¿Es verdad?

—Sí, es correcto.

—Y que el acusado, Charles Jenkins, estaba a sus órdenes.

—Durante un tiempo breve estuvo a mi cargo, sí. Charles era un agente excepcional, pero un buen día dejó la agencia. Estaba muy enfadado. No puedo hablar de la operación por la que se fue de la CIA, pero estaba furioso con la entidad, con el Gobierno de los Estados Unidos… y supongo que conmigo.

—¿Eso le dijo?

Emerson titubeó e hizo lo posible por recobrarse.

—No, nunca llegó a decírmelo. Se fue sin más.

El juez se detuvo y Jenkins miró al jurado. Varios de sus integrantes daban la impresión de no haber pasado por alto la contradicción. Si Jenkins se había ido sin hablar con él, ¿cómo podía saber Emerson la razón de su partida?

—También se ha dicho en esta sala que ha ejercido usted de directivo de la empresa TBT Investments. ¿Es cierto?

—Bien —señaló Sloane a Jenkins con un susurro—. Se está basando en las declaraciones y no en los documentos.

—Sí, es cierto.

Jenkins había dado por hecho que mentiría, pero tal vez la decisión que había tomado Harden de llamarlo a testificar con tanta premura había impedido al ministerio fiscal advertir a Emerson que los documentos de la LSR&C seguían siendo confidenciales.

—¿Tenía usted una tarjeta de visita de la TBT con su teléfono?

—Sí, tenía una tarjeta con mi número.

—Además, se ha dicho en esta sala que la TBT era subsidiaria de una sociedad llamada LSR&C. ¿Es correcto?

—Sí, es correcto.

—Se ha declarado aquí que la TBT Investments tenía por objeto hacer llegar dinero a los agentes de la CIA y financiar sus operaciones en el extranjero. ¿Cierto?

—Cierto.

Jenkins se acercó a Sloane.

—Ya tenemos confirmación de que Goldstone no mentía.

—Y también se ha dicho que, en calidad de directivo de la TBT, usaba usted el pseudónimo de Richard Peterson. ¿Es cierto?

—Sí.

Jenkins miró las reacciones de los miembros del jurado. Parecían intrigados.

—Durante el mes de noviembre de 2017, ¿tuvo ocasión de viajar a la isla de Caamaño y reunirse con el acusado, Charles William Jenkins?

El aludido sabía que aquella era la pregunta clave. Si Emerson iba a mentir, sería en ese momento.

—No —dijo Emerson—, eso no es así.

Era lo que había imaginado Jenkins: Emerson estaría dispuesto a reconocer que la LSR&C era una tapadera de la CIA, pero negaría que lo hubiesen reactivado. Aquello permitiría a Velasquez argumentar que Jenkins se lo había inventado después de que lo usara Mitchell Goldstone en su defensa. La diferencia, sin embargo, radicaba en que Emerson acababa de confirmar que Goldstone no había mentido.

—¿Cuándo fue la última vez que vio al señor Jenkins?

—¿La última vez? —Emerson miró al acusado sin apearse de su sonrisa arrogante—. Hace muchísimos años, en Ciudad de México.

—¿No lo ha vuelto a ver desde entonces?

—No.

—Puede irse.

Siempre con su sonrisa altanera, Emerson se levantó, se abotonó la chaqueta y bajó del estrado. Harden se volvió hacia el jurado para indicar:

—Hasta aquí, las pruebas de que ha tenido noticia el tribunal. Damas y caballeros, dejen que les ofrezca otro informe de la situación. La defensa ha presentado cuantas pruebas deseaba exponer y yo he hecho lo propio con aquellas que este tribunal consideraba que debían conocer ustedes. Ahora, el ministerio público podrá presentar, si lo desea, las que cree que rebaten algo de lo dicho. ¿Letrada?

Jenkins no ignoraba que la fiscalía se veía acorralada. Las preguntas del magistrado habían dejado fuera de toda duda que Carl Emerson tenía relación con la CIA y con la LSR&C a través de la

TBT Investments, tal como habían declarado Jenkins y Mitchell Goldstone. Sospechaba que sus abogados no querrían que aquello quedara así y pedirían interrogar a Emerson.

Velasquez se puso en pie.

—Sí, señoría. El ministerio fiscal llama a declarar a Carl Emerson.

El testigo giró sobre sus talones como si le supusiera una gran molestia y volvió al estrado.

—Señor Emerson —dijo la letrada—, quiero que centre su atención en un agente del FBI llamado Chris Daugherty. ¿Tuvo ocasión de hablar con él en torno al mes de enero de 2018?

—No recuerdo la fecha exacta, pero sí, hablé por teléfono con el agente Daugherty.

—¿Y sería tan amable de comunicar al jurado el contenido de dicha conversación?

—El agente Daugherty me llamó para decirme que había hablado con Charles Jenkins. Yo le dije: «¿Quién?», porque me sorprendió oír su nombre. Entonces me dijo que el señor Jenkins le había asegurado que trabajaba a mis órdenes y que yo tendría los detalles relativos a la labor que estaba llevando a cabo en Rusia para la CIA.

—¿Y qué le dijo usted al agente Daugherty?

—Le pregunté si me estaba gastando una broma, que llevaba más de cuarenta años sin ver a Charles Jenkins.

—Entiendo que no le dijo nada de las operaciones que había emprendido para usted en Rusia el señor Jenkins.

—Es que no había ninguna operación semejante.

—¿No autorizó usted al señor Jenkins a revelar información sobre agentes de la CIA que estaban operando en Rusia?

—No, qué va.

Velasquez dio las gracias a Emerson y volvió a sentarse.

Sloane se puso en pie.

—¿No es un hecho, señor Emerson, que la TBT Investments era una sociedad creada por usted para poder desvincularse de la LSR&C?

—Protesto —dijo la letrada de la acusación.

—No ha lugar.

—Sí, es cierto.

—¿Cuál era el número de teléfono que figuraba en la tarjeta de visita de la TBT Investments?

—No lo recuerdo.

Sloane se lo leyó antes de preguntar:

—¿Puede ser ese?

—No lo recuerdo.

—¿No es verdad que la CIA decidió prescindir de sus servicios días después de la caída de la LSR&C?

—Mi salida de la CIA no tuvo nada que ver con la caída de la LSR&C.

—Corríjame si me equivoco, pero la caída de la LSR&C, ¿no provocó también la de la TBT Investments?

—Doy por hecho que la TBT Investments dejó de existir.

—¿Igual que Richard Peterson?

—No entiendo la pregunta.

—¿Había alguna cantidad de dinero en las cuentas bancarias controladas por la TBT Investments, es decir, por usted, que estuviera sin justificar cuando la CIA lo relevó?

—¿Cómo iba a saberlo?

—¿No era usted el director ejecutivo de la empresa?

—Sobre el papel solamente.

—¿Y no es verdad que, cuando lo relevaron, llegó a un acuerdo con sus superiores de la CIA para evitar que se emprendieran acciones judiciales contra usted?

—No, eso no es cierto.

—¿No recibió la TBT Investments millones de dólares de la LSR&C para hacer llegar fondos a agentes que operaban en todo el mundo?

—Protesto, señoría.

—Se acepta.

—¿No era usted, señor Emerson, en calidad de director ejecutivo de la TBT Investments y con el seudónimo de Richard Peterson, responsable de enviar el dinero a los agentes?

—Protesto, señoría. Está violando la CIPA.

—Se acepta.

Jenkins sabía que a Sloane no le importaba y que al juez Harden tampoco. Lo único que pretendía el abogado era plantear aquellas preguntas frente al jurado. Había conseguido lo que quería: establecer un vínculo entre la CIA, el LSR&C y Carl Emerson. Aún quedaba por ver si aquello sería suficiente. Con todo, David lo sorprendió al seguir adelante diciendo:

—Ha declarado usted que no había vuelto a ver a Charles Jenkins desde el día en que salió de Ciudad de México hace cuarenta años. ¿Es eso cierto?

—En efecto.

—¿Podría explicarme entonces por qué tenía en su poder el señor Jenkins una tarjeta de visita con el número de la TBT Investments?

Sloane sacó la prueba y se la tendió al secretario, que a su vez se la hizo llegar a Emerson. La tarjeta, que tenía por única información el número de teléfono, apareció también en las pantallas de la sala de justicia. Jenkins no sabía adónde quería llegar Sloane, pero sentía curiosidad. Los del jurado también parecían interesados.

—¿Cómo voy a saberlo? —respondió el testigo—. Puede que fuera a la oficina y se la llevase para justificar el cuento que tenía pensado soltar aquí, en el tribunal.

—Quizá sí, aunque… según la teoría que mantiene el ministerio fiscal, el señor Jenkins no inventó ese cuento hasta después del cierre de la LSR&C y en esta misma sala se ha declarado que la oficina quedó totalmente vacía, tanto que hasta se veía el suelo de cemento, cuando apenas habían transcurrido unas horas de dicho cierre.

Jenkins sonrió.

—Qué cabronazo —dijo entre dientes.

Tres de los miembros del jurado se reclinaron en sus sillas mientras asentían con un movimiento de cabeza.

—Protesto. Que no conste —dijo Velasquez—. Eso no es una pregunta, sino un argumento del señor Sloane.

—Se acepta.

—Mi pregunta, señor Emerson, es cómo pudo entrar el señor Jenkins en la oficina y llevarse una tarjeta si dicha oficina y hasta la última hoja de papel que contenía habían desaparecido horas después de que se diera la noticia en televisión.

—No lo sé —respondió Emerson.

Aquella tarde salieron de la sala más animados que cualquier otro día del juicio. Sloane y Jake volvieron al bufete para que el primero pudiese preparar su alegato final y Jenkins se dirigió a Three Tree Point para estar con Alex. Los dos disfrutaron de una cena familiar con C. J. y el bebé. Aunque ambos estaban agotados, consideraron que era importante. Nadie mencionó que podía ser la última que compartieran todos.

Tras leer a C. J. varios capítulos de Harry Potter, Jenkins encontró a Alex en el porche, sentada en una de las mecedoras mientras daba el pecho a Lizzie.

—¿Cuántos capítulos han sido hoy?

—Tres —repuso mientras tomaba asiento a su lado.

—Lo consientes demasiado.

—Los dos primeros los he leído por él y el último, por mí.

Guardaron silencio. Solo se oía el crujido de las mecedoras al balancearse.

—¿Crees que tendría que haber aceptado el trato? —preguntó Jenkins—. Uno o dos años habrían pasado relativamente pronto, ¿no?

—No son solo un año o dos, Charlie, sino toda una vida con los demás creyéndote culpable.

—Ya me da igual lo que piense nadie. Lo que me preocupa sois los niños y tú. Que crezcan sin conocer a su padre. Podría perdérmelo todo.

—Todavía no hemos llegado a ese punto. No te pongas en lo peor.

—Quiero que me prometas que, si me declaran culpable, no vas a quedarte esperando a que salga.

—Para, Charlie.

—Eres demasiado joven y los críos necesitan un padre.

—Y tienen uno. —Tendió la mano que tenía libre y sostuvo la de su marido.

Su tacto lo calmó, aunque fuese solo un poco.

—Saldremos de esta, sea cual sea el resultado —siguió diciendo Alex—. Podríamos haber aceptado el trato, pero decidimos luchar, Charlie, y no solo por ti, sino por C. J. y Lizzie y por todos los agentes que podrían encontrarse desamparados en el futuro.

—Nunca se ha visto que un agente gane un proceso.

—Entonces, tú serás el primero.

—Emerson va a irse de rositas, ¿verdad? Ha traicionado a unos cuantos agentes y a este país. Es responsable de las muertes de esas mujeres y quizá de algunas más, pero se va a librar y acabará viviendo como un sultán.

—Nadie se libra de nada, Charlie. Antes o después, todos tenemos que responder de nuestros actos.

—Ojalá tuviera que responder él en esta causa.

—Puede que al final tenga que hacerlo.

—No —repuso Jenkins cabeceando—. Sabe dónde están enterrados los cadáveres y posiblemente tenga los papeles que lo demuestran. La CIA no quiere que esos documentos salgan a la luz. Antes que tener que avergonzarse, la agencia optará por sacrificarnos a Goldstone y a mí. Es mucho más fácil.

CAPÍTULO 69

El alegato final de Maria Velasquez se mantuvo en las mismas líneas de su declaración inicial. El acusado se hallaba en una situación económica desesperada y había traicionado a su nación colaborando con los rusos para pagar sus facturas.

—Vendió lo que tenía: su honor, su palabra e información confidencial —aseveró la representante del ministerio fiscal.

Sloane hizo saber a Jenkins que lo más importante era conseguir que su alegato último guardase fidelidad a lo expuesto en el primero y cumpliera con lo prometido. Había dicho que demostraría la inocencia de su defendido, un compromiso difícil de cumplir sin pruebas documentales, si bien había que reconocer que el juez Harden les había dado un respiro al llamar a declarar a Carl Emerson. Este había reconocido que existía una conexión entre la CIA y la TBT Investments y entre esta y la LSR&C. Había mentido al asegurar que no había visto a Jenkins ni hablado con él desde que habían trabajado en Ciudad de México, pero Sloane había hecho cuanto le había sido posible por dejarlo en evidencia con la tarjeta que llevaba impreso el número de teléfono de la empresa. Como mínimo, aquello le había dado algo en lo que apoyar sus argumentos.

El abogado colocó delante del jurado una pizarra escolar que había llevado de casa y que en otros tiempos había usado Tina para enseñar a Jake. Varios de sus miembros se echaron hacia delante llevados por la curiosidad ante lo que podía tenerles reservado. El juez también parecía interesado.

—El primer día de este proceso, dije que la defensa asumiría la responsabilidad de demostrar que Charles Jenkins no es culpable de los cargos presentados contra él. Les dije que no tendrían una confesión firmada, por más que la acusación sostenga que el señor Jenkins ha confesado. No hay confesión firmada alguna. Les dije que demostraríamos que la CIA tenía relación con la LSR&C y lo hemos demostrado. También que Carl Emerson estaba en Seattle en noviembre de 2017 y que seguía trabajando para la CIA hasta que lo relevaron en una fecha posterior. ¿Cómo pudo haber sabido Charles Jenkins que Carl Emerson estaba en la ciudad aquel mes de noviembre si no fue porque se reunió con él? ¿Cómo pudo conseguir una tarjeta con el número de teléfono de la TBT Investments si no fue porque se la dio Carl Emerson antes de que cerrasen la oficina de LSR&C y la limpiasen hasta no dejar en su interior ni una hoja de papel?

Jenkins vio a varios de los integrantes del jurado afanarse para tomar nota en sus libretas de aquellas dos preguntas que él encontraba muy legítimas.

—Veamos cuál es la realidad —siguió diciendo Sloane—. Veamos de qué va de veras esta causa. En invierno de 2018, la CIA echó el cierre de dos empresas de Seattle que estaba usando como empresas concesionarias y dejó en la estacada a Charles Jenkins. El ministerio fiscal le atribuye dos delitos de espionaje, uno de conspiración y dos de venta de material confidencial de los Estados Unidos a los rusos. Nuestro Derecho dice que es la acusación quien tiene la obligación de demostrar la culpabilidad del imputado y, sin embargo, no ha podido demostrar nada.

»Voy a hacer una lista de los puntos que no ha sido capaz de probar la acusación. Anótenlos conmigo en sus libretas para que no los olviden.

Sloane tomó una tiza gruesa y fue escribiendo en la pizarra a medida que los exponía. Como cabía esperar, el jurado hizo otro tanto en los cuadernos que tenían delante.

1. No ha desmentido que la CIA estuviese vinculada a la LSR&C.

2. No ha desmentido que Carl Emerson trabajara para la TBT Investments, empresa subsidiaria de la LSR&C.

3. No ha desmentido que Carl Emerson tuviese un número de teléfono de Seattle vinculado a la TBT Investments ni que Charles Jenkins tuviera en su poder una tarjeta con dicho número.

4. No ha desmentido que Chris Daugherty, agente del FBI de Seattle, dijese a la recepcionista de C. J. Security que sabía que Charles Jenkins trabajaba para la CIA.

5. No ha presentado un solo documento que respalde su afirmación de que Charles Jenkins ha confesado los delitos de los que se le acusan.

La relación siguió extendiéndose y, cuando Sloane acabó de escribir, declaró:

—Estos son los hechos y el ministerio fiscal no los ha negado. A menos que ofrezca una explicación convincente de lo contrario, estos hechos deben de ser ciertos y, si lo son, nosotros habremos demostrado la inocencia de Charles Jenkins.

Acto seguido señaló a Velasquez diciendo:

—Desafío al ministerio fiscal a responder a una sola de ellas. La acusación tendrá ahora una oportunidad más de justificar su postura, pero nosotros no. Tienen ustedes que aceptar lo que les estamos diciendo en este instante, porque esta es nuestra última ocasión: ya no podremos dirigirnos más al jurado. La fiscalía sí tiene otra y aquí les dejo una lista de preguntas que deben responder. Si no son capaces de despejar una sola de ellas, tendrán ustedes el deber de declarar inocente a este hombre.

Sloane dejó la tiza y se limpió el polvo de las manos.

—A veces, la profusión de artilugios que se emplea en nuestros días en una sala de vistas, de testimonios ofrecidos por expertos, de gráficos generados por ordenador y de carísimas fotografías hacen que perdamos de vista un principio fundamental: su responsabilidad última no es otra que hallar la verdad y esta, en ocasiones, no es complicada. No exige diagramas sofisticados ni tecnología informática. —Miró a la pizarra—. A veces, la verdad es sencilla, directa. A veces la tenemos delante y solo hay que mirar. A veces, la verdad se nos presenta en blanco y negro.

Velasquez no mordió el anzuelo que le había lanzado Sloane. Su última intervención fue un ataque de cuarenta minutos destinado a despertar las emociones del jurado. Aporreó el atril y alzó la voz, pero no abordó ni uno de los puntos que había dejado escritos David en la pizarra.

—En una cosa estoy de acuerdo con el señor Sloane —aseveró—: la verdad, en esta causa, es muy sencilla. La expuse al principio y la repito ahora. Este hombre vendió su honor, su integridad y sus conocimientos. Efectuó una transacción muy elemental: información a cambio de dinero. Tenía la información, viajó a Rusia y, poco después de su regreso, se materializaron en su cuenta bancaria cincuenta mil dólares. El letrado de la defensa y yo coincidimos, al menos, en un principio fundamental: la verdad, a veces, es muy fácil de ver. Y la verdad, en este caso, es que Charles Jenkins es culpable.

Aquella fue una respuesta muy enérgica.

Ya solo cabía hacer una cosa: esperar.

CAPÍTULO 70

Sloane dijo a Jenkins que suponía que el jurado tendría que pasar aún entre cuatro y cinco días deliberando. De hecho, cuanto más tiempo tardasen sus integrantes, mejor, ya que, en un proceso penal, cuanto más debatiesen era más probable que a uno o más de ellos les costase alcanzar un veredicto sin asomo alguno de una duda razonable. Harden informó a las dos partes de su deseo de que ambas partes permanecieran en el edificio por si el jurado tenía preguntas que formularles durante sus deliberaciones. Para dicha espera, puso a disposición de la defensa la habitación destinada al jurado en una de las salas de justicia vacías.

Eran casi las cinco cuando Alex y Jake recogieron los bocadillos a medio comer y sus envoltorios de la mesa y tiraron a la basura los restos.

—Supongo que, a estas alturas, vendrá el alguacil para decirnos que volvamos mañana —dijo Sloane—. Eso es bueno.

Minutos más tarde, Jenkins oyó pasos al otro lado de la puerta seguidos del golpe suave de unos nudillos. El abogado miró el reloj.

—Hora de irse a casa. —Se puso la chaqueta mientras Jake iba a abrir.

En el pasillo aguardaba de pie el alguacil.

—Tenemos ya un veredicto.

Jenkins sintió que le daba un vuelco el corazón. David Sloane no parecía menos estupefacto. El jurado llevaba menos de cinco horas reunido. Todos recogieron sus pertenencias sin que ninguno de ellos pronunciase una sola palabra.

Cuando salió al pasillo el equipo de la defensa, el público acudía en oleada a la sala que presidía el juez Harden y ante las puertas se toparon con una multitud que incluía periodistas y equipos de televisión. Los primeros hacían preguntas a voz en cuello. Jenkins optó por obviarlos. Se sentía entumecido y ni siquiera sabía explicar cómo seguían respondiéndole las piernas. Era consciente de que la mano derecha había empezado a temblarle.

Entonces notó que Alex entrelazaba los dedos con los suyos.

Los agentes formaron dos barreras para permitirles entrar en la sala.

—David —lo llamó alguien.

Jenkins conocía aquella voz. Se dio la vuelta y vio a Carolyn.

—Esta mujer es testigo pericial —anunció Sloane a uno de los alguaciles, que la dejó pasar.

Se colocó al lado de Alex y las dos entrelazaron los brazos.

Velasquez y su equipo se encontraban ya sentados en la mesa de la acusación y parecían estar listos para celebrar el resultado. Una vez congregado todo el mundo, el juez Harden ocupó con celeridad su asiento y pidió al alguacil que escoltase al jurado hasta la sala.

Las nueve mujeres y los tres hombres que lo componían entraron sin mirar a Jenkins, lo que tampoco era una buena señal. Una vez situados en sus puestos, el magistrado quiso saber:

—¿Han llegado a un veredicto para los cinco cargos recogidos en el documento acusatorio?

La integrante número cuatro, una madre con dos hijos que dirigía su propio negocio, se puso en pie y dijo:

—Sí, señoría.

Jenkins sintió un nudo en el pecho.

—¿Es tan amable el señor alguacil de entregar el veredicto al secretario del tribunal?

El funcionario obedeció y el secretario, a su vez, dio el documento al magistrado. Este leyó las páginas que lo conformaban sin decir palabra de las conclusiones del jurado. Jenkins sintió la respiración que se le agitaba en el pecho. El resto de la sala se había sumido en un silencio sepulcral. Pensó en todo lo que podía perderse: cumpleaños, vacaciones, horas enteras leyendo a C. J., dando de comer a Lizzie, abrazando a Alex en la cama.

Harden devolvió los papeles al secretario.

—Póngase en pie, por favor, el acusado, y mire hacia el jurado.

Jenkins necesitó la ayuda de Sloane para hacer lo que se le pedía. Apoyó las manos en la mesa para sostenerse. El corazón le latía con fuerza y le pitaban los oídos. Volvió la cabeza y miró por sobre el hombro a la primera fila del público. Alex le sonrió levemente, pero pudo ver que estaba conteniendo las lágrimas. Carolyn también.

La mujer volvió a tomar el documento de la sentencia.

—A continuación leerá el veredicto la señora presidenta del jurado —anunció Harden.

—Del primer cargo —empezó a decir la interpelada—, el jurado considera al acusado, Charles William Jenkins, no culpable.

Jenkins sintió la mano de Sloane en la espalda. Tomó aire para no hiperventilar, una vez y luego una segunda y una tercera. Miró a David en busca de una confirmación y él inclinó la cabeza sonriente. Y, entonces, toda la sala pareció suspirar de alivio.

—Del segundo cargo —prosiguió la presidenta con voz cada vez más confiada—, el jurado considera al acusado, Charles William Jenkins, no culpable. —En esta ocasión se permitió mirar a Jenkins.

Otros de sus compañeros imitaron el gesto. Algunos sonreían y varias de las mujeres del jurado tuvieron que contener las lágrimas.

Jenkins sintió que Sloane le pasaba un brazo por los hombros para estrecharlo. En lo respectivo a los tres cargos restantes, el fallo fue el mismo: «No culpable».

La galería prorrumpió en un vocerío. Harden golpeó el mazo para poner orden, agradeció al jurado su participación y le dio permiso para que abandonase la sala. Velasquez y su equipo parecían aturdidos por la sentencia.

—Señor Jenkins —dijo el magistrado.

Charlie se dio la vuelta para mirar al estrado. Harden no sonreía, pero había un claro destello en su mirada.

—Se levanta la sesión. Y usted, señor mío, puede irse.

EPÍLOGO

Con el paso de los días, las semanas y los meses que siguieron a la lectura del veredicto, la vida de Jenkins fue recuperando su curso habitual. Durante un tiempo fueron muchos los periodistas que quisieron hacerle entrevistas o lo invitaron a aparecer en programas de televisión. Aunque él no quería prestarse a una cosa ni la otra, Alex lo había convencido de que era importante que lo hiciera para que otros agentes supieran que por fin un jurado había declarado a uno de ellos no culpable de una acusación de espionaje. En primer lugar, su historia les serviría de advertencia de la rapidez con que pueden torcerse las cosas y de cómo podían dejarlos en la estacada sus reclutadores.

Además, necesitaban el dinero.

Jenkins hacía saber a los entrevistadores que seguía y siempre seguiría amando a su país, al que, aunque imperfecto, consideraba el mejor sitio en el que vivir de todo el planeta.

Varios de los miembros del jurado ofrecieron también entrevistas, si bien sus declaraciones eran más mordaces. La mayoría hacía ver que no confiaba tanto en el Estado como otras generaciones anteriores. La presente se había vuelto mucho más escéptica respecto de los políticos y las entidades gubernamentales. «Donde hay humo —dijo uno de ellos—, suele haber fuego y en este juicio ha habido mucho fuego».

David Sloane no podría haberlo expresado mejor.

Cuando se apagó la euforia del veredicto de no culpabilidad y el proceso dejó de tener semejante presencia en los medios, Jenkins regresó con su familia a la isla de Caamaño, a su granja. El municipio de Stanwood les dio la bienvenida. Tanto en el colegio como en las gradas del campo de fútbol —C. J. había mejorado su juego de forma espectacular tras el entrenamiento personal que había recibido de su profesor particular—, lo paraba de vez en cuando algún padre para felicitarlo y asegurarle que siempre lo habían apoyado. Él les daba las gracias, aunque dudaba que fuese cierto. Sabía que, siendo como es la naturaleza humana, lo habían condenado desde el instante mismo de su detención y no lo habían absuelto sino después de publicarse el veredicto. Al menos algunos. Otros lo considerarían siempre un traidor que se las había ingeniado para esquivar una bala.

A él le daba igual. Conocía la verdad y la verdad lo había hecho libre.

Mientras estudiaba la oferta de seis cifras que había recibido para escribir un libro sobre su experiencia, pasaba la mayor parte de sus días cuidando del bebé para que Alex pudiese seguir dando clases de apoyo en el colegio de C. J. Al final tendría que buscar un empleo a tiempo completo o ponerse a escribir aquel libro, pero por el momento era feliz trabajando a media jornada para Sloane de nuevo y dedicado a sus labores de amo de casa.

Cuando Elizabeth cumplió seis meses hicieron una visita a Three Tree Point para celebrar la noticia de que Jake había superado la prueba que le iba a permitir ejercer la abogacía en el estado de Washington. Aunque nadie lo dijo en voz alta, aquella reunión tenía otro propósito, porque nunca habían llegado a festejar el veredicto.

Mientras Alex preparaba los tacos en la cocina y Lizzie dormía, Jenkins aprovechó la ocasión para pasar un tiempo con C. J., con quien se escapó discretamente por la puerta de atrás a fin de bajar a la playa con las cañas y la caja de aparejos.

C. J. se había transformado en un pescador paciente y de gran pericia que había capturado ya tres cintas y un montón de salmones plateados. Todos los que frecuentaban la zona lo conocían por su nombre. Si era por ser el hijo de un hombre al que habían absuelto de espionaje, desde luego, no lo decían. El pescador solo piensa en una cosa cada vez que lanza el sedal.

Jenkins le tendió una caña y el crío echó el anzuelo al agua. Entonces preparó la suya y no pasó por alto que la mano derecha no le temblaba ni le había temblado desde el momento de oír la sentencia. Lanzó el sedal y empezó a recogerlo.

Llevaban en ello quince minutos cuando sonó su teléfono. La pantalla no mostraba número ni nombre alguno. Estuvo a punto de hacer caso omiso de la llamada, convencido de que sería otro periodista o un escritor que querría saber si estaba interesado en contar su historia, cosa que, por el momento, no tenía pensado hacer.

—¿Sí? —dijo.

—Señor Jenkins.

Reconoció el acento.

—Víktor.

—No es nada fácil dar con usted.

—He tenido que filtrar las llamadas. —Jenkins se alejó para que C. J. no oyera la conversación.

El pequeño lo miró. Todavía no estaba del todo convencido de que no fuesen a llevarse otra vez a su padre, pero, al ver que le sonreía y levantaba un pulgar, volvió a centrar la atención en la labor de recoger el anzuelo.

—He seguido con gran interés las noticias relativas a su juicio. Parecía que estuviese leyendo sobre un proceso de los de aquí, en los que nunca se permite que salga a la luz la verdad. Me alegro de que lo declarasen inocente.

—Gracias.

—No es la primera vez que se lo digo: mi país y el suyo no son tan diferentes.

Jenkins sonrió.

—¿Cómo llevas lo de trabajar con tu hermano?

—Al final decidí que no estaba hecho para eso. Hay demasiado papeleo y se lo dice un hombre que ha trabajado para el Gobierno. —Víktor se echó a reír.

—¿Y qué piensa hacer?

—Ahora soy detective privado. De momento solo tengo un cliente, pero pensaba que le gustaría saber de mi primer caso.

—¿Y eso?

—Porque creo que conoce al hombre al que he tenido que localizar.

—¿Y de quién se trata?

—Fue superior suyo en Ciudad de México y de forma más reciente ha trabajado en Washington D. C. Su juicio me ayudó a dar con él.

Jenkins sintió un nudo en la garganta.

—En realidad, señor Jenkins, aunque me guste bromear con ello, Rusia no es los Estados Unidos. Aquí tenemos mucha memoria y la justicia se sale siempre con la suya, si no de un modo, de otro.

—¿Qué quiere decir, Víktor?

—Esté pendiente de la prensa, supongo que no tardará en dar la noticia.

Pensó en el momento en que había dicho a Alex que quería que Carl Emerson pagara por sus delitos en el presente y no en la vida de ultratumba.

—¿Tiene papel y algo para escribir? —preguntó Fiódorov.

—¿Para qué?

—Quiero darle unos números.

—Espera. —Fue a la caja de los aparejos, donde encontró el cartón de un embalaje de señuelos y un resto de lápiz—. Ya. Dime.

Esperaba los diez dígitos de un número de teléfono, pero tuvo que apuntar más.

—¿Qué es? Un teléfono no, desde luego.

—Es el número de una cuenta que he abierto a su nombre en Suiza.

—¿A mi nombre? ¿Por qué has abierto una cuenta a mi nombre?

—Porque mi cliente era usted.

—¿Yo?

—En realidad, tengo dos clientes: usted y yo. He pensado que usted merecía el dinero tanto como yo. En realidad, decidí dejarlo en un sesenta para mí y un cuarenta para usted, porque he sido yo quien ha hecho todo el trabajo. —El ruso se volvió a reír.

—Víktor, si se trata del dinero que robó Carl Emerson, no puedo aceptarlo.

—Eso ya lo daba por hecho, señor Jenkins, porque lo tengo por un hombre muy íntegro; pero el dinero no es robado. Lo ha pagado Rusia.

—Emerson era el responsable de la filtración.

—Yo filtraciones solo conozco las del vecino de arriba, que me tiene arruinado el techo.

—¿Y de cuánto dinero estamos hablando? —preguntó Jenkins sin poder sustraerse a la curiosidad.

—De una cantidad suficiente. Del suficiente dinero para resarcirnos de lo que nos han hecho a usted y a mí nuestros gobiernos, ¿no?

—No puedo aceptarlo. —Aquel dinero estaba manchado de sangre. Era el que había recibido Emerson a cambio de la vida de tres de las siete hermanas.

—En la cuenta está, señor Jenkins. Lo que decida usted hacer con él es cosa suya. Tengo que irme. Me temo que quizá no se produzca nuestro reencuentro.

—No estés tan seguro. Los dos sabemos que la vida puede cambiar mucho en un instante y de maneras que ni tú ni yo podríamos haber imaginado nunca.

Fiódorov soltó una carcajada sonora y prolongada.

—Entonces, hasta que nos veamos, beberé a su salud. *Búdite zdorovi.*

C. J. se puso a gritar en ese momento.

—¡Papá! ¡Papá! ¡Creo que tengo uno!

Jenkins colgó y se guardó el teléfono en el bolsillo de la chaqueta. El sedal de su hijo se había detenido.

—A ver… —Se hizo con la caña, pensando aún en lo que acababa de decirle Fiódorov—. Creo que se ha enganchado, C. J.

—¿En serio? —preguntó desencantado el crío.

Jenkins alineó la punta de la caña con el sedal y liberó el anzuelo antes de devolvérsela a su hijo.

—Recoge hilo y vuelve a lanzarla.

—Mejor vamos a la casa —repuso él—. Hoy no vamos a pescar nada.

El padre posó una mano sobre la coronilla del pequeño.

—En esta vida vas a encontrar un montón de obstáculos que harán que se te enganche el anzuelo, C. J., pero no puedes dejar de intentarlo por eso. Si sigues, al final volverás a pescar algo grande.

—¿Tú crees?

—¡Charlie! ¡Charlie! —lo llamó entonces Alex desde el porche. Los demás habían entrado ya en la casa—. No vas a querer perderte la noticia. Te parecerá increíble. David la está grabando.

Por los ventanales vio a todo el mundo congregado en el salón con los ojos clavados en el fulgor de la pantalla plana del televisor.

Estuvo tentado de dejar la caña para subir a ver qué había pasado exactamente, pero decidió que ya sabía cuanto necesitaba. Pensó en Víktor Fiódorov y en Carl Emerson, y en la justicia, que en ocasiones buscaba caminos inesperados para todos. Lo único que quería en ese momento era ver a su hijo lanzar el anzuelo bien lejos e ir recogiendo el sedal con la esperanza de que, pese a lo que pudieran decir las leyes de la probabilidad, aquella vez sería la buena. La esperanza del pescador.

—Abre el aro y vuelve a echar el anzuelo —dijo a C. J.

AGRADECIMIENTOS

Hace unos años leí la novela *El ruiseñor*, de Kristin Hannah. Tanto me impresionaron la obra, el trabajo de documentación y los detalles que escribí a la autora, con la que comparto agencia literaria.

—¿De dónde has sacado la historia? —le pregunté, a lo que ella respondió:

—A veces nos caen del cielo historias buenísimas que solo nos piden una cosa: que nos hagamos a un lado.

Estoy de acuerdo. La de *La octava hermana* no es una historia real, sino ficción de cabo a rabo; pero es verdad que recibí una llamada de un caballero que tenía algo que contarme. Acepté su invitación y quedamos, y aquel encuentro me llevó a escribir este libro. Agradezco mucho el café que me tomé con él y la ayuda que me ofreció.

Tenía la novela medio escrita cuando conocí a otra persona durante un acto celebrado en Seattle. Me dijo que había trabajado en la Unión Soviética, en el Metropol, en los setenta, cuando no era un hotel. Nos pusimos a charlar y supe así que él también tenía otra vida profesional. Fue otro de quienes me ayudaron con la creación de esta novela.

Además, quiero dar las gracias a John Black, a quien conocí en uno de mis cursos de escritura. Este abogado internacional jubilado, que trabajó para varias sociedades petroleras de Moscú y Yuzhno-Sajalinsk entre 1991 y 2008 después de aprender ruso en las fuerzas armadas durante la guerra de Vietnam, leyó el primer borrador de la novela y me ayudó a hacerla más fiel a la realidad. Gracias también a Rodger Davis, que vivió y trabajó en la Unión Soviética y se puso en contacto con varias personas para ayudarme a escribir estas páginas. A él debo consejos extraordinarios sobre Rusia y su cultura. Además, me recomendó una serie de libros: *Pedro el Grande*, de Robert K. Massie; *Black Wind, White Snow*, de Charles Clover, y *Wheel of Fortune*, de Thane Gustafson. Rodger es un escritor de talento y un colega muy generoso. Gracias también a Tim Tigner, novelista y amigo, que trabajó varios años en la Unión Soviética y ha escrito sobre el país en obras como *Coercion* y *The Lies of Spies*. Fue él quien me recomendó *Notificación roja*, de Bill Browder, libro que devoré.

Tengo que dar las gracias a Jon Coon, especialista en buceo con escafandra y en explosivos que ha brindado sus servicios como agente de seguridad y jefe de proyecto en actividades de submarinismo comercial, arqueológico y científico llevadas a cabo en todo el mundo. Es autor de tres novelas y numerosos artículos y sus fotografías llevan más de treinta años ilustrando libros de texto y revistas. Dirige cursos de la Asociación Profesional de Instructores de Buceo (PADI), entidad de la que fue presidente regional, y, además de ejercer de espeleólogo, se dedica a la formación de instructores de primeros auxilios.

Estoy en deuda con todos ellos por la ayuda que me han prestado. Los errores que pueda haber en estas páginas son exclusivamente responsabilidad mía.

Además de los citados, he leído otros libros de novela y ensayo, incluidos *Un caballero en Moscú*, de Amor Towles; *The Main Enemy: The Inside Story of the CIA's Final Showdown with the KGB*, de Milton Bearden y James Risen; *Moscow City*, de A. R. Zander; *The Honest Spy*, de Andreas Kollender; *The Defector*, de Daniel Silva; *El espía que surgió del frío*, de John le Carré; *Parque Gorki*, de Martin Cruz Smith, y *Estambul*, de Joseph Kanon.

También pasé tres semanas en Rusia. En 1998, una cantante de ópera que había desertado hacía años de la Unión Soviética y había cantado en mi boda en Seattle, regresó a su hogar y se ofreció a organizarnos un viaje a su tierra. Mi mujer y yo aceptamos su proposición junto con nuestro hijo —que entonces tenía dieciocho meses—, mi cuñado, mi cuñada, mis padres y los de mi mujer. Antes de salir, mi cuñado y yo decidimos raparnos el pelo. Nos habían dicho que en Rusia toparíamos con condiciones muy primitivas y que sería todo un engorro lavarnos el pelo (cosa que, a la postre, resultó no ser verdad). Yo me rapé al estilo militar, pero mi cuñado se amilanó. También se nos ocurrió ponernos boinas de color azul marino para mantener la cabeza calentita. Ya puede imaginar el lector lo que parecíamos.

Al llegar al aeropuerto internacional de Sheremétievo, en Moscú, el agente que revisó mi pasaporte me dijo con gesto severo:

—*Niet.*

Me sacaron de la cola y me llevaron a una sala en la que registraron de arriba abajo todas mis pertenencias. Cuando, al fin, llegamos al hotel Rossía, nos asignaron las habitaciones por parejas. Nos llamó la atención que nos las diesen alternas, aunque en la misma planta, y que todas tuviesen un espejo de grandes dimensiones en la pared que compartían con la habitación contigua, supuestamente vacía. Bromeamos con la idea de que nos estaban observando y yo me entretuve desfilando desnudo todas las mañanas delante del espejo. Aquella primera tarde, decidimos echar una cabezadita y reunirnos a las seis para cenar.

No se presentó ninguno de nosotros.

Los ocho adultos contamos lo mismo: habíamos intentado levantarnos de la cama y no lo habíamos conseguido, porque al intentar incorporarnos nos habíamos sentido como drogados. No nos reunimos hasta la mañana siguiente.

Pese a todo, salimos a ver la plaza Roja y el Kremlin. Mientras nos dirigíamos de San Basilio al mausoleo de Lenin y otras atracciones turísticas, mi cuñado se acercó a mí y me dijo:

—Nos están siguiendo. —Señaló a una mujer con botas blancas y añadió—: Lleva todo el día yendo adonde vamos nosotros.

Tampoco se despegó de nuestro grupo cuando fuimos al centro comercial GUM ni en el resto de lugares que visitamos. Fuimos a Detski Mir, la tienda de juguetes gigante, y paseamos por la plaza Lubianka, donde nos maravillamos ante la que había sido la famosa sede central del KGB. La mujer nos siguió a todas partes hasta que regresamos al hotel Rossía.

También recuerdo que, estando en la iglesia de los Doce Apóstoles, coincidimos con un grupo de escolares. Los chiquillos nos miraron y sonrieron con gesto cómplice. Uno de ellos reunió el valor suficiente para acercarse a mí y decirme:

—Tú, militar.

Yo le dije que no, pero mi palabra no sirvió de nada. Sus amigos, creciéndose, vinieron también hacia mí y empezaron a repetir:

—Tú, militar.

Por si no habíamos llamado la atención lo suficiente a esas alturas, dos noches después, mi cuñado, que estaba deseando hacerse con un recuerdo de la plaza Roja, me convenció de salir a media noche a fumar un puro cubano. Estábamos cerca de la plataforma circular en la que se dice que ejecutó a tantas personas Iván el Terrible cuando vimos un trocito suelto de sillar. Mi cuñado me preguntó:

—¿Cómo lo cojo?

—Haz como que se te cae el puro —le dije yo— y, cuando vayas a recogerlo, te quedas con la piedra.

En cuanto tiró el cigarro, un coche que había al otro lado de la plaza encendió los faros y echó a correr hacia nosotros. Se detuvo a unos tres metros de donde estábamos y mi cuñado, asustado, me preguntó:

—¿Qué hago?

Yo le dije:

—Cierra el pico —y añadí—: Apaga el puro con el pie.

Eso hizo. Acto seguido, volvimos andando al hotel como quien no ha roto un plato en su vida.

Con el tiempo me informé al respecto y me enteré de que el Rossía era el hotel en el que alojaban a quienes visitaban la capital procedentes del extranjero. También supe que, cuando lo compraron para reformarlo, encontraron ocultos en las paredes aparatos de escucha, cámaras y tuberías pensadas para gasear las habitaciones. Hubo que echar abajo el edificio. En su lugar se construyó un parque y el mérito se atribuyó a Vladímir Putin. Asimismo, leí que la plaza Roja tenía micrófonos direccionales por todas partes, tan sensibles que, al parecer, eran capaces de recoger hasta un susurro. No lo dudo.

¿Qué interés podían tener los rusos en mi familia y en mí? Ninguno, supongo. Desde el punto de vista de los servicios de información, debíamos de ser una panda de lo más aburrido. Sin embargo, todo lo dicho resultaba por demás intrigante, ¿verdad? De hecho, de ahí nació mi fascinación con Rusia. Todos seguimos pensando que el viaje que hicimos a Moscú, San Petersburgo y Zagorsk es el más interesante, el más fascinante que hayamos hecho nunca. Rusia es una nación de increíble belleza en la que conviven una riqueza espectacular y una pobreza no menos pasmosa. La gente solía caminar con la cabeza gacha, como con la esperanza de pasar inadvertida, pero, cuando les preguntábamos algo, se desvivían por ayudarnos y llevarnos adonde fuera que estuviéramos intentando llegar. El nuestro no era un viaje programado, de modo que no tuvimos más remedio que explorar tiendas de alimentación y restaurantes recién inaugurados. Casi nadie hablaba inglés. En San Petersburgo nos alojamos en un apartamento que había pertenecido a la misma familia a lo largo de cinco generaciones. Nos lo ofrecieron porque el alquiler que pagamos para quedarnos una semana superaba el sueldo que ganaba en un mes su propietario. Al observar el hielo que flotaba en el Nevá no pude sino pensar en Napoleón.

Un amigo me dijo que tendría que volver para escribir esta novela, pero, como no pudo ser, saqué mis álbumes de fotos, leí mucho y recordé los restaurantes a los que fuimos y los lugares que exploramos.

Aquel fue el último viaje de cierta envergadura que hice con mi padre, que murió a causa de un melanoma el Día del Padre de 2008. Quiero rememorarlo en la plaza de San Petersburgo, besando a mi madre mientras ella levantaba una pierna hacia atrás como la estrella de una película emblemática. Tengo la fotografía puesta en la pared.

No puedo escribir una novela sobre Charles Jenkins sin expresar mi reconocimiento y mi agradecimiento a Charles Jenkins, gran amigo con quien compartí cuarto en la Facultad de Derecho. Chaz, como lo llamábamos, es una leyenda viviente. Sus casi dos metros de altura y sus cien kilos de puro músculo causaban en nosotros un temor reverencial en la sala de pesas y, más aún, fuera de ella. Es un ser encantador, tranquilo y divertido que posee una perspectiva singular sobre las cosas de la vida. Buena persona y mejor padre, también es uno de mis mejores amigos. Hace mucho tiempo le dije que era un tipo sensacional y que un día tenía que convertirlo en personaje de novela. Ya lo he hecho y tengo la esperanza de haber sabido captar su esencia.

Gracias a Meg Ruley, Rebecca Scherer y el equipo de la increíble agencia literaria de Jane Rotrosen. Me siento muy afortunado por poder contar con ellas, con su defensa incansable y sus sabios consejos. Son gente extraordinaria que convierte en toda una gozada cada uno de mis viajes a Nueva York.

Gracias a Thomas & Mercer. Este es el décimo libro que escribo para ellos y lo cierto es que han sabido superarse con cada uno gracias a sus correcciones y sugerencias. Han vendido y promovido mi imagen y mis novelas por todo el planeta y he tenido así el placer de conocer a los equipos de Amazon Publishing de Reino Unido,

Irlanda, Francia, Alemania, Italia y España. Gente maravillosa en todos los sentidos. Estoy en deuda con ellos por todo lo que han hecho y siguen haciendo por mí y por mis libros.

Gracias a Sarah Shaw, responsable de relaciones con el autor, una mujer que nunca parece tener un mal día. Siempre está sonriendo. No me canso de agradecer la capacidad que tienes para alegrarme la vida.

Gracias a Sean Baker, jefe de producción; Laura Barrett, directora de producción, y Oisin O'Malley, director artístico. Me encantan las cubiertas y los títulos de todas y cada una de mis novelas y todo se debe a ellos. Gracias a Dennelle Catlett, relaciones públicas de Amazon Publishing, por su labor de promoción de las novelas y su autor. Ella es quien se encarga de mí cuando viajo y siempre hace que me sienta en la gloria. Gracias al equipo de comercialización formado por Gabrielle Guarnero, Laura Costantino y Kyla Pigoni, por toda su dedicación a la hora de ayudarme a crear una plataforma atractiva y accesible para ti, lector. Gracias a la editora Mikyla Bruder, el editor asociado Galen Maynard y Jeff Belle, subdirector de Amazon Publishing, todos ellos personas de veras excelentes.

Gracias en especial a Gracie Doyle, directora editorial de Thomas & Mercer, que me acompaña desde la concepción de una novela hasta que ve la luz y aporta siempre ideas sobre cómo mejorarla. Sabe sacar de mí lo mejor que puedo escribir y tengo una suerte inmensa de contar con ella en mi equipo. También se ha convertido en una gran amiga con la que disfruto mucho viajando.

Gracias a Charlotte Herscher, editora de desarrollo, con quien he puesto ya diez libros en el mercado. Sobre ella recae la poco envidiable labor de indicarme qué elementos de la obra no funcionan. Entonces pataleo durante una hora, me doy cuenta de que tiene razón y vuelvo al trabajo para mejorarla. Gracias a Scott Calamar, corrector. Reconocer una debilidad es algo maravilloso, porque le permite a uno pedir ayuda. Scott me hace parecer mucho más listo y por eso le estoy agradecido.

Gracias a Tami Taylor, que dirige mi página web y crea mis listas de correo y algunas de las cubiertas de las traducciones de mis libros. Gracias a Pam Binder y la Pacific Northwest Writers Association por el apoyo que brindan a mi obra. Gracias a Seattle 7 Writers, colectivo sin ánimo de lucro de escritores del Pacífico Noroeste que promueve y defiende la palabra escrita.

Gracias a todos vosotros, mis infatigables lectores, por buscar mis novelas y por el increíble apoyo que dais a mi obra en todo el mundo, por escribir reseñas y por enviarme correos para decirme que habéis disfrutado con ellas. Puede sonar trillado, pero me empujáis a escribir libros merecedores de vuestro tiempo.

Gracias a mi esposa, Cristina, y a mis dos hijos, Joe y Catherine. Hace cuatro años pasé un mal trago cuando Joe se fue a la universidad. Este año le ha tocado a Catherine, nuestra pequeñina. Todo Facebook sabe ya que es mi Bubster. Es la que me hace reír y sonreír. Con verla me basta para ser feliz. La de llevarla a su residencia universitaria iba a ser una de las cosas más difíciles que haya tenido que hacer como padre. Entonces, un buen día, supo que le habían concedido su primera opción, una facultad situada cerca de casa. Lo primero que me dijo fue: «Papá, ya no tengo que irme». Al final se fue, por ella misma, y se lo está pasando en grande además de estar obteniendo magníficos resultados. Voy a verla a acontecimientos deportivos y en ocasiones ceno con ella y, viendo lo feliz que está, imagino todos los años maravillosos que nos tiene Dios reservados a ella y a todos los demás. Me encantan las películas clásicas como *Peter Pan*. Ha llegado el momento de cacarear, Catherine. Ha llegado el momento de volar. Te quiero.

Me siento de veras dichoso. Le doy gracias a Dios por toda la gente excepcional que ha puesto en mi vida.